위기와 기회 사이

뇌과학에서 찾은 청소년기의 비밀

나에게 청소년기에 대해서 많은 것을 알려주고,
성숙에 대해서는 그 이상으로 많은 것을 알려준
내 아들 벤에게

뇌과학에서 찾은 청소년기의 비밀

LESSONS FROM THE NEW SCIENCE OF ADOLESCENCE

위기와 기회 사이

Lawrence Steinberg 지음
김영민·손덕화 옮김

프로방스

추천사

이 책의 제목인 '위기와 기회 사이'에는 무엇이 놓여져 있을까? 그곳에는 청소년기에 가장 중요한 '성장'이 놓여져 있는 것으로 보인다. 많은 기성 세대들은 단순히 청소년기를 "질풍노도의 시기", "위기의 시기"라 부르며 그들을 곱지 않은 시선으로 바라보기도 한다. 그렇지만 이 책의 저자인 로렌스 스타인버그 교수는 다른 관점으로 청소년기를 해석하였다. 청소년기를 "질풍노도의 시기"로 명명하기보다 위기와 기회의 갈림길에서 '성장'의 기회를 더 많이 지닌 시기로 바라보았다는 점이 참으로 인상적이다.

스타인버그 교수는 자신이 실제로 수행한 획기적이고 실용적인 연구 결과를 토대로 청소년을 바라보는 눈의 초점을 다르게 바꾸도록 우리에게 요청한다. 기존의 많은 사람들 특히 학부모들, 교육자들, 정책입안자들이 부정적으로 청소년들을 바라보는 관점을 바꾸어서 청소년들이 지니고 있는 성장 가능성 쪽에 초점을 두도록 요청하고 있는 것이다. 그 이유 중 하나는 최근에 활발해진 '뇌과학'에 관한 연구에서, 청소년의 뇌가 놀라울 정도로 신경가소성(neuroplasticity)이 크고 변화 가능성이 높다는 연구결과들이 속속 드러나고 있기 때문이다. 청소년기는 한 사람의 성공과 삶의 질을 결정하는 중대한 시기이기 때문에 청소년들이 자유로운 분위기에서 그들의 성장 가능성을 최대한 이루어나갈 수 있는 환경을 만들어주는 것이 얼마나 중요한지를 이 책은 힘주어 강조하고 있다.

스위스의 정신과 의사 칼 융은 '정신병은 인격의 병'이라는 신념으로 정신과 의사가 되기로 결심한 분이다. 따라서 정신병에 걸린 사람들을 '환자' 혹은 '병자'라고 보기보다, '병적이라고 부르는 현상에 대한 심리학적 이해'를 중심으로 '건강한 사람의 심리'라는 측면에서 그 사람의 전체인격을 이해하고자 노력했다. 더 나아가 인간 무의식 안에 있는 무한한 보고(寶庫)를 발견하고, 인간은 적절한 환경이 주어지면 스스로 인격을 통합해 나가는 귀한 '가능성의 존재'임을 강조했다. 또한 인간을 사랑의 눈으로 바라보며 그 사람의 인격을 전체적으로 통합해 나감으로써 치료하고자 하였다. 이러한 맥락에서 스타인버그 교수 또한 이 책에서 사춘기는 '질병'이 아니라 바로 미래를 향한 '성장통'임을 강조한다. 따라서 이 책에서는 최근 뇌신경과학이 밝혀낸 새로운 관점, 즉 국가의 미래일 뿐만 아니라 인류의 미래인 청소년들이 '위기와 기회' 사이에서 위기가 아닌 새로운 기회를 통해 한 인간으로, 한 인격체로 성장하고 나아갈 수 있는 방향성을 다양하게 제시하고 있다.

따라서 이 책은, 청소년의 성장에 관심을 지니고있는 학부모와 교육자들, 그리고 청소년을 도와주기 위해 애쓰는 사람들을 위해 구체적이고 실제적인 방향을 제시하고 있다. 더 나아가, 이 책에는 다양하고 신뢰로운 최근의 뇌신경과학의 연구자료가 풍부하게 제시되고 있어, 실제로 우리가 사춘기, 청소년들의 현실을 올바르게 인식할 수 있도록 이끌고 있어, 청소년 문제에 관심이 있는 분들에게 꼭 필요한 책이라 여겨져 일독을 강하게 권하고 싶다. 다행히도 평소 청소년에 대한 지대한 관심을 지니고 청소년을 학문적으로 탐구한 교육심리학 전문가인 김영민 선생과 청소년 자녀를 키우면서 전문 상담사로 일해 온 손덕화 선생이 함께 힘을 합쳐서 번역해 낸 소중한 책이기에 이 땅의 부모들과 교육자들에게 실제적으로 큰 도움이 되리라 믿는다.

평생을 수도자로, 심리학과 교수와 상담전문가로 살아온 본인의 입장으로는 한국의 청소년들 또한 질풍노도의 시기를 온 몸으로 겪으면서 어려움에 처해 있다는 사실을 실감하고 있다. 상담사로서 본인은 청소년 문제의 답은, 먼저 자녀를 둔 학부모들이, 교육을 담당하고 있는 교육자들이, 그리고 청소년 정책을 구상하고 입안하는 사람들 모두가 우리 자신의 시각부터 바꾸어야 한다는 점을 통감하고 있다. 심한 성장통을 앓고 있는 사춘기 청소년들은 '병자'가 아니고 한 건강한 '인간'이며, 자신의 미래를 아름답게 가꾸고 싶은 바램과 열정이 넘쳐나는 사람들이다. 이 책에 제시된 수많은 뇌신경 연구들이 제시하는 분명한 사실은 청소년 시기는 영, 유아기와 마찬가지로 엄청난 뇌신경가소성을 지니고 있다는 점이다. 따라서 청소년들을 대하는 우리의 태도를 긍정적으로 바꿈으로써, 이 땅의 많은 청소년들이 자신들이 지닌 무한한 성장 가능성을 자유롭게 실현시켜 자신의 삶을 보다 행복하게 가꾸어 나갈 수 있도록 도와주어야 한다. 이를 위해서는 이 땅의 부모와 교육자들이 청소년들을 하나의 인격체로, 변화와 성장의 가능성을 무한대로 지닌 건강한 인간으로 대하며, 사랑의 눈을 지니고 돌봐주어야 한다는 사실을 잊지 말아야 할 것이다.

스타인버그 교수는 그의 다양한 연구결과를 통해 이렇게 지적한다. "청소년들을 현재와 다른 어떤 존재로 바꾸려 하지 말고, 그들이 모험을 추구하려는 자연스러운 성향이 발동되도록 상황을 바꿔줘야 한다." 청소년들의 건강한 성장에 관심을 지닌 이 땅의 부모님들과 선생님들, 그리고 청소년들과 함께 살아가는 많은 분들이 이 책을 통해서 청소년들을 바르게 이해하고 올바르게 도와주기 위해, 이 유익하고 실용적인 책을 꼭 한번 읽어보시도록 강추하며 추천사를 마친다.

김 정 택 신부
– 한국 MBTI연구소 상임고문
– 예수회 영성.심리상담소장
– 서강대학교 심리학과 명예교수
– 융 정신분석가
– 상담심리 전문가

추천사

이 책에서 독자들이 만나게 되는,

슈타인버그는, 청소년 행동에 대한 단순한 관찰을 넘어서, 과학적인 수단의 적용으로 그들의 뇌의 작용이 어떻게 관찰 가능한 행동이 생성되는지를 상세히 설명한 것이 과학적이고 새롭다. 특히, 청소년기가 앞으로 뒤로 확장되어 길어졌다는 이해 접근의 필요성을 주장했는데, 그 외형적인 행동 특성이 관찰 가능할 뿐 아니라 청소년의 뇌의 작용을 이해하는데 그 특히 뇌 성장 연구로 청소년 지도 방법 변화의 필요성을 인식하게 된다. 결론적으로, 청소년기의 외형적인 변화 인식을 넘어서 과학적인 새로운 연구의 필요성을 저자는 강조하면서, 결정적으로 청소년 지도방법을 새롭게 창출해 내자는 주장을 절박하게 인식하게 해주는데에 크게도움이 될 것이다.

뒤에 가서 그는, 위기청소년을 돕는 방법에서 다시 그들의 뇌의 기능이해를 상기시켰다. 그들이 아직 스스로 모든 어려움을 극복할 수 없을 때를 적절하게 포착하도록 권하고 있다. 특히 저자는 가정에서의 일반적인 도움에 더하여, 학교 경험의 효과로서 개인 만족, 행복 경험 그리고 사회적으로 정서적 환경의 영향들까지 교과서적인 제언까지 하였다. 만일 좀 더 보탬이 될 수 있게 한다면, 바람직한 청소년 성장을 위한 구체적인 방법을, 생리적이고 사회학적인 영향의 작용 인식에 더하여 심리학적인 연구 결과도 첨부하길 추천하고 싶다.

청소년 성장을 위한 기도하는 마음으로

김 인 자 교수
한국심리상담연구소 소장

역자의 말

나는 어떤 입사 면접에서 살면서 해 본 가장 큰 일탈이 뭐였는지 질문을 받은 적이 있다. 면접에서 기대하지 않았던 질문에 나는 잠시 당황해서 그 찰나의 시간에도 질문자가 말하는 일탈이 무엇인지 그에 맞는 사례가 나에게 있었는지 생각해야 했다. 결국 나는 10대에 음주를 해 본 경험이 가장 큰 일탈이라고 대답했으며, 질문자는 그게 뭐냐며 다른 거 없냐며 물었다. 나는 더 생각나는 건 없다고 대답했고, 그렇게 면접은 다음 질문으로 넘어갔다. 돌이켜 생각해보면 그가 내 대답을 듣고 만족하지 못 했던 건, 그것이 특별히 일탈이라는 생각이 들지 않아서 였을 것이다. 그만큼 10대에 술을 마셔보는 것이 흔한 일인지도 모른다. 호기심에 질병관리청 통계를 찾아보니 한국 청소년의 음주 경험률은 2020년 기준 30%대고, 2006년에는 50%대였다. 많이 감소했지만, 추세를 감안할 때 역자가 청소년기를 보낸 90년대에는 50%를 크게 상회했을 것으로 짐작된다. 반 이상이 다 해보는 일을 일탈이라고 말했던 것이다.

사실 돌아보면 나의 인생에서 그런 일말고 일탈이라고 할 법한 일은 더 있었을 것이다. 극단적인 일을 저지른 적은 없었지만, 어릴 때 다소 특이한 행동은 많이 했던 것 같다. 지금 회상하면 흔히 말하듯이 잠자리에서 이불을 걷어찰 만한 일들도 많았다. 물론 범죄를 저지른 적은 없었지만 호감이 있었던 이성친구에게 짓궂은 장난을 친 적도 있었고, 부모님과 선생님에게 지금은 기억도 나지 않는 소소한 이유로 반항을 한 적도 있었고, 단독주택에 살 때 너무 큰 소리로 노래를 불렀다가 이웃의 신고를 받고 출동한 경찰관들에게 사과를 한 적도 있었다. 흥미로운 것은 대부분의 그런 일들이 10대에서 20대 초반까지, 즉 이 책에서 정의된 (새로운) 청소년기에 일어났다는 것이다. 심지어 대부분의 상황이 이 책의 설명과 들어맞는다. 아마 대부분은 충분히 발달하지 못했던 나의 자기조절력이 크게 작용했을 것이고, 경우에 따라서 주변에 동생이나 친구가 있어서 영향을 받았을 수도 있다.

심리학을 전공하면서 자신을 돌아볼 기회가 많았지만, 대학 시절까지도 나는 아직 20대에 불과했고, 뭔가를 안다고 그대로 적용하여 자신을 다스릴 수 있을 정도는 아니었다. 대학에서 성인이 된 이후에도 우스개 소리로 아직 본인이 사춘기라고 하는 사람도 흔했는데, 이 책에 의하면 그건 대부분의 사람들에게 사실이었던 것이다. 신분증을 제시하면서 마실 수 나이지만, 사실 20대 대학생들도 온전히 스스로를 통제할 수 있는 시기가 아직 아닌 것이다. 이따금씩 일부 대학생들의 과도한 음주 후 벌어지는 사고가 꼭 그들이 특별히 이상해서 그랬던 것이 아니었다.

시간이 흘러서 대학원에서 교육심리학을 공부하게 되었고, 어느덧 나도 결혼을 하여 부모가 되어도 될 만큼의 나이가 되었고, 그러던 중 대학원 에서 발달심리학이나 청소년 관련 수업을 듣게 되었다. 그러던 중 한 수업에서 청소년기 위험 행동에 대한 스타인버그 박사의 뇌신경과학적 접근을 알게 되었고, 신기하게도 마침 그 시기에 공역자가 스타인버그 박사의 책 번역을 제안하였다. 그리하여 이미 관심을 가지고 있던 박사의 책을 출판할 수 있게 되었다. 이 책을 자신있게 권할 수 있는 이유는 청소년을 학문적으로 탐구한 교육심리학 전문가와 청소년기의 자녀를 둔 심리상담사가가 함께 번역을 했다는 것이다.

나와 마찬가지로 대부분의 사람에게 청소년기는 격동의 시간이다. 살아가는 동안 우리 몸에도 성장통이 오지만, 사춘기에 자아가 형성되면서 답을 알 수 없는 수많은 고민들과 혼란이 찾아오기도 한다. 그 과정에서 결국에는 스스로도 성인이 된 후에 돌아보면 과거의 자신을 이해할 수 없는 행동을 많이 한다. 왠지 너무 멋있어 보이는 사람을 쫓아다니거나 흉내내 보기도 하고, 이성에게 잘 보이기 위해서 안 해본 겉치장을 하거나 괜히 어른스러운 척을 하기도 하며, 왠지 더 강렬하고 화려한 것들에 관심을 가지고 또 자신이 그런 존재가 되어 관심 받기를 원한다. 2010년 한 인기 웹툰에서 '중2병'

이란 표현이 등장한 뒤, 이 신조어는 많은 사람들의 공감을 얻으며 급속히 확산되어 지금은 남녀노소 누구나 이해하는 표현이 되었다. 비단 청소년만을 가리키는 용어는 아니지만 관심병이나 관종이라는 신조어도 어느새 생소하지 않은 말이 되었으며, 급식이나 급식체 같이 청소년 자체나 청소년이 자주 쓰는 표현을 다소 비판적으로 일컫는 말도 있다. 왜 청소년은 소위 말하는 미운 네 살에도 안 걸렸던 병에 걸려 가슴앓이를 하게 된 것일까? 왜 그 나이 때가 되면 더 많은 관심을 갈구하게 되는 것일까? 왜 그 시기에 유독 이후의 성인기와 다른 특성과 언어가 나타나는 것일까? 이 책은 이러한 질문에 답하는데 많은 도움을 주었다.

어느 문화권에서나 마찬가지겠지만 한국 사회에서 사춘기는 특별한 시기이다. 자녀가 사춘기에 들어서면, 집안의 전체 공기도 변한다. 그 경향은 아마 사춘기를 겪고 있는 청소년이 독립해 나갈 때까지 이어질 것이다. 신체변화부터 시작해서, 교우 및 이성관계, 대학입시, 그 이후에는 취업 및 결혼까지 청소년들이 고민과 상념의 시간을 보낼 때, 그를 보는 가족들도 다양한 형태로 고민이 생긴다. 대부분의 경우 청소년 자신도 가족들도 고민의 답은 모른다. 답을 알 것 같은 곳에 맡겨봐도 그 곳에서도 청소년에게 답을 주지 못한다. 학교도 학원도 어쩌면 일부 상담 센터에서도 청소년이 정말 필요로 하는 교육을 제공하지 못하고 있다. 특정 직업이나 전공에 대해 알려주는 진로 교육, 이성과의 올바른 관계에 대해 알려주는 성교육,

음주나 흡연 등을 예방하려는 교육 들 모두 청소년의 진로 문제, 성이나 관계 문제, 비행 문제를 해결해 주지 못한다. 그들이 전혀 몰라서 방황하는 게 아니기 때문이다.

이 책은 청소년에 대한 기존 교육의 패러다임에 의문을 제기하고 있으며, 청소년에 대한 새로운 시각을 통해 그들을 더 잘 이해할 수 있게 해준다. 스타인버그 박사에 따르면, 청소년기에 이미 이성은 급격히 발달하여 만 16세에 지적 능력은 이미 가장 높은 수준에 도달한다고 한다. 스타인버그 교수는 이렇게 영리한 청소년들이 성인보다 더 무모한 행동을 하게 된 배경을 뇌 발달과정을 통해 설명하고 있다. 이 책의 전반부를 읽으면 최근 청소년 문제와 청소년 행동의 본질을 더 쉽게 할 수 있게 되며, 자기조절 같이 청소년에게 지식 이상으로 더 중요하게 교육해야 하는 것이 무엇인지 알게 된다. 후반부를 읽으면 그런 방향으로 청소년을 교육하기 위해서 우리가 부모, 교사, 또는 함께 살아가는 사람들로서 무엇을 해야 하는지 구체적인 내용을 알게 될 것이다.

이 책의 대부분은 미국의 연구 자료와 미국의 통계치들을 근거로 저술되었지만, 한국에서도 이제 먼 바다의 이야기로만 볼 수 없는 사례들이 많다. 어쩌면 미국 청소년들이 조금 앞서 겪었던 일들이 이제는 많은 한국 청소년들에게도 해당되는 일이 되었을지도 모른다. 진로, 가정, 대인관계 문제로 많은 한국 청소년들이 우울, 불안 등의 정신 건강 문제를 호소하고 상담을 필요로 하고 있으며, 실제로 많은 청소년들이 상담을 받는 비율이 증가하고 있다. 청소년 흡연이나 음주 문제는 이미 한국에서도 보편적인 문제이며, 오늘날 한국 청소년들은 누구나 학교폭력이나 성폭력의 피해자나가 가해자가 될 수 있는 상황이다. 한국에서도 청소년은 가장 가엾기도, 무섭기도 한 존재가 되었으며, 청소년기는 가장 위험한 시기로 인식되고 있다.

한국청소년정책연구원의 2012년 조사에 따르면, 한국 청소년 중 23.4%가 자살 충동을 느낀 적이 있으며 이 중 상당수가 중학생인 것으로 나타났다. 실제로 연령대별 사망 원인을 조사할 때, 미국을 비롯한 다른 국가에서는 사고나 질병의 비율이 상대적으로 높은 반면 한국에서는 10대의 사망 원인 1위가 자살이다. 많은 청소년들이 정신적으로 힘들어 하거나 극단적인 행동을 하는 것은 그들이 중2병이나 관심병에 걸렸기 때문이 아니다. 독자들 자신들도 스스로의 사춘기를 돌아보라. 자신도 이해하기 힘들만큼 위험한 행동, 무모한 행동을 한 적이 한 번 이상 있을 것이다. 대부분의 사춘기가 그렇다. 이 책에서 독자들에게 전하고 싶어하는 핵심적인 메시지 중의 하나다. 사춘기는 질병이 아니다.

한국 청소년들은 모두 크고 작은 위기 속에 살고 있다. 이 글을 읽고 있는 독자도 그랬고, 독자들의 자녀도 그럴 가능성이 높다. 이 책에서 볼 수 있는 사례들을 타인의 사례로만 여기고 넘긴다면 그것부터 청소년에 대한 오해의 시작이다. 이 책을 통해서 청소년이 어째서 모험적인 또는 무모한 행동을 일삼을 수밖에 없는지, 왜 학교나 인터넷을 통해 어떤 면에서 어른보다도 더 많이 알게 되었음에도 아는만큼 자신을 통제하지 못하는지 알아갈 수 있길 바란다. 청소년들의 위기를 기회로 전환시켜주기 위해서는 부모, 학교, 사회 모두의 노력이 필요하다. 지난 몇 십년간 한국에서도 심리학이 발달해 온 만큼, 이러한 청소년들의 혼란스러운 마음을 철없는 한 때의 일탈로만 치부하고 넘기기보다는 이제는 우리 청소년들에게 공감의 손길을 내밀어 줄 때가 왔다. 이 책이 그런 마음을 가진 모든 독자들에게 큰 도움이 되길 희망한다.

역자 김 영 민

공역자 손덕화 님에게 무한한 감사를 표하며.

역자의 말

나는 수의사로서 24년을 일하며, 상담을 공부하는 학생에서 상담사로 11년을 살아왔다. 매일 벌어지는 일상의 스트레스에서 누군가는 약간 기분을 상해하지만 바로 다음 과업으로 전진하였고, 또 다른 누군가는 그 스트레스 상황에 오랫동안 머물며 결국 자신의 존재마저 갉아먹었다. 나는 후자였고 그렇게 학문으로 2011년부터 상담심리를 공부하기 시작했다. 공역자 김영민 박사는 내가 일하는 사무실에서 군복무 중이었고 명동 성당을 같이 다니며 친분을 쌓게 되었다. 또한 내가 상담심리를 공부하던 시절에 흔쾌히 내 생애 첫 내담자가 되어 주어, 상담자로서 효능감을 키울 수 있었다

상담심리 공부를 시작할 무렵 영유아이던 아들이 이제 초6학년, 사춘기를 시작하고 있다. 아들과 모든 자잘한 이야기를 할 정도 친밀하다. 몸에 생기는 변화부터 친구와 속상할 일 등 마음을 쏟아낸다. 나는 같이 머물러준다. 상담을 공부하지 않았다면 개입해서 해

결해주고 싶은 마음이 앞섰을 것이다. 아이에게 무엇이 필요할지 잠시 멈춰 생각할 수 있게 되었다. 2차 성징 중에 남자 아이들이 온통 사로잡히는 '성'에 대해서 초3학년부터 전문가의 도움을 받아 구체적인 교육을 했다. 성 행위의 의미, 가치, 관심과 사랑과 배려, 책임이 따르지 않으면 그 결과가 어떻게 되는 것인지. 성은 자극적이고 방종하며 즐기거나 억압해야 하는 것이 아닌, 생명과 사랑의 가치가 있다는 것을 알려주었다. 또한 수의사로서 공부한 동물의 성에 대한 설명으로 도움을 주었다.

이 책은 사춘기를 시작하는 아들을 이해하고, 내 삶을 돌아보는 데도 큰 도움이 되었다. 나는 사춘기를 시작하면서 기존에 해보지 않았던 생각을 하며 많은 시간을 보냈다. 무엇이든 왜 인지 물었고, 단어마다 의미를 파헤쳤다. 나는 사춘기를 대입이라는 큰 부담 앞에 넘쳐나는 질문과 호기심을 억누르며 보냈다. 그러나 대학 입학 통지를 받은 그 순간부터 억압이 아닌 방종으로 게이지를 돌려버렸다. 당장 대학 선배들과 소주를 마시며, 술과 남자친구들에 둘러싸여 살았다. 기질 및 성격검사(Temperament and Character Inventory)에서 기질 중 자극추구 점수가 90점이고 위험회피 점수가 2점인 나는 새로운 자극을 만나면 다음 순간에 그 자극 안에 침수해있었다. 그러나 내가 자기조절을 하고 다시 기능하는 삶으로 돌아온 큰 원동력은 두려움이었다. 부모님을 실망시킬까봐, 떳떳하지 못한 내가 될까 봐

두려웠다.

이 책은 첫 장부터 끝까지 일관되게 정보가 풍부하고 저자의 열정적 메세지가 담겨있다. 마지막 페이지까지 밑줄을 긋고 필사를 하며 읽었다. 이 책에는 구체적이고 실질적인 행동 지침이 담겨있다. 미국과 한국은 청소년에 대한 법과 상황이 많이 다르지만 이 책에 등장하는 사례들(저스틴 스위들러, 오마르 카다르 등)은 아프게 마음에 와 닿았다. 포털 기사에서 청소년의 일탈, 범죄에 대한 기사를 거의 매일 본다. 우리는 몸이 큰 아이들을 성인으로 대하기도 한다. 우리가 지나왔던 사춘기의 터널을 힘겹게 걷고 있는 그들의 머리 속을 보지 못한다. 그러나 이 책을 읽는다면, 바로 나의 아이들, 이 나라의 청소년들을 이해할 수 있을 것이다.

지구는 매일 오염되고 있고, 그 영향으로 아이들은 사춘기를 일찍 시작하고 있다. 최소 10살 이전에 시작되는 사춘기가 스무 살이 넘어서도 지속된다. 이 책은 뇌과학의 정보를 사춘기 행동의 근거로 제시하고 있다. 청소년의 뇌는 성장한 성인과 다르게 작동하고 있으며 우리가 청소년을 판단할 때 이것은 반드시 고려되어야 한다. 태어나 2-3년은 뇌가 틀을 갖춘다. 그리고 사춘기가 시작되면 뇌는 더 효율적으로 구조를 개편한다. 이 시기에 추상적 사고, 논리적 사고, 사람을 더 사람답게 하는 인지기능이 발달한다. 그리고 성인이 되어 새로움이 없는 일상의 루틴이 반복되어 갈수록 이 가소성의 문은 닫혀버린다.

전 세계적으로 청소년기가 길어지고 있다. 일찍 시작하고 사회적 성인은 늦게 서야 된다. 이 길어진 시기를 부모와 사회가 어떻게 도와야 하는지 저자는 아버지의 절실한 마음으로 하나하나 자세히 안내하고 있다.

항상 새로운 일을 탐구하며 살아왔다. 나는 수의학을 전공하고, 영문학 공부했으며, 상담심리, 이어 문예창작을 공부하고 있다. 하느님과 부모님, 스스로 떳떳하고 흠 없는 사람이고 싶었던 바람이 나를 조금 더 견디게 했고, 그렇게 키워온 자기 조절의 힘이 지금의 나를 만들었다. 유튜브 채널(별과침묵KNOW)과 블로그를 운영하며, 소설과 시를 쓰고 상담과 번역을 하며, 또한 엄마이기도 한 나는 금세 다른 일로 전환할 수 있게 되었다. 내 마음 앞에 쌓인 상처와 잘못된 신념들을 치우고 끊임없이 '나'와 대화를 했다. 내가 현재 느끼는 감정, 그 감정을 일으키는 내 신념, 내가 원하는 것을 물었다. 나는 원하는 삶을 살고 있으며 또 진정 살아있는 '삶'의 전파자가 되기 위한 길의 한복판에 서 있다.

마지막으로 이 책에서 소개하고 있는 양육의 핵심을 소개하며 역자의 말을 마친다.

"오늘날의 심리학자들은 자기조절을 잘 하는 아이들을 가진 부모들의 비결을 세가지로 이야기 하였다. 이 부모들은 공통적으로 자립심을 키워가는 자녀를 위해 따뜻하게, 분명하게 그리고 든든하게 지원해준다. 당신의 자녀가 영유아일 때 위의 세가지 부분을 잘 갖춰준다면, 나중에 자녀의 청소년기에는 그들의 감정과 생각과 행동을 조절할 수 있는 능력을 키우기가 더욱 용이해 질 것이다."

"결국 자기조절을 발달시키는 핵심 요인은 부모가 어떻게 표현하는지가 아니라 아이들이 사랑받는 것을 실제로 느낄 수 있는지에 달려있다."

"나랑 같이 번역할래" 제안에 흔쾌히 대답해 준 김영민 박사에 무한한 감사를 보내며, 무모하게 출판사 100곳에 보낸 번역 출판 기획서를 검토하여 이렇게 책으로 출판하도록 도와주신 도서출판 프로방스의 조현수 대표님께도 감사의 말씀을 지면을 빌어 전한다.

역자 손 덕 화

차 례

프롤로그

한 나라의 청소년들이 학업 성적이라는 잣대 위에서는 많이 뒤쳐져 있지만, 학교 폭력, 원치 않던 임신, 성병, 낙태, 음주, 대마초, 비만, 그리고 불행지수 면에서는 세계 선두권에 있을 때, 우리는 누구나 그 나라가 청소년을 교육하는 방식이 잘못되었다고 생각할 것이다.

그 나라는 바로 미국이다.

수많은 미국 청소년들이 학교 생활을 힘들어하거나 정서나 행동 문제로 고통받는 것은 더 이상 놀랄 일도 아니다. 청소년 교육에 대한 현재의 접근 방식은 청소년에 대한 몰이해, 불확실함, 그리고 모순의 혼합물일 뿐이다. 우리는 청소년들을 자주 실제 그들의 수준보다 더 성숙한 것처럼 대하거나 또는 자주 더 철없는 것처럼 대하고 있다. 우리 사회는 만 12세 중 범죄자를 그들이 알 만큼 알고 있다고 생각하여 성인과 같이 심리한다. 그러나 동시에 만 20세가 주류를 구매하는 것은 그들이 그것을 감당하지 못 할 정도로 너무 미숙하기 때문에 금지한다. 이렇듯 이 사회는 청소년기 아이들을 아주 혼란스러운 태도로 대하고 있다. 마찬가지로, 만 16세가(통계적으로 가장 위험한 활동이라고 할 수 있는) 운전을 하는 것은 허용하지만, R등급(미국의 청소년 관람불가 등급) 영화를 보는 것은 금지하고 있는(이 영화는 만약 본다고 해도 꼭 위험한 행동을 실행에 옮기진 않는다.) 이 사회의 모습은 무지의 극단을 보여주고 있다.

청소년기에 대한 전통적인 고정관념은 혼란이 계속되는 질풍노도의 시기라는 것이다. 청소년기가 혼란스러운 시간이라는 것은 사실이다. 그러나 그것이 한창 그 시기를 살아가는 사람들이 혼란스럽다는 뜻은 아니다. 실제로 성인들이야말로 청소년들보다 더 그 청소년들에 의해 혼란에 빠지는 경우가 많다.

몇 년 전, 나는 저녁에 친구로부터 전화로 그의 집에 와서 만 10살짜리 아이를 좀 봐달라는 부탁을 받았다. 그는 그의 만 16살짜리 큰 딸 스테이시(가명)가 연루된 문제때문에 달려나가려는 참이었다. 그 아이가 직전에 아빠한테 데리러 와달라고 전화를 했던 것이다. 그의 딸 아이는 가게 물건을 훔쳤다는 혐의로 체포된 상태였다 –사실 그녀는 우리가 사는 곳에서 멀지 않은 백화점의 한 점포에서 수영복을 훔치려고 시도했다. 그녀와 함께 가게에서 물건 몇 개를 훔친 두 명의 친구들은, 그 지역 경찰서에 붙잡혀 있었다. 내 친구의 부인은 출장으로 근처에 없었고, 그리고 그는 아들을 혼자 두고 집을 나설 수 없는 상태였다.

내 친구 부녀는 한 시간 정도 뒤에 돌아왔다. 그리고 그는 잠시 서서 딸아이가 현관으로 들어와 나를 지나쳐 가며 누구의 눈도 마주치지 않고, 그녀의 방으로 향하는 계단을 올라가는 것을 지켜봤다. 그 누구도 한 마디 말조차 하지 않았다.

그와 나는 거실에 앉아서 무슨 일이 일어난 건지 이해해보려고 했다. 그의 딸은 착한 아이였고, 성적도 모두 A학점이었고 어떤 문제에 휘말린 적도 없었던 모범생이었다. 그녀의 가족은 부유했고, 스테이시도 만약 본인이 옷이 필요하면 부모한테 말만 하면 사줬을 거란 걸 알았을 것이다. 그녀는 대체 왜 쉽게 살 수 있는 물건을 훔쳤을까? 내 친구가 경찰서에서 집으로 돌아오는 길에 그녀에게 물었을 때, 그녀는 대답하지 않았다. 그녀는 그저 어깨를 으쓱해 보인 뒤 창밖만 바라봤다. 여기서 나의 짐작은 그녀도 답을 모른다는 것이다. 또는 그녀 본인도 이유를 알게 되는 것을 유독 걱정하고 있을 수도 있다.

심리학자이기도 한 내 친구는 스테이시가 심리치료사를 만나서 그녀가 자신의 행동에 대해 더욱 잘 이해하게 되기를 원했다. 그 당시 나는 그것이 합리적인 요구라고 생각했다. 그런데 지금도 내가 그러한 대처를 지지하게 될지는 확신할 수 없다. 나는 10대 청소년이 우울증이나 만성적인 행동화(acting out)와 같이, 명백한 정서나 행동 면의 문제를 가지고 있을 때 심리치료를 받는 것에 대해서는 완전히 찬성한다. 그러나 아무리 심리치료사가 스테이시의 무의식을 탐문한다 해도 그녀가 왜 수영복을 훔쳤는지 밝혀내지 못할 것이다. 그녀가 그것을 훔친 것은 그녀의 부모에 대한 분노, 그녀의 낮은 자존감, 또는 즉각적으로 손에 잡히는 걸로 채워야만 하는 심리적 공허함 때문이 아니기 때문이다. 스테이시에게 그녀가 저지른 일에 대한 책임을 묻는 것은 중요하다. 그녀에게 가게에 보상을 하고 응당한 어떤 처벌(근신시킨다든지, 용돈을 끊는다든지, 받아온 특권을 일시적으로 중단시킨다든지)을 받도록 요구하는 것이 적절할 것이다.

하지만 그녀를 이해하려는 목적으로 그녀를 처벌하는 것은 소용없는 일이다. 그녀는 그녀와 친구들이 백화점 점포들을 배회하고, 가끔 멈춰서 화장품을 써보거나 매대에 진열된 옷들을 뒤적거리던 중에, 만약에 그들이 그걸 가지고 안 걸리고 도망갈 수 있으면 재미있을 것 같아서 훔친 것이기 때문이다. 그건 정말로 이것보다 더 복잡한 이유가 아니었다. 이 책의 본문에서, 나는 나와 내 동료들이 청소년의 뇌에 대해 진행하고 있는 연구가 스테이시가 그런 행동을 한 원인을 어떻게 설명해내는지 논의할 것이다. 그리고 무의식을 통해 그 원인을 찾아가려는 게 왜 무의미한 일인지도 논의할 것이다.

우리는 청소년에 대해 다르게 생각하는 데서부터 시작해야 한다. 다행히도, 지난 20년 간, 청소년에 대한 과학적 연구 면에서 엄청난 발전이 있었다. 좋은 소식은 행동과학, 사회과학, 그리고 신경과학에서 발표되어 누적된 지식이 부모, 교사, 청소년 고용주, 보건 및 의료 서비스 관계자, 그리고 그 외 청소년 관련 일을 하는 사람들이 그들의 일을 더 잘 할 수 있도록 실용적인 기초를 제공하고 있다는 것이다. 부모들은 더 똑똑하게 양육해야 한다. 교사들은 더욱 효과적으로 교육해야 한다. 고용주들은 그들이 더 성공 가능성 있는 방식으로 청소년들을 감독하며, 또 그런 방식으로 함께 일해야 한다. 청소년 관련 일을 하는 모든 사람들은 왜 스테이시같이 착한 아이가 종종 경솔한 일을 저지르는지 알아야만 한다.

하지만 나쁜 소식은 아직 이 많은 지식이 우리가 아이들을 양육하고, 교육하고, 대우하는 방식에 영향을 주지 못 하고 있다는 것이다.

이 책에서는 청소년을 연구하는 우리 같은 사람들이 알게 된 두 가지 변화의 교집합들이 통합되고 설명될 것이다. 첫 번째는 인생의 단계로서 청소년기가 시대를 거치며 변화해 온 모습으로, 이는 우리에게 청소년에 대한 가정의 양육, 학교의 교육, 사회의 시선을 근본적으로 개혁할 것을 요구하고 있다. 두 번째는 청소년 발달에 대한 우리의 인식 면에서의 변화로, 이를 설명해냄으로써 우리가 지금까지 실행해온 일들이 왜 효과를 내지 못했는지, 또한 우리가 어떻게 정책과 실천 방안들을 바꿔야 하는 지 알게 될 것이다. 나의 목적은 최근의 과학적 연구 결과에 근거하여 어떻게 하면 미국 청소년의 삶의 질을 향상시킬 수 있을지 국가적인 논의를 시작하고, 또 촉구하고, 그리고 그러한 논의를 세상에 알리는 것이다.

나에 대해 간단히 소개하자면, 나는 발달심리학자로서, 청소년 문제에 특히 관심을 두고 있다. 이 분야를 연구한 40년 동안, 나는 수 천명의 미국 그리고 전 세계 청소년을 대상으로, 수십 건의 연구를 수행했다. 그 연구들은 미국 국립보건원(National Institutes of Health)과 같은 공공 기관부터 맥아더 재단(MacArthur Foundation)과 같은 민간 단체와 같이 다양한 조직의 지원을 받아 수행되었다.

10대에 대한 많은 책들이 매년 출판되고 있는데, 그들은 주로 저자의 부모, 교사, 또는 의사나 상담사로서의 경험에 기반하고 있다. 그에 반해, 비록 나 역시 한 10대 아이를 둔 아버지 입장이지만, 이 책에서는 이 주제를 연구자 입장에서 접근하고자 한다. 이것은 개인적인 관찰이나 사례 연구가 가치가 없다는 뜻이 아니라, 단지 그런 것들이 일반적으로는 아주 복잡한 이야기의 작은 부분만을 말해줄 때가 종종 있다는 것이다. 간단히 말해서, 나는 개인적인 진술보다는 객관적이고, 과학적인 증거에 더 큰 비중을 둘 것이다.

내가 참여한 연구들은 다양한 인종과 다양한 직군과 계층의 부모를 가진 청소년들을 대상으로 포함시켜왔다. 부유한 지역에 자란 아이들, 빈곤한 지역에서 자란 아이들, 미국에서 가장 위험한 지역에서 자란 아이들이 모두 나의 연구에 고려 대상이었던 것이다. 또한 그 연구들은 심리적으로 원만하게 잘 지내는 아이들부터 정서나 행동 문제로 고통 받는 아이들도 포함해왔다. 나는 나라에서 가장 명성 있는 사립 학교에 다닐 만큼 운 좋은 10대 아이들은 물론, 비슷한 연령대의 시간을 감옥에서 보내야만 했던 아이들도 연구해왔다. 내가 주도적으로 참여해왔던 연구 프로젝트들은 뇌 영상이나 대면 인터뷰와 같은 기법을 활용한 소규모 집단연구부터, 설문 조사 결과에서 나타난 정보를 활용하는 대규모 집단연구까지 다양한 범위를 포괄하고 있다. 이 책의 기반은 나의 고유한 연구 자료와 다른 과학자들, 주로 다른 학문의 연구자들의 자료들을 모두 포함한다. 이어지는 장에서 나는 심리학에서 우선 광범위하게 연구 결과를 뽑았지만, 사회학, 역사학, 교육학, 의학, 법학, 범죄학, 보건학, 그리고 특히 신경과학의 자료도 참고하여 소개하였다.

이 책에서 뇌과학에 대한 언급은 특별한 가치가 있다. 지난 몇 년 동안 무비판적으로 수용되었으나, 신경과학으로 일상의 모든 행동을 설명하는 것은 결국 비판에 직면하게 되었다. 비판하는 사람들은 두뇌에 관한 인기 과학도서들에 제시된 많은 주장들이 과장되었다고 지적한다. 또한 그들은 신경과학이 우리가 심리학이나 사회과학을 통해 이미 알고 있는 것 이상을 제시하지 못한다고 지적한다. 또한 뇌과학에 대한 환상이 인간 본성의 중요한 면을 잘못 이해하게 이끈다고 말한다. 그들은 법원과 같은 다양한 사회적 기관들이 자신들이 일하는 방식을 혁신시키기 위해 신경과학적 증거의 수용을 서두르는 것에 대해 마땅히 경고해왔다. 나는 그러한 많은 우려들에 공감하고 있다.

그럼에도 청소년 뇌 발달 과학에 대해 다루고 있는 이 책에 깔려 있는 나의 의도는 청소년이 단지 뉴런들의 연결망에 불과하다고 주장하려는 것도 아니고, 청소년이 하는 모든 일들이 생물학적 요인에

만 영향을 받는 것이라고 제안하는 것도 아니며, 청소년의 행동은 외부 요인에 의해 교정될 뿐이고, 외부 요인에 의해 잘 육성될 수는 없다고 말하고 싶은 것도 아니다. 사실 나는 전혀 반대 입장이다. 즉, 청소년 뇌 발달 연구를 통해 우리가 얻은 주된 결론은 청소년의 더 나은 삶을 위해, 그들의 인생에 영향을 주는 것이 가능하다는 것이다. 유전학의 발전이 역설적으로 환경의 중요성을 우리에게 알려주었다. 청소년의 뇌에서 우리가 발견한 것도 그것과 비슷한 교훈이다.

청소년 두뇌 발달 연구는 어떤 면에서 비교적 힘없는 아이들을 억압하기 위해 활용된다는 비판에 직면하기도 한다. 청소년을 옹호하는 많은 사람들은 청소년 두뇌 과학은 엉터리라고 또는 심지어 어떤 음모론 같은 거라고 주장한다. 그리고 증거도 없이 제기한 청소년과 성인의 두뇌 기능의 차이점들은 과학자의 상상력이 꾸며낸 허구이며, 10대에 대한 사실이 아닌 고정관념에 기반한 고리타분한 이야기에 첨단 기술로 신뢰를 더해주기 위해 날조된 것이라고 주장한다. 20세기가 시작될 즈음에는, 청소년의 미숙함을 꾸준히 지속시키는 원천은 격앙된 호르몬으로 여겨졌다. 반면 오늘날 그 원천은 대뇌 피질의 미성숙으로 여겨지고 있다. 어느 쪽이든, 비판하는 한쪽의 시각에서는, 그것이 그저 유사과학을 앞세운 청소년에 대한 편견에 불과하다고 말한다.

나 또한 우리가 청소년에 대해 잘못된 고정관념을 가져서는 안 된다고 믿는다. 그러나 청소년 뇌과학이 가짜라는 생각은 뇌 발달 연구에서 있었던 15년 간의 중대한 발전을 무시하는 처사이다. 2차 성징과 20대 초반 사이의 기간 동안 두뇌의 해부학적 구조나 기능의 상당한 그리고 체계적인 변화가 생긴다는 것은 이제는 확고해졌다. 나는 여기에 이의를 제기할만한 신경과학자는 없다는 것을 알고 있다. 청소년들의 뇌가 이렇게 변한다는 것은 이들의 뇌에 결함이 있다는 뜻이 아니다. 오히려 그들의 뇌가 아직 발달 중이라는 뜻이다. 결함일수도 있다고 지적하는 것은 물론 영유아들은 미취학 아동처럼 걸을 수 없다는 아기들에 대한 편견보다 10대에 대해 더 심각한 편견은 아닐 것이다. 그러나 청소년의 사춘기는 결핍, 질병, 또는 장애가 아니다. 이 시기는 단지 그들이 성인이 되었을 때보다 좀 더 미성숙한 인생의 한 단계일 뿐이다.

용어에 대해서 한두 가지만 논하고자 한다. 20대 초반의 사람들을 뭐라고 불러야 하는지에 대해서는 최근에 많은 저술이 있었다. 예를 들어, "떠오르는/부상하는 성인들(emerging adults)", "트윅스터들(twixters)[1]", 그리고 "어덜테슨트(adultscents)[2]"와 같은 말들이 제안되어 왔다. 그리고 우리가 그런 20대 초반의 사람들을 발달 단계 중 하나의 고유한 단계로 봐야 하는지, 그러니까 성인기의 제1기 또는 청

1 취업이 어려워서 부모에게 의존하며 사는 어른도 어린이도 아닌 세대.

2 어린 아이 같은 마음을 가진 어른. 어린이의 문화를 계속 영유하고 즐기려는 성인.

소년기의 연장기로 봐야 하는지에 대해서도 많은 논의가 있었다. 이 책에서 나는 "청소년기(adolescence)"라는 용어를 만 10세부터 만 25세 사이의 기간으로 지칭하여 사용할 것이다. 이것은 청소년기를 10대라고 생각하는 독자들에게는 놀랍게 다가올 수 있으며, 그들의 20대 초반을 우리가 10대 초반을 묘사하는 것과 같은 명칭으로 부르는 것을 주저하는 사람들을 거슬리게 할 수도 있다.

나는 20대 초반을 청소년기의 연장기로 보는 쪽에 손을 들어주는 편인데, 그것은 이 연령대의 사람들이 성인이 아직 아니라고 폄하하거나 그들이 정서적으로 철이 덜 든 미숙한 상태라고 생각하기 때문이 아니라, 우리 사회가 그 용어가 만 10세와 25세 사이의 기간을 적절하게 잘 설명한다고 증명하듯이 변화해왔다고 생각하기 때문이다. 관습적으로, "청소년기"는 한 아이의 2차 성징과 함께 시작해서, 신체적으로 성장한 그 젊은이가 부모로부터 경제적 그리고 사회적으로 독립을 하는 걸로 끝나는 발달 단계를 가리켜 왔다. 뒤에 설명하겠지만, 이 정의에 따르면, 현재 만 10세와 25세 사이의 기간은 거기서 크게 벗어나지 않는다. 게다가 뇌과학에서 밝혀진 증거도 있다. 두뇌가 20대 초반까지도 완전히 성숙되지 않는다는 것이다. 따라서 "청소년기"라는 용어를 이 연령대의 사람들에 적용하는 것은 우리가 신경과학에서 알게 된 부분과도 일치한다. 우리가 이 시기를 뭐라고 부르든지, 사람들이 더 이상 어린이도 아니지만 완전히 독립적인 성인도 아닌 이 기간은 점점 더 길어져 왔으며, 지금도 계속 길어지고 있다. 이러한 청소년기의 확장은 우리가 이 젊은이들을 가정, 학교, 그리고 이 드넓은 사회에서 마주함에 있어서 각 상황에서 엄청난 불일치와 잘못된 방향을 야기한다.

이후 전개될 각 장의 로드맵을 간략히 소개하는 것이 좋을 것 같다. 첫 장에서 나는 왜 지금이 청소년을 교육하는 방식을 다시 생각해야 하는지 논할 것이다. 이런 면에서 우리가 지난 30년 간 진보가 별로 없었기 때문이 아니라, 청소년 두뇌에 대한 새로운 발견이 우리를 좀 더 현명한 방식으로 그들을 교육하는 쪽으로 인도해 줄 것이기 때문이다. 2장에서는 청소년 두뇌에 대한 최근의 발견들과 왜 이런 발견들이 많이 중요한지 설명될 것이다. 3장에서 나는 청소년들 그 자신들이 변화해 온 모습, 일단 기간부터 7년부터 15년까지 길어져서 2배 이상으로 길어진 이 모습을 집중적으로 탐구했다. 4장에서는 청소년 뇌 발달 과학을 청소년이 왜 그렇게 행동하는지에 대한 질문에 적용해보았다. 이런 청소년 두뇌에 대한 관점을 기반으로, 5장에서는 왜 위험한 행동이 청소년기에 그렇게 빈번하게 나타나는지 그리고 왜 10대들의 무모하게 행동하려는 성향이 왜 다른 친구들과 함께 있을 때 더 강하게 발현되는지 설명될 것이다. 6장에서는 왜 청소년의 성공과 삶의 질에 가장 중요한 요소가 자기조절인지 설명될 것이다. 이에 근거하여, 과연 어떻게 청소년 뇌 발달 과학의 발견이 우리가 청소년을 더 행복하게 그리고 더 성공적으로 살 수 있도록 촉진하는 역할을 부모로서(7장) 그리고 교육자로서(8장) 잘 수행할 수 있도록 도와줄 수 있는지 살펴보았다. 그 다음에 나는 청소년에 대한 우리의 새로운 개념이 사회 전체에 제시하는 시사점을 고찰해볼 것이다. 먼저 9장에서는 청소년기의 큰 변화가 어떻게 빈부의 차이를 심화시키는 지 설명될 것이며, 10장에서는 우리 사회와 법적인 정책이 최신 과학의 동향을 반영하여 어떻게 더 현명하게 조정될 수 있는지 논의될 것이다. 결론 부분에서 나는 내가 몇 가지 권장 사항을 제시할 것이다. 부모를 위해, 교육자들을 위해, 정책입안자들을 위해, 그리고 청소년의 삶을 생각하는 다른 모든 성인들을 위해. 그 권장 사항들은 청소년과 관계된 성인들에게도 그리고 청소년 본인들에게도 도움이 될 거라고 나는 믿는다.

이 서문은 실행을 촉구하는 의도로 진중하게 시작했지만, 독자들이 모두 나의 시급한 논조에 동의하지는 않는다는 것을 인식하고 있다. 어떤 전문가들은 우리 청소년들이 옛날보다 더 낫다고 주장할 것이다. 그리고 어떤 면에서 그러한 주장은 정확한 주장이다. 오늘날 술을 마시거나 흡연을 하는 10대들의 수는 그들의 부모 시절보다 줄었다. 요즘 청소년 범죄율 역시 20년 전보다 더 낮은 수준이다. 10대 임신율도 감소해왔다. 이런 현상들은 분명 좋은 소식이다.

그러나 우리가 청소년의 행동과 삶의 질을 얼마나 많은 비용과 시간을 투자하고 있는지 고려할 때, 오늘날의 우리를 칭송하는 것은 예전보다 약간 나은 수준이지만, 여전히 최하위권을 맴돌고 있는 팀을 위해 축하 퍼레이드를 진행하는 것과 비슷하다. 어떤 문제들은 비교적 최근 상황과 비교해봐도 이제는 일반적이지 않다. 하지만 각 문제들의 심각성은 아직 받아들이기 힘들 정도로 높은 수준이다. 그리고 미국은 다른 선진국에 비해 청소년의 성취도나 건강 지표 면에서 한참 뒤처져 있다. 그 수준이 충분히 괜찮은 수준도 아니며, 우리가 청소년에 대해 더 잘 이해하고 근본적으로 다른 접근 방식으로 그들을 교육했을 때 가질 수 있는 최선의 상태를 나타내고 있지도 않다. 이어지는 장들에서 내가 제안하는 것은 청소년에 대해 완전히 새롭게 생각하는 방식은 아니며, 오히려 최신 연구에 기반한, 혁신적인 과학적인 정보라고 할 수 있다. 우리가 만약 이러한 관점을 수용한다면, 우리의 청소년의 삶의 질에도 상당한 발전을 거라고 나는 확신한다.

제1장

기회의 순간
(Seizing the moment)

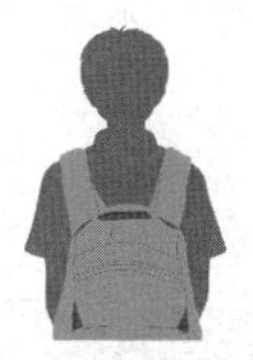

지금 이 순간, 우리는 그 동안 우리가 어떻게 아이를 양육해 왔는지에 대해 돌아봐야 한다.

최근 15년간 청소년기 뇌 발달 연구가 엄청난 진전을 보이면서, 우리는 이 시기가 발달 단계로서 얼마나 중요한 시기인지 다시 한 번 알게 되었다. 인간의 두뇌 발달이 유년기를 지나면 거의 끝난다고 여기던 때도 있었다. 그러나 최근 연구에 따르면 우리의 뇌는 20대에도 끊임없이 계속 성장하는 것으로 나타났다. 청소년기에 우리의 뇌가 어떻게 발달하는 지와 이러한 신경생물학적 변화가 청소년 행동에 무엇을 시사하는지에 대해 알게 되면서, 우리가 청소년들을 대하는 방법에 몇 가지 실수가 있다는 것을 발견했다.

이 책의 가장 중요한 목적은 그런 최근 뇌과학 연구의 결과를 소개하고, 그것을 근거로 그동안의 우리의 방식이 얼마나 현명하지 못했는지, 앞으로 청소년들이 사회에 잘 적응하고 성숙한 성인으로 성장하기 위해서 정말 필요한 것은 무엇인지와 그것을 우리가 어떻게 파악할 수 있는지 방법을 제시하는 것이다.

청소년기에 대해 지금 다시 돌아봐야 하는 또 다른 이유는, 청소년기는 그 자체로 변화이며, 우리를 지배해 온 낡은 생각들이 잘못되었고, 심지어 위험하기까지 하다는 것을 알리기 위해서이다. 앞서 밝힌 대로, 본래 몇 년 정도였던 이 시기는 훨씬 더 길어지고 있다. 지금의 청소년기는 그 시작을 사춘기에 돌입하는 시기로 보며, 그 끝은 청년들이 직업, 결혼 그리고 재정적 독립을 얻게 되는 시기까지로 연장되었다고 봐야 할 것이다. 쉽게 말해서 우리의 아이들은 청소년기에 전보다 더 빨리 진입하며, 정신적으로 성인이 되기까지는 더 많은 시간을 보낸다.

이런 변화가 가져온 파급효과는 뚜렷하지만, 그 양상은 복잡할 수밖에 없다. 일반적으로 아이들이 더 이른 나이에 신체적으로 성숙해지는 것은 대부분의 사람들이 생각하는 것 이상으로 심각한 현상이다. 사춘기가 빨라지는 것은 인간을 우울증, 비행, 심지어 암과 같은 위험에 훨씬 더 크게 노출시킨다. 반면에 성인기로 진입이 늦어지는 것은 심각하게 걱정해야 될 수준이 아니며, 일부 대중매체에서 제기하는 것만큼 큰 문제가 아니다. 어떤 면에서는 좋을 수도 있다. 오늘날 성인기로의 진입이 늦어지는 것의 근본적 원인과 그 영향이 잘못 인식되고 있어, 그로 인해 20대 중반의 청년들이 억울하게 비판을 받고 있다.

어린이가 성인이 될 때까지 15년 정도가 걸린다는 사실은 청소년이 된다는 것이 어떤 의미인지 그리고 우리가 부모, 교육자, 그들의 친구나 동료 또는 보호자로서 어떻게 행동해야 하는지 돌아보게 한다.

우리가 다음 세대를 대하는 방식에 대해 다시 생각해야 하는 가장 중요한 이유는, 뇌 발달 연구에서 밝혀진 대단히 흥미로운 사실과 최근까지 그 가치를 주목받지 못했던 발견에서 비롯되었다. 그것은 바로 청소년기가 경험을 통해 뇌를 다양한 방향으로 변화시킬 수 있는 시기라는 것, 엄청난 "신경가소성(neuroplasticity)[1]"을 가진 시기라는 것이다.

당신은 아마 태어나서 3살까지 생의 초기에 아이들의 경험이 뇌의 주요한 발달과 삶을 좌우하는 주요하고 불변하는 차이점을 만든다는 생각에 익숙할 것이다. 그것이 사실이긴 하지만, 대부분의 사람들이 청소년기가 다시 찾아오는 두 번째 기회라는 것을 인식하지 못하고 있다. 영아기에 두뇌가 매우 큰 가소성을 보인다는 발견은

---

1 여기서 신경가소성(neuroplasticity)이란, 플라스틱이나 도자기처럼 청소년의 뇌가 외부 환경, 자극에 의해 다양하게 형성되어, 일정한 형태로 빚어질 수 있음을 뜻한다. 본 서에서는 신경가소성 또는 가소성의 번역을 채택하기로 한다.

이 시기 아이들에게 가장 이로운 경험을 제공하기 위해 어떤 일을 해야 하는지에 많은 관심을 불러왔다. 이제는 그만큼의 관심을 청소년기에 가져야 한다.

그러나 청소년기의 뇌가 가소성이 있다는 것은 긍정적, 부정적인 면 두 가지를 동시에 지닌다. 신경과학자들은 바로 뇌의 가소성이 두 갈림길에서 어느 길을 선택할지 방향을 판가름한다고 말한다. 이것 때문에 뇌의 가소성이 청소년기를 엄청난 기회로 혹은 크나큰 위기로 이끌 수 있다. 만일 우리가 우리의 아이들을 긍정적으로 지원해 준다면 그들은 잘 자라게 되겠지만, 유해한 환경에 방치한다면 아이들은 힘겹고 기나긴 길 위에서 고통받게 될 것이다.

청소년기는 두 번째 영유아기

(Adolescence Is the New Zero to Three)

우리 두뇌가 가공되기 전 플라스틱처럼 가소성이 있어 경험에 의해 다른 모양으로 만들어질 수 있다는 사실이 일부 독자들에게는 충격적이겠지만, 뇌를 공부하는 이들에게는 사소한 발견에 불과한 만큼 흔한 지식이다. 그 어떤 학습이라도 뇌를 변형시킬 수 있다. 무엇이 우리의 기억으로 남든지, 그 기억된 경험이 우리 신경에 근본적이고 지속적인 변화를 가져온다. 그런 영향 없이는 경험은 기억되지 않는다.

최근까지도 영아기만큼 우리 경험이 두뇌에 잠재적으로 큰 영향을 주는 시기는 없는 것으로 여겨져 왔다. 뇌의 크기는 열 살 정도가 되면 성인 크기와 가까워져서, 많은 사람들은 청소년기가 시작되기 전에 두뇌 발달이 거의 완료된다고 생각했다. 그러나 뇌의 해부학적 변형과 그 활동이 꼭 뇌 조직의 외관으로 나타나 보이는 것은 아니다. 사실 학계에서 두뇌 발달 면에서 체계적이고 설명 가능한 패턴이 청소년기에 나타난다는 것을 발견한 것은 25년이 채 되지 않았으며, 이 시기의 두뇌 발달이 경험에 의해 영향을 받는다는 것도 그 후로 관심을 가지게 되었다.

하지만 상황이 변하고 있다. 이제 청소년기는 두뇌 성장에 민감한 시기로 주목받고 있다. 우리의 두뇌는 청소년기 직전 또는 직후보다도 청소년기에 더 큰 가소성을 보인다. 성인기에 돌입하면 가소성이 급격하게 감소하며, 이 감소세는 청소년기에 돌입할 때 가소성이 증가하는 것만큼 뚜렷하다. 즉, 청소년기는 우리 두뇌가 경험에 의해 변형될 수 있는 가능성을 보여주는 마지막 시기이며, 좋은 형태로 빚어질 수 있는 마지막 기회인 것이다. 우리의 심리적 문제를 성인기보다 청소년기에 다루는 것이 더 쉬운 이유는 그런 문제가 나이가 들수록 우리 안에서 더 뿌리깊게 단단히 굳어지기 때문이다.

두뇌의 가소성이 우리를 항상 더 좋은 변화로 인도하는 것은 아니며, 더 나쁜 변화로 유도하기도 한다. 두뇌가 경험에 민감함 시기에 부모가 책을 읽어주는 것과 같은 인지적 자극을 받은 아이들은 좋은 환경에 노출되었기 때문에 잘 자랄 수 있게 된다. 그러나 마찬가지로 같은 시기에 방치되거나 학대를 받은 아기들은 경험의 결여와 부정적인 경험 때문에 뇌의 손상과 그에 따른 피해로 오랫동안 고통받을 수 있다. 다시 말해서 청소년기에 뇌가 가소성이 높다는 것은 좋은 소식이다. 다만 우리는 이 시기의 이점을 잘 활용해야 한다. 아이들에게 긍정적인 경험을 제공하고 아이들을 해로운 경험에서 지켜야 한다.

무엇이 우리를 걱정하게 하는가?

(Causes for Concern)

미국의 청소년들은 힘겨운 시간을 보내고 있다. 지난 20년간 우리가 고무적인 추세로 봤던 청소년 웰빙의 지표는 정체기에 들어섰거나, 하향세로 돌아섰다. 10대 청소년의 임신과 흡연은 더는 감소하지 않고 대체로 변화가 없다. 청소년기 약물 사용은 오히려 증가하고 있으며, 이에 따라 자살 시도와 학교 폭력도 증가하면서 대학 신입생들을 위한 교정 교육(remedial education)의 필요성 또한 높아졌다. 90년대 후반부터 우리가 힘써 일궈왔던 점진적 개선의 추세가 이제 끝을 보이고 있으며, 그중 일부는 엉켜버리기 시작했다.

지금 우리는 우리 청소년들을 적절하게 보호하지도 못할 뿐 더러 긍정적인 발달을 이어가도록 도와주지도 못하고 있다. 문제는 투자가 부족한 것은 아니라는 것이다. 우리는 청소년 교육에 엄청난 규모의 돈을 쏟아 붓고 있다. 미국은 그 어떤 나라보다도 중고등학생들에게 개인별 예산을 많이 투입하고 있다. 따라서 미국의 미진한 학업성취도나 우려할 만한 대학 중도 이탈은 재정적 자원 부족의 문제로 보긴 어렵다. 미국에서는 매년 청소년 음주, 약물 남용, 콘돔을 사용하지 않는 성관계, 난폭 운전을 방지하기 위한 교육에 수백만 달러를 투자하고 있다. 이 교육 프로그램들은 그 효과가 입증되지 않았음에도 단지 약간 성공적이었다는 이유로 지속되고 있다.

게다가 가장 많은 인원을 교도소에 수감하는 국가로서, 우리는 매년 거의 60억 달러를 청소년 범죄자들을 가둬놓는데 소모하고 있다. 이 청소년 범죄자들 중 대다수는 폭력범죄자들도 아니며, 공동체 사회에서 교화시킨다면 그 큰 비용 중 일부만으로도 관리될 수 있을 것이다. 우리는 청소년 범죄자 처벌에 충분히 많은 노력을 기울여 왔으며, 그 분야의 예산 부족이 청소년 범죄의 원인은 아닐 것이다.

다음은 우리가 청소년들에게 왜 더 큰 관심을 가져야 하는지를 보여주는 사례들이다.

1970년대 이후로 고등학교 학업 성취도 표준 시험의 점수는 상승한 적이 없었다. 미국 청소년들은 학교 교육에 상대적으로 적게 투자하는 많은 선진 국가들에 비해 지속적으로 낮은 수행을 나타내고 있다. 비록 미국의 초등학생들이 다른 나라들과 비교해 보았을 때 좋은 수행을 보이고 있긴 하지만, 미국의 중학생들의 성적은 중간 정도이며, 고등학생들은 부진을 면치 못 하고 있다. 특히 수학이 나 과학의 학업성취도는 미국과 경제적으로 대등한 다른 국가들과 비교하여 현저하게 낮은 수준이다. 이러한 학업성취도의 하락에 많은 비용이 든다. 4년제 대학 신입생의 약 20%와 전문대 신입생의 50%를 위한 보충 교육에 30억 달러가 쓰인다. 그 정도 비용이면 대학 등록금을 좀 더 낮춰서 더 많은 이들에게 기회를 제공할 수도 있었을 것이다. 미국은 한때 세계에서 가장 높은 대학 졸업률을 자랑했다. 그러나 지금은 상위 10위권에도 들지 못하며, 상당수의 미국 대학생들은 수익만을 목적으로 하는 수준 낮은 학교에서 학위를 취득한다. 대학에 입학하는 학생 중 3분의 1은 졸업도 하지 않는다. 이제 미국은 선진국 중 가장 대학 졸업률이 낮은 나라가 되었다. 대학 졸업장이 급여수익을 가장 잘 보증함에도 불구하고 미국은 선진국 중 가장 대학 졸업률이 가장 낮다.낮은 학업 성취도만이 문제는 아니다. 미국 청소년의 신체적, 정신적 건강 또한 좋지 않다. 고등학교 고학년 다섯 명 중 한 명이 최소 월 2회 정도 과음한다(음주가 아니라 과음이다.). 매일 마리화나를 피우는 학생의 비율은 최근 20년 중 가장 높다. 미국 청소년들은 세계에서 가장 자주 폭음을 즐기며, 마약을 흡입하고 있는 것이다. 게다가 10대와 청년들의 불법 약물 사용도 현재 증가하고 있다. 미국 젊은 여성 중 약 3분의 1이 20살이 되기까지 적어도 한 번의 임신을 경험한다. 미국은 다른 선진국에 비해 10대 성관계의 비율이 낮은 편임에도 10대 임신과 성병 감염,

낙태비율이 높다. 한창 성적인 교제를 하고 있는 고등학생의 콘돔 사용 비율은 한동안 상승했으나 최근엔 정체 상태에 접어들었다. 현재 한창 성적인 교제를 하고 있는 10대 중 3분의 1이 성병을 예방하지 않으며 지내고 있다.

1980년부터 2007년까지 미혼 여성의 출산율은 거의 80%가량 상승했다. 2011년에는 출산한 여성의 3분의 1가량이 미혼이었다. 미혼의 어린 청소년들이 아이를 갖는 것은 학업을 단축시키고, 부모들의 생활비 부담을 가중시키며, 가난 속에 살게 될 가능성을 높인다. 미혼 출산은 어머니와 아버지의 육아의 질을 손상시키고, 자녀의 지적 성장을 방해하며, 정서적 및 행동적 문제에 관한 위험을 높인다. 미혼 부모로부터 태어난 아이들은 다시 미혼인 상태로 아이를 가질 가능성이 높으며, 다음 세대로 하여금 같은 문제를 반복하게 할 것이다.

청소년의 공격성은 끊임없이 우리 모두의 골칫거리로 다가온다. 미국 질병통제예방(CDC, Centers for Disease Control and Prevention) 센터에 따르면, 미국 고등학생의 40%가 지난 1년 동안 신체적 싸움을 겪었으며, 이 10명 중 1명 이상이 의학적 치료를 받아야 할 정도로 심각한 부상을 입었다. 미국은 선진국들 중에서 청소년 폭력 비율이 가장 높을 뿐만 아니라 청소년 폭력에 의한 사망률도 가장 높다. CDC 조사에 의하면, 미국 남자 고등학생 중 약 10%가 일상적으로 총기를 소지하고 다니는 것으로 나타났다.

이에 따라 매년 30만 명의 고교 교사들이 학생들에게 물리적으로 위협을 당하고 있으며, 이는 전체 교사의 8%에 해당하는 수치이다. 심지어 이 중 15만 명의 경우는 학생으로부터 실제로 폭행을 당했다. 필연적으로 미국 고등학교의 3분의 2는 총기로 무장한 보안요원을 배치하고 있다.

미국에서 고등학생 나이의 남자 청소년 중 20%는 ADHD에 관한 처방약을 복용하고 있다. 이는 전체 유병률에 두 배에 해당하는 수준이다. 많은 전문가들은 이 청소년들을 집이나 학교에서 더 쉽게 관리하기 위해 약을 처방해 주는 것으로 보고 있다. ADHD의 유병률이 전 세계적으로 비슷하지만, 미국은 전 세계 ADHD 약물의 75% 이상을 소비한다. 이렇게 무장요원을 학교에 배치하거나, 약물에만 의존하는 것만으로는 낮은 학업 성취도와 청소년 폭력 문제를 근본적으로 해결할 수 없다.

청소년 비만은 1970년대에 비해 지금은 3배 가까이 많아졌다. 미국에서는 대략 청소년 6명 중 1명이 비만이며, 또 다른 6분의 1만큼이 과체중으로 분류되어 세계에서 청소년 비만과 당뇨가 가장 심각한 국가라는 불명예를 안고 있다. 미국 청소년들은 아마 학업 성취도 면에서는 국제적으로 최하위권일지 모르나, 탄산 음료나 감자튀김 섭취량만큼은 세계 최상위권이다.

미국 고등학생의 연간 자살 시도의 비율은 20년 전과 마찬가지로 전체의 8% 수준이다. 그렇게 미국 청소년의 자살률은 세계 평균보다 높은 수준을 유지하고 있다. 고등학생들이 자살을 시도한 경험이나 자살을 생각해 본 경험 역시 증가 추세에 있다. 두통, 복통, 불면증, 우울감 같은 좀 더 경미한 정신 지표에 관한 국제 조사 결과에 비추어 봐도 미국 청소년들은 지금 비참한 상황에 있다. 물론 정신 건강 문제는 비단 청소년이나 고등학생에 국한된 것만은 아닐 것이다. 4만 명 이상의 사람들을 대상으로 한 최근의 한 국가 연구에 따르면, 19세에서 25세 사이의 미국 청년의 거의 절반이 정신 질환에 시달리고 있는 것으로 나타났다. 그 중 대다수가 약물이 필요한 질환이었으며, 우울증과 불안 및 특정성격 장애도 포함된 것으로 밝혀졌다. 이러한 문제는 꼭 빈곤한 가정에서만 나타나지 않는다. 해당 연구에 따르면, 정신 질환에 시달리고 있는 청년의 비율은 (학비를 부담하며) 대학을 다니고 있는 청년들과 학교를 다니지 않는 청년 사이에 약간의 차이만 보일 뿐 거의 비슷한 수준이다.

청소년의 심리적 문제는 시간이 갈수록 심각해지고 있다. 요즘 청소년의 심리검사 결과를 75년 전 같은 심리검사 결과와 비교한 연구에 따르면, 현대의 10대와 젊은 성인 계층에서 심각한 심리적 문제를 가진 것으로 진단될 수 있는 수검자가 과거에 비해 5배나 많은 것으로 나타났다. 이것은 심지어 현대인들이 그들의 부모, 조부모, 증조부모보다 자신의 정신 질환을 더 거부감 없이 잘 인정한다는 것을 고려해도 높은 수치이다.

고등학교 개혁을 위한 광범위하고 값비싼 노력에도 불구하고 학생들의 시험 점수는 1970년대보다 더 나아지지 않았다. 보건 교육, 성교육 그리고 폭력 예방 교육에 대해서도 투자를 아끼지 않았지만 청소년 약물 남용, 비만, 우울, 임신, 범죄 그리고 학교폭력과 같은 문제들은 여전히 심각한 수준으로 남아 있다. 우리는 확실히 무언가 굉장히 잘못된 방향으로 가고 있다.

새로운 접근

(A New Approach)

청소년기는 새롭게 정의되어야 한다. 오늘날의 청소년기는 훨씬 더 일찍 시작되고, 훨씬 더 늦게 끝난다. 그리고 이 시기는 성인기의 건강, 성공 및 행복을 결정하는 데 그 어느 때보다 훨씬 더 중요하다. 더욱이 청소년기를 더 일찍 시작하고 더 길어지게 만든 요인들이 앞으로도 지속적으로 영향을 줄 가능성이 높고, 심지어 더욱 심화되기 때문에 현재 통용되고 있는 10대가 곧 청소년이라는 개념은 더욱 낡고 위험한 개념이 될 것이다.

뇌과학은 왜 청소년기가 취약한 시기인지 뿐만 아니라 청소년이 과거에 비해 왜 더 자주 위험한 행동을 하는지, 정신건강에 있어 왜 더 취약해졌는지, 그리고 성인으로 가는 과도기에 대해서 왜 그렇게 더 예민해졌는지에 대해서도 설명하고 있다. 4장에서 더 자세히 설명하겠지만, 청소년기에 돌입할 때 두뇌에 나타나는 변화는 우리 인간을 더욱 흥분시키고, 감정적으로 각성하게 하며, 쉽사리 분노하게 만든다. 하지만 이러한 흥분과 각성을 일으키는 두뇌의 변화가 청소년기 중 상당히 빠른 시기에 일어나는 데 반해 똑같이 중요한 두뇌 변화는 더 늦게 찾아오는데, 후자의 변화는 우리의 사고, 감정 그리고 행동의 통제 능력 - 심리학자들이 자기조절이라고 부르는 기술들의 총칭 - 을 강화시키는 것을 가리킨다. 즉, 우리 감정이나 충동을 흥분시키는 두뇌 체계를 활성화시키는 변화와 그런 감정과 충동들을 제어하는 두뇌 체계를 성숙시키는 변화 사이에 시간차가 존재하는 것이다. 이것은 마치 잘 밟히는 민감한 엑셀레이터와 잘 안 밟히는 브레이크를 가지고 운전을 하는 것과 같다. 자기조절 역량이 충동을 억제할 만큼 충분히 강하지 않으면 문제가 발생할 수밖에 없다. 그 문제는 우울증, 약물 남용, 비만, 공격성 그리고 다른 위험하고 무모한 행동들을 말한다.

엑셀레이터는 잘 밟히는데, 브레이크는 둔탁한 차를 오래 운전할수록 주행이 불안정해지고 교통사고가 날 확률은 높아지기 마련이다. 그런데 두뇌가 쉽게 흥분하는 청소년기의 시작과 자기조절력을 성숙시켜 가는 청소년기의 끝이 점점 멀어지고 있다. 불안정한 시기가 길어지고 모든 종류의 문제에 노출될 가능성이 커지는 것을 의미한다.

청소년기는 일반적으로 마음이 극도로 연약해지는 시기이지만,

어떤 아이들은 확실히 다른 아이들보다도 더 마음이 취약한 모습을 보인다. 고맙게도 대부분의 청소년이 우울증에 빠지거나, 유급되거나, 약물을 남용하거나, 감옥에 가는 지경까지 되지는 않는다. 무엇이 우리 청소년들을 질풍노도의 시기를 경험하는 이들과 그렇지 않는 이들로 판가름하는가? 그리고 무엇이 폭풍 속에 살아남지 못하는 아이들과 그것을 견뎌내고 성장하는 아이들을 판가름하는 걸까?

자기조절 능력은 아마 단일 요인으로는 정신 건강과 사회적 성공에 가장 크게 기여하는 요인일 것이다. 우리가 생각하는 것, 느끼는 것 그리고 행동하는 것을 통제하는 이 능력은 다양한 정신적 장애에서 우리 자신을 보호하고, 더 만족스럽고 완전한 대인관계를 유지하게 해주며, 일과 학업에서 성공할 수 있게 해준다. 한 연구에 따르면, 교외에 거주하는 부유층 청소년부터 도심에 거주하는 빈곤층 청소년 표본까지 모두 조사한 결과, 그 중에 자기조절 능력에서 높은 수준에 있는 응답자들이 학교 성적도 높았고, 반 친구들 사이에서 인기가 있으며, 말썽도 부리지 않고 감정 문제에 휩싸이지도 않았던 것으로 나타났다. 이러한 연구 결과는 자기조절 역량을 발달시키는 것이 청소년들의 중점적인 과제가 되어야 하며, 그리고 그들을 대하는 부모와 교육자 또는 보건전문가의 핵심적인 목표로 되어야 한다는 것을 시사한다.

좋은 소식은 자기조절을 제어하는 두뇌 시스템이 특히 청소년기에 유연하다는 것이다. 하지만 이 사실은 우리가 학교나 집에서 청소년에게 줄 수 있는 경험의 질에 대해 더 고민하게 만든다. 이는 청소년보다 더 성장한 청년들에게도, 그들의 직장에도 필요한 고민이다.

동시에 우리는 청소년들이 자기 통제력을 키우기 전에, 잠재적으로 위험한 상황을 피하도록 도와줘야 하며, 정상적인 조절 시스템의 발달이 현실적으로 타협하게 만드는 나쁜 경험을 피하도록 도와줘야 할 것이다. 5장과 8장에서 자기조절의 중요성에 대한 자세히 다룰 것이며, 부모와 학교가 어떻게 자기조절 발달을 도울 수 있는지 그리고 우리가 무럭무럭 자라나는 청소년들을 어떻게 보호할 수 있는지가 주요 내용이 될 것이다.

청소년기의 시작과 끝의 간극이 점점 벌어지면서 모든 젊은 청소년들에게 이 시기는 그 어떤 때보다 위험한 시기가 되고 있다. 특히 이 질풍노도의 시기의 새로운 현실에 대처할 자원이 가장 적은 이들에게는 특히 더 위험한 시간이 될 것이다.

청소년기가 길어지는 것은 길어진 청소년기로 부유한 사람들과 가난한 사람들 사이에 격차가 더 커지고 있다. 이러한 현상은 교육 현장이나 교육 행정에서도 주목받지 못 하고 있다. 이러한 상황에서 가장 큰 위험에 처한 아이들은 빈곤한 환경에서 자라는 수 많은 청소년들일 것이다. 이들뿐 만이 아니라 우리 사회에서 점점 늘어나는 맞벌이 부부와 중산층의 자녀들 또한 위기를 맞이하고 있다.

청소년기가 뇌신경의 가소성 면에서 0-3세와 대등하다는 것이 명백해지면서, 전문가들은 그렇다면 어떤 시기에 더 많은 자원을 투자해야 하는지 논의하게 되었다. 나에게는 이런 논의가 숨쉬는 것과 먹는 것 중 무엇이 더 중요한지 묻는 것과 비슷하다. 질식은 당연히 굶주림보다 빨리 사람을 죽게 만들지만, 그러나 만일 우리가 먹지 않는다면 숨 쉬는 것만으로는 우리를 오랫동안 살리지 못할 것이다. 마찬가지로 영유아들의 교육에 투자하는 것은 반드시 필요한 일이지만, 우리가 이 어린 시기에만 관심을 가진다면 이 아이들이 사춘기가 되었을 때 우리가 이 시기에 쏟았던 정성이 무의미해지는 결과를 보게 될 수도 있다. 아기가 인생을 건강하게 출발할 수 있게 해주는 일은 중요하지만, 이때 쏟는 정성은 투입이지 주입이 아니다. 즉, 꼭 투자한 만큼 효과가 나타나는 것이 아니며, 그 효과가 계속 남아 있는 것도 아니다.

이후에 소개되는 내용처럼, 우리는 사춘기에 관해 잘못된 가정을 많이 하고 있다. 이 그릇된 가정들 때문에 부모들은 피할 수 있는 실수를 저지르고, 학교는 필수적인 소양을 함양시키는 교육을 하지 않고, 정책 입안자들은 잘못된 법안을 통과시킨다. 그 뿐만 아니라 청소년에게 그들의 메시지로 희망을 주고 싶어 하는 사람들도 그 가정들 때문에 실패할 수밖에 없는 전략을 쓰게 된다.

인간의 두뇌가 다양한 모습으로 형성될 수 있는 두 번째이자 최종 단계로서, 청소년기는 아마도 개인을 건강한 길로 안내하고, 우리가 쏟았던 정성이 효과적이고 지속될 수 있게 만드는 마지막 기회일 것이다. 두뇌가 플라스틱처럼 성형될 수 있는 가소성이 청소년에게 얼마나 중요한지 그리고 그것이 우리 인생 전반에 얼마나 큰 영향을 미치는지 더 깊이 이해하기 위하여 우리는 뇌의 가소성의 놀라운 기전을 탐구해야 한다. 다음 장에서 두뇌 가소성에 대해 더욱 상세히 알아볼 것이다. 물론 성인이 되었다고 해서 변화가 불가능한 것은 아니다. 그러나 청소년기는 마지막 기회의 창이라고 할 수 있다.

제2장

플라스틱 뇌

(The Plastic Brain)

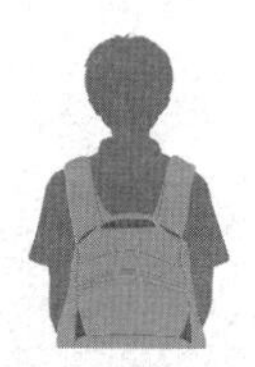

나는 내 청소년기를 신기할 정도로 생생하게 기억한다. 그 기억들은 어린 시절이나 성인기에 대한 기억보다 훨씬 풍부하고 구체적이다. 지금은 60대 초반이지만, 10대 시절의 중요한 사람, 장소, 사건뿐만 아니라 각각에 대한 세부 사항들이 놀라울 정도로 선명하게 떠오른다. 친구들의 목소리와 같은 특별한 소리, 체크 무늬 치마를 입고 초록색 스타킹을 신었던 여자 아이의 생김새, 그리고 동네 피자 가게에서 돌아오는 차 안에서 운전하던 아빠 옆에서 느꼈던 내 무릎 위 피자 상자의 따뜻함과 맛있는 냄새가 모두 내 기억 속에 뚜렷하게 남아있다.

물론 나는 어릴 때와 어른이 되었을 때 나에게 일어난 일을 기억하지만, 이 기억들은 거의 대부분 주요 사건들에 관한 것이며, 사실상 누구나 기억할 만한 인생의 전환점같은 일들이다. 예를 들면, 새 집으로 이사를 했던 일이나, 새로 반려동물을 키우게 된 일, 처음으로 합격 통보를 받았던 일, 아내에게 청혼했던 일, 우리 아이가 태어났던 순간과 같은 사건들이다. 유년기, 성인기에 있었던 일상적인 일에 관한 기억은 마치 우디 앨런이 순식간에 읽었다는 「전쟁과 평화(War and Peace)」에 대해 "러시아에 관한 것이었지."라고 묘사한 것처럼 흐릿하며 구체적이지 않다. 딱 그 정도가 내가 회상하는 아동기와 성인기 전반에 관한 막연한 모습이다. 그런데 재미있는 것은 나의 뇌가 내 청소년기의 가장 사소한 것들을 생생한 고화질 영상으로 저장해 두고 있다는 것이다.

놀랍게도 내 청소년기는 매우 평범했다. 가족에게 어떤 비극이 있었던 것도 아니고, 복권에 당첨된 적도 없다. 나의 10대는 가족이 갈라섰던 일도, 크게 아팠던 일도, 가까운 누군가가 생을 일찍 마감했던 일도 없었던, 그야말로 우리의 일상에 그 어떤 극적인 변화도 없었던 그야말로 운이 좋았던 시기였다. 그때의 내 삶은 공항의 무빙워크처럼 오늘에서 내일로 안정적으로 지나갔다.

솔직히 내 청소년기가 유년기나 성인기에 비해 더 뚜렷하게 기억나는 이유는 단 한 가지도 떠오르지 않는다. 사실은 내가 삶의 가장 중요한 사건들로 카탈로그를 만든다면, 인생을 바꿀 만큼 중요한 일은 10대에는 비교적 적게 나올 것이다. 반면 30대 페이지에는10년 동안 내가 결혼을 했고, 아빠가 되었고, 직업을 두 번 바꿨으며, 3개의 다른 도시로 옮겨 다닌 데다가 종신 재직권(tenure)을 받은 일들이 모두 포함될 것이다. 인생을 바꿀 중대한 일이 비교적 적음에도 난 내 청소년기를 더욱 폭넓고 강렬하게 회상하곤 한다. 수년간 나는 주변 동료나 친구들에게 그들도 그러한지 물었고, 적어도 90%가 그렇다고 답했다. 거의 모든 사람들이 그들 삶의 어떤 시기보다 청소년기를 더 생생하게 회상한다.

회고 절정

(The Reminiscence Bump)

청소년기 기억이 특별히 선명하게 남아 있는 건 일반적인 현상이라서, 심리학자들은 이 현상을 "회고 절정(reminiscence bump)"이라 명명했다. 연구자들이 사람들이 그들의 과거를 회상하는 현재 나이를 통제하는 조건으로(사람들은 주로 최근의 사건은 예전 사건보다 잘 회상하기 때문에 이것은 필요한 조건이었다.) 어떤 시기의 경험이 가장 잘 떠오르는지 실험한 결과, 다른 시기의 사건보다 10살에서 25살 사이의 사건들이 더 많이 기억난다는 사람들의 개인적인 경험들은 일반적인 현상이라는 것이 입증되었다.

이러한 현상은 우리가 일반적으로 기억을 저장할 수 있는 능력이 10대일 때 더 탁월해서가 아니다. 우리의 기억력이 유년기부터 청소년기에 걸쳐서 향상되며, 그때부터 발달된 우리의 기억력은 40대 중반을 지나 심지어 정신 능력이 감퇴하기 시작하는 중년 초기까지 높은 수준으로 유지된다. 즉, 기본적으로 연령에 따른 기억력의 차이는 우리가 왜 청소년기를 유년기보다도 잘 기억하는지 설명할 수 있지만, 우리가 왜 10대부터 20대 초반을 30-40대 시절보다 잘 기억하는지는 설명하지 못하는 것이다.

청소년기의 회고 절정이 그 시절 우리의 기억력이 더 좋아서가 아니라면, 아마도 청소년기에 일어났던 사건들 자체에서 원인을 찾을 수 있을 것이다. 이러한 가능성은 충분히 설득력이 있기 때문에 많은 연구자들의 관심을 받았다. 이와 관련해서 다음과 같은 3가지 다른 가설이 제시되었다.

첫 번째 가설은 첫 키스, 첫 직장, 처음 산 차 그리고 처음 술을 마셔본 일, 사람마다 다르지만 대체로 모두 청소년기에 일어난다. 연구 결과에 따르면 우리는 익숙한 일보다 새롭게 경험한 일을 더 잘 기억한다.

두 번째 가설은 청소년기에 일어나는 사건들이 더 의미가 있고, 더 감성을 충만하게 하기 때문이라는 것이다. 많은 중요한 일들이 청소년기에 발생한다. 우리 모두 졸업, 부모로부터 독립, 첫 성경험 등을 청소년기에 겪는다. 인생에서 이 시기에 더 많은 추억이 생긴다는 것이 놀랄 일은 아니다. 우리는 감정적으로 강렬한 사건들을 더 선명하게 기억한다.(물론 그렇다고 그 기억이 더 정확한 것은 아니다.) 많은 드라마 같은 이야기가 청소년기에 일어나기 때문에 사람들은 그 순간들을 더 잘 기억한다는 것이다.

마지막 한 가지 가설은 청소년기가 처음으로 일관된 정체성을 발달시키는 시기라서, 우리가 이 시기에 일어나는 사건으로 자신을 정의하기 때문이라는 것이다. 그래서 우리가 성장할수록 그 성장의 계기가 되었던 순간들을 기억하기가 더 용이해지고, 이러한 순간순간의 기억들이 각자의 자서전의 페이지들을 장식한다는 것이다.

이 모든 가설들은 매우 합리적으로 보이지만 모두 틀렸다. 청소년기는 많은, 새로운 감정적이며, 중요하고, 그리고 자신의 정체성에 영향을 주는 일들이 일어나는 시기이지만, 이것이 그 사건들을 더 잘 기억하는 이유는 아니다. 한 실험에서 참가자에게 "책"이나 "태풍" 같은 일상적인 단어를 보여주고, 각각에 대해 생각나는 추억을 적어 보라고 요구했다. 준비한 단어가 소진될 때까지 진행한 후, 참가자에게 각 사건들이 대략 몇 살 때쯤 일어난 것인지 명시해 달라고 했다. 각 사건의 시기들이 모두 명시된 후, 참가자에게 각 사건이 얼마나 새로웠던 건지, 또 중요했던 건지 그리고 얼마나 깊이 감정을 느꼈는지 평가해 달라고 했다.

이 참가자들이 대부분 다른 시기의 사건보다 청소년기의 사건들을 더 많이 떠올린 건 이미 예상했을 것이다. 하지만 예상 외로 그들이 떠올린 청소년기 추억들이 다른 시기의 사건들에 비해 그들에게 특별히 새로웠던 것도, 중요했던 것도, 감정을 자극했던 것도, 심지어 개인적으로 의미가 있었던 것도 아니었다. 실제로 우리가 청소년기로부터 더 많은 사건을 회상하는 것은 우리가 이 시기에 더 많은 일상적인 사건들을 저장했기 때문이다. 특이하거나 감정이 충만했던 중대한 사건은 사실 언제 발생하든 잘 기억된다. 그러나 평범한 일들도 청소년기에 일어난 경우에는 다른 시기에 경험한 일반적인 일보다 더 잘 기억에 남는다. 이 시기에는 분명 무언가 있다. 사소한 사건조차 우리 마음 깊은 곳에 고이고이 간직하게 만드는 무언가가 있는 것이다.

우리는 음악, 책, 영화도 이 시기에 감상한 것들을 더 잘 기억한다. 그러니까 10살이나 25살 사이에 처음 했던 경험들, 처음 만났던 사람들이나 처음 가 본 여행지, 처음 불렀던 노래, 처음 읽은 소설책, 처음 본 영화를 가장 잘 기억하는 것이다. 사회 현상에 대해서도 10대가 세상사에 관심이 많지는 않음에도 불구하고, 그 무렵 뉴스에서 봤던 특별히 놀라웠던 소식들은 신기할 정도로 잘 기억한다

청소년기의 회고 절정으로 우리는 몇 가지를 추론할 수 있다. 잘 기억되는 이유가 이 시기에 발생한 사건의 성격과는 관계가 없는 것으로 나타났기 때문에, 우리는 청소년기에 기억이 작동하는 방식에서 특별한 비밀을 찾아낼 수 있을 것이다.

특히 청소년기 매일의 경험이 어떻게 기록되는지가 그 열쇠인 듯하다. 어쩌면 우리 뇌가 이 연령대의 경험을 특별히 더 잘 기록하도록 설계된 기록 장치일 수도 있다. 어떤 사건을 경험할 때 도파민같은 특정 신경 전달 물질이 분비된다면, 그 물질이 분비되지 않을 때

보다 그 사건은 더 쉽게 기억된다. 이 물질들은 우리가 강한 부정적 또는 긍정적인 정서를 느낄 때 분비되는데, 이후에 설명되는 바와 같이 이러한 강한 정서를 담당하는 두뇌 영역은 청소년기에 특히 더 민감해진다. 이로 인해 청소년기의 두뇌가 기억의 조각들을 더욱 충실히 기록할 수 있게 화학적으로 활성화된 것이다. 다시 말해서 회고 절정이 나타나는 것은 청소년기에 감성적인 사건이 더 많이 발생해서가 아니라 오히려 이 시기에는 평범한 사건들도 더 강한 감성을 불러 일으키기 때문이다.

청소년기 뇌는 성형이 가능한 플라스틱

(The Adolescent Brain Is Plastic)

회고 절정은 청소년기의 두뇌가 환경에 특별히 민감하다는 누적된 증거의 일부일 뿐이다. 즉, 이 시기를 신경 가소성[1]이 극대화되는 시기로 만드는 요인 중 하나에 불과한 것이다. 우리가 청소년기의 사건을 훨씬 더 잘 회상하는 이유는 우리가 이때의 경험을 더 깊이 있게, 구체적으로 확고하게 기록하도록 우리의 감각이 증폭되었기 때문이다. 많은 자서전이나 소설이 이 시기의 이야기를 중점적으로 다루거나, 이 시기를 새로 태어나는 시기로 묘사하고 있는 것은 결코 우연이 아니다. 소설가, 극작가, 철학자 그리고 성년기 회고록의 작

1 성장과 재조직을 통해 뇌가 스스로 신경 회로를 바꾸는 능력이다. 폭넓게는 어떤 유전자형의 발현이 특정한 환경 요인을 따라 특정 방향으로 변화하는 성질을 가리킨다.

가들이 이 시기에 관한 신경생물학적 특성을 알고 있던 것은 아닐 것이다. 그러나 그들은 사춘기가 얼마나 큰 발달의 시기인지 표현하는 것을 절대적 목표로 삼았다.

최근까지도, 신경과학자들은 인간 발달에서 가소성이 주로 어린 시기의 특성이라 믿었다. 왜냐하면 우리 두뇌가 이 시기에 급격하게 발달하면서, 많은 기초 능력이 강화(예: 시력)되고, 발생(예: 언어 능력)하며, 통합(예: 운동 능력 전반)되기 때문이다.

이러한 유년기 두뇌 체계는 한 번 성숙되면 다시 변화를 주는 것이 굉장히 어렵다. 바로 이런 이유로 어린 시절의 심각한 박탈을 경험한 여파를 극복하는 것이 힘겨울 수밖에 없는 것이다. 적절한 환경적 개입을 못 받으며 고아원에 위탁되어 있는 영아는 만 2세 전에 이러한 환경에서 탈출하지 못할 경우 정상적으로 발달하기 어렵다. 시설에서 길러진 영유아들을 대상으로 실시한 광범위한 연구에서, 연구자들은 루마니아에서 만 2세가 넘을 때까지도 고아원에 남겨진 아이들과 그 전에 위탁 시설로 배정된 아이들을 비교했다. 그 결과, 그들은 위탁 양육 그룹의 아이들의 지적 장애 비율이 훨씬 적다는 것을 발견했다. 그들은 고아원에 남아 있는 아이들보다 훨씬 IQ 점수가 높았다. 또한 위탁 양육된 아이들이 정서적, 행동적 문제로 덜 고통 받았다.

우리는 이제 청소년기가 두뇌가 재조직되고 가소성 강한 뇌가 성형되어 가는 시기라는 것을 알게 되었다. 이 발견은 우리가 아이들을 어떻게 양육하고, 교육하고, 대우해야 하는지에 관한 좋은 나침반이 된다. 이 시기의 뇌가 경험에 특히 민감하다면, 우리는 유년기에서 성인기로 성장하는 시기의 경험에 매우 신중하고 세심하게 접근해야 한다.

이와 더불어 영유아기 고유의 중요성에 대해서는 확고한 신념을 이어 가야 할 것이다. 우리 두뇌가 특히 가단성[2]을 가지고 잘 변하는 시기는 태어난 직후 처음 2–3년 동안이다. 영유아기 이후는 이 가단성이 어느 정도 감소하기까지 한다. 그런데 이 가단성이 청소년기에 다시 증가하여 그 강도를 성인기가 될 때까지 유지한다는 것이 발견된 것이다. 하지만 과연 청소년기 두뇌가 영유아기만큼 가소성이 높은지는 올바른 질문이 아니다. 영아기와 청소년기에 가소성을 보이는 뇌의 부분이 다르기 때문이다.

지난 20년간 우리 뇌가 어떻게 변화하고 발전하는지 연구하면서 두뇌의 가소성에 관한 접근 방식을 재검토해 본 것은 이번이 처음은 아니다. 비교적 최근까지도 우리가 성인이 되면 뇌에는 가소성이 거의 없어지며, 두뇌를 계속 유연한 상태로 유지할 방법은 거의 없는 것으로 알고 있었다. 이것은 명백히 잘못된 생각이다. 성인의 두

---

2 압력같이 외부에서 작용하는 힘에 의해 외형이 변하는 성질을 말한다.

뇌는 좀 더 어릴 때보다 가소성이 낮지만, 전혀 가소성이 없는 상태가 되는 것은 아니다. 우리가 가소성의 이점을 취하기 위해 무엇을 해야 하는지를 정확히 알고 있는지는 다른 문제이며, “성인 뇌를 바꾸는 방법”에 관한 확인되지 않은 주장들이 많다. 우리는 한정된 뇌세포만 가지고 태어나며, 나이가 들면서 새로운 뉴런을 생성해 내지 못한다고 알고 있었지만, 이 역시 사실이 아니다.

성형의 목적

(Plasticity Has a Purpose)

어떤 사람은 "플라스틱[3]"이란 단어로 우리 두뇌를 묘사하는 것이 어색하다고 생각할 수 있다. 플라스틱이란 단어는 두 가지 매우 다른 함의가 있기 때문이다. 우리가 매일같이 사용하는 물건들은 플라스틱으로 만들어졌다. 예를 들어, 바로 내가 지금 이 글을 쓰기 위해 두들기고 있는 키보드도 플라스틱이다. 이런 물건이 주는 느낌은 단단하거나 딱딱한 느낌이며, 전혀 손으로 변형시킬 수 있을 것 같지 않다. 우리는 일반적으로 플라스틱으로 된 물건을 영구적으로 변형시킬 수 있을 거라고 생각하지 않는다. 내가 책상 위에 놓인 저

3 본 서에서는 "플라스틱(Plastic)"을 가소성, 가단성, 또는 점토로 번역해서 쓰기도 하지만, 이 장에서는 원저자의 의도를 고려하여 플라스틱 철자를 그대로 한글 표기했음을 밝힌다.

생수병을 움켜쥐는 것은 가능하지만, 생수병은 내가 손에서 놓는 순간 원래 형태로 돌아간다. 우리가 두뇌가 플라스틱이라고 표현할 때는 "플라스틱"이라는 단어의 실제 어원, 즉 "(틀에 넣어)주조(鑄造)하다(그리스어: plassein, 영어: mold[4])"라는 동사에서 유래된 그리스 단어 플라스티코스(Plastikos)를 의미한다고 봐야 한다. 그러니까 플라스틱 두뇌는 최종 형태로 굳어지기 전의 공업용 플라스틱처럼 우리가 원하는 틀에 넣어서 성형(成形)할 수 있는 두뇌를 가리키는 것이다. 이런 면에서 "플라스틱"이란 단어의 선택은 특정 발달 단계의 두뇌를 묘사할 수 있는 최적의 표현이다. 왜냐하면 마치 부드럽고 말랑말랑한 상태에서 단단하고 딱딱한 상태로 변형 가능한 플라스틱처럼 두뇌도 점성이 있는 흙과 같은 상태에서 컵이나 그릇같이 고정된 형태로 성형할 수 있기 때문이다. 청소년기 두뇌는 부드럽고 유연한 형태의 플라스틱이며, 세월이 지나면서 더욱 단단하게 굳어지게 된다.

우리 중 대부분은 성장기 동안 경험하는 일들이 우리의 발달에 영향을 준다는 사실에 동의할 것이다. 우리가 어떤 사람으로 성장하는지는 우리가 부모로부터 받은 유전자와 우리가 겪는 경험에 따라 결정된다. 우리가 유전자의 영향을 받아들이는 곳은 바로 DNA에 기록되어 우리 온몸에 포함된 신체 정보들이다. 그리고 우리는

---

4 참고로 영어 mold에는 도자기용 점토라는 뜻이 있다.

이 유전자의 정보가 어떻게 우리 내부에 들어왔는지도 잘 알고 있다. 이 정보는 우리 부모들이 함께 이뤄낸 유전자의 선택적 합병을 거쳐 모체로 보내져 수정된 순간부터 우리의 일부였다.

반면 우리 정체성에 영향을 미치는 경험이 어떻게 우리 내부로 들어왔는지, 또는 그런 경험들이 어디에 머무는지는 쉽게 연상되지 않는다. 물론 부모로부터 폭력을 경험한 아이가 공격성을 보인다든지, 관계가 좋은 부모가 양육한 아이가 연애를 더 잘한다든지, 부모가 자주 책을 읽어줬던 아이가 유치원에서 학습을 더 쉽게 하는 것을 연구자들이 발견했다고 해도 놀랍지는 않을 것이다. 왜 아이의 엉덩이를 때리는 게 공격성을 키우는 일인지, 행복한 결혼 생활을 보여주는 것이 어떻게 아이들이 나중에 더 만족스러운 연애를 할 수 있게 돕는지, 집에서 지적인 자극을 주는 것이 어째서 학교 공부에도 긍정적인 영향을 주는지 직관적으로는 이해할 수 있을 것이다.

그러나 특정 경험과 결과의 인과 관계를 그대로 받아들이는 것, 또는 아이들이 그렇게 발달하는 원인을 설명해 주는 심리학 이론을 발견하는 것은 경험에서 발달로 연결되는 생리적 과정을 이해하는 것과는 또 다를 것이다. 부모에게 맞았던 경험이 있는 아이는 어떻게 타인을 때리는 성향을 가지게 되었을까? 서로 애정표현을 자주 하는 부모는 어떻게 아이의 친화력에 영향을 주었을까? 동화책을 읽어주는 것이 어떻게 지적 발달을 도와주는 것일까?

두뇌의 가소성(Plasticity)은 외부 세상이 우리 안으로 들어와 우리를 변화시키는 과정이다. 만약 경험이 실제로 두뇌를 변화시키지 않는다면 우리는 어떤 것도 기억하지 못 할 것이다.

가소성(Plasticity)은 우리가 경험으로부터 배우게 하고 환경에 적응할 수 있도록 한다. 당신이 처음 불에 데었을 때 뇌에 일어난 변화는 당신이 다시 불꽃을 볼 때마다 그 색깔이 아무리 매혹적이라도 거기에 손을 집어넣지 않게 하는 핵심적인 요소이다. 뇌에 가소성이 없었다면 우리 조상들은 어떤 환경이 식량과 수분을 수급하기에 안전하고 이상적인지 기억할 수 없었을 것이며, 위험하고 피해야 하는 상황조차 떠올리지 못했을 것이다. 뇌의 가소성으로 우리는 새로운 정보와 능력을 습득하게 하는 등 많은 혜택을 누리고 있다. 따라서 가소성이 극대화되는 영유아기나 청소년기는 긍정적인 발달을 촉진시키기 위해 개입해야 하는 최적의 시기다.

그러나 이 가소성은 위협으로 작용하기도 하는데, 이 시기의 뇌는 극도로 예민해서 마약이나 독극물에 의해 쉽게 물리적 손상을 입고, 트라우마나 스트레스에 의해 심리적 손상을 입는다. 가소성은 외부 세계로 향한 정신 세계의 창문을 열어 바다 내음, 새소리, 꽃향기가 흘러 들어오게 해주지만, 또 그 열린 창문으로 오염 물질, 소음 그리고 해충들도 같이 쉽게 들어올 수도 있기 때문이다. 이 창문이 특히 활짝 열리는 영유아기나 청소년기에 우리는 그 창문으로 무엇이 들어오는지에 각별히 주의를 기울여야 한다.

두뇌 성형의 종류와 과정

(Building a Better Brain)

두뇌의 성형(Plasticity)에는 두 가지 종류가 있다. "발달 성형"은 두뇌가 생성되고 있는 시기에 해부학적으로 구조가 현저하게 변화하는 동안 일어나는 성형이다. 이 성형과정에는 뇌세포의 발달이나 손실도 포함되지만, 가장 중요한 변화는 두뇌의 "배선(wiring)" 과정으로, 이는 천억 정도 되는 뉴런이 서로 연결되는 과정이다.

이는 마치 어느 집의 전선이나 수도관이 다른 집보다 더 효율적이고 배선, 배관된 것처럼, 어떤 아이들의 두뇌는 다른 아이들의 두뇌보다 더 잘 조직되어 있다는 것이다. 그리고 전문 전기공이나 배관공이 효율적인 거주환경을 구축하는 법을 잘 알고 있는 것처럼, 발달 신경과학자들도 뇌 발달 전문가로서 두뇌를 더 효율적으로 조직하고 성장시키기 위해 필요한 것이 무엇인지 잘 알고 있다.

당신의 집 모든 전기 콘센트가 위치와 상관없이 모두 다른 콘센트와 연결되어 있는 상태를 상상해 보라. 주방에 있는 콘센트가 침실에 있는 것, 거실, 복도, 여기저기 있는 모든 것들과 연결되어 있는 것이다. 콘센트가 4개씩 있는 방이 4개 있다면, 각 콘센트가 15개씩의 선으로 연결되는 구조가 된다. 벽 뒤 좁은 공간 여기저기로 쥐의 둥지처럼 뭉쳐있는 전선의 모습을 상상해 보라. 그리고 그 배열이 얼마나 비효율적일지 생각해 보라. 전기가 필요하지 않은 곳에도 흐르면서 전력과 시간이 낭비되는 것이다. 이것이 바로 우리가 보통 분리된 전기회로를 통해 연결된 각 클러스터 내에 콘센트를 배치하여 효율성을 극대화하는 이유이다.

마찬가지로 두뇌는 모든 뉴런들이 서로 연결되지 않고 선택적으로 연결되었기 때문에 잘 작동하는 것이다. 태어날 때 우리는 인생에서 보유할 대부분의 뉴런을 가지고 태어난다. 영아기 때 우리 뇌는 새로운 뉴런을 많이 생성하지 않지만, 각각을 수십억 개의 경로로 연결한다. 이 과정은 광범위하게 진행되며, 신경과학자들은 이 과정을 보통 "과잉 형성(exuberant)"이라 부른다. 생후 6개월, 뉴런 간에는 백만 가지의 새로운 연결이 매 초간 형성된다. 그 표현 그대로 과잉 형성이다.

모든 뉴런이 다른 모든 뉴런과 연결되는 것은 비효율적이기 때문에(사실 물리적으로 불가능하다. 각 뉴런들을 전부 연결하려면 머릿속에 맨해튼 면적의 공간이 필요하다.) 두뇌의 신경망이 잘 조직되는 것은 정말 중요한 일이다. 일단 영아기 때 뉴런 연결 망의 과잉 형성은 머리를 터지게 할 정도의 수준이다.

따라서 많은 발달 성형 과정은 불필요한 연결을 제거하는 과정을 포함하며, 이를 "가지치기"라고 한다. 생후 1년, 이미 뉴런 간의 연결 가짓수는 성인의 두뇌에 비해 두 배 가량이 되어 있다. 이렇게 늘어난 가짓수에 대한 가지치기는 나뭇가지를 일부 제거하여 남은 가지들을 더 강하게 성장시키는 것과 같은 원리로 뇌 기능을 더 효과적으로 강화한다. 이것은 두뇌 회로가 재정립되는 광범위한 과정의 일부이며, 이를 통해 뉴런의 각 연결 가지가 생성, 강화, 약화 또는 제거된다.

시각이나 청각 같은 기본 감각을 제어하는 두뇌 영역에서는 가지치기가 생의 초기에 진행되며, 이후 사고나 질병으로 뇌가 손상되지 않는 한 큰 변화 없이 유지된다. 반면 복잡한 의사결정 같은 상위 인지 기능을 담당하는 뇌 영역에서는 가지치기가 더욱 오랜 시간 동안 진행되며, 이 중 많은 부분이 20대 초, 중반까지도 완전한 성숙 단계에 도달하지는 않는다. 바로 이 영역이 청소년기에 진행되는 가지치기의 주 무대이다. 사춘기 때의 경험으로 우리가 향후 인생에서 상위 인지 기능을 어떻게 수행하게 되는지가 확고하게 결정될 것이다.

성인기 성형

(Adult Plasticity)

발달 성형은 경험으로 두뇌를 조각하는 과정으로 20대 중반까지 계속된다. 그 외의 성형 과정으로 "성인기 성형(Adult Plasticity)"이 있다. 우리가 무언가를 배울 때마다 뇌에 지속적인 생물학적 변화가 유발되므로 뇌는 모든 연령대에서 어느 정도의 가소성이 있어야 한다. 그렇지 않다면 성인기에 새로운 지식이나 능력을 습득하는 것이 불가능할 것이다. 그러나 나이가 더 들어도 항상 새로운 것을 배울 수 있기 때문에 우리 뇌에는 늘 일정 수준 이상의 가소성이 있다는 것을 알 수 있다. 그러나 앞서 소개한 발달 성형을 위한 가소성과 성년기 성형을 위한 가소성은 명확히 다르다.

첫째, 발달기 성형은 신경 구조를 근본적으로 바꾸지만, 성인기 성형에서는 그런 일이 일어나지 않는다. 발달 성형은 새로운 뇌세포의 성장과 두뇌 회로의 형성을 수반한다. 그러나 성인기 성형은 주로 기존 회로에 관한 상당히 미미한 변화 정도만 줄 뿐이다. 예를 들면, 어떻게 읽는지 배우는 것(인생 전반에 영향을 주는 변화)과 새로운 책을 읽는 것(그 정도로 크지 않은 변화)의 차이라고 할 수 있다.

둘째, 두뇌 체계는 발달기 성형보다 성인기 성형이 일어날 때 훨씬 적은 가단성을 갖는다. 사실 두뇌가 발달 중일 때는 마치 점토처럼 경험에 의해 변형되기 쉽도록 화학적으로 민감해진다. 반면 성인기 두뇌는 이미 굳어버린 도자기 그릇처럼 변화에 저항 강도가 높아진다. 이것이 우리가 유아기 이후로 성숙해진 후에는 시력이나 청력이 더 좋아지지 않고, 우리가 성인이 된 후에는 어릴 때보다 스키나 서핑을 배우는 게 더 힘들어지는 이유이다. 우리가 성인이 될 무렵에 시각, 청각 그리고 조직화를 담당하는 두뇌 체계가 굳어진다. 이것은 외국어를 청소년기 이후보다 이전에 배울 때 더 쉽게 배울 수 있는 이유이기도 하다. 언어 습득을 담당하는 두뇌 체계가 청소년기 때쯤에는 이미 많이 성숙되어 버리기 때문이다.

마지막으로, 발달하는 뇌는 훨씬 더 유연해서 성숙한 뇌보다 훨씬 더 광범위하게 경험의 영향을 받는다. 두뇌가 발달하는 순간, 우리가 인지하지 못한 경험에 의해서도 변화가 일어난다. 뇌가 일단 성숙해 버리면 우리도 알아채지 못하는 사이 그 경험에 의해 지속적으로 영향을 받기 때문에 경험에 주의를 기울이고 의미를 부여해야

만 한다.

한창 발달 중인 뇌는 자극에 관한 수동적 노출과 능동적 경험 모두에 의해 조각된다. 이것은 우리 두뇌가 완전히 성숙되기 전에 잠재적으로 지속되는 경로를 통해 모든 경험으로부터 영향을 받는다는 뜻이다. 이 영향은 그 경험이 긍정적이든 부정적이든, 우리가 그 경험을 이해하든지 못하든지, 심지어 그 경험을 인식하든지 못하든지 관계없이 진행된다. 그리하여 우리가 성인기보다 청소년기의 일을 더 쉽게 기억한다는 것은 놀라운 일이 아니다. 내가 그 소녀의 초록색 스타킹과 무릎 위에 피자 상자를 얹고 집으로 향하는 것을 기억하려고 시도조차 하지 않았지만, 당시 이미지와 감각들은 내 안에 기록되고 있었다. 청소년기의 가소성은 우리가 그 시절 왜 특정한 기억을 가지게 되었는지는 설명하지 못하지만, 우리가 왜 그때 더 많은 기억들을 가지게 되었는지는 설명해 줄 수 있는 것이다.

모든 두뇌 성형 과정은 지엽적

(All Plasticity Is Local)

두뇌라는 집은 한 번에 뚝딱 지어지지 않는다. 각각의 두뇌 체계가 각자 다른 시간표 위에서 각자 다른 발달 성형 기간을 거쳐 성숙되는데, 이를 보통 각자 다른 "민감한 시기(sensitive periods)"라고 한다. 때때로 "민감기"라고도 불리는 서로 다른 발달가소성의 시기를 통해 성숙한다. 시각, 청각, 학습 능력 같은 가장 근본적인 인간 능력을 담당하는 두뇌 체계는 민감한 시기가 생후 1달 동안으로 매우 이르게 나타난다. 반면 언어나 부모와의 유대감과 같은 더 복잡한 능력을 담당하는 체계는 민감한 시기가 생후 약 2년 동안으로 상대적으로 더 늦게 나타나 더 길게 지속된다. 한편 논리적 사고, 계획, 그리고 자기조절과 같이 가장 높은 수준의 인지 기능을 담당하는 두뇌 체계는 더 장기간의 성형 과정을 거친다. 이 두뇌 체계의 많은 부분은 심지어 20대 초중반까지도 충분히 성숙되지 않는다.

초기에 발달하는 우리의 가장 기본적이고 필수적인 능력을 관장하는 두뇌 체계는 경험의 영향도 받지만, 이렇게 초기에 진행되는 기본적인 뇌 체계의 성숙은 주로 우리의 유전자에 암호화된 생물학적 프로그램, 즉 자궁과 생애 초반에 입력된 프로그램에 의해 주도된다. 여기에는 그럴만한 이유가 있다. 기본 시스템의 한정된 가소성이 우리가 어떤 환경에서 태어났는지와 관계없이, 보편적인 경험과 유전자의 프로그램만으로 상위 능력 발달을 위한 단단한 신경의 토대를 만들 수 있게 해주는 것이다.

예를 들어, 시각을 발달시키기 위해 어릴 때 약간의 시각적 자극이 필요하지만, 이를 위해 필요한 경험의 수준과 유형은 실제로 거의 모든 유아가 접하는 종류이다. 정상적인 시력의 발달에 멋진 모빌, 아기가 집중할 수 있는 값 비싼 물건이나 특별한 환경이 필요하지 않다. 마찬가지로 거의 모든 영아는 말을 하고 이해하는 능력을 발달시킨다. 언어 발달을 가져오는 데 필요한 경험은 단순히 다른 사람의 말을 듣는 것으로 거의 모든 아이가 노출되기 때문이다.

시각과 말하는 능력의 발달을 '경험 기대적 발달(experience expectant)'이라고 한다. 인간이 부딪치는 일반적인 환경에서 이러한 발달을 자극하는 충분한 경험을 얻을 수 있기 때문이다. 모든 아기는 어디에서 태어났는지에 관계없이 볼 것이 있으며, 사람의 목소리를 듣게 된다. 당신이 신생아를 완전히 어둠 속에서 키우거나 또는 인간의 말을 들을 수 없는 곳에서 키운다면, 시각과 언어는 제대로 발달하지 못하겠지만, 그러한 비정상적인 결과는 저렇게 극단적인 환경에서만 일어날 것이다.

대조적으로 더 복잡한 능력을 지배하는 두뇌 체계는 상대적으로 더 유연하기 때문에 다양한 경험이 더 강하게 두뇌 체계의 발달과 최종 형태에 영향을 미친다. 그래서 복잡한 능력의 발달 과정을 '경험 의존적 발달(experience dependent)'이라고 하며, 궁극적인 형태가 두뇌 체계의 성숙이 진행되는 특정 환경에 의해 크게 달라질 수 있다.

태어난 환경에 관계없이 보고, 듣고, 배우고, 움직이는 능력은 필수적이다. 주변에서 들려오는 신생아의 '특별한' 재주에 대한 감탄이 그리 대수롭지 않은 이유 중 하나는 그 재주라는 것이 결국 다른 모든 유아와 거의 비슷한 수준이기 때문이다. 일반적으로 충분히 좋은 환경에서 자란 아이는 거의 모두 같은 방식으로 비슷한 시간표에 따라 성장한다.

청소년기에 발달하는 능력은 생애 초기에 발달하는 능력처럼 생존에 필수적이지는 않다. 논리적으로 추론하거나, 미리 계획하거나, 감정을 제어할 능력이 없어도 살 수 있다. (비논리적이고 성급하고 성마른 성인들이 많다는 것이 이러한 사실의 흔한 예이다.) 이러한 능력이 여러 상황에서 효과적으로 적응하는 데는 도움이 되겠지만, 보고, 듣고, 배우고, 움직일 수 있는 능력처럼 필수적이지는 않다. 간단히 말해서 이 능력들의 가치는 개인이 성장하는 환경에 달려 있는 것이다.

기본적인 기능이 사전에 프로그래밍된 생물학적 정보에 엄격하게 조절되는 것과 달리, 복잡한 능력은 진화의 결과로 더욱 다양한 방향으로 발달할 수 있게 되었다. 그렇기 때문에, 사람들이 보고 듣고 걷는 능력의 개인차는 적은 반면, 사람들이 추론하고, 미래를 계획하고, 감정을 제어하는 정도의 개인차는 매우 다양한 것이다.

과거에는 모든 환경이 특별히 수준 높은 인지 능력을 요구하지는 않았다. 기본적인 생존 자체가 매일 반복되는 도전이었던 사회에서 성장한 사람들은 포식자를 피하기 위해 빨리 달려야 했을지 모르지만, 생존을 위해 몇 달 전부터 정교하게 계획을 세울 필요까지는 없었을 것이다. 만약 그들이 전력 질주하기 전에 생각하는 일에 시간을 보냈다면, 결국 다른 동물의 저녁 식사가 되어 생을 마감했을 것이다.

그러나 성공을 위한 공식적인 교육이 더 중요해진 오늘날에는 논리적 사고, 계획 세우기, 자기조절에 취약한 사람들이 심각하게 불리한 상황에 처해 있다. 이런 상황에서 환경적 영향이 이러한 능력의 발달에 큰 영향을 미친다는 것은 축복이 될 수도 재앙이 될 수도 있다. 기본적으로 이러한 고급 기능을 담당하는 두뇌 체계는 오랜 시간 동안 가소성이 있는 상태를 유지하여 이 능력들을 형성하며, 형성된 능력은 경험을 반영하여 세밀하게 조정된다. 따라서 좋은 환경에서 성장한 사람들에게 이러한 두뇌 체계의 높은 가소성은 축복이 될 것이다. 반면, 그렇지 않은 사람들에게는 똑같이 높은 가소성이 재앙이 될 것이다.

중요한 것은 초기 경험만이 아니다. 물론 생애 초기에 기본적인 환경이 제공되지 않으면 고급 역량을 습득할 수 없는 것이 사실이다. 하지만 경험을 통해 배울 수 있는 기초 능력도 없이 미리 계획하는 고급 능력을 개발하는 것은 불가능하다. 그런데 생애 초기에 뇌의 발달이 성공적이었어도 이러한 상위 인지 능력의 발달이 반드시 진행되는 것은 아니다. 결국 그러한 상위 능력을 발달을 위해서 우리 뇌는 어린 시절에 겪는 경험 이상의 특별한 경험을 필요로 한다.

이것이 뇌가 가장 가소성 높은 시기가 생애 초기나 청소년기 중 언제인지 묻는 것이 무의미한 이유이다. 오히려 뇌가 언제 가장 가소성이 높은지, 또는 가소성이 가장 중요한 시기가 언제인지에 대한 질문을 “가장 높은 가소성을 보이거나 중요한 부분이 어디인지, 그곳이 가소성이 높은 이유가 무엇인가?”로 질문을 바꿔볼 때 더 좋은 답을 찾을 수 있다. 동일한 경험이라도 그것이 발생할 당시에 각 경험자의 가장 가단성 있는 부분이 어디인지에 따라 각각 다른 발달 단계에 있는 두뇌의 각각 다른 부분에 영향을 줄 수 있다. 예를 들어, 아동 성적 학대가 뇌에 미치는 영향에 관한 연구에서 학대가 일어난 연령에 따라 뇌의 부분이 다르게 영향을 받는 것으로 나타났다. 어린 시절의 학대는 기억에 중요한 뇌의 일부인 해마에 영향을 주었다. 반면에 청소년기의 학대는 특히 그 나이에 가소성이며 자제력을 지배하는 뇌의 일부인 전두엽 피질에 영향을 미쳤다.

우리 모두가 배우고, 대화하고, 애착을 형성할 수 있는 정도로 아이들을 양육하고 싶다면, 초기에 적절한 자극을 제공하는 것만으로 만족할 수 있다. 그러나 우리가 또한, 다른 사람들의 요구, 동기와 의도의 복잡한 환경을 탐색할 수 있는 자녀로 양육하기를 원하고, 더 구체적으로 자녀가 계획을 세워 그것을 실천하고, 자신의 행동이 가져올 장기적인 결과에 대해 생각할 수 있고, 자신의 행동, 감정, 생각을 조절할 수 있도록 성장하길 원한다면, 우리가 단지 어린 시절 동안 적절한 자극만을 제공하고 기도하고 소망하는 것만으로는 충분하지 않다. 이러한 목표를 달성하기 위해 우리는 더 상위의 능력을 조절하는 뇌 체계가 가소성이 있을 때 적절한 자극을 제공하고, 특히 가단성이 가장 높은 시기에 집중해야 한다.

페이스북보다 중요한 당신의 연결망은 바로 신경망

(Your Most Important Network Is Not on Facebook)

청소년기에 우리 뇌가 어떻게 그리고 왜 더 높은 가소성을 보이는지 이해하려면 뇌가 어떻게 작동하는지에 대해 조금은 알아야 한다.

뇌는 뉴런이라고 하는 상호 연결된 세포로 구성된 회로를 통해 전기 신호를 전송하여 기능한다. 각 뉴런은 세 부분, 즉 세포체, 축삭 돌기(뉴런에서 뻗어 있는 돌기 가운데 가장 길며, 하나의 뉴런에 한 개만 존재한다.), 수상 돌기(수천 개의 작은 안테나 모양의 가지가 식물의 뿌리처럼 더 작고 작은 가시로 분리되어 있다.)로 구성되어 있다. 성인 뇌에서 각 뉴런은 약 10,000개의 연결망으로 구성되어 있다. 총체적으로 뉴런과 수상 돌기, 축삭 등이 모여있는 부분을 "회색질"이라고 한다.

전기 자극이 신경 회로를 따라 이동할 때 축삭을 통해 하나의 뉴런을 떠나 수신 뉴런의 수상 돌기 중 하나를 통해 다음 뉴런으로 들어간다. 한 뉴런에서 다른 뉴런으로 전류를 전달하는 것은 릴레이 경주에서 바통을 넘겨주는 트랙 팀의 주자들처럼 특정 경로를 따라 정보가 전달되는 것으로 생각할 수 있다. 우리가 생각하고, 지각하고, 느끼고, 행동하는 모든 것은 뇌 회로를 가로지르는 전기적 흐름에 달려 있다.

한 뉴런의 축삭 돌기는 실제로 다른 수상 돌기와 연결되지는 않지만, 가정의 전선이 전등 스위치에 연결되는 방식 또는 기기 플러그의 갈래가 콘센트 내부의 활성 접점에 닿는 방식이다. 한 뉴런의 축삭 끝과 다른 뉴런의 수상 돌기 사이에는 시냅스라고 하는 작은 간격이 있다. 자극이 인접한 뉴런에 전달되기 위해서는 전하가 이 간격을 가로 질러 "점프"해야 한다. 어떻게 이런 일이 발생할까?

뉴런이 발화할 때 시냅스를 통한 전류 전달은 신경 전달 물질이라고 하는 화학 물질의 방출에 의해 활성화된다. 도파민이나 세로토닌과 같은 가장 중요한 신경 전달 물질에 대해 들어 보았을 것이다. 도파민은 청소년의 뇌에서 매우 중요한 역할을 하는데, 이는 4장에서 설명될 것이다. 예를 들어, 가장 널리 처방되는 항우울제는 기분을 조절하는 뇌 회로의 세로토닌 양을 조절하여 작용한다.

신경 전달 물질이 "송신" 뉴런에서 방출되어 "수신" 뉴런의 수상 돌기에 있는 수용체와 접촉하면 시냅스의 다른 쪽에서 화학 반응이 발생하여 새로운 전기 충격을 유발하여 이동한다. 신경 전달 물질의 도움을 받아 다음 시냅스를 뛰어 넘어 회로의 다음 뉴런으로 이동한다. 이 과정은 정보가 뇌의 정교한 회로를 통해 이동할 때마다 반복된다.

각 신경 전달 물질은 열쇠가 자물쇠에 결합하는 방식으로 정확하게 설계된 수용체에 맞는 특정 분자 구조를 가지고 있다. 뉴런이 도파민을 방출하도록 자극하는 충동은 도파민 수용체를 가진 뉴런에서는 반응을 촉발하지만, 다른 신경 전달 물질에 관한 수용체만 가지고 있는 뉴런에서는 반응을 유발하지 않는다. 이 방식은 뇌가 체계적으로 유지될 수 있게 돕는다. 예를 들어, 만약 뉴런이 언제든 이웃의 다른 모든 뉴런을 활성화시킨다면 잘 정돈된 뇌 회로를 유지하는 것이 불가능할 것이다. 왜냐하면 우리 두개골 내부에는 각각 1만 개의 연결을 가진 10억 개의 뉴런이 있기 때문이다. 다행히 뉴런이 앞서 설명된 방식으로 작동하고 있어서, 당신의 기분을 조절하는 회로의 뉴런이 발화할 때에는, 엉뚱하게 당신의 엄지 발가락이 움직이는 것이 아니라, 당신의 기분이 달라지는 것이다.

뉴런 이외의 세포도 뇌 회로를 따라 전기 충격을 전달하는 역할을 한다. “백질”로 알려진 이 세포들은 뉴런을 지원하고 보호하며, 전선 주변의 플라스틱 덮개와 마찬가지로 지방질로 구성된 미엘린이 특정 뉴런의 축삭을 둘러싸고 있다. 미엘린은 뇌 회로를 절연시켜서 의도된 길을 따라 가도록 하여 새어 나오지 않도록 유지하여 뇌 순환을 촉진한다. 미엘린으로 코팅된 회로는 수초화되지 않은 회로보다 약 100배 더 빠르게 자극을 전달하므로 특히 회로가 넓은 영역을 관할하는 경우 훨씬 더 효율적이다. 다발성 경화증은 신체의 미엘린이 손상되어 뇌와 나머지 신경계의 전기 자극 전달을 방해하여 근육을 조절하기 어렵게 만드는 질병이다.

뇌에 있는 미엘린의 양은 40대 후반까지 증가하고, 나이가 들수록 점점 늘어나는 미엘린은 점점 더 많은 뇌 회로를 보호한다. 뉴런 간의 연결이 재구성되는 것과 뇌 회로의 수초화[5]가 진행되는 것은 뇌 가소성이 증가하게 만드는 주된 요인들이다. 그런데 뉴런 연결 재구성이 뇌를 더 많은 변화에 노출시킨다. 이로 인해 이미 강화된 회로도 다시 약화될 수 있으며, 그 반대의 경우도 가능하다. 반면에 수초화는 새로운 회로를 생성하기 보다는 이미 형성된 회로를 안정화시킨다. 우리가 성인기에 이르면 뇌 가소성이 둔화되는 이유 중 하나는 청소년기에 특정 뇌 단백질이 증가하는데, 이 단백질이 새로운 시냅스의 형성을 방해하며, 수초화를 촉진하는 다른 단백질이 뉴런 간의 연결을 변경하는 것을 더 어렵게 만들기 때문이다.

5 미엘린 수초가 뉴런의 축삭돌기에 감기어, 자극의 전달 속도를 더욱 빠르게 하는 현상

경험이 뇌에 주는 변화들

(Experience in the Zone Changes the Brain)

가정의 전기 회로와 뇌의 회로를 비교하면 어느 정도 도움이 되지만, 그 비유는 매우 중요한 한 가지를 설명하지 못한다. 집에서 전구를 켰을 때 빛을 발하는 전구 내부의 백열 전구는 자주 사용할수록 수명이 다해 교체되어야 한다. 하지만 뇌에서는 그 반대이다. 특정 뇌 회로가 자주 활성화될수록 더 강해진다. 실제로 경험의 결과로 뉴런 간의 연결이 증가한다. 이것의 가장 잘 알려진 예는 면허를 받기 전에 런던 거리에 대해 광범위한 테스트를 통과해야 했던 런던 택시 운전사에 관한 연구이다. 뇌를 반복적으로 스캔한 결과 훈련 과정에서 회색 물질이 증가하는 것으로 나타났다. 특히 지리 정보에 관한 기억을 관리하는 뇌 영역에서 뉴런 간의 연결이 증가했다.

우리가 무언가를 할 수 있게 해주는 뉴런들 사이의 연결은 특정한 생각을 하고, 특정한 느낌을 가지고, 특정 행동을 수행하고, 도시 거리의 지도를 기억하는 것을 반복할수록 강화된다. 이것이 연습을 하면 할수록 복잡한 상황이 단순해지는 이유이며, 사물을 더 자주 볼수록 더 쉽게 인식할 수 있게 되는 이유이다. 또한 무언가를 공부하는 것이 정보를 유지하고 필요할 때 기억을 해내는 데 도움이 되는 이유이다. 이러한 행동을 조절하는 뇌 회로는 우리가 그것을 이용할 때마다 더 강해진다.

뇌 가소성은 우리가 사용하는 뇌 회로를 강화할 뿐만 아니라 또한 사용하지 않는 회로들을 제거한다. 뇌 회로는 사용하지 않으면 연결이 점점 더 약해진다. 축삭이 수축하고, 가시가 사라지고, 결과적으로 시냅스가 사라지기 시작하여 회로가 마침내 없어지게 된다. 이 과정을 "시냅스 가지치기"라고 한다.

두 마을 사이에 언덕이 많은 초원을 상상해 보라. 수백 개의 작은 길들은 한 마을에서 다른 마을을 연결한다. 시간이 지남에 따라 사람들은 한 경로가 다른 경로보다 가깝다는 것을 알게 된다. 사람들이 이 경로를 더 자주 사용하기 시작하면 경험에 의해 강화된 뇌 회로처럼 그 연결은 더 넓고 깊어진다. 다른 경로는 더 이상 사용되지 않기 때문에 풀이 다시 자라서 그 길이 사라진다. 마치 시냅스가 끊긴 뇌 회로처럼 말이다. 시냅스 연결이 사라진 뇌 영역과 그렇지 않은 영역의 차이점은 좁은 흙 길로 구성된 고속도로 망과 적은 수의 초고속도로로 구성되어 효율적으로 조직된 고속도로 망의 차이와 같다.

경험은 또한 수초 형성에 영향을 미쳐 회로를 더 효율적일 뿐만 아니라 더 내구성 있게 만든다. 우리가 무언가를 연습하고, 새로운 기술을 배우거나, 인지 능력을 강화하기 위하여 고안된 훈련을 받을 때, 이 활동이 백질의 성장을 자극한다(예를 들면, 전문 피아노 연주자의 손가락 움직임을 담당하는 영역 또는 저글러의 눈-손 협동과 같은 활동). 저글링과 피아노 연주와 같은 신체 활동에 관한 연구에서 이러한 뇌의 변화에 관한 가장 유명한 사례들처럼, 연습이 얼마나 뉴런들을 수초화시키는지 최근의 인지적 능력에 관한 연구에서도 자주 보고되고 있다. 예를 들어, 암기와 명상의 반복은 수초화를 자극한다.

경험에 반응하는 뇌의 놀라운 가단성은 우리가 기억과 같은 기본적인 것에서 자기조절과 같은 매우 고급의 기술에 이르기까지 능력을 배우고 강화할 수 있게 한다. 이것이 뇌 가소성의 핵심이다. "사용하거나 잃어버리는 것"만이 아니다. "사용하고 개선하는 것"이다. 이것은 모든 연령대에 해당되지만, 성인이 되기 전에 훨씬 더 쉽고 안정적으로 수행된다.

그러나 "사용하고 개선하는" 주문에는 중요한 자격이 있다. 순수한 반복은 그 자체로 두뇌 변화를 자극하는 데 그다지 효과적이지 않다. 가소성에 관한 뇌의 능력을 최대한 활용하려면 우리가 뇌에 주문하는 요구 사항들이 이를 가능하게 하는 뇌의 현재 능력을 넘어서야 한다. 우리가 할 수 있는 일과 우리 자신이 하도록 강요하는 것 사이의 약간의 불일치가 두뇌 발달을 자극하기 때문이다. 불일치가 없거나 압도적으로 크면 발달이 일어나지 않는다. 좋은 부모와 교사는 어린이 또는 청소년의 뇌 성장이 가장 많이 발생하는 "근접 발달영역(zone of proximal development)"에서 작용 방법을 알고 있다. 그들은 비계설정(scaffolding)이라는 기술을 활용하여 점진적으로 청소년 재능 발달을 촉진한다. 이후의 장에서 비계설정에 대해서도 설명할 것이다.

뇌를 강화하는 것은 근력 운동을 위해 체육관에 가는 것과 같다. 매일 같은 무게로 단련하면 일정 수준의 근력을 유지할 수 있지만, 더 강해지고 싶다면 들어올리는 무게의 양이나 수행하는 반복 횟수를 늘려야 한다. 신경 회로에도 비슷하게 적용된다.

우리는 종종 무언가에 관한 전문 지식을 개발하는 데 1만 시간이 걸린다는 말을 자주 듣는다. 그러나 뇌 체계가 계속하여 새로운 도전에 훈련되기 위해서는 1만 시간 동안 연습을 시켜야 한다는 것이 간과되고 있다. 좀 더 까다로운 요구 없이 단순히 동일한 활동을 반복하는 것은 뇌 체계 발달에 도움이 되지 않는다.

그러나 뇌의 다른 부분들이 각자 다른 연령에 가소성이 높아진다는 점을 기억하라. 경험이라는 건 심지어 뇌의 한 영역 내에서도 골고루 균일하게 변화를 주지 않는다. 결과적으로 청소년기에 발달, 강화 또는 약화될 가능성이 가장 높은 능력들이 다른 연령대에 그러한 능력들과 동일하지 않다. 청소년기가 중요한 것은 비단 뇌의 가소성이 높아지기 때문만이 아니라, 이 시기에 가소성이 높아지는 뇌의 각 영역들 때문이다.

미래를 대비하는 플라스틱 뇌

(Priming the Brain for Future Change)

경험에 대한 반응으로 변화하는 뇌의 능력은 충분히 특별하지만, 그 안의 숨겨진 이야기는 더욱 놀랍다. 최근 몇 년 동안 과학자들은 특정한 경험이 바로 그 당시의 변화뿐만 아니라 나중에 일어날 변화를 위한 잠재력까지 강화하고, 그 경험과 관련된 영역만이 아니라 다른 영역도 자극한다는 사실을 알게 되었는데, 이것을 "메타 가소성[6](Metaplasticity)"이라고 한다. 즉, 하나의 성형 과정이 다른 시점과 다른 영역의 성형 과정까지 불러온다는 것이다. 구체적으로, 어떤 뇌 회로의 변경이 그와 인접한 뇌 회로의 성형 과정을 촉진하는 화학 반응도 유발하는 것이다. 마치 유럽 국가의 수도를 암기하면 나중에

6 가소성 자체의 가소성

다른 대륙에 있는 국가의 수도를 더 쉽게 외울 수 있을 뿐만 아니라, 심지어 지리와 무관한 것을 공부할 때에도(역대 미국 대통령 또는 구구단을 암기하는 것) 더 쉽게 배울 수 있는 것과 같다.

가소성이 높아진 동안에 새로운 것을 배우는 것은 다음 학습도 더 용이하게 한다. 초기 학습량이 다음에 더 쉽게 배울 수 있도록 뇌를 준비시킨다. 이것은 우리가 뇌의 가소성이 높아진 시기에 새롭고 도전적인 경험에 계속 노출될 수 있다면 청소년기처럼 실제로 더 오랜 기간 동안 가소성의 창을 열어 둘 수 있다는 것을 의미한다. 따라서 뇌가 가소성이 있는 동안에 참신함과 도전에 꾸준히 노출되는 것이 중요하다. 이렇게 지속적으로 도전적인 경험을 하는 것은 비단 우리가 기술을 습득하고 강화할 뿐만 아니라, 다가올 미래의 풍부한 경험에서 우리의 뇌가 이익을 얻을 수 있는 능력을 유지하는 데도 도움이 된다. 바로 이것이 지적인 사람일수록 더 오랫동안 뇌가 특별하고 민감한 시기를 즐길 수 있는 이유이다.

청소년기 두뇌 발달의 3R

(The Three R's of Adolescent Brain Development)

신경 과학자들은 기능적 자기공명 영상[7](fMRI)을 사용하여 뇌 활동의 연령 차이를 연구한다. 이 작업을 통해 서로 다른 작업 중에 뇌의 어떤 영역이 활성화되는지 확인할 수 있다. 이런 기능적 이미지화는 청소년기 뇌 이해를 위한 완전히 새로운 차원을 더해주었다. fMRI가 가져온 변화는 뇌의 해부학적 외관으로 밝혀지지 않았던 청소년과 성인의 뇌 작동 방식의 차이를 보여준다는 것이다. 이제 우리는 청소년과 성인의 뇌가 생김새보다도 작동하는 방식이 다르다

7 기능성, 또는 기능적 자기공명영상(Functional magnetic resonance imaging, fMRI)는 혈류와 관련된 변화를 감지하여 뇌 활동을 측정하는 기술이다. 뇌의 어떤 부위가 사용될 때 그 영역으로 가는 혈류의 양도 따라서 증가한다는 사실을 이용하여 어떤 부위의 신경이 활성화되었는지를 측정하는 기술

는 것을 알 수 있게 되었다.

과거 15년간 연령에 따른 뇌 활동에 대한 수백 건의 연구에서 아동, 청소년과 성인들이 미리 계획하고 복잡한 결정을 내리는 상위 인지 활동을 하는 동안, 이를 관할하는 뇌의 부분이 획기적으로 연령별로 다르다는 것을 발견했다. 또한 이 부분들이 우리가 보상과 처벌을 어떻게 경험하는지, 대인 관계에 관한 정보를 우리가 어떻게 처리하고 조절하는 지를 또한 밝혀냈다. 각 연령대 중 특히 청소년기의 뇌에서는 즐거운 경험을 통제하고, 다른 사람을 보거나 생각하는 방식과 자기조절을 발휘하는 능력을 관할하는 영역에서 광범위한 성숙이 일어난다. 다시 말해서, 보상 체계(Reward system), 관계 체계(Relationship system), 자기조절 체계(Regulatory system)의 세 가지 두뇌 체계가 청소년기 동안에 주된 변화가 일어나는 영역인 것이다. 이 체계들이 바로 청소년기 뇌 발달의 세 가지 R이라고 볼 수 있다. 이들은 청소년기 동안 자극에 가장 잘 반응하며, 또한 가장 쉽게 해를 입기도 한다.

위태로운 시간

(A Precarious Time)

우리가 다른 시기보다 청소년기를 더 잘 기억하고, 또한 뇌의 많은 부분에서 변화가 일어난다는 것은 이 시기 뇌에 가소성이 높다는 두 가지 증거 중 하나이다. 또 다른 증거는 심각한 심리적 장애가 발병하는 연령대별 통계 자료이다. 이 자료에 따르면 청소년기의 뇌는 다른 연령대에 비해 특히 스트레스에 민감하다.

중대한 정신 건강 문제의 평균 발병 연령은 만 14세이다. 그런데 각각의 질병은 발현되는 연령이 각기 다르다. 예를 들어, 일부 사회공포증은 매우 좁은 발병 연령대를 보이는데, 일반적으로 만 8세에서 15세 사이이다. 반면, 공황장애와 같은 다른 장애들은 만 16세와 40세 사이의 넓은 연령대 범위 안에서 발현된다.

그러나 주의력 결핍 과잉행동 장애(ADHD), 분리 불안장애, 학습장애 및 자폐 스펙트럼 장애를 제외한 다른 모든 주요 장애들은 주로 10세에서 25세 사이에 발병된다. 다음과 같이 청소년기에 처음 발병하는 장애는 엄청나게 많다.

- 우울증 및 양극성 장애와 같은 기분 장애
- 알코올 또는 약물 의존과 같은 약물 남용 장애
- 강박 장애, 공황 장애 및 일반화된 불안 장애와 같은 대부분의 불안 장애
- 행동 장애 및 장애와 같은 대부분의 충동 조절 장애, 반항적 장애
- 거식증 및 과식증과 같은 섭식 장애
- 정신분열증

매우 드물고 심각한 심리적 문제는 만 10살 이전에는 거의 발병하지 않는다. 또한 25세까지 심리적 장애가 발생하지 않는다면 추후에 발병할 가능성은 적다.

약물 남용 및 의존에 관한 연구는 이 사실과 관련된 내용을 구체적으로 설명해준다. 약물 중독은 동물 실험으로 쉽게 연구할 수 있기 때문에 이러한 장애의 신경적 토대는 이미 잘 알려져 있다. 예를 들어, 다른 많은 종의 동물들이 인간이 하는 것과 마찬가지로 기분 전환용 약물을 즐긴다.

모든 포유류는 사춘기, 즉 청소년기가 시작되는 신호가 되는 호르몬 변화를 거치므로 다른 종의 동물들을 활용한 연구 결과는 인

간의 어떤 경험이 사춘기 이전, 동안, 이후 더 지속적인 영향을 미치는지 밝혀내는데 참고가 될 수 있다. 과학자들이 사춘기를 시작한 동물들과 성숙에 도달한 동물들에 각각 약물을 노출시켰던 실험은 사춘기 초기 니코틴과 알코올이 뇌의 보상체계 기능에 영구적인 영향을 미칠 수 있음을 보여주었다. 즉, 사춘기 동안 뇌 체계가 가소성이 있기 때문에 이 기간 동안 이러한 약물과 다른 약물을 반복적으로 사용하게 되면 더 크게 즐거움을 느낄 뿐 아니라, 다른 정상적인 기쁨을 느끼는 데도 약물이 필요하게 되는 것이다. 이것이 바로 중독의 시작이다.

윤리적인 이유로 당연히 청소년을 대상으로 이런 종류의 실험을 할 수는 없다. 그러나 대규모 조사 결과에 따르면 청소년기 약물 경험은 성인의 경험보다 중독과 더 밀접한 관련이 있는 것으로 나타났다. 만 21세가 될 때까지 술을 마시지 않는 사람들에 비해 만 14세 이전에 술을 마시기 시작한 사람들은 10대에 폭음할 확률이 7배가 높으며, 그들의 인생 언젠가 약물 남용 또는 의존성 장애를 가지게 될 가능성이 5배나 더 높다. 비슷한 증거로 만 15세 이전에 정기적으로 흡연을 시작하는 사람들이 청소년기가 끝날 무렵에 시작하는 성인보다 니코틴 의존에 빠질 위험이 더 크다. 따라서 부모는 10대 아이들에게서 알코올, 담배와 다른 종류의 약물을 모든 연령대에서 멀리하도록 해야 하며, 특히 만 15세 미만일 때는 더욱 주의를 기울여야 한다.

물론 이러한 상관 관계 연구만을 근거로, 청소년기 초기에 흡연, 음주 또는 불법 약물 사용을 시작한 아이들이 단순히 어린 나이에 약물을 시도하여 중독이 되었거나 취약한 자기조절로 인해 약물을 시도하고 중독되었을 가능성을 배제할 수는 없다. 그러나 앞서 소개된 동물 실험 연구에서는 약물에 노출된 동물이 다른 선택의 여지가 없이 무작위로 이 나이에 해당 약물에 노출되도록 설계되었고, 성인이 되었을 때 처음으로 그 약물에 노출되도록 계획된 동물과 비교되었다.

청소년의 정신질환과 중독에 관한 취약성은 이 시기 높은 가소성이 위험한 이유 중 하나이다. 다른 연구에 따르면, 청소년기의 뇌는 성인의 뇌보다 충격의 부작용에 더욱 민감하다. 뇌진탕에 걸린 고등학교 축구 선수는 대학 선수보다 회복하는 데 더 오래 걸리며, 청소년은 뇌가 초기 타격에서 회복되는 동안 두 번째 충격에 더 악영향을 받을 수 있다. 뇌 가소성이 높다는 것은 상해에 더 예민하다는 것을 의미하므로 이 시기에 축구를 하는 것의 장기적인 파급효과를 고려해야만 하는 좋은 근거가 된다.

두뇌 성형의 이점 극대화

(Taking Advantage of Plasticity)

이미 언급했듯이 두뇌 성형은 축복이 될 수도 재앙이 될 수도 있다.

연령대별 차이에 대해 과학이 아직 확실한 결론을 내리기 전이지만, 나이가 들어서 새로운 기술을 배울 때도 두뇌 변화는 일어나는 것으로 보인다. 그러나 그 정도가 청소년기 뇌의 변화만큼은 안 되는 것으로 밝혀지고 있다. 이것은 "성인기 성형"과 같은 것이 있다는 생각과 일치한다. 그러나 성인기 두뇌 성형의 특징은 청소년기 두뇌 성형과는 많이 다르다. 이에 따라 인지 신경 과학자들은 적극적으로 10대가 성인보다 "뇌 훈련"에 더 잘 반응하는지, 그렇다면 뇌의 어느 부분이 더 쉽게 강화되는지 연구하고 있다.

그러나 이것은 두뇌가 각자 다른 시기에 각자 다른 방식으로 성숙하기 때문에 도전적인 연구 주제이다. 무서운 영화를 보는 것이,

사람들의 정서 상태에 미치는 영향을 연구하기 위해 사람들이 얼마나 자주 우는지 측정하는 것은 대상자가 유아인 경우에는 사리에 맞을 수 있지만, 성인인 경우에는 다를 수 있다. 같은 맥락에서 동일한 두뇌 훈련은 어린이에게서 가지치기, 성인에게서 수초화, 청소년에게서는 둘 다로 이어질 수 있다. 이것은 서로 다른 연령에서 동일하게 잘 적용되는 "뇌 강화"의 일반적인 시도이다.

fMRI와 "경두개 자기자극(TMS)[8]"이라고 하는 기술을 함께 사용하는 것은 이러한 목적을 증명하는 데 유용한 시도가 될 것이다. TMS는 가벼운 자석으로 두피를 자극하는 파동을 껐다 켰다 하면서 뇌를 자극한다. 자기 파동의 빈도와 형태에 따라 자석에 가까운 뇌 부분의 활동이 증가하거나 억제될 수 있다. 연구에 따르면, 자기조절을 관할하는 뇌 회로를 방해하는 TMS를 사용하면 사람을 더 충동적으로 행동하게 만들 수 있다. 물론 이 TMS는 사람에게 안전하고, 자극을 멈춘 후에 뇌에 주는 영향은 약 1시간 정도만 지속된다.

뇌 회로에 대한 자극과 억제의 수준은 개인의 연령에 관계없이 동일하기 때문에, 실험에서도 같은 양의 자기자극을 연령대가 다른 사람의 동일한 뇌 영역에 주면서 그 영역의 활성화 정도를 비교할 수 있다. 만일 청소년이 뇌의 특정 부분에 가해진 자기파동에 의해

---

8 전도 전자기 코일로 발생시킨 자기장으로 뇌의 특정 부위를 자극하여 신경세포를 활성화시키는 비수술적 뇌자극의 한 방법

성인보다 더 큰 변화를 보인다면 이 시기에 뇌가 더 가소성이 있음을 암시한다.

TMS는 다른 형태의 치료에 반응하지 않은 청소년의 주요 우울증에 임상 치료 목적으로 사용이 승인되었다. 반면, 정신 질환 진단을 받지 않은 청소년들에 관한 연구조사에는 아직 이용되지 못하고 있다. 이런 한계에도 불구하고, 청소년의 뇌가 성인의 뇌보다 TMS에 더 강하게 반응을 보인다는 몇 가지 증거들이 임상 장면에서 발견되고 있다.

일반적으로 심리적 문제가 처음 나타났을 때가 나중보다 더 치료가 용이하며, 시간이 지날수록 더 치료하기 어렵다. 청소년기의 뇌가 더 가소성이 높기 때문에 청소년이 심리적 장애를 유발하는 스트레스 요인과 물질에 노출되는 것을 방지하고, 청소년기에 나타난 심리적 문제를 가능한 빨리 치료하는 것이 중요하다. 청소년기에 약간의 기분장애가 있는 것은 정상이지만, 10대가 2주 이상 지속되는 정서적 또는 행동적 문제의 징후를 보이는 경우에는 상태를 확인하는 것이 좋다. 청소년이 우울증, 불안 또는 약물 남용과 같은 문제로 고통 받고 있다고 생각하는 부모는 전문가의 도움 받는 것을 지체해선 안 된다. 가소성의 창이 한번 닫히기 시작하면 이러한 문제는 치료하기가 더욱 어려워진다.

청소년기의 시작과 뇌 가소성 증가

(Plasticity Increases as We Enter Adolescence)

청소년기의 뇌가 중년기의 뇌보다 더 가소성이 높다는 것을 입증하는 직접적인 증거가 많지 않지만, 그럴 것이라고 생각하는 몇 가지 이유가 있다. 아직 결정적으로 입증되지는 않았지만, 이 견해에 관한 근거가 서서히 쌓이고 있으며, 몇몇 신경 과학자들은 비슷한 결론에 도달했다. 이에 관한 몇 가지 이유는 다음과 같다.

첫째, 청소년기의 심리적 변화는 아동기 중기보다 훨씬 더 극적이다. 청소년기 뇌는 더 빠르고 광범위하게 변화한다. 우리의 행동 변화는 반드시 뇌의 변화와 연결된다. 이러한 발달에 관한 견해는 심지어 다음과 같은 비과학적인 담론과도 일치한다. 프로이트는 아동기의 중반을 변덕스럽지 않은 시기로 여겨 '잠복기'라고 불렀고, 이 시기는 주요한 심리적 성장이 일어나는 시기라기보다는 이미 습득한 기술을 통합하여 안정성이 높아지는 시기로서, 청소년기가 시작되기 전까지의 시기가 이에 해당한다. 루소가 말했듯이, 우리는 두 번 태어난다. 한 번은 존재하기 위해서이고 또 한 번은 살아가기 위해서이다. 그가 언급한 두 번째 출생이 바로 청소년기이다.

둘째, 회고 절정과 심리적 장애(기억력과 정신건강 문제)에 대한 연구 결과는 청소년기가 아동기보다 민감한 시기라는 것을 보여준다. 청소년기는 아동기와 비교했을 때, 단순히 기억이 고조되고 감정적으로 어려움을 겪기만 하는 시기가 아니라는 것을 기억해야 한다. 생생한 기억과 그 이전의 세월보다 더 많은 심리적 고통, 다시 말하지만 이것은 뇌가 어린 시절보다 청소년기에 더 가소성이 높다는 가설의 직접적인 증거는 될 수 없겠지만, 확실히 그 생각과 일치한다.

셋째, 연구에 따르면 청소년기의 뇌는 아동기 뇌보다 스트레스와 각성에 더 잘 반응한다. 사람들이 경험한 가족의 질병, 중요한 우정의 상실, 애완 동물의 죽음, 부모의 실업 등의 스트레스 사건의 수와 우울증, 불안 또는 기타 증상이 아동기보다 청소년기에 더 심각하다. 청소년기의 높아진 스트레스 반응성은 이 시기가 환경에 대해 특별한 더 민감하다는 증거이다.

넷째, 뇌 활동의 많은 변화 패턴이 아동기와 성인기의 흐름에 따라 직선을 보이지 않고 대신 오른쪽 위 또는 거꾸로 된 U처럼 보인다. 한 예로, 웃는 얼굴과 사과와 같은 보상 이미지에 관한 뇌의 반응은 유년기와 청소년기 사이의 강도가 증가하다가 청소년기와 성인기 사이에는 감소한다. 이것은 청소년의 뇌가 어린이와 성인의 뇌와 다르다는 것을 암시한다. 만일 가소성이 태어날 때 높았다가 나이가 들면서 점차적으로 꾸준히 감소한다면, 우리는 이런 패턴을 기대할 수 없을 것이다.

마지막으로 아동기와 청소년기 사이에 뇌에 어떠한 일이 발생한다는 사실은 왜 이 시기에 뇌 가소성의 변화가 있을 거라 생각하게 되는지 그럴 듯한 설명을 제공한다. 그 어떤 일은 바로 2차 성징이다.

사춘기와 두뇌성형

(Puberty and Plasticity)

우리는 사춘기의 2차 성징을 신체적, 성적인 성인으로 변화시키는 사건으로 생각하는 경향이 있다. 사춘기의 호르몬 변화로 인해 키가 커지고, 몸무게가 늘어나고, 여성은 가슴이 발달하고, 남성은 얼굴에 털이 자라는 등 성적 성숙의 외적인 징후가 보인다. 호르몬의 변화는 우리의 생식기 성장을 촉진하고 성욕을 활성화시킨다.

그러나 2차 성징은 우리의 외모, 생식 능력 및 성욕에 미치는 것 이상의 큰 기능에 영향을 미친다. 뇌는 테스토스테론, 에스트로겐과 같은 성 호르몬에 의해 근본적으로 변형된다. 사춘기에 수치가 급격히 증가하는 이러한 물질은 뇌의 해부학적 구조에 영향을 줘서 회로의 실제 구조를 화학적으로 변하게 한다. 성 호르몬은 수초화와 새로운 뉴런의 발달과 시냅스 가지치기를 촉진한다. 2차 성징은 우리 뇌를 좋은 자극 나쁜 자극 구분 없이 모든 종류의 환경적 자극에 더 민감하게 만든다. 또한 뇌 가소성이 극적으로 증가하여 우리가 세상에 더 세심한 주의를 기울이도록 이끌 뿐만 아니라, 더 쉽게 우리 삶에 오래 남을 수 있는 영향을 받게 한다. 한 예로, 우리가 청소년기에 얻는 공포는 특히나 남은 삶에서 없애기가 어렵다.

우리가 청소년기를 벗어날 때, 신경화학적 또 다른 변화가 뇌의 가소성을 감소시킨다. 우리가 청소년기에서 성인기까지 성숙함에 따라 뇌 가소성의 창을 닫는 것은(완전히 닫히는 것은 아니다.) 마치 우리 신경 구조에서 변화를 고무하는 것에서 안정성을 선호하는 것으로 뇌의 화학물질이 변화하는 것이다. 이것은 20대에 일어나는 점진적인 과정이다. 청소년기 동안에는 새로운 시냅스와 뉴런이 급증하고 기존의 많은 신경 회로가 가지치기가 된다. 그러나 이러한 과정은 뇌가 성인기로 성숙해 가면서 점점 줄어든다.

우리는 어떤 신호가 뇌에서 가소성의 변화를 유발하는지 알지 못한다. 그러나 최근의 동물 연구에서 이 변화를 제어하는 유전자 중 하나를 차단할 경우, 성인 쥐가 청소년기의 가소성을 성인기에도 다수 유지할 수 있다는 것을 보여주었다. 이 유전자 스위치가 방향을 바꾼 후에도 스위치를 청소년기 위치로 돌리는 것으로 효과를 역전시킬 수 있다. 이 연구는 아직 인간을 대상으로 진행되지는 않았지만, 만일 동일한 패턴이 보인다면 뇌 손상을 입은 성인의 뇌 가소성 회복에 엄청난 영향을 미칠 것으로 보인다. 상해를 입은 성인의 뇌가 다시 가소성을 가질 수 있다면 손상을 회복하는 데 훨씬 용이할 것이다.

청소년기가 끝날 무렵에 발생하는 가소성의 자연적인 감소는 단순히 2차 성징에 의해 촉발된 가소성의 증가가 줄어드는 것은 아니다. 실제로 성 호르몬의 변화가 가소성을 감소시킨다는 증거는 없다. 성 호르몬의 수준이 30대 이후에도 크게 떨어지지 않는다는 사실로 이를 쉽게 이해할 수 있다. 즉, 만일 뇌가 성인기 초기에 가소성의 일부를 잃는다 해도 테스토스테론 또는 에스트로겐의 감소와는 아무런 관련이 없는 것이다.

대신 성인이 되면서 일어나는 가소성의 감소는 아마도 최소한 부분적으로는 경험과 연관된 것으로 보인다. 많은 연구들에서 밝혀진 바에 의하면, 2차 성징 직후 단시간에, 빠르게, 새롭게, 흥미롭게 할 수 있는 경험을 추구하는 동기가 증가하며, 사춘기가 끝나고 성인이 되어 갈 때는 그러한 동기가 감소하는 것을 보여준다. 이러한 패턴은 동물에서도 동일하게 관찰된다. 청소년기 동안 세상을 탐험하고자 하는 이 내재된 욕구는 너무 강해서 우리가 어린 시절 동안 가져왔던 많은 두려움을 일시적으로 억눌러서 부모로부터 분리되고, 가족 밖에서 배우자를 찾을 수 있도록 하는 타고난 방랑벽을 막을 수 없게 한다. 참신한 것을 추구하려는 경향이 강해지는 것은 뇌가 새로운 경험에서 배우도록 준비가 되어 있을 때 개개인이 세상 곳곳을 탐험할 수 있게 만드는 수단이다. 청소년기 뇌는 단지 가소성이 조금 더 높은 것이 아니라 "메타가소성"을 뛰어넘는 수준이라고 할 수 있다. 새로운 것을 탐구하는 동안 이루어지는 배움이 청소년기 동안 뇌가 가단성을 유지하도록 돕는 것으로 보인다.

우리는 성인기의 뇌 가소성이 뇌의 환경적 요구와 뇌가 할 수 있는 것 사이의 불일치에 의해 촉진된다는 것을 알고 있다. 새로운 상황에 처하는 빈도가 적을수록 이러한 불일치가 감소한다. 즉, 이런 일이 발생하고 새로운 것을 배울 필요성이 점점 줄어들 때 뇌는 가단성의 일부를 잃기 시작하는 것이다. 우리가 청소년기를 지나 새로운 경험 찾기를 중단할 때, 우리의 뇌는 광범위한 가소성의 마지막 창을 닫게 된다.

효율성과 가소성의 교환

(Trading Plasticity for Efficiency)

뇌의 회로가 점점 더 많이 단단해지면 변화가 더 어려워진다. 이것은 뇌를 더 효율적으로 만든다. 전기적 자극이 더 빨리 이동하게 되지만, 또한 두뇌가 경험의 결과로서 변하는 것은 덜해진다. 이것은 진화론적 관점에서 보면 일리가 있다.

청소년기는 독립적으로 기능하고, 자손을 생산할 수 있을 만큼 길게 생존하여 자식을 낳을 수 있도록 필요한 능력과 기술을 습득해야 하는 때이다. 청소년기는 성인 생활을 위한 마지막 준비 기간이며, 우리 스스로 모험하기 전에 우리가 알아야 할 것을 배울 최종의 기회이다. 청소년기의 뇌가 정교하게 만들어진 이유는 우리 주변뿐 아니라 우리가 인지하지 못하는 정보까지 빨아들여야 하기 때문이다. 청소년기 뇌가 가까이에 있는 필요한 정보를 끌어 당길 때(일부는 이를 적극적으로 추구해서 획득하지만, 많은 양의 정보는 우연히 흡수된다), 뇌는 새롭게 추가된 정보와 현존하는 자원의 보전과 효율적 이용을 위해 포트폴리오를 변경하기 시작한다. 우리가 발달하는 동안 가소성은 중요하지만 모든 환경에는 위험과 기회가 있다는 것을 기억해야 한다. 우리 스스로 살아 남기 위해 필요한 것을 이미 가지고 있다면, 불리한 경험으로 잠재적으로 해를 입을 수 있음에도 가단성을 유지하는 것은 말이 되지 않는다. 단순히 위험 때문은 아니다. 마치 우리가 특정 연령에 도달하여 은퇴 투자를 고위험 주식에서 더 안정적인 주식으로 전환하는 것과 유사하다.

우리가 청소년기에 접어들 때 뇌는 이미 가소성이 높지만, 생물학적으로 프로그래밍된 사춘기 변화는 가소성의 창을 훨씬 더 넓게 한다. 우리가 청소년기를 지나 성인이 될 때 점차적으로 선택이나 필요로 단념함으로써 그 창을 닫기 시작한다. 그렇지 않으면 여러 종류의 경험들이 그 창을 열어둘 것이다.

이것을 염두에 두면, 오늘날의 많은 20대 초반 청년들의 경향을 설명하는 성인기 이행의 지연 현상이 그들의 부모나 전문가들이 생각하는 것 이상의 더 큰 혜택으로 보이기 시작할 것이다. 즉, 청소년들이 지속적으로 자극을 받고, 도전을 하면서, 민감한 두뇌에 가해지는 해로움을 충분히 피할 수 있다면, 청소년기가 길어지는 것은 정말로 큰 행운이 되는 것이다. 많은 최근 연구 결과에 따르면, 고등교육은 뇌의 백질 구조를 개선하여 고급인지 능력의 발달에 기여하며, 대학은 단지 나이를 먹어서 획득할 수 있는 성과를 뛰어넘는 두뇌 발달에 기여한다고 보고되고 있다. 따라서 우리는 점점 더 많은 젊은이들이 늦은 나이에 성인이 되는 것을 긍정적으로 보아야 할 것이다.

플라스틱 뇌의 높은 가소성은 기회이자 위험이라고 여러 번 강조하였다. 다음 장에서 살펴보겠지만, 이러한 약속과 위험 사이를 넘나드는 기간은 결코 오래 가지 않는다. 그래서 청소년기가 그 어느 때보다 중요한 것이다.

제3장

가장 길게 느껴지는 10년

(The Longest Decade)

최근의 환경 변화로 청소년기는 과거 어느 시기보다 길어졌다. 사람의 생애 각 단계의 시작과 끝을 정의하는 것은 근본적으로 주관적일 수밖에 없다. 전문가는 청소년기의 시작점을 정할 때 신체적인 사춘기를 활용하곤 한다. 왜냐하면 그 편이 측정하기도 쉽고, 2차 성징과 같이 명백히 나타나는 현상도 있으며, 누구에게나 보편적으로 적용시킬 수도 있기 때문이다. 또한 신체적 성숙은 공식적인 관례[1]가 있는 사회에서 어떤 사람이 독립적인 성인이라는 근거로 활

1 결혼이나 독립이 가능한 성년이 되는 의식. 한국에서는 상투를 틀고 갓을 쓸 수 있게 되는 걸 일컫는다. 시기나 문화에 따라서는 2차 성징 진행 여부로 결혼이 가능한 지 판단한 경우가 많았다. 조선 말기에도 이러한 경향이 있어서, 스무 살 전에 조혼이 이루어진 경우가 많았다.

용되기도 하였다. 즉, 2차 성징이 시작된 남녀는 문화에 따른 의식을 거쳐 성인으로서 역할을 하고 결혼해서 분가가 가능했다.

반면 현대 사회에서는 공식적인 관례는 없지만, 2차 성징이 아직도 청소년기를 구분하는 기준으로 활용되고 있다. 청소년기의 끝을 보편적으로 정의하는 건 시작을 정하는 것보다 더 어렵다. 객관적으로 성인과 청소년을 구분하는 생물학적인 경계도 모호한 편이다. 예를 들어, 키가 자라는 게 멈추는 시기로 해야 할지, 아니면 임신이 가능한 시기로 해야 할지 논란의 소지는 있다. 따라서 신체적인 성숙에 따라 청소년기의 끝을 정하는 건 적절하지 않아 보인다. 어떤 사람은 그들의 신체적 성장이 만 12-13세에서 끝나는 경우도 있으며, 그 정도 나이에 부모가 되는 사람도 있기 때문이다. 오늘날 우리 중 누구라도 만 13세를 성인이라고 하는 것을 편안하게 여길 사람은 없을 것이다. 그런 이유로 우리는 청소년기와 성인기를 나누는 어떤 사회적인 지표를 필요로 하는 것이다. 이를 테면 법적인 성년이 된다든지, 정규직으로 직장에 들어간다든지, 부모로부터 분가를 하는 일들이 해당될 수 있다. 이런 여러 사회적 지표들 중 어떤 지표가 가장 적합한지는 합리적인 사람들 사이에서도 갑론을박이 있겠지만, 적어도 생물학적인 지표보다는 사회문화적 지표를 활용하는 게 더 적절하다는 것에는 모두 동의할 것이다.

그래서 전문가들은 청소년기가 생물학적으로 시작되고 사회문화적으로 끝나는 시기라고 정의하는 것이다.

청소년기의 시작과 끝을 가리킬 수 있는 모든 지표 중에서 아마도 월경과 결혼이 현대의 청소년기가 얼마나 길어졌는지 보여주는 가장 좋은 지표가 될 것이다. 두 가지 모두 누구나 보편적으로 겪는 일이며, 그 날짜도 정확히 기록할 수 있는 일이다. 대부분의 여성에게 초경은 강렬한 사건이며, 주로 의사들에 의해 그 날짜가 기록된다. 서구 과학자들이 1840년부터 여성의 평균 월경 연령을 추적한 결과를 토대로, 우리는 사춘기가 시작되는 연령이 어떻게 변해 왔는지에 관한 아주 좋은 자료를 얻을 수 있었다. 본인이 "나도 이제 어른이야."라고 말하는 남자 아이에게는 월경에 대응될 만한 사건이 없지만, 같은 사회에서 남성과 여성이 사춘기에 돌입하는 연령은 서로 높은 관련성을 보인다.

사람들이 결혼을 하는 나이는 심지어 월경을 하는 나이보다 더 확실하게 기록된다. 정부는 공식적으로 사람들이 몇 살 때 혼인신고를 하는지 지속적으로 기록하고 있기 때문에 우리는 결혼에 관해서는 정확한 통계치를 얻을 수 있다. 물론 성인이 되기 위해서는 꼭 모든 사람들이 결혼을 해야 한다는 말이 아니다. 다만 평균 결혼 연령의 변화를 통계적으로 확인하는 것이 역사적인 추세를 보는 데 유용한 것은 사실이다. 사람들이 학교를 모두 졸업하는 나이, 경력을 시작하는 나이 또는 독립적인 가정을 꾸리는 나이의 추세를 보는 것도 성인기로 넘어가는 나이가 어떻게 변해 왔는지 알 수 있는 좋은 방법일 것이다. 그러나 우리는 이런 사건들에 관한 신뢰할 만한 공식 기록을 가지고 있지 않다. 게다가 결혼, 최종 학력, 경력 시작, 새로운 가정은 모두 같은 나이에 일어나는 사건도 아니지만, 신기하게도 어느 세대에서 한 가지의 추세가 변하면 다른 것도 같이 변하는 경향을 보였다. 즉, 평균 결혼 연령이 높아지면, 다른 사건들이 발생하는 연령 또한 높아지는 경향을 보이는 것이다.[2]

---

2 최근에 나와 동료들이 'Monitoring the Future'라는 연간 조사 결과를 토대로 연구를 진행한 바 있다. 이 조사는 미국 국가 전체를 대표할 수 있는 표본 중 1977년과 2010년 사이의 고등학교를 졸업한 사람을 대상으로 실시되었는데, 우리는 사람들이 성인의 역할을 시작하는 다양한 사건들의 각 연령들 사이에서 상관관계를 발견했다. 각각의 집단의 평균 초혼 연령과 그들의 최종 학교 졸업 연령, 정규직 취업 연령, 새로운 가구로 독립하는 연령, 또는 출산하는 연령의 평균은 모두 강한 상관관계가 있는 것으로 나타났다.

청소년기가 길어졌다

(Adolescence Has Gotten Longer)

19세기 중반에는 청소년기가 5년 정도 지속되었다. 1800년대 중반에는 그 정도 기간이 여성이 초경부터 결혼에 이르는 기간이었다. 반면 20세기 초에는 미국 여성이 만 14세에서 15세 사이에 평균적으로 처음 월경을 했고, 만 22세 이전에 결혼을 했다. 즉, 1900년대에 청소년기는 7년 이하로 지속되었던 것이다.

20세기 전반기에는 사람들이 전보다 더 젊은 나이에 결혼을 하기 시작했지만, 2차 성징도 점차 더 빨리 찾아왔다. 이에 따라 반세기 동안 청소년기의 기간도 약 7년간으로 동일하게 유지되었다. 그러다가 1950년부터 변화가 시작되었다.

이때부터 미국 여성들이 평균적으로 만 13.5세 정도에 초경을 경험하고, 만 20세에 결혼을 하는 경향을 보이기 시작했다. 그 후로 2

차 성징의 연령은 꾸준히 감소한 반면, 사람들의 초혼 연령은 꾸준히 높아졌다. 10년마다 평균 초경 연령은 약 3-4개월 앞당겨졌으며, 평균 초혼 연령은 약 1년씩 늦춰졌다. 2010년 기준, 평균적으로 미국 여성이 초경을 시작해서 결혼에 이르는 데는 15년이 걸리는 것으로 나타났다. 이러한 경향이 후술할 이유들로 인해 계속 이어진다면, 2020년쯤에는 청소년기가 시작부터 끝까지 거의 20년간 진행될 것이다.[3]

---

3 대한의학회지(Journal of Korean Medical Science) 2020년 12월호에 발표된 바에 따르면, 2006-2015년 청소년 건강 행태 온라인 조사 결과, 2003년 출생한 한국 여성의 평균 초경 연령은 만 12.6세로 보고되었다. 반면 2020년 통계청의 혼인·이혼 통계에 의하면 한국 여성의 평균 초혼 연령은 만 30.8세로 나타났다. 2003년 출생 여성의 초혼 연령은 더 상승할 가능성도 있기 때문에, 한국에서도 청소년기의 길이는 조만간 약 20년 정도가 될 것으로 전망된다.

그럼 남자들은 어떨까?

(What about the Boys?)

초경에 관한 조사 결과가 있기 때문에 여성의 2차 성징 시작 평균 연령 감소세는 남성의 경우보다 기록이 더 용이하다. 남성의 2차 성징 시작 평균 연령을 역사적인 추세로 확인하기 위해서 연구자들은 보다 독창적인 방법을 활용해야 했다. 일부 연구에서는 그러한 참신한 방법들을 활용하여 기발한 결과들을 얻기도 했는데, 그 결과들은 남자 아이들도 오늘날에는 과거에 비해 훨씬 이른 나이에 신체적 성숙이 시작된다는 걸 보여줬다.

남자 2차 성징을 나타내는 신뢰할 만한 지표 중 하나는 바로 변성기일 것이다. 만약 당신이 어린이 합창단을 운영하고 있다면, 아이들의 변성기는 당연히 주된 관심사가 된다. 그래서 합창단장들은 주로 아이들의 목소리가 갈라지기 시작하는 시점이 언제인지 기록을 남겨두는 편이다. 역사가 깊은 각 합창단의 기록에 의하면, 남자 아이들의 목소리가 갈라지기 시작하는 평균 연령은 1700년대에는 만 18세였던 반면, 1960년에 와서 만 13세까지 떨어졌으며, 최근에는 만 10.5세까지 내려온 것을 알 수 있다. 남자 아이들의 목소리가 낮아지는 현상은 주로 2차 성징 초기에 일어나는 일로 신체적인 성장이 완료되기 거의 3년 전에 발생한다. 이에 따라 추론할 수 있는 것은 오늘날 남자 아이들의 변성기가 평균적으로 만 10.5세경에 나타나고 있어 그들은 만 13세경에 이미 신체적인 성숙이 완료된다는 것이다. 이것은 지난 몇 세기 동안 남성들이 2차 성징을 완료하는 연령이 점차 낮아지는 정도가 여성들이 보인 추세와 유사하다는 것을 보여준다. 즉, 양쪽 모두 10년마다 평균 3-4개월씩 감소한 것으로 나타났다.

우리는 남성의 신체적 성숙의 변화 추세 정보를 사망 통계에서도 얻을 수 있었다. 모든 문화권과 시대를 통틀어 남자들의 사망률은 청소년기에 돌입한 직후 몇 년 동안 치솟는 경향이 있다. 이를 "사고 급등기(accident hump)"라고 한다. 이렇게 사망률이 급상승하는 이유는 주로 2차 성징 시기에 테스토스테론 분비가 증가하여 남자들이 더 공격적이고 무모해지기 때문이다. 이렇게 무모해진 남자들은 아무래도 본인들을 사망의 위험에 노출시킬 만한 행동을 할 가능성이 높다. 예를 들면 싸움을 건다든지, 대담하게 위험한 일을 하는 경우 등이 있다. 많은 사회에서 어떤 사람이 언제 사망하는지가 기록으로 남기 때문에 이를 근거로 우리는 시대가 지나면서 과연 사고 급등기가 더 빨라졌는지 확인할 수 있다. 또한 사고 급등기가 빨라진 것을 토대로 호르몬 분비가 촉진되는 2차 성징 시기가 과연 과거에 비해 빨라졌는지도 알아낼 수 있을 것이다. 실제로 사고 급등기는 10년마다 약 3개월씩 몇 세대에 걸쳐 빨라진 것으로 나타났다.[4]

과학자들은 오늘날 남성의 신체적 사춘기가 먼 옛날에 비해 빨라졌는지 알기 위해서, 앞서 소개한 간접적인 측정치에 의존할 수밖에 없다. 반면에 비교적 최근의 추세만을 볼 때는 확연히 더 좋은 데이터를 활용할 수 있는데, 현대의 의사들이 좋은 기록들을 많이 보유하고 있기 때문이다. 이러한 새로운 통계치도 앞서 소개한 것과 유사한 결과를 보여주고 있다. 2010년 미국 소아과 의사들의 기록을 바탕으로 2012년 발표된 보고서에 따르면, 남성들의 신체적 사춘기는 1970년대에 비해 2년 정도 일찍 시작되는 것으로 나타났다. 여성들이 그런 것처럼, 확실히 남자들이 청소년기에 돌입하는 나이도 지속적으로 낮아지고 있는 것이다.

신체적 사춘기는 남성의 경우가 여성보다 측정이 더 어렵지만, 결혼은 그렇지 않다. 그래서 우리는 성인기에 돌입하는 연령은 남성 또한 여성처럼 쉽게 시대별로 추적할 수 있다. 남성의 평균 초혼 연

4 이러한 (사고 급등 연령의) 감소 추세는 20세기 이전부터 길게 이어져왔기 때문에, 우리는 이러한 감소가 산업화나 자동차의 도입으로 인한 것은 아니란 걸 알 수 있다.

령은 상승하는 중이다. 1950년에 일반적인 미국 남성은 만 23세 정도에 결혼했다. 반면 2011년경에는 평균 초혼 연령이 만 29세까지 상승했다. 여성의 경우처럼 10년마다 1살씩 늘어난 셈이다. 1960년에 남자 아이들은 신체적 사춘기를 만 16살에 마치고, 보통 만 23살쯤에 결혼을 했다. 당시 청소년기는 약 7년이었던 것이다. 오늘날 신체적 사춘기는 만 14살 정도에 끝나고, 보통 만 29세에 처음 결혼을 한다. 남자의 청소년기는 이제 여성과 마찬가지로 15년 가량 지속되는 것이다. "혼전순결(Wait until you are married)" 같은 말은 이제 점점 더 지키기 어려워지는 그저 틀에 박힌 낡은 관념에 불과한 말이 되어가고 있다.

얼마나 더 어려질 수 있을까?

(How Low Can It Go?)

신체적인 사춘기가 시작되는 나이는 1850년과 1950년 사이에 급격하게 어려졌다가 20세기 후반기 들어오면서 점차 그 추세가 완화되었다. 이로 인해 과학자들은 우리가 생물학적으로 성적인 발육이 가능한 최소 연령에 도달하고 있다고 믿게 되었다. 사춘기의 조기화가 더욱 심화되고 있다는 보고서가 1990년대 후반에 발표되었을 때, 그들은 충격과 비판이 섞인 반응을 접하게 되었다. 그러나 그 이후 다수의 연구가 그러한 추세를 확증하는 결과를 제시했고, 아직 우리가 아직 최소 연령에 도달하지 않았다는 근거들이 많이 나왔다.

사실 여성이 초경을 시작하는 나이는 그들이 2차 성징에 돌입하는 나이가 아니다. 이때는 오히려 그들이 성적인 성숙에 도달하는 시기와 와 더 가까운 나이이다. 신체적 사춘기는 오늘날 빨리 끝나기도 하지만, 그 시작도 굉장히 빨라졌다. 하지만 초경에 관한 연구만으로는 사춘기의 시작 연령이 얼마나 충격적으로 빨라졌는지 밝혀내지 못 할 것이다.

신체적 성숙기에 접어드는 여자 아이들에게서 가장 빠르게 발견되는 변화는 "유방의 발아(breast budding)"와 음모의 발달일 것이다. 이러한 현상들은 초경이 발생하기 최대 3년 전에 동시에 또는 따로 나타날 수 있다. 오늘날 소녀들이 평균적으로 그들의 만 12세 생일에 초경을 한다면, 이건 일반적으로 미국 여성들의 2차 성징이 만 9살 때 시작된다는 것으로 해석할 수 있다.

우리는 유방의 발아가 평균적으로 몇 살에 시작되는지 믿을 만한 자료를 확보하진 못했다. 왜냐하면 의사나 과학자들은 월경을 시작하는 나이만 추적이 가능하도록 기록해 왔을 뿐, 다른 현상에 대해서는 미진한 기록만 남겼기 때문이다. 그러나 우리는 최근 수십 년간 변화 양상에 관한 정보는 얻을 수 있었다. 1960년대 초에 태어난 미국 어린이들에 관한 대규모 조사에서 그 아이들의 유방이 발달하기 시작하는 나이가 만 13세 경으로 밝혀진 것이다. 1990년대 중반, 평균 유방 발아 연령은 만 10세보다 조금 어린 수준으로 내려간다. 오늘날 소아과 의사들은 만 7–8세만큼 어린 나이에도 유방 발달이 시작되는 소녀들의 사례가 증가하고 있음을 보고하고 있다. 가장 최근에 2000년대 중반의 자료를 근거로 미국에서 발표된 연구에 의하면, 10%의 백인 소녀와 25%의 흑인 소녀가 만 7세에 유방 발아를 시작하는 것으로 나타났다. 이는 보통 초등학교 1-2학년의 나이이다. 존스 홉킨스 보건대학에 재직 중인 내 동료 중 한 명은 최근 그녀의 연구진이 초등학교 2학년 학생들이 초경을 시작하는 사례를 발견했다고 말했다. 이것은 상당히 높은 비율의 어린 여자 아이들, 특히 도심 지역에 거주하는 흑인 소녀들이 유치원 때부터 성적인 발달의 첫 번째 징후를 보이고 있다는 것이다.

남자 아이들에 관한 연구는 비교적 적은 편이지만, 이들의 2차 성징에 대해서도 유사한 조짐이 있는 것으로 보고되고 있다. 어린 남자 아이가 경험하는 성적 발달의 첫 번째 징후는 고환의 크기가 변하는 것이다. 이 부분을 조사한 연구 결과, 2010년 기준으로 10%의 백인과 20%의 흑인 소년들이 만 6살에 2차 성징을 시작하는 것으로 나타났다.

요약하면 남성들과 여성들 모두 청소년기가 전보다 일찍 시작되고, 전보다 늦게 끝난다는 것이다. 즉, 청소년기가 그 어느 때보다 길게 나타나고 있다. 지금의 청소년기는 150년 전에 비해 3배나 길어졌으며, 1950년대와 비교해도 2배 이상 길다.

왜 아이들의 성숙이
점점 더 일찍 시작되는 걸까?

(Why Are Children Maturing Earlier?)

과학자들은 유전자가 2차 성징 시기에 지대한 영향을 준다고 믿어 왔다. 즉, 부모에게 2차 성징이 빨리 왔다면 아이에게도 빨리 올 가능성이 높다고 생각한 것이다. 그러나 우리가 알게 된 바에 따르면, 사람이 성적으로 성숙해지는 나이는 유전과 환경의 복합적인 요인에 의해 결정된다.

이러한 영향이 가장 확실하게 나타나는 부분은 건강과 영양이다. 평균적으로 임신 기간에 영양섭취를 잘 해 왔고, 건강했던 엄마로부터 출생한 아이들이 그들 자신도 적절히 식단과 건강을 관리하며 성장한다면 그들의 2차 성징은 이르게 찾아올 가능성이 높다. 이것은 세계 각국에서 그리고 각 나라 안에서 부모 경제 수준은 통제한 채 진행한 많은 연구를 통해 검증되었다. 즉, 건강하고 잘 먹은 아이일수록 일찍부터 성적인 발달이 시작될 확률이 높다. 이에 따라 1850년과 1950년 사이에 급격하게 사춘기 시작 연령이 빨라진 것은 주로 엄마와 아이의 건강 수준 향상에 기인했을 거라는 추론이 가능하다.

그런데 최근 수십 년간 나타난 신체적 사춘기 연령의 지속적인 감소에는 좀 다른 복잡한 이유가 있다. 최근에는 미국에서 엄마와 아이의 건강과 식단 면에서 2차 성징을 촉진할 만큼 충분히 급격한 향상이 없었기 때문이다.

따라서 신체적 사춘기 시작 연령이 지속적으로 더 어려지는 원인을 이해하기 위해서는 신체적 사춘기가 어떻게 촉발되는지를 살펴볼 필요가 있다. 특히 가난하고 건강하지 못한 집단들, 예를 들어 도심지의 흑인 아이들이 보여주는 현상이 설명되어야 할 것이다. 사실 2차 성징이 우리 몸에 궁극적으로 미치는 영향은 주로 성 호르몬을 통해 우리의 외모나 신체 발달 과정으로 나타나긴 하지만, 이들은 파생적인 현상에 불과하다. 성적인 발달은 난소나 정소에서 시작되는 것이 아니다. 모든 것은 바로 두뇌에서 시작된다.

우리 몸의 사춘기는 어떻게 진행될까?

(How Puberty Happens?)

우리 몸의 사춘기는 두뇌 속의 화학물질인 키스펩틴(키세스 초콜릿이 탄생한 펜실베이니아 허쉬에서 발견되었기 때문에 이렇게 명명되었다.)의 증가로 촉발된다. 키스펩틴은 신경화학적 처리과정의 증폭을 유발한다. 이는 결국 난소나 정소로 보내는 신호를 발생시켜서 에스트로겐이나 테스토스테론 또는 다른 호르몬들의 생산을 증가시키고, 이렇게 생산된 호르몬들이 우리의 성적인 충동을 활성화시켜서 번식이 가능하도록 만들어 주는 것이다. 그리고 이 호르몬들이 유방의 발달, 음모의 성장 그리고 생식기의 변화와 같은 사춘기의 모든 외모 변화도 제어한다. 두뇌에서 키스펩틴의 생성은 다른 중요한 화학물질들의 영향을 받는다. 하나는 생성을 촉진하는 렙틴이며, 다른 하나는 생성을 억제하는 멜라토닌이다.

렙틴은 지방 세포로부터 분비되어 우리 몸에 존재하는 단백질로서 체지방이 많을수록 그 수가 많아진다. 이 렙틴은 우리가 배가 부르게 되면 더 먹고 싶은 마음을 억제하는 방식으로 허기나 식욕을 조절하는 데 중요한 역할을 수행하고 있다. 어떤 경우에 렙틴은 우리가 배가 충분히 채워졌을 뿐만 아니라 "지방도 충분하다"라는 신호를 뇌에 전달한다.

멜라토닌은 수면 주기를 조절하는 호르몬 중 하나이다. 이 멜라토닌의 양은 하루 종일 오르락내리락하는데, 날이 어두워짐에 따라 수면을 유도하기 위해서이다. 즉, 멜라토닌의 양은 저녁으로 갈수록 높아지고, 아침이 오면서 점차 낮아진다.

이러한 순환 구조는 우리 내부의 생체 시계에 의해 관리되지만, 빛에 노출되는 정도에 따라 바뀔 수도 있다. 만약 당신이 뉴욕에서 프랑스로 향하는 비행기를 밤새도록 타고 가서 파리 시간으로 아침 8시에 착륙한다면 졸음을 덜 느끼는 방법이 한 가지 있다. 바로 비행기에서 내리자마자 최대한 많은 빛을 보는 것이다. 이 방법은 멜라토닌의 생성을 억제하여 당신의 생체 시계를 아침에 맞춰준다.(내부 조명이 어두운 비행기가 착륙하던 그 순간에 생체시계는 새벽 2시에 맞춰져 있었을 것이다.) 반면 어떤 사람들은 멜라토닌이 분비되는 편이 장거리 여행에서 더 도움이 되었다고 느꼈을 것이다. 이 사람들은 현지 시간에 맞춰 원래 자던 시간보다 더 일찍 잠들어야 했기 때문이다. 당연히 멜라토닌이 가장 필요한 순간은 출발지 시간과 상관없이 도착했을 때의 현지 시간이 저녁인 경우다.

멜라토닌의 생성량은 자연광뿐 아니라 인공 조명에도 민감하다. 그래서 흔히 침대에서 컴퓨터 모니터나 스마트폰 같이 조명이 밝은 화면을 오래 보지 말라고 하는 것이다. 그런 화면들에서 나오는 조명들이 멜라토닌 생성을 억제해서 잠들기 더 어렵게 만들기 때문이다. 오늘날 TV, 컴퓨터 그리고 여러 기기들의 조명을 마주하며 살아가는 거의 모든 10대들이 이전 세대들에 비해서 밤에 잠들기 더 어려워하는 건 크게 놀랄 일이 아닌 것이다.

당신의 유전자는 당신이 특정 나이가 되면 2차 성징을 시작하게 만드는데, 지방 세포가 더 많아지고 더 많은 빛에 노출될수록 유전자에 따라 예정된 시기보다 2차 성징을 일찍 시작할 가능성이 높아진다. 반면 같은 유전자를 가진 사람이라도 마른 체형으로 빛이 적은 데서 성장한다면 2차 성징을 더 늦게 시작할 것이다. 이것이 바로 비만형 아이들과 적도 부근에 사는 아이들이 2차 성징을 일찍 시작하는 이유이다. 비만형 아이들은 몸에 지방이 많아서 체내에서 더 많은 양의 렙틴을 생성하게 되고, 그로 인해 키스펩틴 생성이 촉진되는 것이다. 적도 부근에 사는 아이들은 1년간 비교적 더 많은 햇빛을 쐬기 때문에 멜라토닌이 더 적게 분비되면서 키스펩틴의 생성도 극 지방에 사는 아이들만큼 억제되지 않는다.

체지방과 조명이 2차 성징 시점에 영향을 주는 이유는 우리 진화 역사에서 찾아볼 수 있다. 우리 인간은 자원이 희소할 때 진화했고,

아이를 낳아도 모두 생존할 수는 없기 때문에 가능한 많은 후손들을 잉태하고 출산하도록 적응하게 되었다. 여성들이 살아가는 동안 돌아오는 생리 주기의 수는 정해져 있기 때문에 일찍부터 성적인 성숙을 시작하게 되어 성관계를 가지기 시작할수록 생존 가능한 아이들을 더 많이 낳게 될 확률이 높아지는 것이다. 즉, 2차 성징을 빨리 시작하면 더 많은 생리주기가 돌아오게 되며, 아이를 가질 확률도 더 높아진다[5].

만일 진화의 궁극적인 목적이 가능한 많은 아이들을 출산하는 거라면, 일단 사람이 몸에 충분한 지방을 미리 비축하고, 지금이 식량을 구하기 좋은 계절이란 걸 느끼게 될 때가 바로 2차 성징에 돌입할 최적의 시기이다. 우리 유전자는 우리가 더 이상 자원이 희소한 세상에 살고 있지 않다는 걸 모른다. 현대의 우리는 식량을 찬장이나 냉장고에 저장할 수 있기 때문에, 어두운 겨울에도 먹을 거리가 풍족한 생활을 하고 있음에도 예전 진화의 흔적이 그대로 남아 있는 것이다. 환경이 변해도 우리 뇌는 그보다 훨씬 천천히 진화한다. 그래서 2차 성징이 찾아오는 시점은 지방을 몸에 축적해 둘 필요가 없고, 긴 어둠을 걱정할 필요가 없는 현대에도 여전히 우리 뇌 속의 렙틴과 멜라토닌 수치의 영향을 받는다. 우리의 이런 진화론적

---

5 궁금한 독자들을 위해 설명하면, 2차 성징을 시작하는 나이와 폐경기가 되는 나이는 관련이 없다. 즉, 시작이 달라도 끝은 같을 수 있다.

배경을 이해하는 것은 왜 오늘날 2차 성징이 전에 비해 빨리 오는지 설명할 수 있게 해준다. 우리의 아이들은 우리보다 통통하고, 어린 시절부터 전기조명 앞에서 보내는 시간이 우리 때보다 많다. 특히 밤에는 그런 현상이 더욱 두드러진다. 이러한 생활 패턴은 그들이 앉거나 누워있는 시간을 더 길게 만들고, 이는 비만도에 영향을 주게 된다. 2차 성징이 진행될 무렵, 늦은 밤에 컴퓨터 앞에서 더 많은 시간을 보내게 되면 사실상 어둠 속에 생활할 시간에 밝은 조명 속에서 생활하는 격이기 때문에, 결국 햇빛이 많은 적도에서 성장하는 아이들과 유사한 속도로 성장하게 되는 것이다.

빠른 2차 성징, 비만도 그리고 조명의 관계에 관한 설명은 남자 아이보다 여자 아이에게서 더 잘 적용된다. 왜냐하면 여성의 몸은 임신을 하게 되어 있는데, 이를 위해 체내에 충분한 지방과 음식을 비축해야 하기 때문이다. 그러나 남자 아이들 또한 2차 성징이 빨리 찾아 오는데, 그 이유가 그들이 지방을 더 많이 축적하고, 조명 아래 활동하면서, 충분한 식량을 찾아 다니는 것이 진화를 위해 더 유리하기 때문은 아닐 것이다. 그렇다면 오늘날 남자 아이들 역시 과거에 비해 더 빨리 성숙해지는 이유는 어떻게 설명할 수 있을까?

바로 남성에게는 비만도나 밝은 조명 외에도 이른 2차 성징에 영향을 주는 요인들이 있기 때문이다. 대표적으로 남자 아이들과 여자 아이들 모두 "내분비 교란 물질(환경 호르몬)"에 의해 2차 성징의 시작이 앞당겨지고 있다. 이 물질은 자연적으로 생성되는 성 호르몬의 분비와 효과를 교란시키고, 그 호르몬들을 모방하는 방식으로 2차 성징의 시점을 변화시킨다. 이 교란 물질들은 주로 플라스틱에서 발견되는데, 이 플라스틱이란 식품 포장지는 물론 우리가 집안에서 매일 접촉할 수밖에 없는 가구나 집기에도 흔히 사용되는 플라스틱을 말한다. 이 물질이 발견되는 출처의 범위는 정말 넓어서 살충제, 머리 손질 제품과 같이 인간이 개발한 제품뿐 아니라, 동물의 호르몬이 포함된 많은 육류나 유제품에서도 우리 내분비 체계를 교란시키는 물질이 발견되고 있다. 우리의 2차 성징을 가속화시키는 화학물질들은 우리 아이들이 마주하는 공간 어디에나 있다. 이것은 부모가 아무리 주의를 기울이고, 아이가 먹는 것에 신경을 써도 마찬가지다. 현대 사회에서 그런 물질들에 전혀 닿지 않고 사는 건 거의 불가능하다. 결국 이 내분비 교란 물질에 장시간 노출된 아이들은 어린 나이에 성적인 성숙에 돌입할 가능성이 높아지는 것이다.

이른 2차 성징은 일반적으로 조산으로 인해 저체중으로 태어난 아이들에게 더 흔하게 나타난다. 아이의 성별과 상관없이 전반적으로 그렇다. 저체중은 인슐린의 과다 생성으로 이어지고, 비정상적으로 높은 수치의 혈중 인슐린은 높은 확률로 과체중으로 이어지고, 결국 많은 경우 비만이 된다. 비만도의 영향으로 2차 성징이 빨라지기도 하지만, 높은 인슐린 수치 자체도 성 호르몬의 분비를 활성화시키기 때문에 성적인 성숙을 이른 시기부터 가속화시킨다. 지난 수십 년간 조산아들의 수가 급격하게 증가해 왔고, 그 중 대다수가 저체중으로 태어나 살아남은 아이들이다. 이들이 결국 자라서 2차 성징 평균 연령이 감소하는 데 기여했을 것이다.

마지막으로 가족의 스트레스 수준이 높아지는 것도 2차 성징을 앞당기고 있다. 많은 연구에서 부모와 자녀 사이에 갈등 수준이 높을수록, 편부모 슬하일수록 그리고 부모와 자녀 사이에 느끼는 거리감이 클수록 아이의 2차 성징이 더 이르게 찾아오는 것으로 보고하고 있다. 이런 연구 결과는 남자아이들보다 여자아이들한테서 더 일관되게 나타나고 있다. 이에 관한 이유는 명확하지 않지만, 가족 간 긴장 수준이 평균 이상으로 높은 가정에서 성장할 때 생기는 스트레스가 영향을 주고 있을 가능성이 있다. 코르티솔 같은 스트레스 호르몬의 수치가 너무 높아지면, 높은 수준의 코르티솔이 정상적인 발달이 방해하기 때문에 만성적인 스트레스를 가진 아이들은 많은 경우 신체 발달이 늦어지게 된다. 그러나 같은 호르몬도 소량이 분비될 경우에는 이야기가 다르다. 예를 들어, 부모와 계속 언쟁을 하게 되어 생성되는 정도의 스트레스 호르몬은 오히려 신체 발달을 촉진시킨다. 어떤 연구자들은 이런 가설을 제시하기도 한다. 아버지가 안 계신 경우, 여자 아이들이 엄마가 교제하는 남자들과 같은 낯선 성인 남성들과 마주할 기회가 많아져서 페로몬을 통한 성적 발달이 촉진될 가능성이 있다는 것이다. 페로몬은 우리가 다른 사람들의 생리적, 행동적 반응을 이끌어내기 위해 분비하는 화학물질인데, 여성의 발달은 이 페로몬에 특히 민감하다. 이런 사실에 기반하여 낯선 성인 남성의 체취에 자주 노출되는 것이 여자 아이의 2차 성징을 촉진한다는 가설이 제기되었다. 이른 2차 성징이 비만도, 인공 조명, 교란 물질, 조산 그리고 가정 스트레스와 연관되어 있다는 사실은 2차 성징에 돌입하는 나이가 앞으로도 감소할 것이라는 것을 시사한다. 왜냐하면 위와 같은 요인들이 그 정도가 약해질 기미가 안 보이기 때문이다. 최근 발표된 아동 비만 감소에 대한 보도들은 결국 지나치게 낙관적이었던 것으로 밝혀졌다. 충격적으로 들릴 수 있지만, 우리는 조만간 유치원에서 청소년기 발달 기초를 가르쳐야 할 수도 있다.

왜 이른 사춘기에 주목하는가? ?

(Why Early Puberty Matters)

일부 특수한 의학적 상태를 제외하면 시기의 문제일 뿐 누구나 살면서 2차 성징을 거쳐가게 된다. 이 시기에 돌입한 이들은 모두 신체발육이 눈에 띄게 빨라지고, 성적으로 성숙한 사람으로 보이게 되며, 그들 자신도 성에 눈을 뜨게 된다. 그러면 이런 시기가 빨리 오는지, 늦게 오는지가 도대체 왜 중요한 걸까? 어차피 언젠가는 다 겪는 일인데, 이 시기가 빨라진 것에 이렇게 주목하는 이유가 뭘까?

신체적 사춘기가 빨리 오는 것이 중요한 이유는 두 가지가 있다. 첫째, 남달리 발육이 빠른 아이는 종종 다른 사람들로부터 다르게 대우 받게 되는데, 이것은 결국 그들이 자신에 대해서 어떻게 생각하고, 어떻게 행동하는지에 지대한 영향을 미친다. 발육이 빠른 청소년들은 빨리 커서 오빠나 누나들과 어울리고 싶어 하며, 학교와는 거리감을 느끼는 반면, 성숙한 친구들과의 교류를 더 중요시하는 경향이 있다. 조숙한 아이들이 나이가 많거나 성숙한 또래들과 보내는 시간이 늘어나면, 그들은 원래는 나이가 더 들어야 할 만한 일들에 관심을 가진다. 그런 일들이란 성관계, 범죄, 무단 결석, 흡연, 음주 그리고 마약 등을 일컫는다. 왜냐하면 이런 종류의 일들이 그들을 나이 많은 형이나 언니들과 같은 부류로 느끼게 해주기 때문이다. 저 중 한 가지를 빨리 시작하면(예를 들면, 어린 나이에 음주를 시작하면), 많은 경우 다른 것도 빨리 경험하게 된다(예를 들면, 성관계도 이른 나이에 시작한다.). 게다가 이른 나이부터 하는 성관계는 주로 성교육도 제대로 받기 전에 피임에 관한 의식도 없이 하게 되기 때문에, 이 조숙한 아이들 다수가 결국 임신이나 성병 위험에 노출될 수 있다.

이른 2차 성징의 여파로 나타나는 행동 문제는 남녀 구분 없이 유사하게 나타난다. 그러나 이른 발육이 가져오는 심리적인 문제는 어린 소녀들에게 더 가혹하게 나타난다. 우선 대부분 남자 아이들에게 이르게 찾아온 신체 발육은 그들의 자존심을 곧추세운다. 그들은 더 크고 더 강하기 때문에 그 신체로 좋은 운동 신경을 보여주게 되며, 이 조숙한 남자 아이들은 인기를 독차지하게 된다. 또한 조금 더 어른스럽게 생긴 외모 덕분에 이 소년들은 어디서든 반장이나 회장 같은 리더 역할을 하도록 기대나 요청을 받을 것이다. 아마 이런 이유로 빨리 성장했던 소년들은 나중에 청년기가 되어서도 일터에서 성공할 가능성이 높아질 것이다.

반면에 여자 아이들에게 이른 성숙은 좀 다르게 다가온다. 신체적 사춘기를 일찍 시작한 여자 아이들은 우울, 불안, 공황 발작 그리고 섭식 장애를 겪게 될 가능성이 높다. 그 이유는 쉽게 알 수 있는데, 몸이 달라지는 것에 관한 압박감이 찾아오기 때문이다. 평균적으로 여자 아이들은 남자 아이들보다도 성숙이 눈에 띄게 빠르며, 빠르게 발육을 시작한 여자 아이들은 또래 중에서 확연히 돋보이기 시작한다. 남자 아이들로부터 주목받고, 감성적으로나 이성적으로 충분히 준비가 되기도 전에 성적인 관계를 맺어야 할지를 결정해야 하는 것이 이들에게는 커다란 스트레스로 작용한다. 여자 아이가 아직 자기 정체성을 확립해 나가고 있을 때, 자기 외모 변화 때문에 지나치게 많은 시선을 받는 것은 이 아이들이 자신을 바라보는 관점에 지대한 영향을 준다. 또한 성장 발육이 빠른 여자 아이들은 자연스럽게 성폭력에 관한 위협도 더 크게 느낀다.

우리 사회는 청소년의 성에 대해 상반된 태도를 보인다. 10대가 되기도 전부터 성적으로 성숙하게 보이는 아이들은 그로 인해 불편한 반응들을 마주하게 된다. 내가 만 12살 때 처음 만났던 사라(가명)라는 친구가 우리 사회에서 종종 일어나는 일에 관한 좋은 사례가 될 것 같다. 사라는 밝은 갈색 머리, 청회색 빛깔의 눈을 가진 아주 예쁜 10대 소녀였다. 그런데 만 10살에 그녀에게 2차 성징이 시작되었다. 만 12살이 되었을 무렵, 사람들의 시선을 사로 잡은 것은 그녀의 얼굴이 아니었다. 사라의 외모는 이미 다 성장한 처녀처럼 완전히 성숙한 모습이었고, 남자들은 그녀가 거리를 지나갈 때마다 그녀를 빤히 쳐다보았다. 그들 중 누구도 자신이 끈적한 시선으로 보고 있는 여자가 초등학교 6학년일 거라고는 생각조차 하지 못했을 것이다.

사라의 이른 신체적 성장은 학교에서 고학년 남학생들의 시선 또한 사로잡았다. 그들은 사라의 외모에서 성적 매력을 느꼈고, 그녀가 감성적으로는 아직 미숙하다는 점을 집중적으로 공략했다. 사라에게는 그런 그들이 다가오는 것을 거부하는 것이 어려운 일이었으며, 그녀는 마치 청소년기가 한창인 고학년 여학생들처럼 점차 고학년 학생들과 보내는 시간이 많아졌다. 만 12살로서는 좀처럼 생각하기 어려운 여가 활동들을 그들과 함께하며 지냈던 것이다. 조숙한 소녀들은 종종 나이가 많은 남자들과 연애를 하게 되는데, 이 남자들은 소녀들이 그 나이에 기대했던 것 이상으로 성적으로 더 많은 요구를 한다. 사실상 이 나이 많은 남자들은 결국 조숙한 소녀들에게 큰 골칫거리가 될 가능성이 있다. 왜냐하면 조숙한 소녀들은 기본적으로 정서적 스트레스에 취약하지만, 특히 주변에 이성 친구들이 많거나 고학년 이성들과 함께 어울릴 때 더 취약해지기 때문이다(예를 들어, 초등학교 6학년 여학생이 중학교 1-2학년 남학생들도 함께 있는 학교에서 생활할 때가 그렇다.).

중학교 3학년이 되었을 때 사라는 수시로 술을 마시고, 담배를 피우며, 약에 취하곤 했다. 그녀의 어머니는 이혼을 했고, 사라 자신도 스스로 의식하지 못한 채 알코올과 신경 안정제에 중독되어 버렸다. 고등학교 2학년이 되었을 때, 사라는 거의 학교를 그만둔 거나 다름없었다. 그녀가 학교 밖에서 친구들을 보았을 때, 그녀는 친구들이 서로 어느 대학에 진학할 지 이야기하고 있는 걸 먼 발치에서 듣게 되었다. 사라는 친구들이 모두 각자의 대학이 있는 도시로 떠난 후 자신은 어떻게 될지 걱정하기 시작했다. 그녀는 마침내 헤어나올 수 없는 깊은 우울함에 빠져들게 되었고, 여러 번 자살 충동을 느꼈다. 다행히 사라는 지금 취직도 했고, 결혼도 했으며, 행복하게 살고 있다. 동창들보다는 시기가 조금 늦어지긴 했지만, 그녀는 전문대학을 졸업하였으며, 관계 면에서도 몇 번의 시행착오 끝에 그녀를 존중해 주고 그녀를 이해해 주는 청년을 만날 수 있었다. 하지만 청소년기의 사라는 소위 말하는 문제아였고, 억울하게 문제에 휘말린 적도 있었다. 그래서 그녀의 삶을 정돈하는 데에는 추가적으로 몇 년의 시간이 더 필요했다. 그럼에도 불구하고, 사실 사라는 운이 좋은 편이었다. 많은 신체적으로 조숙했던 많은 소녀들이 우울증과 같은 심각한 심리적 장애를 겪기 시작하여 성인이 되어서도 벗어나지 못하고 있다. 몇몇 연구에 따르면, 이들의 학업 성적 또한 이른 청소년기에 차질이 생긴 뒤로 완전히 회복되지 않는 경우가 많다고 한다.

사라의 사례는 이르게 찾아온 성숙이 얼마나 큰 문제가 될 수 있는지 보여준다. 갑자기 시작된 성장 발육은 청소년기 또래들과의 상호 교류 활동에 변화를 주고, 이것이 이어서 그들의 정신건강과 행동 양식에도 영향을 미치는 것이 실제 사례로 나타난 것이다. 성장이 빠른 청소년들은 그들이 신체적으로 성숙해질 때와 그들의 다른 면이 성숙해질 때의 간극 또한 크게 느끼게 된다. 이러한 간극은 발육이 빠른 청소년들이 성에 관한 관심을 키워나갈 때 결국 문제를 일으킬 수 있다. 왜냐하면 신체 발육만 너무 빨라지면 남자 아이는 피임에 대한 올바른 인식을 가질 정도로 충분히 성숙하기 전에 그리고 여자 아이는 남자들의 접근을 신중하게 생각해서 거절할 수 있는 정서적인 준비가 되기도 전에 성관계에 대한 관심을 갖기 시작하기 때문이다. 청소년기 두뇌 발달의 어떤 면은 2차 성징에 의해 발동되지만, 다른 면들은 그렇지 않다. 2차 성징이 빨리 시작될 때 일어날 수 있는 가장 큰 부조화 중 하나는 성적 호르몬의 영향으로 성숙하기 시작하는 두뇌 체계와 그렇지 않은 체계 사이에 나타난다. 사실 또래에 비해서 2차 성징이 빨리 온 청소년들이 문제를 겪게 되는 이유 중 하나는 친구를 잘못 만나서가 아니다. 문제의 근원은 문자 그대로 그들의 머리 안에 있다. 모든 문제의 원인들은 바로 다음 장에서 설명될 것이다.

이른 2차 성징은 마음에만 위험한 것이 아니라, 몸 건강에도 안 좋아서 특히 여성의 암과의 관련성이 제기되기도 한다. 만 12세보다 빠르게 시작한 초경을 시작한 여성은 유방암 발병 가능성이 만 16세에 시작한 여성보다 50% 정도 높다. 또한 이른 2차 성징이 난

소암, 심혈관 질환이나 당뇨병과 같은 신진대사증후군, 비만과 관련 있다는 논문들도 꾸준히 발표되고 있다. 남성의 경우에도 2차 성징을 일찍 시작하는 것은 고환암의 위험 요인이 될 수 있는 것으로 나타났다.

이렇게 우리 몸의 사춘기가 이르게 시작되는 것이 심각한 건강과 행동발달상의 문제를 가져올 수 있기 때문에 부모들은 그들의 아이가 성적인 발달을 이르게 시작할 가능성을 낮추기 위해 무엇이든 해야만 한다. 일단 청소년기가 찾아오기 오래 전부터 관심을 가지고 아이의 삶에 개입할 필요가 있을 것이다. 이상적으로는 미취학 아동일 때부터 관심을 가져야 한다. 마지막 장에서 적절한 시기까지 청소년기를 늦추기 위해 과연 부모들이 무엇을 할 수 있는지 설명할 것이다.

성인기가 늦어지고 있다

(Delaying Adulthood)

부모들이 아이들의 신체적 사춘기를 지연시키기 위해 바삐 노력하는 동안, 우리 사회는 마치 그들이 성인이 되는 시기를 지연시키고 있는 것처럼 보인다. 물론 일반적인 경향에는 예외가 있기 마련이지만, 공식적인 통계 자료와 대규모 조사 결과는 청소년들이 전보다 얼마나 더 오래 학교에 남아 있으며, 얼마나 더 부모에게 경제적으로 의존하고 있는지 그리고 얼마나 결혼이나 출산을 늦추고 있는지 보여준다.

이러한 세태의 변화 중 일부는 한 성별 집단에서 더 두드러질 수도 있지만, 기본적인 전개는 남성과 여성 모두에게 동일하게 나타난다. 부모 세대에 비하면 오늘날의 20대쯤 되는 사람들 중 극히 적은 수만 그 나이 때 부모들이 했던 성인의 역할을 수행하고 있다. 거의

40년 동안 진행된 대규모 조사에서 나타난 1976-1977년 고교 졸업생(이전 세대) 그리고 2002-2003년의 고교 졸업생[6](최근 세대)의 비교 분석 결과를 확인해 보자.

만 23세가 되면 80%의 이전 세대 사람들은 더 이상 학생이 아닌 상태가 되었다. 그들 중 대다수는 부모로부터 금전적 지원을 전혀 받지 않았다. 30% 정도의 사람들만이 수입의 5분의 1 또는 그 이상만큼을 부모로부터 지원받았다. 3분의 2의 사람들은 온전히 자립하여 살고 있었다. 4분의 3정도의 사람은 주 36시간 이상 근무하는 정규직으로 일하고 있었다. 그리고 3분 1은 이미 기혼자였다.

반면 최근 세대의 경우, 만 23살일 때 비교적 소수만이 학업을 마친 상태였고, 전에 비해 적은 수의 사람이 정규직에 종사하고 있었으며, 대부분 부모로부터 독립하지 못했고 그리고 대다수가 미혼이었다. 만 23세 기준으로 최근 세대의 표본은 3분의 1이 스스로를 학생이라고 응답했다. 또 60%의 사람만이 정규직으로 일하고 있었으며, 거의 반 정도의 사람이 부모와 살고 있었다. 이전 세대에서는 절반보다 적은 사람들만이 부모에게 돈을 받으며 살고 있었지만, 최근 세대에서는 그 비율이 3분의 2까지 상승했다. 또한 최근 세대 중 반 이상의 사람들이 소득의 최소 20% 이상을 그들의 부모에게

---

6 미국에서는 일반적으로 가을에 학년을 시작해서 봄에 마친다. 2002-2003년 졸업생은 2002년 가을에 고등학교 마지막 학년을 시작해서 2003년 봄에 고등학교를 졸업한 사람들을 가리킨다.

의존하고 있었다. 기혼 여부에 관한 질문에서는 이들 여섯 명 중 한 명만이 결혼했다고 응답했다.

이러한 세대 간의 현격한 차이는 만 25세일 때도 도드라진다. 이전 세대는 이 나이 때 80% 이상이 정규직에서 일하고 있었으며, 절반이 결혼을 했고, 3분의 1정도가 이미 아이를 낳고 부모가 되어 있었다. 4분의 1보다 적은 수만이 부모와 같이 살고 있었으며, 딱 25%의 사람들만이 부모로부터 재정적인 도움을 받고 있었다. 겨우 15%의 응답자만이 자기 소득의 최소 20% 이상의 부분을 부모에게 의존하고 있었는데, 이 중 반 정도의 응답자는 만 23살에도 그런 상태였다. 최근 세대의 경우 만 25살이 되었을 때 약 70% 정도만이 정규직으로 일하는 것으로 나타났다. 그리고 3분의 1 이상은 부모와 같이 본가에 거주하고 있었으며, 3분의 1이 훨씬 넘는 수의 사람들이 부모로부터 돈을 받으며 생활하고 있었다. 5분의 1 이상의 최근 세대에게 부모의 지원은 최소 그들의 소득 중 20%에 해당하는 비율이다. 이들 만 25세의 4명 중 1명만이 기혼 상태였다. 즉, 그들 부모 세대가 만 25세였을 때의 수보다 반 정도의 사람만이 이 나이 때에 결혼한 것이다. 5분의 1의 사람들만이 자녀를 두었는데, 이전 세대는 만 25세에 자녀가 있던 사람들이 3분의 1이었다.

이러한 급격한 변화는 놀라운 수준으로, 특히 우리가 만 25세에 집중할 때 더 그렇다. 이 나이 때 최근 세대에서는 이전 세대의 같은 나이일 때와 비교하여 두 배나 학생인 경우가 많았으며, 이전 세대의 반만큼의 사람들만이 기혼자였던 것이다. 50% 이상의 사람들은 부모와 살았으며, 거의 반 이상의 사람들이 그들의 부모로부터 재정적인 지원을 받고 있었다.

방탕, 합리적 선택, 아니면 구속된 발달?

(Self-Indulgence, Rational Choices,
or Arrested Development?)

앞서 말한 통계치를 나열하는 것보다 무엇이 그런 현상들을 야기했는지 알아내는 일이 더욱 어려운 일일 것이다. 무언가 숫자 상의 변화가 있었다는 것은 명백하지만, 그러한 숫자들 자체는 원인을 설명해 주지도 않으며, 심지어 그런 변화가 중요한지도 말해 주지 않는다. 성인기가 지연되는 원인에 대해서는 기본적으로 3가지 가능한 설명이 제시되고 있다.

첫 번째로, 가장 통용되고 있는 관점은 젊은이들이 태만하고 자기중심적이며, 응석받이로 자랐기 때문에 성인의 역할을 맡지 않기로 선택했다는 것이다. 이 관점에 따르면, 오늘날 20살 언저리의 부모들은 자녀를 너무 애지중지하고, 지나치게 칭찬하며, 그들이 찬란한 인생을 누릴 권리를 가졌다고 믿도록 양육하고 있다는 것이다.

이 권리를 찾기 위해 그들은 정말 많은 시간을 소모하게 된다. 만약 당신이 최고의 직업, 배우자 또는 가정을 가지게 될 거라고 늘 믿고 있다면 그리고 아직도 충분히 그러한 것들을 탐색할 기회가 있다면 왜 그보다 낮은 조건에서 정착하려 들겠는가? 특히 날 사랑하는 우리 엄마와 아빠가 종종 자금도 찔러준다면 정착할 필요가 있을까? 이 이론에 의하면 성인기가 지연되는 것은 감정의 미성숙에 기인한다고 한다.

두 번째 관점은 성인기 지연은 단순히 합리적인 선택의 결과라는 것이다. 일의 세계가 변화하면서 높은 임금을 주는 직장은 더 높은 교육수준을 요구한다. 따라서 젊은이들은 그러한 요구에 부응하기 위해 더 오래 학교에 머무르게 되는 것이다. 물론 대학은 비싸다. 그러나 그 졸업장이 가져다 주는 경제적인 대가 또한 그 이상으로 크다. 미국에선 특히 그렇다. 성 역할에도 지난 25년간 큰 변화가 있었다. 대학이나 대학원에서 남성보다 여성의 입학생 수가 눈에 띄게 많아지고, 여성이 이전 세대보다 고임금 직군에서 일할 가능성이 더 높아진 지금, 여성은 전보다 남성의 경제적 부양에 의존할 필요가 없어졌다. 이로 인해 여성은 그들의 경력이 궤도에 오르기 전에는 결혼할 마음을 접어두게 되었다. 결혼을 미루는 것은, 최소한 중산층에서는 부모가 되는 것 또한 늦어진다는 의미가 된다. 그리고 20대 중반을 살아가고 있는 청년들 중 상당수가 그들의 부모와 같이 살거나 부모의 경제적인 지원에 기대 살고 있다. 이러한 경제는 당연히 많은 비난을 감수할 수밖에 없다. 이 관점에 근거할 때, 오늘날의 젊은이들에게는 아무런 잘못이 없다. 그들은 단지 변화하는 환경에 현명하게 잘 대처하고 있는 것뿐이다. 만일 그들의 부모가 그렇게 열악한 환경에 처했다면, 그들 역시 똑같이 지원했을 것이다.

세 번째 관점은 원인보다는 결과에 초점을 맞춘다. 이 "구속된 발달(arrested development)"의 관점은 건강한 발달이 성인 역할에 관한 요구로부터 촉발된다는 전제에서 출발한다. 이를테면 결혼이나 양육에 관한 책임감, 직장인으로서 짊어지는 기대감, 자립을 위한 도전 정신 등이 그것이다. 몇 년 전 뉴욕 타임즈의 커버스토리에서 다음과 같이 물었다. "스무 살 즈음이 주는 의미가 뭐라고 생각하세요?(What Is It About 20-Somethings?)" 이 저자는 젊은이들을 "얽매여 있지 않은(untethered), 속박을 기피하는(avoiding commitment)", "어른이 되는 걸 거부하는(forestalling the beginning of adult life)"과 같은 표현으로 묘사하였다. 이 기사의 부제는 특별히 다음과 같이 부각되었다. "왜 이 많은 사람들이 철이 덜 든 채로 20대 기나긴 세월을 보내는가?(Why are so many people in their 20s taking so long to grow up)". 이 관점에 따르면 우리는 오늘날의 젊은이들을 걱정해야 한다. 그들이 학교에 남기로, 독신으로 살기로 또는 부모에게 돈을 받으며 살기로 스스로 결정한 게 아니라, 이러한 선택지들이 구속을 피하던 그들에게 그냥 주어진 것이기 때문이다.

이제 우리는 네 번째 관점을 필요로 한다. 최근의 두뇌 발달 연구 결과를 개괄적으로 적용하면, 어른이 되는 걸 늦추는 것은 좋은 현상일 수도 있고 나쁜 현상일 수도 있다. 이는 늘어난 청소년기를 어떻게 보내는지에 따라 달라진다. 이전 장에서 언급했듯이, 두뇌는 우리가 완전한 성인이 될 때까지 가소성 높은 말랑말랑한 상태를 유지한다. 만일 이런 가소성이 참신하고, 도전적이고 그리고 지성을 자극하는 활동과 연계된다면 추가로 생긴 청소년기는 요긴하게 활용될 것이다. 반면 반복적이고 덜 흥미로운 역할의 직장인이나 배우자를 보조하는 일은 가소성을 낮춰 두뇌를 정형화시킬 수 있다. 이 설명에 근거하면, 성인기의 지연은 괜찮은 정도가 아니라 혜택이 될 수도 있는 것이다.

이러한 유익한 활동의 가장 확실한 사례는 고등 교육에서 찾을 수 있다. 바로 대학에서 두뇌 발달을 자극하기 위해 주어지는 경험들이다. 대학에 들어가는 것은 그저 지식을 학습하는 경험 또는 단지 학위를 획득하기 위한 기회가 아니다. 이는 실제로 상위 인지 활동과 자기 통제의 발달을 촉진한다. 그런 발달은 단순히 나이만 먹는다고 진행되지 않는 것이다. 물론 도전적이지 않은 일들만 있는 대학 생활을 하거나, 참신하고 지적 자극이 강한 활동으로 가득 찬 직장 생활을 하는 것도 가능할 것이다. 그러나 일반적으로 그런 도전적이고 참신한 일들은 학교보다 직장에서 이루어지기 힘들다. 특히 이미 입문 교육 시기를 지나 새로운 교육에 관한 의무가 적은 신입사원들에게는 쉽지 않은 일이다. 대부분 사원급 직무의 학습 곡

선은 안정 또는 정체기가 일찍 찾아오는 일들이다.

또 하나의 가설은, 많은 경우에 결혼을 하는 것도 처음의 그 참신함이 벗겨지고 나면 혼자 살 때보다 사람을 더욱 반복적이고 예상 가능한 일상으로 인도할 수 있다는 것이다. 여러 연구에서 남편과 부인들 모두 결혼 생활 만족도가 신혼 초기 몇 년 안에 급격히 낮아진다고 보고되고 있다. 당신의 배우자가 얼마나 매력적인지를 떠나서 저녁식사 자리에서 생각할 수 있는 농담거리나 공유할 수 있는 일과는 많아 봤자 그 수가 제한적일 것이다.

지연된 성인기는 양날의 검

(Delayed Adulthood Is a Double-Edged Sword)

청소년 마음의 체계를 세워주는 것과 그들의 행동을 감독하는 것의 중요성에 대한 대부분의 연구는 고등학생들을 대상으로 진행되어 왔다. 그러나 그 결과는 아직 자기조절 능력을 발달시켜나가고 있는 좀 더 나이 많은 청소년들에게도 적용된다. 10대 후반과 20대 초반에 자기조절 능력이 향상되어 간다. 그런데 이 상승폭은 점진적으로 증가한다. 그리고 대학생 시기를 겪어본 사람들은 알겠지만, 향상되었던 자기조절이 다시 소멸되는 경우도 많다(이는 종종 음주, 스트레스, 피로감 또는 동료의 영향으로 나타난다). 이 연령대의 어떤 사람들은 꾸준히 어른다운 자기조절 능력을 보여주지만, 다른 부류의 사람들은 지속적으로 사리분별이 안 되는 모습을 보여준다. 그러나 대부분의 경우, 이 시기의 자기조절은 환경에 의해 형성되거나 없어진다. 왜냐하면 충동을 제어하는 이 능력은 아직 발달하는 중이기도 하지만, 쉽게 간섭받기도 하기 때문이다. 쉽게 각성되어 버리는 보상 추구 체계와 별다른 규칙이 없는 일상 속에 살아가고 있는데, 감독까지 거의 받지 않게 되는 경우, 대다수의 부모와 떨어져 독립 생활을 하는 대학생들의 사례처럼 문제가 생길 수 있다. 대학생 인구가 폭증하면서 이 문제의 심각성도 커졌다.

과거에는 소수의 사람만이 20대 중반에 학교에 남아 있었다. 그러나 만 22세와 만 24세 사이의 대학생의 비율이 2009년에는 1980년의 거의 두 배가 되었다. 16%에서 30%까지 증가한 것이다. 이 학생들은 20대 초반에 대학에 있지 않은 사람보다도 여러 가지 위험하고 무모한 행동에 가담할 가능성이 높다.

20대 초, 중반에 시작되었어야 할 성인기로의 전환이 지연되는 것은 양날의 검과 같다. 한편으로는 구조적이지 않은 삶의 기간을 연장하여 청소년 시기에나 떠올릴만한 일련의 문제 행동들을 나이 먹어서도 계속 하면서 위험도를 증가시키게 된다. 그러나 다른 한편으로는 20대 초반의 이르게 시작된 지나친 구조화가 가소성의 활성화를 막을 수도 있다.

성인기의 지연이 기회가 될지 아니면 위기가 될지는 전적으로 이 시기를 어떻게 보내는지에 따라 결정된다. 현 세대에서 성인이 되는 길어진 기간을 건설적으로 활용하는 이들과 유튜브에서 말하는 고양이나 보면서 시간을 보내는 이들을 구별하지 않고, 과연 현 세대의 성인기 전환이 길어지는 것이 걱정스러운 일인지 논의하는 것은 명작 영화와 저지 쇼어[7](Jersey Shore)를 구별하지 않고 TV시청이 좋은지 나쁜지를 논쟁하는 것과 같다.

---

7 (역자 주) 미국 리얼리티 예능 프로그램 중 하나. 젊은 남녀들이 해변가에 함께 살면서 생기는 일들을 보여준다.

청소년기를 다시 생각해 보자

(Rethinking Adolescence)

우리는 자연스럽게 우리 아이들을 우리가 그 나이 때 기대하는 모습에 비추어 평가한다. 그러나 이 기대는 종종 우리가 그 나이였을 때의 모습을 기준으로 한다. 예를 들어, 우리 중 다수가 아이들을 볼 때, 우리가 열살 때 어떻게 행동했는지, 우리가 고등학생 때 무엇에 관심을 가졌는지, 우리가 만 24살이 되었을 때 무엇을 해냈었는지 등을 떠올리며 보고 있는 것이다.

2차 성징의 조기화와 성인기 전환의 지연으로 인해 길어진 청소년기는 우리가 이 시기를 어떻게 바라봐야 할지 다시 생각하게 한다. 부모, 학교 그리고 사회는 아직 새로운 세상에 적응하지 못하고 있다. 이 새로운 세상에서는 아이들이 만 7살에 성적 발달의 조짐을 보이고, 만 27살에도 부모에게 아직 돈까지 받아가며 얹혀살고 있다. 만 11살인데 남자 아이들에게 환심을 사기 위해 옷을 차려 입고 싶어 하는 여자 아이는 이제 특별히 성적으로 조숙하다 볼 수도 없을 만큼 흔하다. 또한 만 25살이 직장에서 자리를 잡고 있지 못하고 있다고 해서 꼭 헤매고 있는 것도 아니다.

우리는 청소년기 이전 시기, 10대 그리고 청년기의 행동을 판단할 최신의 기준이 필요하다. 다음 장에서 소개될 내용은 청소년들의 사고방식에 대해 최근 밝혀진 사실들이며, 이 정보들은 이 청소년 시기를 새롭게 바라볼 수 있는 좋은 토대가 될 것이다.

제4장

사춘기만의 사고방식
(How Adolescents Think)

대니는 그날 술을 너무 많이 마셨다고 생각하지 않았고, 그의 친구들 역시 그렇게 생각했다. 경찰 보고서에 따르면, 파티에 있었던 아무도 그가 운전을 해서 집에 갈 거라고 생각하지 않았다. 그들은 그가 파티장을 떠날 때 휴대폰으로 여자친구와 열띤 말다툼을 하는 것을 보았다. 그녀는 계속해서 전화를 끊었다. 대니보다 한 살 더 많고, 이제 대학으로 떠나야 했던 그녀는 대니와의 2년간의 관계를 끝내고 다른 사람을 사귀고 싶었다. 대니는 분명히 화가 났지만 취하지는 않았다. 파티에 아무도 그가 차를 운전하고 나가는 것을 멈추게 할 생각조차 하지 못했다.

그는 11월, 그날 밤에 집에 가지 못했다.

구급차가 지역 병원 응급실에 도착했을 때 대니의 혈중 알코올 농도는 0.06으로 주의 성인에 관한 법적 제한보다는 낮은 수치였다. 하지만 대니가 열일곱 살이었기 때문에 운전하기에는 충분하지만, 그의 나이에는 다른 일련의 법을 따라야 했다. 그는 음주운전으로 기소되었다. 미성년 운전자는 혈중 알코올 농도에 관계없이 술을 마신 상태에서는 운전을 할 수가 없었다. 10대의 음주운전 유죄 판결은 충분히 심각했지만, 음주운전은 대니의 문제들 중 가장 작은 부분에 불과했다.

대니는 병원에 갔을 때 혼란스럽고 당황했지만, 심각하게 다치지는 않았다. 의사가 그를 검사했을 때에 대니는 교통 사고에 휘말린 사실은 알고 있었지만, 그가 정면으로 부딪쳤으며 그 사고로 60세인 세 아이의 어머니가 사망한 사실을 모르고 있었다.

경찰 수사관이 사고를 재구성하기 위해 충돌 현장을 분석한 결과, 대니는 속도 제한을 어기지는 않았지만, 두 줄의 노란 중앙선을 넘어서 반대편 차량 차선으로 들어갔다. 휴대 전화 기록에 따르면 그가 파티를 떠난 시간과 충돌 사이의 20분 동안 대니는 여자 친구에게 열 번 전화했고, 적어도 두 번 문자를 보냈다. 응답 없는 전화와 문제가 그를 극도로 화나게 하였다. 수사관들은 대니가 운전을 하는 중에 차를 멈추지 않고 움직이는 상황에서 문자 메시지와 전화도 계속 했고 약간 취하기도 했기 때문에, 그의 반사 신경이 제대로 반응하지 못하게 되어 그가 일시적으로 차를 통제하지 못하게 된 것이라고 말했다.

자치 주 검사인 조지 로버트슨은 지역 사회의 청소년들에게 본보기를 보여주는 것에 매우 열성적인 사람이었다. 하지만 그의 사무실의 아무도 미성년자 음주 운전 사건을 맡으려 하지 않았다. 대니가 참여했던 파티는 이 풍요로운 교외에서는 흔한 일이었다. 부모들은 주말에 자주 10대들을 혼자 집에 남겨두었다. 샘 아담스 6팩과 앱솔루트와 잭 다니엘을 손에 들고 방을 오가며 매주 토요일 밤 파티를 벌였다. 장소는 누구의 부모가 시외로 나갔는지에 따라 달라질 뿐이었다.

우등생이자 뛰어난 운동 선수인 대니는 이런 모임에 정기적으로 참여했다. 체포될 때까지 그는 아이비리그 대학에 야구장학생으로 입학하기로 되어 있었다. 말할 필요도 없이 그런 일은 일어날 수 없게 되었다.

검사는 대니의 미래를 고려하지 않았다. 그는 아무리 미성년자가 음주 운전을 하는 사건이 흔히 발생한다 하여도, 그들도 성인과 똑같이 감옥에 보내져야 한다고 생각했다. 지역사회의 청소년들은 매우 위험하며, 주말 파티는 없어져야 하고, 10대 음주 운전이 사회의 안전을 해치고 있다고 생각했다. 그의 생각에 이 사건은 아무 죄 없는 여자가 운전 중에 여자 친구와 싸우느라 산만해진 부유한 고등학생에 의해 목숨을 잃은 사건으로 보였다.

대니의 나이는 법적으로 애매한 위치에 놓여 있었다. 그는 어떤 면으로는 청소년이었지만 다른 면에서는 성인이었다. 검사는 서너 가지의 기소 선택지를 고려했다. 가장 관대한 방안은 대니를 '교통사고에 의한 사망' 사건으로 청소년 법정에서 기소하는 것이었다. 그러면 그는 최대 3년 동안 비행 청소년을 위한 시설에 송치되는 것이었다.

두 번째 가능성은 그가 성인 범죄자와 동일하게 기소되는 것이며, 그러면 그는 성인 범죄자 법정에 서게 되는 것이었다. 만일 유죄로 판결이 나면, 그는 최소 지역 구치소에서 5년을 있어야 했다. 형량도 길어지지만, 대니는 강도나 강간을 저지른 성인과 함께 있어야 하는 더 위험한 환경으로 보내지게 되는 것이었다. 청소년 시설에서는 교정에 중점을 두며, 청소년은 상담을 받고 학교에 갈 수 있었다. 그것은 소풍은 아니지만, 적어도 감옥보다는 더 자비로운 결정일 것이었다. 감옥에서 오로지 중점을 두는 것은 처벌뿐이었다.

검찰이 취할 수 있는 가장 심각한 조치는 대니를 살인자, 인간의 생명을 경시하여 세상에서 사라져야 할 범죄자로 낙인 찍힌 일급 살인자와 함께 법정에 서게 하는 것이었다. 기소 검사는 대니가 그가 자신의 행동으로 누군가를 죽일 수 있었다는 것을 인지하고 있었는지를 증명해야 했다. 만일 유죄 선고를 받는다면, 대니는 주 정부 감옥에 수감되어 30년을 복역해야 했다. 그의 감방 동료들은 카운티 감옥에 있는 사람들을 보이스카우트로 여기게 할 만큼 무시무시할 것이었다.

조지 로버트슨에게는 대니가 사고를 낼 만큼 술에 취했던 것이 아니라는 사실이 더 안 좋게 보였다. 그의 관점에서 17세의 나이는 자신이 파티를 떠나 운전 중 계속해서 전화를 하고 메시지를 보내는 것이 얼마나 위험한지 충분히 알 수 있는 나이였다. 따라서 로버트슨 검사는 살인죄 기소 쪽으로 마음이 기울었다. 지역신문의 첫 페이지에 감옥으로 끌려가는 고등학생 기사는 대니 또래의 다른 청소년들이 대니처럼 하는 것을 예방하고, 또한 무고한 죽음을 방지할 것이라고 생각하였다. 미성년자 음주 운전에 단호한 조치를 해야 한다는 지역사회의 의견이 우세했고, 많은 사람들이 운전 중에 문자 메시지를 보내는 것이 유행할까 봐 걱정하였다. 어떻게 아이비리그로 향하던 우등생 대니가 그날 밤 했던 것과 같은 부주의한 행동을 했는지 헤아리기는 힘들었다. 그는 법을 종종 비웃고 무시하는 나쁜 아이가 아니었다. 뛰어난 학생이고 운동선수였으며, 그는 자진하여 마을의 어린이 야구팀 코치를 맡았다. 그는 결코 이전에 문제를 야기한 적이 없었다. 토요일 밤 두 잔의 맥주를 마신 것이 도덕적 타락의 신호일 리는 없을 것이다.

우리는 그날 밤 일어난 일을 어떻게 설명할 수 있을까?

대니의 변호사는 나에게 전문가로서 이 사건이 청소년 법정에서 다루어져야 함과 대니의 연령에 정당한 처벌이 무엇인지 설득해 주기를 요청하였다. 그녀는 토론에 뇌과학을 도입하는 것이 도움이 될 것이라고 생각했다. 결국에 그녀는 대니가 최소한 부분적으로는 그가 통제할 수 없는 잘못된 판단을 내릴 수 있는 열일곱 살이라고 주장하였다. 나는 내가 할 수 있는 일을 하기로 동의했다.

대니와 같은 사례는 너무 흔하다. 나는 변호사로부터 전화를 한 달에 한 번 이상은 받는다. 일부는 대니처럼 심각한 자동차 사고를 일으켰지만, 관대함을 바라고 있다. 몇몇은 강도나 살인과 같은 폭력적인 범죄를 저지른 고객이 있다고 말하며, 그들의 미성숙에 대한 처벌을 완화해야 한다고 믿는다. 한 변호사는 아동 포르노를 다운로드 받은 10대를 변호하며 전화를 걸어왔다. 그 외에 심각하게 자신을 상해하거나, 자살을 시도하거나, 눈보라가 치는 날 레일 위에서 소변을 보거나, 수영을 할 줄도 모르면서 수영장의 가장 깊은 가장자리에 뛰어드는 바보같은 일을 저지르는 10대의 부모들을 위한 변호사들이 전화를 걸어왔다. 부모들은 그런 사고들의 원인을 단지 자신들의 관리소홀 문제에서만 찾고 있었다. 따라서 대니의 경우와 같은 이 모든 사건에서 법정의 변호사들은 의뢰인들의 두뇌가 작동하는 방식으로 인해 그들이 잘못된 판단을 내리게 된 것이라고 납득시키고 싶어 했다.

우리는 대니의 사건에서 부분적인 성과만 얻을 수 있었다. 검사는 오직 그가 성인으로서 유죄를 인정하는 경우에 한하여 경한 범죄로 기소할 것이라는 데 동의했다. 그리 하여 검사는 최소한의 징역형을 권고했고, 5년 형을 받게 되었다. 대니는 이 결과를 받아들였다. 더 무거운 처벌을 받아서 주에서 가장 폭력적인 범죄자에 둘러싸여 감옥에서 30년을 보내는 것은 생각만해도 소름 끼쳤다. 그리고 탄원 합의에 도달하는 몇 주 동안 그 단순한 생각이 그에게 자살 충동까지 느끼게 만들었다.

대니의 변호사는 그가 수갑을 차고 감옥으로 내려갈 때, 그 얼굴에 어린 공포를 절대 잊을 수 없다고 말했다. 비록 상상이지만, 나는 그가 만일 50세가 될 때까지 감옥에 있어야 수도 있다는 것을 알았을 때 그의 얼굴이 어땠을지도 쉽게 짐작할 수 있다.

기꺼이 위험을 감수하는 시기

(Risky Business)

그날 밤 대니의 형편없는 판단은 그 또래에게 드문 일이 아니다. 청소년기에 위험을 무릅쓰는 행위는 동일한 연령대에서 믿을 수 없이 다양하게 부주의한 행동으로 나타난다. 청소년은 아동이나 어른보다 더 위험을 감수하는 경향이 있는데, 특히 10대 후반에 최고점에 달한다. 폭력성도 마찬가지이다. 또한 자해로 인한 부상, 의도하지 않은 익사, 약물 시도, 우발적 임신, 절도와 치명적인 자동차 사고 등도 이 시기에 많이 발생한다. 이러한 행동들은 다른 종류이지만 모두 위험을 감수하는 것과 연관되어 있다.

이 패턴에서 가장 어리둥절한 것은 10대 후반은 이미 성인들 만큼 똑똑하다는 것이다. 그들의 기억력은 뛰어나다. 논리적으로 사고하는 능력 또한 20대, 30대와 비슷하다. 표준화된 인지능력 테스트에 관한 수행은 태어나서부터 16세까지 증가하고, 그 후 적어도 30년 동안 놀랄 만큼 안정기를 유지한다. 위험한 행동에 관한 문답 조사에 따르면, 청소년은 다양한 유형의 부주의한 행동의 위험성에 대해 성인만큼 아는 것이 많다. 사람들의 고정관념과는 반대로, 청소년은 성인보다 망상으로 고통받을 가능성이 없다. 그들은 피임하지 않으면 어떤 일이 생길지, 음주운전을 하거나 흡연을 하면 어떤 일이 발생하는지를 잘 안다.

청소년들이 충분히 똑똑하다면, 왜 그들은 그렇게 멍청한 짓을 하는 걸까? 그 답은 뇌가 어떻게 발달하는 지와 관련이 있다.

청소년 뇌 발달 단계

(Phases in the Development of the Adolescent Brain)

뇌는 10살쯤 무렵에 완전한 성인 크기가 된다. 청소년기 뇌에서 일어나는 변화는 재구성하는 정도의 성장이 아니다. 뇌 신경망의 재구성은 청소년기 사회적 관계의 변화와 유사하다.

아이들이 초등학교를 졸업하고 중학교에 입학하는 청소년기 초기에는 새로운 친구 관계가 폭발적으로 생긴다. 이러한 관계의 대다수는 오래 가지는 못한다. 그 관계는 청소년이 그의 인생에서 중요한 누군가와의 관계에 집중하면서부터 뜸해진다. 소수의 친구들과 관계는 함께 반복되는 활동을 함으로써 더 돈독해진다. 파벌 형태의 우정은 확고해지고, 이러한 침투 불가한 사회적 관계는 점점 더 증가한다. 심지어 이사를 가서 거리가 멀어지더라도 고등학교나 대학에서 형성된 친구들의 대다수는 계속해서 관계를 유지한다.

20대 초반까지 청소년의 신경망은 그들의 사회적 관계처럼 더 단단하게 자리잡고, 더 분리되어 있으며, 오랜 거리를 뛰어넘어 교류를 계속한다. 청소년기 이후 또래 그룹의 변화와 비슷하게 뇌에도 변화가 있을 것이다. 그러나 청년들 사회에서 일어나는 변화들처럼 청소년기 뇌에서 일어나는 변화와 재구성은 이 시기가 지나면 다시는 그 이상 역동적일 수 없을 만큼 가장 활발하게 진행될 것이다. 뇌 발달에서 다른 시기와 청소년기가 특별하게 다른 것은 '리모델링이 일어난다는 사실'이 아니라 그것이 '어디에서 일어나느냐'이다. 주로 전두엽 피질과 변연계 두 곳에서 변화가 일어난다. 이마 바로 뒤에 있는 전두엽은 자기조절을 관할하는 주요 뇌 영역이다. 이는 우리를 합리적으로 만든다. 변연계는 대뇌 피질 아래 뇌 중심 깊은 곳에 위치한다. 변연계는 감정을 만드는 중요한 역할을 한다.

청소년기 이야기는 어떻게 이 뇌의 부분들이 함께 일하는지를 배우는 것에 관한 것이다. 세 개의 중첩된 단계로 전개되는 이야기이다.

1단계: 엔진 시동. 사춘기, 변연계가 더 쉽게 각성된다. 이 단계는 엔진 시동으로 묘사할 수 있다. 이 기간 동안 10대들은 더 감정적으로 되는데, 감정의 고저를 경험하며 다른 사람들, 특히 또래의 평가와 생각에 훨씬 더 예민해진다. 또한 더욱 흥미롭고 강렬한 경험을 쉽게 실행하기로 결심한다. 심리학자들은 이것을 "감각 추구"라고 한다. 초기 청소년기 대부분의 가정에서는 부모와 자녀 사이에 언쟁과 다툼이 일상적으로 일어난다. 뇌 성숙의 이러한 면이 주로 사춘기의 호르몬 변화에 의해 유발된다. 이 시기의 시작과 끝은 10대가 신체적인 성숙을 시작하고 끝내는 나이에 의해 결정된다. 조기 성숙한 청소년의 부모들은 종종 아이들이 공식적으로 10대가 되기도 전에 성숙하여 매우 놀란다. 늦게 성숙한 청소년의 부모들은 한참 후까지 이러한 심리적 변화를 볼 수 없을 것이다.

2단계: 더 나은 제동 시스템 발달. 뇌 발달의 두 번째 단계는 점진적이며, 실제로는 사춘기 전부터 시작되나 16세 무렵에 완성된다. 두 번째 단계 동안 전두엽 피질은 서서히 더 잘 조직화되고, 시냅스 가지치기와 수초화가 진행된다. 정보가 뇌에서 더 먼 거리까지 더 빠르게 이동하기 시작하고 고급사고 능력, 이른바 결단력, 문제해결과 미리 계획하기와 같은 "실행 기능"이 나타난다. 두 번째 단계에서 청소년의 사고는 훨씬 더 어른스러워진다. 청소년기의 중간 시기인 14세부터 17세까지 부모는 종종 아이가 더 합리적으로 되고 문제를 논의할 만한 상대가 되었다는 것을 발견한다. 초기 청소년기를 특징으로 하는 많은 사건들이 사라진다.

3단계: 운전대에 앉은 숙련된 운전자라고 할 수 있다. 비록 미세하게 조정된 제동 시스템이 2단계가 끝나갈 무렵까지 갖추어진다 하여도 3단계의 10대들이 항상 효과적으로, 일관적으로 그것을 이용할 수 있는 것은 아니다. 3단계는 20대 초기까지 지속되며, 뇌는 더 상호적으로 연결된다. 전두엽 피질과 변연계의 연결에서 훨씬 두드러진다. 이러한 연결의 증가가 성숙과 신뢰할 수 있는 자기조절을 가져온다. 10대 후반과 20대 초반에 청소년은 자신의 충동을 더 잘 조절할 수 있게 되고, 자신의 결정이 가져올 장기적인 결과에 대해 생각하며 또래의 압력에도 저항하게 된다. 그러나 그들의 합리적인 사고 과정은 피로, 스트레스 또는 정서적 흥분에 의해 쉽게 방해 받는다. 청소년은 여전히 인생에 관해 배울 것이 많다. 그러나 모든 의도와 목적들을 위하여 성인기의 지적인 체계는 완전하게 자리를 잡는다.

어떤 관점에서는 청소년기의 뇌의 성숙은 인생의 초기부터 계획된 발달의 연장선이다. 한 예로, 전두엽 피질의 발달은 비록 청소년기에 훨씬 더 광범위하게 진행되지만, 그것은 사실상 태어난 이후로 계속되어 온 것이다. 그러나 다른 관점에서 보면, 청소년기 뇌의 변화는 이 발달 시기만의 특징적인 방식이다. 특히 뇌의 파수꾼인 변연계 내에서 청소년기에 일어나는 첫 번째 변화가 그렇다.

뇌의 파수꾼

(The Brain's Sentry)

변연계는 다소 다른 기능을 하는, 이웃하는 뇌 구조의 모음이다. 일반적으로 이러한 구조의 공통점은 즉각적인 환경의 요소를 감지하는 보초 역할이다. 변연계는 즉각적인 상황에서 잡아야 할 보상과 피해야 할 위험을 판별하는 데 특히 중요하다. 이것이 가능하기 때문에 우리가 매 순간마다 상황에 따라 행동할 수 있게 되는 것이다. 변연계의 주된 임무는 우리가 주변에서 일어나는 일에 적절히 반응하며 행동할 수 있게 정서인 동기를 형성하는 것이다. 그러나 행동을 할 것인지, 어떻게 행동할 것인지 변연계 단독으로 결정하지는 않는다. 변연계와 전두엽은 항상 소통하고 있다. 일단 감정이 생산되면 전두엽에 전달되는데, 전두엽은 그 감정을 평가하고 통합하여 어떤 반응을 할지를 결정한다.

전두엽은 우리가 맹목적으로 감정에 따라 행동하는 것을 방지한다. 변연계의 신호에도 불구하고 우리는 가장 좋아하는 음식을 볼 때마다 매번 먹지 않는다. 우리를 귀찮게 하는 누군가를 아무 때나 때리지 않는다. 또한 무섭다고 항상 비명을 지르지는 않는다. 우리의 궁극적인 행동은 감정의 강도와 그것을 제어할 수 있는 우리의 능력 두 가지에 의해 결정된다. 이것은 우리가 어떤 유혹에는 다른 유혹보다 더 잘 견딜 수 있는 이유이다. 강한 감정을 유발하는 자극은 견뎌내기 더 어렵다. 우리가 스트레스를 받거나 피곤할 때는 동일한 자극이라도 쉽게 굴복한다. 또한 어떤 사람들은 다른 사람들보다 자신의 행동을 제어하는 데 더 어려움을 가진다. 아마도 그들은 변연계 반응이 강하거나, 자기조절 능력이 약하거나 혹은 둘 다 해당될 것이다.

쾌락의 추구

(The Pursuit of Pleasure)

이전 장에서 설명했듯이 신체적 사춘기는 뇌를 재구조화하여, 뇌가 더 가소성이 높아지도록 만든다. 사춘기는 특히 변연계의 화학작용을 변화시킨다. 이러한 재구조화가 쉽게 변연계를 각성시키는데, 특히 보상에 관한 반응에서 그러하다. 성 호르몬이 도파민에 의존하는 호르몬 순환에 강한 영향을 주기 때문이다.

도파민은 뇌에서 여러 가지 역할을 하는데, 이 중에서 가장 중요한 것은 즐거운 경험에 신호를 보내고 그것을 추구하도록 동기를 부여하는 것이다. 우리가 기분 좋게 하는 단서를 보았을 때 행복한 사람의 사진, 동전 더미, 초콜릿 케이크, 에로틱한 사진들은 도파민의 작용으로 뇌 활동을 증가시키고, 돈과 달콤한 것 또는 섹스를 갈망하게 한다.

일부 작가들은 이 느낌을 "도파민 물총 dopamine squirt"이라고 묘사한다. 우리가 보상을 받을 것으로 예상하는 순간, 배팅을 하고 회전하는 룰렛의 휠을 보거나 웨이터가 운반하는 디저트 카트를 볼 때 도파민이 우리를 흥분시키는 것이다. 마침내 우리가 생각해 온 보상을 받았을 때 케이크를 맛보거나, 키스를 하거나, 잭팟을 터트릴 때 도파민은 기쁨의 감각을 만든다. 코카인이나 알코올과 같이 우리를 기분 좋게 하는 것은 그것들의 분자가 구조적으로 도파민과 유사하기 때문이다. 이 분자들은 뇌 안의 도파민에 맞는 수용체와 결합하여 도파민이 유발하는 즐거움을 느끼게 한다. 우리를 기분 좋게 하는 동일한 뇌의 순환을 활성화시키고 동일한 시냅스를 점프할 전기적 자극을 또한 제공한다.

사춘기에는 도파민 수용체에 도파민 농도가 급격하게 증가하는데, 변연계로부터 오는 보상 메시지와 즐거움의 감각을 전두엽에 전달하여 이 정보들로 무엇을 할지 결정하게 한다. 도파민 수용체에서 증가는 이러한 경로를 더 쉽게 활성화시키고, 도파민이 수용체에 결합했을 때 시냅스 간 전기적 이동을 더 용이하게 한다.

당신은 첫 키스가 얼마나 열정적이었는지 기억하는가? 당신의 10대에 유행했던 그 음악을 얼마나 좋아했는지 기억하는가? 당신의 고등학교 친구와 얼마나 깔깔대고 웃었는지 기억하는가? 이렇게 기분 좋은 일들은 특히 우리가 청소년일 때 우리의 기분을 더욱 좋게 한다. 변연계 내부의 작은 구조인 중격의지핵은 즐거운 경험으로 뇌에서 가장 활성화되는 부분이며 보상 사슬의 중심이다. 실제로 아동기로부터 성장하여 청소년기가 될수록 중격의지핵의 크기가 커진다. 그러나 다시 청소년기에서 성인이 되어갈수록 작아진다.

당신이 친구와 함께 있든, 섹스를 하든, 아이스크림 콘을 핥아 먹고, 따뜻한 여름 저녁 컨버터블을 타고, 좋아하는 음악을 듣는 모든 활동을 떠올리면, 10대였을 때만큼 당신이 그 활동들로 인해 기분이 좋았을 때는 없었을 것이며, 바로 앞서 설명된 이유 때문이다. 청소년은 실제로 어른보다 훨씬 달콤한 것을 좋아하는데, 이것은 그들에게 더 달콤하기 때문이다. 10대 여자 향수가 종종 사탕 냄새가 나는 이유이다.

안타깝게도 청소년 보상 센터는 알코올, 니코틴 및 코카인에도 다른 연령대 대비 더욱 민감하다. 청소년들이 약물 중독에 자주 빠지는 이유이다. 청소년기에 호기심으로 한 번 했던 시도가 많은 경우 주기적으로 약물 사용으로 이어지고, 또 이 나이의 주기적 약물 사용은 중독으로 이어지기도 한다. 성인기에 이러한 약물들을 처음으로 경험한다면 도파민이 중독으로 이끌 만큼 분비되지 않을 것이다.

특히 청소년기 전반부(대략 16살)에는 보상을 추구하는 경험을 찾아 그들만의 방식으로 밖에 나간다. 물론 우리는 모든 연령에서 우리를 기분 좋게 해주는 것을 찾는다. 하지만 청소년들은 잠재적 보상을 위해 자신을 위험한 상황으로 몰아넣기도 한다. 뇌의 보상 중추, 감각추구에서의 도파민 활성은 도파민 물총을 찾는 것 이상의 의미는 없다. 이는 청소년기에 오르고 내리고를 반복하며 만 16세에 최고조에 달한다.

이것은 단지 음식, 마약, 돈과 같은 보상에만 관련된 것이 아니다. 다른 사람의 칭찬과 관심과 같은 사회적 보상에도 해당된다. 청소년들이 그들에 관한 주변 친구의 의견에 특히나 민감한 이유이다.

청소년들은 성인보다 상대적으로 보상에는 더 민감하지만, 사실 손실에는 덜 민감하다. 그래서 어린이와 성인에 비해 청소년은 일단 보상이 기대되면 더 적극적으로 접근하지만, 손해가 예상된다고 해서 꼭 회피하지는 않는다. 부모와 교사는 청소년의 이러한 성향을 염두에 두어야 한다. 청소년에게 보상에 관한 전망으로 동기를 부여하는 것은 처벌 가능성으로 위협하는 것보다 행동 변화를 가져오는데 용이하다.

청소년기의 요점

(The Point of Adolescence)

이제 청소년기가 보상에 대해 더 민감하다는 것에는 완전한 공감대가 생겼을 것이다. 그러면 이번에는 무엇이 청소년기에 중요한지 생각해 보라. 그것은 모두 짝짓기, 바로 궁극적 쾌락에 관한 것이다.

짝짓기에는 몇 가지가 필요한데, 그 중 일부는 명백하다. 신체적 도구와 동기를 유발하는 성욕, 기꺼이 파트너가 되어 줄, 근친상간을 하지 않아도 되는 가족 밖의 이성이 있어야 한다. 2차 성징은 이러한 일이 가능하도록 만든다. 우리를 성적으로 성숙하게 하고, 흥분하게 하고, 비슷한 상태의 파트너를 찾게 한다.

신체적인 사춘기의 또 다른 기능이 있는데, 이것은 인간의 행동만 떠올리면 바로 와 닿지 않을 수 있지만, 다른 동물의 청소년기를 고려하면 그럴 듯 하게 들릴 것이다. 야생에서는 한 동물이 사춘기를 거칠 때 잠재적인 짝을 찾기 시작하며, 종에 따라서는 낯선 환경으로 떠나기도 한다. 이것의 잠재적인 위험성은 매우 높다. 어린 동물은 나이가 많고 더 강한 경쟁자와 바람직한 성적 파트너를 사이에 두고 경쟁해야 한다. 청소년은 이 목적을 달성하기 위해 기꺼이 위험을 감수한다. 사춘기 직후의 도파민 활성의 급격한 증가는 인간도 생식력이 특히 높을 시기에 번식을 위해 무엇이든 시도한다는 것을 보여준다. 10대 후반에 여성은 번식력이 최고조에 이른다. 이 시기에 적절한 시기, 즉 배란기에 성교를 하는 행위로 임신할 확률은 매 3회 중 1회에 이르지만, 성인이 되면서 임신 가능성이 점점 감소하여, 20대 말에는 매 4번 중 한 번으로 줄어든다. 즉, 청소년기에 위험을 감수하는 것이 최고치인 것과 그 연령에 임신 가능성이 높은 것이 우연이 아닌 것이다. 다시 말해서, 청소년기의 높아진 보상 민감성은 성공적인 번식과도 관련이 있다는 결론을 내릴 수 있다.

오늘날 우리는 천적에 대해 걱정할 필요가 없으며, 야생보다는 인터넷에서 이성을 만날 확률이 더 높다. 청소년기의 높은 보상 민감도가 번식을 위한 파트너를 찾는 것과 관련 있다고 보는 것이 터무니없는 생각으로 여겨질 수도 있다. 무엇보다 요즘은 대부분의 사람들이 이미 신체적으로는 사춘기가 끝난 지 오래된 30대가 될 때까지도 함께 아이를 가질 배우자를 찾지 않는다. 하지만 어떤 환경에 적응하고 생존하기 위해 필요했던 기능이 이제 더 이상 필요하지 않아도, 인간이 진화하면서 발달시켜 온 여러 특성들이 아직도 우리에게 남아있는 것이다.

우리는 일반적으로 2차 성징이 우리의 성 본능에 불을 붙인다고 생각하는데, 그것은 사실이다. 하지만 이제 우리는 성 호르몬이 단순히 우리를 성에 관한 즐거움만 추구하게 만드는 것이 아니라 보상에도 민감해지게 만든다는 것을 알게 되었다. 결과적으로 2차 성징은 모든 종류의 보상 추구 행동을 유발한다. 이 행동 중 일부는 전혀 문제 없지만, 다른 일부는 좀 위험하다. 마치 '좋은' 혜택을 받기 위해 '나쁜' 위험을 감수해야 하는 패키지 상품 같은 것이다. 문제는 우리가 청소년들이 위험을 감수하기를(예를 들어, 학교연극을 위해 오디션을 보고, 표준 과정이 아닌 심화 과정을 공부하거나, 경기에서 축구공을 탈취하기 위해 뭉쳐있는 선수들 사이로 뛰어들기를) 기대한다는 것이다. 그러나 우리는 그들이 마약을 경험하거나, 건물에 몰래 침입하거나, 경고 등을 무시하고 운전하는 것을 원하지 않는다.

다행히도 우리 조상들은 사춘기에 유발된 열정을 조절할 수 있는 뇌 시스템을 진화시켰다.

두뇌의 CEO

(The Brain's CEO)

전두엽 피질은 뇌의 최고 경영자로서 각각의 선택에 따른 비용과 이득을 미리 계산하는 상위 인지 기능과 감정과 생각의 조화를 책임진다. 전두엽 피질의 뉴런 간의 연결은 출생과 함께 시작한다. 10살이 될 때까지 점차적으로 가지치기를 시작하며, 약 25세까지 계속된다. 이 시기에 전두엽의 백질이 꾸준히 증가하고 가지치기 과정에서 살아남은 회로들이 수초화된다.

사춘기 이전의 아이들은 미리 생각하는 데 미숙하여 자신을 통제하는 데 어려움을 겪는다. 선생님들은 아이들에게 얌전히 앉아 있도록 요청하거나, 불쑥 대답하기보다는 손을 들고 발언하라고 요청하며 많은 시간을 보내야 한다. 심지어 중학교에서까지도 학생들의 대화를 멈추게 하는 것은 힘들고, 오히려 그들은 그런 요청에 장난으로 대응한다. 그들은 강제로 하라고 하면 자신을 통제할 수는 있겠지만, 그들에겐 그런 통제 자체가 어렵다.

그 모든 성장은 청소년 중기에 점진적으로 일어난다. 비교적 쉬운 자기 통제 작업(빠른 속도로 문자를 보여주고 특정한 글자가 대문자로 표기되었을 때 버튼을 누르게 하는) fMRI 실험에서 과학자들은 비슷한 수행 수준의 10대보다 같은 수준의 어린이의 전두엽이 더 광범위하게 활성화되는 것을 보았다. 어릴 때는 과업 수행에 필요 없는 부분까지 활성화되는 패턴을 보였으나, 청소년의 뇌는 활성화되는 부분이 더 집중되어 나타난다. 저녁 식사 후 읽고 싶은 책을 읽기 위해 가장 좋아하는 의자로 향하는 것을 상상해 보라. 청소년기 전과 청소년기의 차이점은 책을 읽기 위해 방 전체에 불을 켜는 것과 의자 옆의 독서 등을 켜는 것의 차이와 같다. 양쪽 접근 모두 작업을 수행할 수는 있다. 그러나 후자는 에너지를 덜 사용한다.

하지만 뇌는 하룻밤 사이에 성숙하지 않는다. 결과적으로 청소년기 중반에 자기조절 능력은 "네가 지금 보고 있는 것이 너에게 좋은 게 아니야."라는 메시지를 보낼 수 있다. 과학자들은 동일한 자기조절 능력을 청소년과 성인을 대상으로 다양한 조건으로 연구해 보았다. 주의를 산만하게 하는 요인과 강한 감정의 동요도 없는 상태에서 16살의 청소년은 성인과 비슷한 수행을 보인다. 사실상 청소년들은 그들이 성공으로 보상받을 것을 안다면 자기조절 능력을 단련할 수 있을 뿐만 아니라 어른들보다도 더 잘 해낼 수 있다. 그러나 화가 나 있거나, 흥분하거나, 피곤한 경우에는 성인보다 관련된 뇌 회로가 완전히 성숙되지 않았기 때문에 전두엽의 수행이 방해를 받는다. 피로와 스트레스는 모든 연령대에서 자기조절 능력을 방해할 수 있지만, 특히 능력이 아직 성장 중이며, 아직 강건하지 못할 때에 더 강한 영향을 미친다.

이러한 연구 결과들은 부모와 선생님들이 10대의 자기 조절 능력을 이해하고, 그들의 좋은 판단력이 환경에 따라 강화되거나 약화된다는 것을 이해하는 것이 얼마나 중요한지를 설명한다. 고등학생 연령의 청소년은 침착하고, 충분히 휴식을 취했고, 좋은 선택이 보상을 받을 거라는 것을 알고 있을 때에는 더 좋은 결정을 내린다. 그러나 감정적으로 또는 사회적으로 흥분했을 때는 판단력이 떨어진다. 다음 장에서 실제 사례와 함께 다른 청소년 친구의 존재만으로 청소년들이 어떻게 위험을 감수할 수 있게 되는지 설명할 것이다.

성인이 되면서 전두엽 피질만 더 효율적으로만 변하는 게 아니다. 어떤 행동이 특정 두뇌의 영역이 원래 다루던 영역보다 더 많은 것을 요구할 때에 추가적인 자원을 모으는 기능도 더욱 향상된다. 청소년과 비교하여 성인은 뇌의 여러 부분을 동시에 사용한다. 자기조절의 과업을 시도하는 중 성인은 아이들과 같이 종종 청소년이 보이는 뇌의 활성보다 더 광범위한 부분의 활성을 보인다. 그러나 아이들에게서 보이는 것처럼 산만하게 널리 퍼져 있지는 않다. 성인의 뇌에서는 다른 부분들의 활성들이 잘 조화되어 있다. 마치 기본적인 규칙은 알지만, 팀플레이의 복잡성을 몰라 조직화되지 못한 아이들 놀이보다 경험 많은 축구 선수의 움직임과 비슷하다.

이런 종류의 팀워크는 인접하지 않는 뇌 영역의 물리적 연결을 증가시킨다. 아이들의 뇌와 비교하면 성인의 뇌에서는 뇌의 각 부분들이 흰색의 두꺼운 "케이블" 같은 것으로 넓게 연결되어 있다. 일반적으로 말해서 아이들의 뇌는 상대적으로 가까운 부분끼리 "지역적으로 연결"되어 있다. 청소년에서 성인으로 성숙함에 따라 더 멀리 떨어진 구역도 서로 연결된다. 뇌는 계속해서 22살까지 이러한 연결을 계속한다.

청소년기 전반기 동안에는 전두엽 피질이 더 특정 영역에 집중되는 상태로 발달하는데, 이 집중된 상태는 비교적 도전들이 단순하고 스트레스나 피로 등으로 집중력이 약해지지 않는 한 문제없이 기능한다. 초기 청소년기의 자기 조절은 아동기보다는 더 강력하지만, 여전히 다소 약하고 쉽게 방해를 받는다. 청소년기 후반기에는 자기 조절이 점진적으로 뇌의 구역별로 잘 조직화된 연결에 의해 조절된다. 추가적인 두뇌 능력이 필요하거나 산만한 환경 또는 까다로운 요구 등에 반응해야 할 때 도움이 된다. 성인이 되는 것은 언제 우리가 스스로 할 수 있는지와 도움을 요청해야 하는지를 배우는 것이다. 인생에서 이 시기의 뇌 성숙은 병렬적으로 진행된다.

교사 골탕먹이기

(Teacher Sux)

보상에 대해 최고조로 예민해진 데다가 능숙하게 자기 조절을 할 수 없었다는 것은 대니와 같이 똑똑한 청소년이 왜 그렇게 명백하게 부주의한 행동을 했는지 잘 설명한다. 다행스럽게도 청소년기 모든 청소년의 형편없는 판단력이 치명적인 결과를 가져오는 것은 아니다. 그러나 많은 경우 심각하며, 인생을 바꿀 만한 사건들이다.

저스틴 스위들러는 훌륭한 학생이었지만, 그와 그의 수학 교사인 캐슬린 풀머는 서로를 격렬하게 싫어했다. 무엇 때문에 그 14살 소년이 선생님을 성가시게 하는지는 분명하지 않았다. 그러나 그에 따르면, 그녀는 그를 지목해서 교실에서 괴롭히고, 그를 욕하고, 다른 학생들 앞에서 그가 게이라고 모욕했다. 한번은 저스틴이 쓰레기통으로 던지려다 못 넣은 종이를 집으려고 몸을 기울였을 때, 그녀는 반 친구들이 보는 앞에서 그가 미래에 쓰레기 수집가가 될 것이라고 말했다. 저스틴에 따르면, 선생님은 그에게 물병의 물을 뿌렸고, 방석으로 그를 때렸으며, 고의적으로 그의 자리 옆 통로를 걸어가며 손가락으로 그의 귀를 휙휙 때리며 괴롭혔다.

뛰어난 컴퓨터 기술과 삐걱거리는 징계 기록으로 빛났던 학생 저스틴은 보복하기 위해 웹사이트를 만들었다. 선생님이 그를 조롱하려고 했으니 복수하려고 했던 것이다. 그는 그가 만든 "교사 골탕먹이기"를 펜실베이니아 주 베들레헴 중학교 반 친구 한 명에게 보여주었다. 며칠 내에 다른 학생들도 그 사이트에 접속하는 법을 배웠다.

웹사이트의 프로그래밍은 중학교 2학년에게는 정교했지만, 그 내용은 전형적으로 어린애 같은 장난이었다. 풀머 선생님이 죽어 마땅한 10가지 목록이 게시되었다. 그녀의 체취와 그녀의 '뚱뚱한 다리' 그리고 수학선생으로서 무능함 이었다. 그녀의 얼굴 사진이 아돌프 히틀러의 사진으로 계속해서 바뀌었다 다시 돌아왔다. 다른 페이지에는 선생님의 목이 베였고 피가 솟구쳤다. 사이트에는 14살 아이가 '청부업자'를 고용하기 위해 저스틴에게 20달러를 보내는 요청이 포함되어 있었다.

저스틴의 친구들이 웹사이트에 대해 알게 된 직후에 학생들 사이에 소문이 퍼졌다. 한 교사가 웹사이트 존재에 관한 익명 이메일을 받았다. 교사는 조사를 시작했고, 그 사이트의 존재를 교장에게 보고했다. 그것이 밝혀졌을 때는 이미 교직원 중 캐슬린 풀머만이 유일한 조롱거리가 아니었다. 교장 토마스 카르소티스도 저스틴의 반감의 대상이었다. 조잡하게 만들어진 비디오 게임은 사이트에 방문자를 초대하고, 좋아하는 만화 인물의 눈을 쏘게 했다. 교장을 조롱하는 이유는 그가 다른 학교의 교장과 바람을 피웠다는 것이었다.

저스틴의 웹사이트는 그의 행동이 가져올 결과를 생각하지 못했던 중학교 2학년 학생들의 판단력을 보여준다. 그리고 그 타이밍은 최악이었다. 학교 총격 사건이 국가적 관심을 끌기 시작했던 것이다. 아칸소 존스보로 근처에서 널리 알려진 치명적인 총격 사건이 있었다. 11세와 13세 청소년이 4 명의 학생과 한 명의 선생님을 죽인 사건은 두 달 전인 1998년 3월에 발생했다. 그 다음 달에는 펜실베이니아의 에든버러에서 14살 청소년이 중학교 댄스수업에서 선생님을 쏘아 죽였다. 그리고 일주일 후 토마스 카르소티스는 처음으로 '선생님 골탕먹이기'를 알게 되었다. 오리건의 스피링필드에서 15살의 킵 킨켈이 총으로 그의 부모를 죽이고, 두 명의 학교 친구를 죽였다. 그리고 25명의 사람들이 부상을 당했다.

카르소티스는 그 웹사이트를 현지 경찰과 미연방수사국에 보고했다. 그 또한 캐슬린 풀머에게 보여주었다. 그녀는 겁에 질렸다. 그녀의 보고서에 따르면, 그녀는 불안해졌고 수면에 어려움을 겪기 시작했으며, 식욕을 잃었다.

교장이 웹사이트를 당국에 보고한 약 일주일 후, 저스틴은 자발적으로 "교사 골탕먹이기를' 고장 냈다. 미연방수사국에서는 조사했지만 더 이상 문제를 파헤치기 거부했다. 저스틴은 "가능성이 높은 위협"은 아니었다. 그럼에도 불구하고 토마스 카르소티스는 직원의 사기에 대해 걱정했다. 그 사건은 모든 사람들의 시간과 에너지를 사로잡았고 지치게 했다.

학년말이 되어 이 문제에서 환영할 만한 휴식이 찾아왔으나 무엇을 해야 하는지에 관한 질문은 남아 있었다. 여름에 몇 차례 청문회를 마치고 지역교육구[1]는 저스틴을 추방하고 가을에 학교로 돌아오는 것을 금지하기로 결정했다. 그의 가족은 지역교육구가 헌법 제1조의 언론의 자유를 침해하여 저스틴의 퇴학을 결정했다고 고소했다.

이 사건은 저스틴이 공식적으로 추방되기 전부터 현지 언론에서 많은 관심을 받게 되어 그의 부모는 그를 콜로라도의 기숙 학교에 보내기로 결심했다. 저스틴의 사건에 관한 소문이 퍼지면서, 이 사건은 베들레헴 밖에서도 주목을 받기 시작했다. 보수적인 토크쇼 진행자 로라 슐레진저가 저스틴을 호출했다. 그녀는 사건을 설명하고 그를 "찌질이"라고 불렀다. 그녀는 청취자들에게 스위들러의 소송에 관한 법적 방어와 비용을 충당하기 위해 지역교육구에 돈을 보내도록 촉구했다. 스위들러가 최초 판결에 대해 상급법원에 항소한 후에

---

1 관할 지역에 위치한 공립학교를 지도·감독하며 해당 지역의 공교육 제공 책무를 담당, 한국의 지역교육청과 유사한 역활대상으로 실시했던 풀배터리 검사

도 지역교육구가 하급 법원에서 우세했다. 두 판결에서 판사는 웹사이트의 풍자적이고 미숙한 내용이 위험을 초래하지는 않지만, 그럼에도 불구하고 학교에 방해가 되는 것을 발견했다고 말했다. 저스틴의 퇴학을 정당화하기에 충분했다.

소송은 거기서 끝나지 않았다. 저스틴의 콜로라도 학교의 새로운 반 친구들의 부모들이 항의했다. 학교는 저스틴에게 떠나달라고 요청했다. 그는 펜실베이니아로 다시 돌아왔다. 그는 고등학교 교육을 마치기 위해 2-3년을 홈스쿨링을 했다. 그 후 플로리다에 있는 대학에 입학했다. 저스틴은 마침내 졸업하고 계속해서 듀크 대학교에서 법률을 공부했다. 그는 지금 작은 법률사무소를 운영하고 있다.

스위들러의 학군에 관한 법적 소송은 '선생님 골탕먹이기'에 의해 유발된 유일한 법적 소송은 아니었다. 1999년에 나는 캐슬린 풀머가 저스틴과 그의 부모를 상대로 제기한 민사 소송에서 저스틴을 대리하는 변호사로부터 연락을 받았다. 그 재판에서 캐슬린 풀머는 중학교 2학년 학생의 잘못된 행동이 그녀의 성격을 훼손했고, 사생활을 침해했고, 28년의 교사 경력을 끝내야 할 만큼 정서적 스트레스를 줬다고 주장했다. 그녀는 자신의 괴로움과 고통에서 오는 손해와 또한 잃어버린 미래의 수입에 대해 이야기했다. 저스틴의 변호사와 처음 대화를 나눈 순간부터 민사 소송은 결코 공판에 회부되지 않을 것이라고 확신했다. 나는 왜 학교가 저스틴의 퇴학에 관한 소송에서 이겼는지 이해했다. 왜냐하면 그 사건이 방해가 될 정도로 학교를 산만하게 만들었기 때문이다. 아마도 그렇게 빨리 퇴학을 진행하는 것보다 그 상황을 다루는 그럴 듯한 방법인 청문이 있었지만, 학교를 회복시키기 위해 저스틴을 강제로 학교 어딘가에 보낼 수 있는 방법은 없었다. 그러나 교사가 14살 청소년을 인격훼손으로 고소했다니? 나는 그것이 터무니없어 보였다.

그러나 놀랍게도 판사는 소송을 진행하도록 허용해서 나는 배심원이 저스틴 편일 것이라고 확신했다. 심지어 먼저 학교가 그 웹사이트를 알았다는 사실을 알고 있던 배심원도 천박하고, 무례하고, 파괴적이긴 해도 위험하지는 않다고 했다. 그러나 저스틴을 대신해서 증언하기 위해 노샘프턴 지방 법원으로 운전을 하던 중 나는 약간 긴장되기 시작했다. 2000년 대통령 선거 며칠 전이었다. 필라델피아에 있는 내 집에서 점점 멀어지고 법원에 가까워질수록 우리 동네를 뒤덮었던 앨 고어의 플래카드가 점점 사라졌다. 내가 목적지에 도착할 즈음에 다가오는 선거에 관한 것은 조지 부시를 지원하는 선거 방송뿐이었다. 아마 존스보로, 에든버러, 스프링필드에서 총격 사건이 발생한 후라서 큰 변화가 없는 배심원단이 될 것이었다. 그러나 여전히 나는 상식이 우세하다고 생각했다.

증인석에서 저스틴의 행동이 나는 잘못되었다고 증언했다. 그러나 그럼에도 불구하고 이런 일이 선생님에게 불만이 많은 중학교 2학년 소년에게는 꽤 흔한 일이며, 교사와 지역교육구가 과잉 대응한 것이라고 말했다. 나는 배심원에게 미디어와 메시지를 혼동하지 말라고 촉구했다. 저스틴은 정교하고 생생한 웹사이트를 구축한 것이 아니라, 자신의 노트북에서 상위 10개 목록을 작성하고 학교 주변에 배포했다. 나는 우리가 이 문제를 법정에 앉아서 논해야 하는지 이의를 제기했다. 물론 그 웹사이트는 확실히 좋지 않은 판단력을 보여주긴 했다. 그러나 실제적인 위험은 거의 없는 명확한 패러디였다. 최종적으로는 패소했던 스위들러의 소송에서 반대했던 판사 중 한 명은 "이런 종류의 골탕먹이는 유머는 사우스 파크(South Park)같이 인기 있는 텔레비전 쇼에도 자주 나온다."고 적었다. 만일 14살 학생 때문에 웃음거리가 된 선생님 모두가 당황해서 직장을 그만둔다면 우리는 중학교 문을 닫아야 할 것이며, 만일 이러한 선생님 모두가 법원에 소송을 신청한다면 우리 법정은 문을 닫아야 할 것이다.

그러나 내가 틀렸다. 배심원들은 캐슬린 풀머의 손을 들어줬고, 그녀가 입은 손해에 오십만 달러를 배상하도록 판정을 내렸다.

이러한 청소년의 모습은 보편적일까?

(Is This Portrait of Adolescence Universal?)

일상 생활에서 위험을 감수하는 청소년을 관찰하는 것은 '그들이 무엇을 하고 있는지'를 우리에게 말해 준다. 그러나 우리에게 그 이유를 이야기해 주지는 않는다. 만일 우리가 저스틴이 웹사이트를 만들었을 때나 대니가 운전하는 동안 그의 여자친구에게 문자 메시지를 보냈을 때와 같은 경우에 청소년들이 어떻게 결정을 내리는지 이해하길 원한다면 그들의 사고방식을 이해하는 것도 중요하다. 우리는 만일 대니의 사고가 검사가 주장한 것처럼 실제로 그가 운전 중에 문자를 보내면서 태만해졌기 때문인지는 알 수 없다. 아마도 그는 그것이 얼마나 위험한지 깨닫지 못했을 것이다. 또는 사고가 문자 메시지와 전혀 관련이 없을 수도 있다. 어쩌면 대니는 라디오를 듣거나 잠시 졸아서 차가 마주오는 반대편 차선으로 이동했을 수도 있다. 결국 우리가 청소년 운전 사망 사고와 같은 비극을 예방하기 위해서는 청소년들의 의사결정 과정을 이해해야 한다

안타깝게도 단순히 10대들에게 그들의 행동에 관한 설명을 요청하는 것만으로는 그들을 이해할 수 없다. 청소년들은 성인과 달리 왜 그들이 그러한 행동을 하는지 모르는 경우가 많기 때문이다. 때때로 사람들이 결정을 내리는 것을 이해하는 방법은 그들을 통제된 조건에 두고 상황을 변경하고 그에 따라 어떻게 생각이 바뀌는지 조사하는 것이다. 실험 상황에서 우리는 다양한 심리 상태, 산만하거나, 피로하거나, 안전하거나, 위험한 결정에 따른 보상을 변경하거나 그들의 선택이 가져올 결과와 무슨 일이 일어날지에 관한 정보의 양 등에 변화를 유도할 수 있다.

지난 15년 동안 동료들과 나는 청소년이 위험을 감수하는 근본 원인을 이해하기 위해 수천 명의 청소년들과 성인들을 조사했다. 우리는 청소년들이 위험을 무릅쓰는 것이 위험한 상황임을 알고 있음에도 성인들보다 적극적으로 뛰어들기를 원하는 건지 혹은 그들이 위험에 대해서 몰라서 그러는 것인지, 마지막으로 위험을 무릅쓴다는 사실에 너무 흥분하여 그들의 결정이 잘못되어 가는지에 주의를 기울이지 못해서 그러는 것인지 연구하였다. 청소년이 위험감수에 대한 각각의 설명은 모두가 그럴 듯 하지만, 청소년의 부주의한 행동을 저지하기 위한 방안에 대해서는 각각 다른 시사점을 가지고 있다. 예를 들어, 그들이 위험한지 몰라서 그러는 게 아니라면, 무엇

이 위험한 것인지 청소년을 교육하는 데 많은 시간을 쓰는 것은 의미가 없다.

우리의 실험 과정은 아이들과 청소년, 어른의 중요한 다른 점을 지속적으로 기록하였다. 첫째, 확률이 낮은 베팅에서의 과감한 선택에 대한 잠재적 보상에 관한 민감성은 만 16세 정도에 가장 높아진다. 즉, 어린이, 성인과 비교하면 청소년들은 승리 확률이 낮거나 불확실할 때도 더 쉽게 도박을 한다는 것이다. 둘째, 어린이들은 10대보다 더 충동적인 결정을 내리고, 10대들은 성인보다 더 충동적이다. 이러한 보상 민감성과 충동성의 조합은 청소년기 중반, 만 14살과 만 18살 사이의 기간을 매우 취약하고 위험한 시기로 만든다. 청소년기의 보상에 관한 끌림이 설령 위험할지라도 그 보상이 있는 곳으로 돌진하도록 자극한다. 그런데 그들의 자기조절 능력은 아직 미숙해서 그들이 천천히 행동하거나 행동 전에 생각하는 것조차 어려운 것이다.

이러한 조사를 통해 만들어진 청소년기에 대한 그림은 현대의 과학자에 의해 널리 수용되었다. 청소년들이 결정을 내리는 것에 관한 대부분의 조사에서 한 가지 한계는 이 연구가 주로 미국에서 행해졌다는 것이다. 어쩌면 충동 조절에 미숙하며 감각을 추구하는 10대들의 모습은 청소년들의 타고난 특성이 아니라 미국인들의 아이를 양육하는 방식의 결과물일 수도 있다. 물론 미국의 10대들이 통제불능인 이유는 그들의 부모가 충분히 엄격하지 않기 때문이라고 말하는 사람들도 있다. 그러나 이러한 기본적 패턴이 세계의 다른 지역에서도 보일 것이라고 생각하는 중요한 이유가 있다. 모든 아이들은 사춘기를 거친다. 그리고 그들 모두의 뇌는 성 호르몬의 지배를 받는다. 도파민 수용체에 이러한 호르몬의 영향은 수많은 연구에서 밝혀진 기본적인 생화학 과정이다. 청소년기에 보상 민감도가 급증하는 것은 세계 어느 곳에서나 똑같다. 그리고 이전 장에서 보았듯이 보상 민감도에서 '사고 급등기'와 같은 결과는 시간과 장소를 가지지 않고 보편적이다.

성 호르몬에 영향을 덜 받는 자기조절은 예상하기 어렵다. 한편으로 우리는 사춘기 동안 자기조절력의 발달을 기대할 수 있을 것이다. 사춘기 동안 모든 사회가 10대에게 그들 자신의 행동에 일정 책임을 지도록 하고, 자기조절을 연습한 청소년이 많아질수록 더 쉽게 자기조절을 할 수 있을 것이다. 한편, 전두엽의 성숙은 변연계의 발달보다 경험에 더 민감하다. 아시아처럼 10대에게 자제력을 많이 요구하는 문화에서 이러한 능력을 더 빨리 발전시킬 수 있음을 보여준다.

2010년에 취리히에 위치한 야콥 재단의 지원을 받아 미국 청소년이 다른 국가의 청소년과 어떻게 다른지 연구를 시작했다. 우리는 10살에서 13살 사이의 미국 청소년 1,000명을 대상으로 실시했던 풀배터리 검사[2]를 같은 연령의 중국, 콜롬비아, 사이프러스, 인도,

---

2 풀배터리 검사는 아동, 청소년, 성인의 현재 마음 상태를 알아보기 위한 전체적인 심리검사를 말한다. 여기에는 웩슬러지능검사, 다면적인성검사, 문장완성검사, 그림검사, 벤더게슈탈트검사, 다면적인격검사, 투사검사, 동적가족화검사 등이 포함된다.

이탈리아, 요르단, 케냐, 필리핀, 스웨덴, 태국의 청소년 500명을 대상으로 실시하였다. 우리는 또한 미국의 동일한 연령의 500명의 청소년에 대해서도 검사를 실시하였다.

동료들과 나는 서로 다른 지역에서 나온 결과가 너무나 비슷해 놀랐다. 동일한 연령에서 보이는 보상 민감도와 미국 청소년을 대상으로 했던 청소년기 초기의 자기조절력의 패턴은 세계의 다른 나라에서도 동일했다.

그런데 문화가 다르면 보상 민감성이 표현되는 방식에도 차이가 나타났다. 한 예로, 우리는 미국, 스웨덴, 이탈리아에서 청소년기 초반에 음주량이 급격히 증가하는 것을 확인할 수 있었는데, 이 나라들은 공통적으로 어른들이 보편적으로 술을 마시고 10대도 쉽게 술을 구할 수 있는 나라들이었다. 그러나 성인에게도 음주가 강하게 금지되고 청소년이 술을 구할 기회가 희박한 요르단에서는 그러한 증가를 볼 수 없었다. 요르단에서 청소년의 음주는 매우 적었지만, 흡연량은 미국, 스웨덴, 이탈리아에서처럼 만 13살 부근에서 급격히 증가했다. 요르단에서 흡연은 사회적으로 허용되며 청소년이 담배를 구하는 것이 쉽기 때문이다.

요점은 미국과 문화적으로 많은 차이가 있는 나라들에서도, 또한 그 나라들 간에도 문화 차이가 있는 경우에도, 공통적으로 청소년들은 위험을 기꺼이 감수하는 성향을 가지고 있었을 뿐만 아니라, 감각 추구 욕구가 상승되어 있었고, 충동 조절 능력은 아직 발달 중이었다. 이러한 성향들은 청소년이 살고 있는 문화에 따라 다른 형태로 나타난다. 나라마다 청소년들이 시도할 만한 모험이나 위험한 행동의 수준이 다르기 때문이다. 예를 들어, 10대가 술을 구하기 힘든 곳에서 술을 마시는 장면을 보기는 힘들 것이다. 결혼 전에 섹스를 금기시하는 문화에선 10대가 피임하지 않고 성관계를 갖는 것이 드물 것이다. 또한 총이 강력하게 규제되는 나라에서 10대가 총으로 사고를 내는 일은 거의 없을 것이다.

즉, 청소년이 위험을 감수하려는 성향은 세계 어디서나 비슷하다. 청소년이 위험한 행동을 하는 비율은 청소년이 나라마다 달라서가 아니라 그들이 살고 있는 나라의 문화 때문이다. 이러한 발견은 미국 청소년의 위험한 행동을 예방하는 데 매우 중요하다. 우리는 10대를 바꾸는 것에 덜 주의를 기울이고, 10대들이 시간을 소비하는 문화를 바꾸는 시도를 해야 한다. 다음 장에서 이것에 대해 더 자세히 이야기 할 것이다.

청소년기의 특징은 인간뿐만 아니라 모든 포유동물에서도 보여진다. 생쥐, 쥐 및 기타 영장류에서 사춘기 동안 변연계의 도파민 수용체 밀도가 인간처럼 가파른 증가를 보인다. 인간과 다른 종에서 청소년기에 알코올, 코카인, 니코틴, 메타암페타민과 같은 약물을 섭취할 경우 도파민 수준이 가파르게 상승한다. 쥐가 사춘기에 들어설 때 인간과 마찬가지로 또래 나이의 쥐와 어울리는 것에 관심을 가지고, 익숙하지 않은 관계들을 시도하고, 위험을 선택하는 것이 급격하게 증가한다.

이런 관점에서 흥미로울 수밖에 없다. 사춘기의 연령이 점점 더 빨라지고 있어 뇌의 보상 체계도 쉽게 각성된다. 뇌의 자기조절체계의 성숙은 사춘기에 의해 주도되지 않는다. 자제력의 발달이 사춘기가 빨라지는 것에 의해 영향을 받지 않는다는 것이다. 청소년들의 계획하는 능력, 미리 생각하고 그들의 충동을 조절하는 능력은 오늘날 100년 전과 비교하여도 사춘기가 빨라지는 속도만큼 빨라지지도 개발되지도 않았다.

청소년기가 5년이었을 때는, 뇌가 쉽게 사춘기의 결과로 각성되는 시기와 효율적으로 이러한 각성을 다룰 수 있을 시기가 엇비슷했을 것이다. 자기조절 능력이 완전히 성숙되는 연령은 더 어려지지 않았다. 그러나 신체적 사춘기가 시작되는 연령은 더 어려졌다. 이런 이유로 사춘기가 길어질수록 점화된 열정과 자기조절의 발달 사이에는 수년간의 간극이 생긴다. 청소년들은 자신의 추동과 제동 사이의 부조화에서 취약해질 수밖에 없다.

즉, 오늘날 청소년기는 예전 그 어느 때보다 길어졌을 뿐만 아니라, 길어진 만큼 더 위험해진 것이다.

제5장

위기의 청소년을 구하는 길
(Protecting Adolescents from Themselves)

우리 아들 벤이 만 14살 때, 그는 교외의 필라델피아 고등학교 친구들과 금요일 밤이나 토요일 밤만 되면 삼삼오오 모여서 무리 중 한 명의 집으로 다 같이 놀러 가곤 했다. 그들은 흔히 10대 아이들이 할 만한 일들을 하며 놀았다. 밤늦게까지 자지 않고 영화를 보며, 정크푸드를 먹으며, 비디오게임을 즐겼다. 그런데 어느 날 밤 새벽 2시쯤 되었을 때, 그들은 이미 질리도록 봤던 영화 〈해피길모어[1]〉를 또 끝까지 봤고 벤, 조쉬, 스티브 그리고 제이슨은 제이슨의 집을 조용히 빠져 나와 몇 블록 떨어진 곳에 사는 여자 아이 린제이 힐만의 집을 깜짝 방문하기로 했다(벤 외의 아이들의 이름은 모두 가명임을 밝힌다.).

---

1 아담 샌들러 주연의 1996년 골프 영화

제이슨은 그 아이에게 관심이 있었고, 다른 아이들은 거의 2시간 동안 마운틴듀와 감자칩을 먹으면서 아담 샌들러의 코미디 덕분에 배꼽을 잡고 웃었기 때문에 한껏 들떠 있었다. 모든 상황이 만 14살 아이들을 설레게 할 만했다.

이쯤에서 그들이 참 착한 아이들이라는 것을 확실히 밝혀야 할 것 같다. 내 아내와 나는 그들 모두를 잘 알고 지냈다. 그들은 모범생이었고, 부모들과 사이도 좋았으며, 사리분별도 잘하는 아이들이었다. 그들은 교외 중산층 집안에서 90년대 말에 성장했던 평범한 아이들이었다. 천사같이 순수하다는 말은 아니지만 문제아들과는 전혀 달랐다. 그날 밤 집을 빠져 나가기 전에 사실 그들은 식탁에 어디로 가는지 적어서 쪽지를 남겼다. 만약에 제이슨 부모가 새벽에 일어나서 아이들이 없어진 걸 알았을 때, 그들의 행선지를 확인하고 크게 걱정하지 않길 바란 것이다.

그들이 린제이의 집에 도착했을 때, 벤과 그의 친구들은 로미오와 줄리엣의 한 장면처럼 그녀의 창문에 작은 돌멩이들을 던졌다. 온 동네 사람들을 다 깨우지 않고 그녀만 깨우고 싶었던 것이다. 그런데 그들은 결국 집의 방범 센서를 건드리고 말았고, 경보가 크게 울리기 시작했다. 이 아이들은 알아챌 새도 없이 린제이네 방범 시스템이 지역 경찰서에 자동으로 신고했고, 신고를 받은 경찰은 즉시 순찰차를 보냈다.

방범 경보가 울렸을 때, 아이들은 린제이의 집으로부터 멀리 도망쳐 어둑어둑한 가로수 길을 달렸다. 그런데 마침 그 방향은 달려오던 아이들을 보고 멈춰선 경찰차로 향하는 길이었다. 사실 경찰관을 만나서 자초지종을 설명하는 건 쉬운 일이었다. 어차피 우리 동네에는 아이들의 통행금지 시간이 없었고, 경찰관이 각 아이들이 어디 사는지, 여태까지 뭐했는지 물어도 벤과 친구들은 그들이 심각할 정도로 큰 문제에 휩싸이지 않는다는 걸 알고 있었다. 그럼에도 불구하고 그들은 스스로 일일이 설명하는 대신에 뿔뿔이 흩어져서 각자 이집 저집 마당을 가로질러 제이슨의 집으로 돌아갔다. 경찰관은 그들 중 한 명을 쫓아가서 체포한 다음에 그 아이의 집으로 호송했다. 결국 그 아이는 부모로부터 심한 꾸지람을 들어야 했다. 다른 세 명은 제이슨의 방으로 조용히 기어 들어와서 한껏 웃으며 과장을 좀 섞어 그들의 모험담을 떠들어댔다. 나는 이 모든 일을 다음 날 이른 아침에 린제이 엄마의 전화를 받고 나서야 알게 되었다. 그녀는 내가 벤이 지난 밤에 어디 있었는지 아느냐고 물었다. 나는 그렇다고 답했고, 제이슨의 집에 있었을 거라고 말했다. 그런데 그녀는 바로 이어서 내가 과연 그와 친구들이 새벽 2시쯤에는 무엇을 하고 있었는지 아는지 물었다.

나는 린제이 엄마한테 사과를 한 후 전화를 끊었다. 나는 벤의 휴대폰으로 전화를 걸었다. 나는 당장 짐을 싸서 나오라고 말했으며, 제이슨 집 앞에서 만나자고 말했다. 아이는 머릿속이 하얘져서 왜 그러는지 묻지도 못했다.

차를 세우고 보니 벤은 머리는 부시시한 채로, 눈은 게슴츠레 뜬 채로 좀비처럼 쪼그려 앉아 있었다. 그 아이가 차에 탔을 때 나는 잔소리부터 시작했다. “너 경찰한테서 도망치는 게 얼마나 미친 짓인지 알아? 어두운 밤에, 그 사람들은 총까지 있고, 심지어 그들은 도둑을 잡으러 왔다고 생각하고 있었어. 도대체 무슨 생각으로 그런 거야?”

벤이 말했다. “그게 문제예요.” 그리고 잠시 멈춘 뒤 다시 말했다. “생각을 안 했거든요”

그때 벤도 나도 그의 간결하고 명쾌한 한마디에 아무런 말도 할 수 없었다.

다른 아이의 또 다른 이야기다. 내가 잘 아는 어느 만 15살의 남자 아이가 고등학교 화학 수업을 듣고 있었다. 그런데 그는 과학실 창고에서 화학용품들을 빼돌려서 그 용품들로 사람의 손이 닿는 순간 보라빛 연기를 내뿜으며 폭발하는 작은 수정을 만드는 방법을 알아냈다. 폭발 자체는 조용히 일어났다. 뻥 같은 큰 소리가 아닌, ‘치지직’같은 작은 소리였다. 그러나 그 후의 소음과 연기는 넋 놓고 있던 사람들을 놀라게 하기 충분했다.

이 소년은 그의 화학 선생님에게 장난을 치기로 했다. 이 느긋한 중년 선생님의 이름은 아트 실버만으로, 전에 큰 제약회사에서 제약 연구자로서의 화려한 경력을 마치고 은퇴한 뒤, 몇 년 전부터 교사로 일하기 시작한 분이었다. 그는 10대들과 어울리는 생활을 즐겼으며, 그 편안한 분위기 덕분에 그는 학교에서 제일 평이 좋은 선생님

중 하나였다.

수업을 시작하기 전, 이 장난꾸러기 녀석은 손에 잡힐 만한 크기의 수정들을 실험실 테이블 위에 흩뿌려놓은 뒤, 참 친절하게도 종이 한 장을 그 중 몇 개 위에 올려두고 남은 것들은 그대로 눈에 띄게 두었다. 마치 누가 비이커들과 분젠 버너[2]들 사이에 오레오 과자 부스러기를 흘려놓은 것 같았다. 선생님은 교실에 들어와서 어지럽혀진 그 모습을 발견하고 무심코 테이블에 놓인 종이를 집어 들며 아이들을 향해 미소를 지었다. 그리고 장단을 맞춰 주듯이 화난 척하는 말투로 말했다. "누가 내 책상 위에서 흙장난을 했지?"

그는 손에 든 종이를 설거지 스펀지처럼 사용해서 수정조각들을 모으려고 시도했다. 그런데 그가 종이를 구겨서 부스러기 더미 위를 누르자마자 그것들이 탁탁 소리를 내며 폭발했고, 보라색 연기 구름이 테이블에서 부풀어 올랐다. "뭐야 이건?" 그는 당황한 말투로 중얼거렸다. 이 장난에 동참한 다른 학생들은 모두 자지러지게 웃었다. 화학 선생님은 잠시 어안이 벙벙했지만, 이내 아이들과 함께 웃었다.

이 사고는 1967년에 일어났다. 학교 내 총기 난사 사건이나 테러리스트들의 위협이 사람들의 마음 속에 자리 잡기 전의 일이다. 내가 만약 요즘 세상에 이런 멍청한 짓을 했다면 나는 아마 바로 체포되었을 것이다.

---

2 독일의 화학자 로베르트 분젠이 발명한 가스 버너의 일종.

위험한 행동을 제지하는 법

(Deterring Risky Behavior)

내가 고교 화학 시간에 친 장난과 내 아들의 경찰과의 새벽 추격전은 다행히도 어떤 심각한 사태로 이어지진 않았다. 그러나 요즘 10대들이 저지르는 무모한 일들의 결말은 다르다. FBI의 통계에 따르면, 대부분의 범죄는 청소년기에 자행된다. 범죄자 체포 건수는 만 10살부터 급격히 상승하여 만 18살에 최고 수준으로 나타나며, 만 25세가 될 때까지 가파르게 감소한다. 만 25세 연령대에는 이미 중범죄자의 수가 적은 수준이지만, 이때부터 만 30세까지 체포 건수는 점진적으로 하강한다. 이러한 연령-범죄 곡선은 항상 범죄 관련 통계치가 조사될 때마다 나타나며, 범죄에 대해 가장 집중적으로 연구해 온 미국과 영국에서 수십 년 동안 재차 확인된 결과이다. 사회 과학자들은 범죄의 원인들에 대해 갑론을박을 이어가고 있지만, 아무도 이 연령의 추세선에 대해서는 반박하지 않는다. 이것은 강도, 강간 그리고 폭행 같은 강력 범죄뿐만 아니라, 절도나 마약 그리고 차량 절도와 같은 범죄에도 적용되는 사실이다. 연령–범죄 곡선은 단순히 각 연령대에서 경찰에 체포된 건수를 기록한 것이 아니다. 이 데이터는 경찰의 공식적인 체포 기록 또는 자료의 보안을 약속한 후 실시한 익명의 설문조사에서 본인의 전과 기록을 응답한 결과 두 가지를 모두 분석한 자료이며, 양쪽 다 동일한 추세를 나타냈다. 이처럼 청소년이 어린이나 성인보다 더 많은 범죄를 저지르는 현상이 확인되고 있다.

청소년기에 범죄율이 높아졌다가 20대가 되면서 떨어지는 이유를 설명하기 위해 다양한 이론이 발전해 왔다. 그동안에는 다른 것보다 주로 청소년의 소외, 가난 그리고 세대 간 갈등이 원인으로 제기되어 왔다. 범죄학자들은 그들의 전문 분야 외의 내용도 살펴볼 수밖에 없었는데, 이러한 연령대별 추세를 보이는 게 비단 범죄율만이 아니기 때문이다. 거의 모든 위험하고 무모한 행동들이 같은 경향을 보이고 있다. 사람들은 청소년기가 될수록 더 무모해지며, 20대가 되어 성숙해질수록 덜 무모해진다. 범죄율이 다른 행동들처럼 이 15년이란 기간 내에 오르락 내리락 하는 현상은 범죄 행동 자체의 특성과는 관련이 없을 수도 있는 것이다.

익사 사고 통계의 사례를 보자. 미국 질병통제예방센터(CDC)에 따르면, 익사는 아기 때를 제외한 우리 인생의 어느 시기보다 청소년기 중반에 더 흔하다고 한다. 청소년기에 나타난 이 높은 수치가 의아하게 들릴 수 있다. 왜냐하면 우리는 보통 익사가 신체적으로 좀 약할 때 일어날 거라 생각하기 때문이다. 예를 들면, 물속에서 오래 버티기 어려운 경우, 팔이나 다리 힘이 약한 경우, 아니면 물에서 호흡하기 어려워하는 경우 등의 문제를 떠올린다. 이런 기준이라면 10대들은 익사할 가능성이 가장 높기는커녕 가장 낮아야 한다. 모든 가능성 중에서 그들이 다른 연령대보다 익사 확률이 높은 이유는 그들이 수영하기 위험한 상황에서 기어이 물에 뛰어들기 때문이다. 그러니까 그들은 체력 문제가 아니라 어리석은 판단 때문에 익사하는 것이다.

뿐만 아니라 청소년들은 다른 연령대보다 음주, 흡연 그리고 약물을 무분별하게 시도하는 경향이 있다. 또한 그들은 스스럼없이 무방비로 성관계를 하기도 하는데, 바로 이것이 청소년들이 성인에 비해 원치 않던 임신을 경험할 가능성이 더 높은 이유이며, 매년 새로 발생하는 성병 환자의 거의 반이 청소년으로 나타나는 이유이다. 그들은 좀처럼 오토바이를 운전할 때 헬멧을 쓰지 않으려 하며, 안전벨트를 매지 않으려 한다. 그들은 술을 한 번 마실 때도 폭음을 하며, 칼로 상처를 내거나 아니면 계획적으로 자해를 하고, 결국 자살을 시도하기도 한다[3].

---

3 성인들은 자살을 시도할 경우 성공하는 경우가 더 많지만, 청소년들은 그 시도가 곧 잘 실

위험 운전은 청소년기에 특히 더 흔한 문제로 나타난다. 청소년 운전자들은 더욱 속도감 있는 운전을 즐기며, 천천히 가는 차 뒤에서 견디지 못한다. 그들은 빠르게 달리는 차에서 느끼는 쾌감이 좋다고 말한다. 결국 청소년들은 차량 추돌 사고도 더 많은데, 이는 이들이 꼭 운전 경험이 적어서 일어나는 일은 아니다. 많은 연구들에서 경험이 없는 10대 운전자와 똑같이 경험 없는 성인 운전자를 비교한 바 있으며, 그 결과 10대 운전자의 경우가 더 높은 추돌 사고 발생률을 보였다. 이는 사람들이 보통 10대나 20대 초반에 30-40대보다 더 빠른 반응 속도를 보인다는 것을 감안한 결과이다.

청소년기의 위험한 사고 발생률이 높다는 사실과 그 사고들이 초래하는 결과들은 청소년 건강과 관련된 역설적인 상황을 만든다. 청소년기는 이 시기에 신체 장애나 질병을 겪는 이들을 제외한다면 인생에서 가장 건강한 시기 중 하나일 것이다. 청소년들이 어린이들보다 건강하고, 강하고, 심지어 똑똑하다는 것이 사실임에도 불구하고 유병률이나 사망률은 200% 내지는 300%까지도 상승한다. 청소년기 사망 원인의 거의 반 정도는 사고사이다. 그리고 이 중 오토바이 추돌 사고가 4분의 3 정도를 차지하며, 나머지 4분의 1은 익사, 식중독 그리고 총기 사고이다. 두 번째와 세 번째로 가장 흔한 청소년기 사망 원인은 부상도 질병도 아닌 바로 살인이나 자살이다. 게

패해서 한 사람의 시도횟수가 많은 편이다.

다가 청소년기 질병, 사망으로 이어지진 않지만, 여전히 심각한 질환의 주된 원인들도 모두 그들의 행동과 관련되어 있다. 음주, 약물, 무방비 성관계 그리고 비만이 그런 것들이다. 이렇게 청소년기에 위험을 감수하는 정도가 높아지는 현상은 엄청난 공중 보건상의 문제도 일으킨다. 그렇게 위험을 감수한 선택의 대가가 청소년기가 끝난 후에도 오래 지속되기 때문이다.

수년간에 걸쳐서 청소년들이 모험을 추구하는 행동에 관한 많은 설명이 제시되어 왔다. 그 설명들은 주로 이 연령대의 비합리적인 사고, 현명한 의사결정을 위한 지적 능력의 부족, 자기가 불사신이라는 망상, 모험적인 활동들의 위험성에 관한 과소평가, 또는 그야말로 무엇이 위험한지 아닌지에 관한 완전한 무지와 같은 요인들을 지적해 왔다. 이러한 가정들이 수십 년간의 청소년 비행을 방지하기 위한 우리의 접근방식에 영향을 주고 있다. 이 접근의 기본은 청소년들을 더 합리적이고, 더 박식하고, 더 현실적으로 만드는 것이다. 우리는 청소년에게 여러 위험한 활동에 관한 지식을 전달하고, 그들의 의사결정 능력을 향상시키며, 그들이 불사신이 아니라는 것을 알려주기 위해 매년 수억 달러를 쓰고 있다. 이러한 학교의 보건 교육은 미국 전역에서 거의 보편적으로 실시되고 있다.

미국 전역에서 실시했던 설문조사에 따르면, 90% 이상의 미국 청소년이 흡연, 음주, 불법적 약물 사용에 관한 교육을 받았다고 응답했으며, 약 95%의 청소년은 어떤 형태로든 성교육을 받은 적이 있다고 응답했다.

불행히도 대부분의 보건 교육에 기반이 되는 대전제가 완전히 틀렸다. 청소년들은 무엇이 위험하고, 무엇이 그렇지 않은지 이미 성인들 만큼 알고 있다. 그리고 자신들이 하는 일이 어떤 결과를 초래할지 파악하는 데 있어서 성인보다 특별히 나쁜 판단력을 가지고 있지도 않다. 또한 청소년들이 결정을 내리는 과정이 성인보다 더 나쁜 것도 아니다. 인간의 지적 능력과 그들의 논리적 사고력에 관한 연구 결과들은 인간이 만 16세가 될 때 그런 역량들이 성인 수준에 도달한다고 보고하고 있다. 스스로를 불사신처럼 생각하는 망상에 관한 연구도 그와 유사하게 성인들도 청소년과 비슷한 수준의 망상을 가지고 있다는 걸 밝혀냈다. 건강 문제에 대해서는 사실 모든 연령대의 사람이 종종 다른 사람들에게 위협이 될 수 있는 일들이 자신을 피해 갈 거라 생각하곤 한다.

청소년의 미성숙한 전두엽 피질과 취약한 충동 조절 능력도 그들의 무모한 행동의 원인으로서 주목을 받아왔다. 그리고 우리가 논의해 왔던 것처럼 많은 사례들이 이 가설에 들어맞고 있다. 그러나 이것은 현상의 반 정도만 설명할 수 있을 뿐이다. 내가 화학 시간에 쳤던 장난은 충동으로 한 일이 아니라 치밀하게 사전에 계획된 일이었다. 나는 그것을 준비할 때 많은 시간이 필요했고, 수정 하나하나를 만드는 데도 공을 들였다. 중요한 것은, 나는 내 행동에 관한 결과를 생각하지 않고 그것들을 실버만 선생님 탁상 위에 올려둔 게 아니라는 것이다. 나는 그 결과를 충분히 예상하고 계획한 대로 실행했다. 같은 반 친구들을 한참 웃게 만들었던 그 생각, 내 기발함과 대담함을 경외하는 친구들의 시선을 누릴 기회를 차마 거부할 수는 없었기 때문이다.

다시 말해서 청소년기의 위험감수 행동은 전두엽 피질에만 관련된 것이 아니다. 사실 성인보다 보상에 대해 훨씬 민감하다. 청소년의 삶과 비교하면, 성인들이 삶에서 경험하는 쾌감들은 코가 솜으로 막힌 채로 느껴보는 따뜻한 초코칩 쿠키 한 접시의 향 또는 수술용 장갑을 낀 채 손으로 만져보는 앙고라 모직 스웨터와 같다. 어느 쪽이든 당신은 쿠키 냄새도 맡을 수 있고, 부드러운 울 소재를 느껴볼 수도 있겠지만, 그 향과 촉감은 다소 둔해진 느낌이다. 그래서 결국 당신은 굳이 그 쿠키를 먹을 생각이나 그 스웨터를 살 생각까지는 안 드는 것이다.

삶에서 찾아오는 보상에 관한 청소년들의 초월적인 민감성은 이들이 자연스럽게 무모한 행동을 할 때 찾아오는 좋은 느낌에 주목하게 만든다. 우리가 했던 연구에서, 우리는 참가자들에게 모험적인 활동들의 주관적인 위험도, 그 활동들이 얼마나 부정적인 결과를 초래할 수 있는지 그 가능성을 평가하게 해보았다. 우리는 그 결과에서 10대와 성인 간의 큰 차이를 보지 못했다. 모두가 술을 마시고 운전하는 것이나, 동네에 위험하다고 알려진 곳을 탐험하는 것을 위험하다고 생각했다. 결국 청소년들이 무모한 일을 벌이는 게 그들이 뭘 몰라서 그러는 거라는 주장이야말로 정말 뭘 모르는 주장인 것이다.

오히려 청소년과 성인 사이에서 우리가 발견한 가장 일관된 차이는 무모한 행동에서 감수해야 하는 비용과 보상을 바라보는 시각에서 나타났다. 콘돔 없는 성관계나, 흡연을 할 때 발생 가능한 부정적인 요소 대비 기대되는 긍정적인 요소들을 평가해 달라고 물었을 때, 청소년들은 부정적인 요소들의 발생 가능성에 대해서는 어린이나 성인들과 비슷하게 평가했다. 그러나 그들은 잠재적으로 기대할 수 있는 긍정적인 요소들은 비교적 더 높게 평가하였다. 즉, 청소년들이 쾌락 추구를 지연시키는 데 일차적으로 실패하는 것은 그들을 통제하지 못해서라기보다는 즉각적인 보상을 강력하게 선호하기 때문인 것이다.

청소년들도 머리로는 어떤 일이 일어날지 알고 있다. 그러나 감정적으로는 다른 연령대와 비교하여 앞으로 벌어질 일에 대해 더 둔감하다. 이에 대해 내가 가장 좋아하는 설명은 뇌 영상 연구 결과로 발표된 것이다. 이 연구에서는 청소년과 성인에게 다양한 활동들을 간략히 설명한 여러 문장을 제시한 후, 각 활동이 좋은 생각인지 안 좋은 생각인지 판단해서 버튼을 눌러달라고 요청했다. 이 중 일부 활동은 명백하게 좋은 것이었고(예를 들면, "샐러드 먹기"), 다른 일부는 명백하게 안 좋은 것(예: "머리에 불 붙이기")이었다. 아마 당신이 예상한 대로 연령과 상관없이 모두가 좋은 활동들은 좋은 것으로, 안 좋은 활동들은 안 좋은 것으로 평가했다. 그런데 청소년들은 각각에 대해 판단하는 데 상대적으로 긴 시간을 소비했다. 심지어 그 활동이 “상어와 함께 수영하기”나 “양잿물 마시기”와 같이 누가 봐도 이상한 행동인 경우에도 그랬다. 그리고 성인의 두뇌에서는 그런 활동들을 생각할 때, 우리가 무서움이나 흉측한 것을 볼 때 활성화되는 부분, 그러니까 우리 몸이 직관적으로 두려움이나 혐오감을 느끼게 하는 부분에서 반응이 일어났다. 반면 놀랍게도 청소년의 두뇌 중에서는 우리가 결정을 위해 신중히 고민해 볼 때 관여하는 부분이 반응을 보였다. 이 연구가 보여주는 것은 10대가 위험성은 충분히 판단할 수 있지만, 그들이 모험이 주는 쾌감에 강하게 이끌린다는 것이다.

주변 친구들의 영향

(The Peer Effect)

오랫동안 나는 벤이 그날 밤에 경찰한테서 도망쳤을 때 별 생각을 안 했다는 반응이 황당했고 이해할 수 없었다. 그 애는 생각이 많은 아이였고, 지금도 생각이 많은 편이다. 그 애가 얼마나 성급하게 행동하기보다 신중하게 결정하는 데 강박적인지 아마 누구보다 본인이 가장 잘 알 것이다. 그래서 그 일을 생각하면 할수록, 그게 혹시 그 아이의 친구들이 이 신중한 애를 일시적으로 무모해지도록 부추겨서 그랬던 건지 궁금해질 수밖에 없었다.

그날 밤 벤의 행동은 그 나이의 아이들에게 특이한 일이 아니었다. 청소년들은 혼자 있을 때보다 친구들과 함께 있을 때 훨씬 더 어리석고 무모해진다. 우리 대부분은 친구들과 함께 벌였던 엉뚱했던 일 하나쯤은 떠올릴 수 있을 것이며, 아마 그 일들은 혼자서는 안 하거나 못했을 것이다. 공식적인 통계도 우리들의 개인적인 민망한 추억들이 실제 있었던 일이었음을 충분히 증명하고 있다. 차 안에 다른 10대 친구들이 함께 있을 때 운전한 10대 운전자는 추돌사고를 낼 확률이 혼자 있을 때보다 4배 이상 높다. 추돌 사고의 위험성은 10대 동승자가 한 명씩 늘어날 때마다 급격히 증가한다. 반면에 동승자가 있는 성인들은 혼자 있을 때보다 추돌사고를 낼 확률이 높지 않다. 청소년들은 범죄를 저지를 때 집단으로 저지를 가능성이 성인들에 비해 훨씬 높다. 오히려 성인들은 혼자서 범행할 가능성이 훨씬 높은 편이다. 대부분의 음주나 마약의 첫 경험이 아이들이 친구들과 함께 있을 때 일어난다. 심지어 이탈리아에서는 청소년이 가족과 함께 있을 때는 술을 마셔도 불법이 아닌데도 불구하고, 아이들이 친구들과 함께 처음 술을 마시는 경우가 가족들과 마시는 경우보다 7배나 많다. 게다가 혼자서 처음 술을 마시는 경우는 거의 없다.

대부분의 사람들은 청소년들이 친구들과 함께 있을 때 더욱 무모해지는 것이 그들이 주는 압박 때문일 거라고 생각한다. 10대들은 서로 더 모험하도록 부추기고, 못하면 따돌릴 거라 생각하는 것이다. 내 동료 중 한 명은 어렸을 때 겁쟁이라고 불리는 게 두려웠기 때문에 많은 위험하고 멍청한 일들을 할 수 밖에 없었다고 말했다.

그런데 확인된 바로는 대부분의 생각과 다르게 친구들의 압박은 주된 원인이 아니었다.

내 동료들과 나는 내 아들의 린제이 힐만의 집 정원을 심야에 침범했던 운명적인 사건을 계기로, 청소년들이 위험을 무릅쓰는 데 주변 친구들이 어떤 영향을 미치는지 10년간 연구해 왔다. 그 결과 중 일부는 놀라웠다. 심지어 우리가 10대들을 서로 소통이 불가능하게 했을 때도, 즉 서로 위험한 행동을 하도록 부추기지 못하게 했는데도, 단순히 그들의 친구가 가까이 있다는 사실을 아는 것이 그들로 하여금 더욱 과감하게 위험을 감수하게 만들었다. 그들은 친구들이 자기를 지켜보는지도 알 필요가 없었다. 사실 청소년기에 동료들의 존재는 생쥐들마저 비행을 저지르게 한다고 알려져 있었다. 나는 여기서 한 걸음 더 나아갔다.

우리가 이 "동료 효과(peer effect)"를 처음 발견한 것은 위험 운전행동을 연구했을 때였다. 우리는 다양한 연령대의 사람들을 초대하면서 두 명의 친구들과 함께 연구실에 오도록 요청했다. 그리고 그들을 무작위로 각 조건에 배정한 다음 운전하는 비디오 게임을 하게 했다. 실험 조건은 각각 혼자 있는 방에서 운전을 하거나 또는 그들의 친구들이 지켜보는 방에서 운전을 하는 것이었다.

게임에서 주어지는 환경은 운전을 해 본 사람이라면 익숙할 만한 것이었다. 예를 들면, 노란불일 때 빨리 가려고 속도를 내는 상황도 있었다. 참가자의 목표는 최대한 빨리 길을 찾아가는 것이었다. 도로에는 신호등이 있는 교차로투성이였고, 신호등은 갑자기 초록 불에서 노란 불로 바뀌게 되어 있었다. 참가자들은 모두 실험에 참여한 대가를 받도록 되어 있었는데, 우리는 그들에게 빨리 끝낼수록 더 많은 금액을 받는다고 안내했다. 이것이 바로 노란불일 때 멈춰서 빨간 불이 초록 불이 될 때까지 기다리지 않고 급하게 달리게 하는 인센티브이다.

참가자들은 또한 가끔 어떤 교차로에 들어설 때마다 종종 차들이 난입할 것이며, 만약에 불행히도 추돌사고가 나게 된다면 길에서 시간을 많이 소비할 가능성도 있다고 사전에 안내 받았다. 이것은 참가자들이 안전하게 운전하고, 노란 불을 보면 브레이크를 밟게 하는 인센티브였다. 만약에 당신이 신호가 파란불로 바뀔 때까지 기다린다면, 시간이 좀 걸리긴 하겠지만 추돌사고가 나서 멈춰 있는 시간만큼 긴 시간은 아닐 것이다.

문제는 참가자들이 어떤 교차로가 차가 많아서 더 위험하고, 어떤 교차로가 그렇지 않은지 알 수 없다는 것이다. 참가자가 교차로를 만날 때마다 참가자는 두 가지 욕망 중에서 중심을 잘 잡아야 한다. 목적지까지 최대한 빨리 도착해서 보너스로 더 많은 대가를 받아서 집으로 가려는 희망과 다른 차와 충돌해서 모처럼의 거저 벌 수 있었던 돈을 놓칠 수도 있다는 인식이라는 두 가지 마음이 공존하기 때문이다. 현실에서도 이 게임과 마찬가지로 모든 선택이 이렇게 안정과 위험 사이에서 더 끌리는 쪽으로 이루어지게 된다.

청소년들은 혼자 할 때보다 그들이 친구들 앞에서 게임 할 때 더 모험을 추구하는 경향을 보였다. 심지어 그들의 친구와 소통이 금지되어 있을 때도 똑같이 나타났다. 그들은 노란 불을 봤을 때 주행하는 경우가 더 많았고, 결과적으로 더 자주 사고가 났다. 반면에 성인들은 친구들이 옆에서 지켜볼 때나, 혼자 있을 때나 똑같은 경향을 보이며 운전했다. 그들 모두 종종 위험하게 운전했지만, 친구들이 보고 있다고 그런 경향이 더 강해지진 않았다. 이 결과는 우리가 현실에서 보고 있는 운전 행동과도 유사하다. 청소년들은 다른 10대들이 차에 같이 타고 있을 때 더 많은 추돌사고에 휘말린다. 성인들은 동승자가 있든지 없든지 비슷하게 운전한다. 흥미롭게도 현실에서 동승자의 효과는 그 동승자들이 10대일 때만 나타난다. 청소년들이 그들의 부모를 태우고 운전할 때는 심지어 그들이 혼자 운전할 때보다도 더 조심스럽게 운전한다.

대체 왜 친구들이 단순히 존재한다는 것이 10대들에게 더 모험을 추구하게 하는 것일까? 우리는 그 답을 청소년의 두뇌에서 찾았다.

사회적 두뇌

(The Social Brain)

사춘기가 되면 두뇌의 보상을 담당하는 부분이 활성화되는 것뿐만 아니라, 타인들에 관한 반응을 관장하는 부분에도 변화가 일어나는 것으로 보인다. 소위 "사회적 두뇌(the social brain)"라고도 불리는 이 부분은 10대들이 다른 사람들의 감정표현이 담긴 사진을 볼 때, 그들이 친구들과의 우정을 생각할 때, 타인의 마음이 상처를 받았는지 판단해야 할 때, 또는 사회적으로 공감을 받을 때나 거부당할 때 활성화되는 부분이다. 우리는 모두 타인이 우리에게 보이는 표현, 생각, 느낌 그리고 의견에 관해 주목한다. 그런데 청소년들은 그런 것들에 대해 성인들보다 훨씬 더 많이 주목한다. 많은 자폐증 연구자들은 이 사회적 두뇌에 문제가 발생하는 것이 자폐증의 근본적인 원인이라고 믿고 있다.

사회적인 두뇌는 청소년기에 변화를 거듭하며, 이때 나타나는 변화는 왜 청소년들이 이 시기에 주변 친구들이 무슨 생각을 하는지에 관해 더 많이 관심을 가지는지 설명한다. 만일 당신이 어떤 행동으로 누군가가 고통스럽게 남의 시선을 의식하도록 만들기를 원한다면, 그것은 그 누군가의 신경에서 완전히 폭풍처럼 일어날 것이다. 왜냐하면 그가 그 시선을 의식할 때 다른 사람이 무슨 생각을 하고 있는지 파악하는 것이 주 업무인 두뇌 영역에서 기능이 향상되고, 사회의 수용이나 거부에 민감한 영역이 고도로 각성되며, 얼굴 표정과 같은 타인의 감정적 신호에 강하게 반응하는 형태로 나타나기 때문이다. 이 모든 역동적인 과정을 이해하면, 청소년들이 교우관계에서 자신의 상태에 더 민감해지는 이유, 주변 친구들의 압박에 예민하게 반응하는 이유, 또한 남의 험담을 하거나 자신이 험담의 대상이 될까 봐 불안해 하는 이유를 알 수 있게 된다. 뇌과학자들은 바로 이 모든 사회적인 장면을 설명하는 신경생물학적인 토대를 발견했다.

타인에게 거부당하는 것은 나이에 관계없이 마음 아픈 일이지만, 다른 때보다 유독 청소년기에는 더욱 고통스럽게 느껴진다. 실제로 신경생물학에 따르면 사회적인 거절이 주는 고통은 신체적인 고통과 굉장히 유사하며, 타이레놀의 주 재료인 아세트아미노펜을 복용함으로써 완화시킬 수 있다고 한다. 타인의 의견에 관한 이런 극도의 민감성은 심각한 결과를 초래할 수도 있다. 많은 전문가들은 이렇게 발달된 민감성이 청소년으로 하여금 극단적인 우울감을 갖게 할 수 있으며, 그런 경향은 남학생보다 여학생에게서 더 강력하게 나타난다고 설명한다. 이른 나이부터 여학생들은 사교적인 이벤트에 더 많은 관심을 두는 편이다. 여성으로 산다는 것은 공감을 느껴야 할 때는 큰 이점이 되지만, 사회적 거절에 직면할 때는 우울증에 걸릴 확률을 더 높일 뿐이다.

성별을 막론하고 타인의 감정에 관한 청소년의 강박은 주변 환경에 상재하는 잠재적으로 중요한 정보들을 제대로 인식하지 못하게 만든다. 일련의 실험을 위해 연구자들은 청소년들과 성인들에게 4가지 형상(빨간 원, 마구 뒤섞인 형상의 조각 모음, 무표정한 얼굴들, 표정이 있는 얼굴들)을 다양한 순서로 보여주고 두뇌가 어떻게 반응하는지 촬영해서 살펴보았다. 실험 참가자들에게는 빨간 원을 볼 때마다 신호를 달라고 요청하였다. 그런데 성인과 다르게 청소년들 집단에서는 그들이 감정 표현이 나타난 얼굴들을 볼 때마다 두뇌활동이 고조되었으며, 고조된 두뇌 활동은 이후에 등장하는 빨간 원에 주목하는 것을 방해하였다. 이 현상은 10대 아이에게 분노가 섞인 목소리로 언성을 높이는 것이 왜 당신의 메시지를 전달하는 데 안 좋은 방법인지 설명해 준다. 즉, 그렇게 소리를 지르면 당신의 아이는 당신이 말하는 내용보다 당신의 분노에 더 주의를 기울인다는 것이다. 나는 언제나 청소년 자녀들에게 화가 난 부모들에게 이렇게 말하라고 조언한다. "나는 지금 당장 너와 대화하기에는 너무 화가 난 상황이야. 그러니까 우리는 나중에 내가 좀 진정되었을 때 얘기를 더 해야 될 것 같아." 이 전략으로 더 효과적인 대화를 할 수 있을 것이다.

군중의 어리석음

(The Folly of Crowds)

기업 현장에서는 개인보다 여러 사람이 함께 결정을 내리는 것이 더 좋은 선택을 가져온다는 "집단지성(wisdom of crowds)" 현상이 자명한 것으로 알려져 있다. 그런데 청소년들은 그들이 혼자일 때보다 무리 지어 있을 때 더 바보같은 행동을 한다. 이러한 집단지성 현상과 청소년 행동의 불일치는 어떻게 설명될 수 있을까?

심지어 성인들 사이에서도 집단으로 모여서 한 결정이 항상 지혜로운 결정으로 이어졌던 것은 아니다. 연구 결과에 따르면, 집단은 그 안의 구성원이 자유롭게 의견을 개진할 수 있는 상황에서 최선의 결정을 내린다고 한다. 반면에 집단 구성원들이 다른 사람들의 평가에 과도하게 신경을 쓰고 있는 상황에서는 타인의 의견에 대한 동조 압력이 자신의 의견보다 우선시되고, 결국 혼자일 때보다 더 잘못된 결정을 내리게 된다. 마찬가지로 청소년들도 또래 친구들이 그들을 어떻게 생각할지에 대해 신경이 곤두서 있는 상황이라면, 집단 속에 있을 때에 그들의 무모함은 충분하게 설명이 된다.

의사결정은 두 가지 두뇌 체계의 경쟁을 통해 만들어진다. 하나는 즉각적인 자극을 찾아 헤매는 보상 체계(reward system)이다. 그리고 다른 하나는 올라오는 충동을 점검하고 우리가 판단 전에 생각해 볼 수 있게 해주는 자기조절 체계(self-regulation)이다. 청소년기 전에는 자기 통제력이 아직 굉장히 미숙하다. 그러나 초등학교 재학 중간쯤 되면 두뇌의 이 부분이 보상 체계를 수시로 점검하게 만들 만큼 충분히 강력해진다. 우리의 두뇌를 시소라고 생각한다면, 청소년기 전에는 기울어지지 않은 균형 상태를 잘 유지하고 있는 것이다.

사춘기에는 시소의 양쪽 중 보상 체계 쪽에 무게가 실리게 된다. 반대편인 자기조절 체계 쪽에는 이 더해진 하중에 균형을 맞출 만큼 아직 무게가 충분하지 않다. 심지어 이 보상 체계의 하중은 만 16세 이상까지 점점 무거워진다. 다행히도 전두엽 피질이 발달하면서 시소의 자기조절 쪽에도 균형추가 서서히 쌓이게 되어, 보상을 추구하는 체계의 강력함을 상쇄하게 된다. 보상 추구 강도가 감소하고 자기통제력의 강도가 강해지면서 시소는 다시 균형을 유지하기 시작한다.

그러나 이 균형은 청소년기 중에 쉽게 틀어질 수 있다. 정서적 흥분, 피로, 스트레스 등이 자기조절 체계에 부담을 주게 되면, 가중된 부담이 자기조절 체계의 동력을 보상 체계를 꾸준히 점검하는 일이 아닌 다른 쪽으로 돌려버린다. 그리고 결국 균형을 유지했던 상태는 자극이 있는 방향으로 기울어지게 된다.

이러한 다소 혼란스러운 과정에 마약까지 투입되면, 이것은 도파민에 관한 두뇌의 열망을 상승시키고, 감각적인 것이나 신기한 것에 대한 더욱 집중적인 탐색을 불러일으킨다. 이러한 도파민에 관한 열망의 상승은 같은 마약을 더 흡입할 때나 다른 마약을 시도할 때도 일어나지만, 그 외의 자극을 추구하도록 유발하는 다른 활동들을 할 때도 추가적으로 일어난다. 어떤 한 가지 보상을 만나게 되면 그 보상에 대한 욕구를 충족시키는 데서 그치지 않고, 그 보상을 만난 쾌감이 또 다른 보상에 대한 욕구를 자극한다. 즉, 두뇌의 보상센터는 한 가지 요인에 의해 쾌감이 생기면 무의식적으로 다른 종류의 쾌감을 찾도록 발동이 걸리는 것이다. 마치 저녁 식사 전에 마시는 한 잔의 음료가 식욕을 돋우는 것이나, 커피나 와인 한 잔을 하는 것이 흡연자에게 담배 한 모금을 생각나게 하는 것과 같은 이치이다. 예를 들어, 비만인 청소년들은 음식의 사진뿐만 아니라 음식이 아닌 자극적인 사진에도 강렬한 반응을 보인다.

영업 사원들이 우리가 매장에 있을 때, 어떻게든 우리의 기분을 좋게 만들려고 애쓰는 데는 다 이유가 있다. 일단 음악이나 무료 제공 음식과 같은 어떤 요인에 의해서 긍정적인 느낌이 유발되면, (쇼핑 같은) 쾌락 추구 행위가 발동되는 것이다. 카지노 운영자는 도박을 하는 사람들에게 무료 주류를 취할 때까지 제공하지 않는다. 만약 이용객들을 취하게 만들고 싶었다면, 그들은 무료 주류에 물을 그렇게 많이 타서 희석시키지 않았을 것이다. 그들은 희석된 술과 같은 어떤 한 가지 요인으로 두뇌의 보상 체계를 가동시킬 수 있다는 걸 아는 것이다. 이 희석된 술이 우리로 하여금 다른 쾌락(가령, 슬롯머신이 당겨지는 소리와 같은 자극)을 추구하게 유도한다. 이것이 바로 우리가 다른 사람들과 즐거운 시간을 보낼 때, 우리가 즐겁지 않은 순간보다 더 많이 먹고 마시는 이유이다. 기분이 좋아지면 우리는 더 좋은 기분을 느끼고 싶어 한다.

이것은 왜 10대들이 친구들과 있을 때 더 무모해지는지 설명해줄 수 있다. 청소년기에는 또래 친구들이 마치 마약, 성관계, 음식, 돈처럼 보상 센터에 불을 지핀다. 청소년들은 친구들과 함께 있는 것만으로 마치 다른 기분 좋은 일을 하는 것처럼 도파민의 분비를 경험한다. 이것은 인간뿐 만 아니라 청소년기 실험 쥐들에게서도 사실로 확인되었다. 비슷한 나이의 다른 쥐들 사이에 있는 것이 청소년 쥐에게 정말 좋은 보상이 되는 것으로 나타난 것이다. 또래와 사교적인 시간을 보낼 때, 청소년 실험 쥐의 두뇌에서 화학적인 변화가 유발되는 현상이 관찰되었다. 이 변화는 성인 쥐에게는 나타나지 않았던 것이다. 그리고 이 화학적인 변화는 쥐들이 술을 마셨을 때 일어났던 변화와 동일했다.

친구들과 같이 있는 것만으로 청소년들은 사회적 보상에 대한 민감도가 고조되어 다른 모든 종류의 보상들에 대해서도 더욱 민감해진다. 모험적인 활동들에서 느낄 수 있는 잠재적인 보상도 이에 해당한다. 우리가 뇌 영상을 촬영하며 위험감수 실험을 진행했을 때, 우리는 실험에 참가한 청소년들에게 그들의 친구들이 다른 방에서 보고 있다는 걸 주지시켰고, 그것은 이 청소년들의 보상 센터를 활성화시켰다. 그리고 이 보상 센터가 청소년들의 뇌에서 더 활발하게 가동될수록 청소년들은 더 많은 모험을 추구하는 경향을 보였다. 우리가 청소년 참가자들에게 동전이 쌓여 있는 모습과 같이 보상이 될만한 자극적 사진들을 친구들이 보고 있다는 전제하에 보여주면, 그들의 보상 센터는 아무도 보고 있지 않을 때보다 더욱 강하게 활성화되는 경향을 보였다. 그러나 동일한 실험을 성인에게 실시했을 때는 이러한 동료 효과가 나타나지 않았다.

친구들의 영향은 특히 즉각적인 보상에 대해 반응하게 만든다. 우리는 참가자들에게 작고 즉시 지급되는 보상(예: 200달러를 오늘 지급)과 크고 나중에 지급되는 보상(예: 1,000달러를 올해 안에 지급) 중 무엇이 더 매력적인지 물어보는 일련의 실험을 실시했다. 청소년들의 즉각적인 보상의 선호는 친구들이 있을 때 더 강해진다. 심지어 친구가 실제로 옆에 있을 필요도 없고, 어떤 사람도 실제로 옆에 있을 필요가 없다. 우리는 실험 장면에서 단지 청소년들로 하여금 옆 방에 그들을 지켜보는 다른 학생이 있다고 생각하게 만드는 것만으로 그들이 더욱 보상에 민감해지게 만들 수 있었다.

다시 말해서 무모한 행동을 저지르게 만드는 친구들의 압력이 꼭 명시적으로 나타날 필요는 없다는 것이다. 10대일 때 당신은 친구와 함께 있는 것만으로 기분이 좋아지고 평소보다 보상에 민감해지며, 10대가 아닌 다른 때라면 하지 않았을 모험을 시도하게 된다. 이 책의 서두에 내가 언급했던 스테이시의 체포 사건을 떠올려 보자. 구체적으로 말하면 가게 물건을 훔치는 것, 마약을 시도해 보는 것, 운전을 빨리 하는 것, 또는 새벽 2시에 친구네 집에 몰래 침입하는 것은 청소년들이 혼자 있을 때보다 친구들과 함께 있을 때 훨씬 더 끌리는 일인 것이다.

사실 무모함을 부추기는 주변 친구들의 영향은 청소년들이 뭔가 나쁜 일이 생길 확률이 높다는 걸 실제로 인식하고 있을 때 가장 강하게 나타난다. 또한 이 친구들의 영향에 관한 민감도는 그들이 20대 초반일 때도 강한 상태로 유지된다. 이것은 대학생들이 그들이 친구들과 함께 있을 때, 어른답지 않게 놀라울 정도로 철없는 행동을 하는 이유를 설명해 준다. 부모에게 도움이 될 수 있는 이 연구의 한 가지 중요한 시사점은 그들의 10대 아이들이 관리 받지 않은 또래 집단과 보내는 시간을 최소화해야 한다는 것이다. 왜냐하면 평소 원만하게 잘 지내던 청소년이라도 친구들하고만 같이 있게 되면, 비행을 저지를 가능성이 비교적 높아지기 때문이다.

청소년기에 사회적 관계에 관한 민감도가 높아지는 원인이 바로 2차 성징이기 때문에, 우리는 2차 성징과 같은 성적 발달을 거치는 다른 포유류에서도 유사한 경향성을 발견할 수 있다. 예를 들어, 청소년 쥐들은 어른 쥐들보다 훨씬 더 사회적이다. 쥐들에게 학습을 시키면서 다양한 다른 보상을 시도해 봤던 연구의 사례가 있다. 이 연구에서 쥐들은 미로 속에서 길을 찾게 되어 있었는데, 청소년 쥐들은 어른 쥐들보다 사회적인 보상에 더 호응하는 경향을 보였다. 인간의 경우에도, 많은 연구들에서 청소년들이 집단으로 프로젝트를 수행할 때, 혼자 할 때보다 학습을 더 잘한다는 것이 이미 보고된 바 있다. 이것이 바로 개개인의 독립적인 평가가 필요하지 않을 때에도 교실 내에서 협업을 못 하게 하면, 청소년들이 학교에서 배워 가는 부분이 줄어드는 이유이다.

나와 내 동료들은 이러한 주변 친구들의 영향이 쥐들에서도 나타나는지 궁금했다. 우리는 쥐를 세 마리씩 한 집단으로 키운 후에, 주변에 다른 쥐가 존재하는 것이 알코올 섭취 행동에 어떤 영향을 주는지 알아보는 실험을 진행했다. 쥐들 중의 반은 2차 성징 직후에 실험에 투입되었고, 나머지 반은 완전히 어른으로 성장한 다음에 투입되었다. 놀랍게도 청소년 쥐들은 그들이 케이지에 “친구들과” 함께 투입되었을 때, 혼자서 투입되었을 때보다 더 많은 술을 마셨다. 그러나 어른 쥐들은 조건과 상관없이 똑같은 양의 술을 마셨다.

요점은 또래 친구들의 존재가 청소년기 두뇌에 성인기와는 다른 방식으로 영향을 준다는 것이다. 이 발견은 부모들에게는 중요한 가치가 있다. 왜냐하면 청소년들이 친구와 있을 때, 혼자일 때보다 더 형편없는 판단을 내린다는 사실을 부모들이 알게 되면, 더 적절히 대처할 수 있기 때문이다. 예를 들어, 이렇게 발견된 사실이 청소년 운전자가 특정 시간 동안 홀로 운전 경험을 쌓기 전에는 청소년 동승자들만 태우고 운전하는 것을 금지하는 동승자 제한법의 근거가 되며, 이는 교통사고 사망자를 줄이는 데 효과적이다. 심지어 이 법은 단순한 운전자 교육을 실시하는 것보다도 훨씬 효과적이다. 또한 이 사실이 바로 10대 자녀를 방과 후 시간에 감독할 수 없는 부모들은 아이가 친구들을 집에 데려오거나, 부모가 없는 친구 집에 가서 노는 걸 제한해야 되는 이유이다. 수없이 많은 연구가 청소년기에 규칙도 감독도 없이 친구들과 함께 보내는 시간이 문제가 생기는 근본 원인이라는 것을 보여주고 있다. 청소년들이 음주, 마약, 성관계 그리고 비행을 처음 시도하는 황금 시간대는 금요일이나 토요일 밤이 아닌 주중 오후 시간이다.

이렇게 위험하고 역동적인 청소년들과 씨름해야 되는 것은 비단 부모만이 아니다. 나는 정신과 의사 수련을 마친 퇴역 미군 장교와 대화할 기회가 있었다. 나는 위험한 의사 결정에 영향을 주는 동료의 영향에 대해 그에게 설명하며, 미군에서 병사들을 전투시 임무에 투입할 때 각 조에 동료들을 배정하는 방식에 대해 물어봤다. 여기서 잠깐 생각해 볼 만한 할 부분이 있는데 미군에 복무하는 상당수는, 특히 최전방에서 복무하는 병사들은 청소년들이다. 20% 정도의 현역 군인이(그리고 모든 해병대 병력의 3분의 1 이상이) 만 21세 이하이다.

미국 국방부는 이 연령대 미 국민들의 가장 큰 고용주인 것이다.

병사들이 전투 임무에 투입될 때, 그들은 주로 4명의 전투원으로 구성된 조로 편성된다. 이 4인조는 끊임없이 어려운 의사결정을 내려야 하며, 그 결정은 자주 피로하고, 스트레스가 심하고 그리고 감정이 격앙된 상태에서 이루어지게 된다. 청소년들이 잘못된 판단을 하기에 딱 좋은 환경인 것이다. 만약 각 조가 청소년들로만 구성된다면, 특히 만 22세 미만의 청소년들로만 구성된다면, 그들은 청소년과 성인들이 함께 구성된 조보다 더 위험한 결정을 내릴 확률이 높다. 나와 동료들은 보조금을 받아서 과연 청소년과 성인이 모두 포함된 소그룹이 청소년만 있는 소그룹보다 더 좋은 결정을 내리는지에 대한 연구를 진행하고 있다. 우리는 이 연구가 완료되었을 때, 우리가 미군을 위해 병사들의 조를 어떻게 구성하는 것이 그들의 임무 상황에서 판단을 최선으로 만들기 위한, 그리고 그들을 위험을 최소화할 수 있는 최고의 방법이 될 수 있는지 조언할 수 있기를 바란다.

청소년들의 집단 행동에 관한 우리의 연구는 10대들과 일하고 있는 고용주들한테도 유용할 수 있다. 업무 교대를 위한 근무 조를 편성할 때, 아마 극히 일부의 상사들만이 각 조의 연령 구성을 고민하고 있을 것이다. 경험하다 보면 그들은 그들의 어린 종업원들이 서로 비슷한 연령대의 청소년들끼리만 편성되었을 때보다 청소년과 성인이 섞여서 편성되었을 때 더 원만하게 일하고, 더 좋은 판단을 내린다는 것을 깨닫게 될 것이다.

청소년이 스스로를 보호할 수 없을 때 돕는 법

(Protecting Adolescents When They Can't Help Themselves)

2013년 초에 뉴욕 시는 10대의 임신 문제를 지하철에 청소년에게 경고하는 포스터를 붙이는 방법으로 해결하겠다고 발표했다. 이 포스터는 많은 연구에서 10대 부모로부터 출생한 아이는 학교를 길게 다니지 못하는 것으로 밝혀졌다고 소개했다. 그 중 한 포스터에는 울먹이는 아이가 "당신이 나를 10대 때 낳는 바람에 나는 고등학교를 졸업하지 못할 가능성이 친구들보다 두 배나 높아요."라고 말하며 사회학 문헌의 시사점을 전파했다. 이 시사점은 부모가 10대라는 이미 특이한 사실을 제쳐두더라도, 그 자체만으로 만 2살짜리 아기에게 확실히 충격적인 일이다[4].

---

4 이 아이는 상관관계가 꼭 인과관계를 가리키지 않는다는 것을 알지 못 하는 것으로 보인

이 계획이 공론화된 후, 결국 논란이 불거졌다. 미국 가족계획연맹(Planned Parenthood)[5]의 대표들은 이 40만 달러의 캠페인이 10대 부모들에게 낙인을 찍고 "10대 임신과 출산에 관한 부정적이고 공격적인 여론"을 형성한다고 논평했다. 그들은 마치 10대 부모에 관한 대중의 견해가 실제보다 더 비호감인 것처럼 표현하고 있다고 지적했다. 그런데 브루킹스 연구소(Brookings Institution)[6]의 연구원 리차드 리브스가 이 논평에 대해 반론을 제기했다. 그는 뉴욕 타임즈 논평에 10대들을 부끄럽게 만들어서 금욕이나 안전한 성관계로 이끄는 게 "10대 임신을 감소시키는 강력한 무기"라고 주장했다.

이 논쟁을 보고 나는 놀라서 고개를 흔들었다. 나는 뉴욕 시의 캠페인, 가족계획연맹의 반응, 아니면 리브스의 반론 중 어느 쪽이 더 현실과 동떨어진 건지조차 택할 수 없었다. 잠시 당신이 10대의 입장이 되어서 생각해 보라. 당신은 만 16살이고, 방과 후에 당신의 남자친구나 여자친구와 부모님이 없는 집에 와서 소파 위에서 같이 껴안고 있다. 한 가지 사건이 다른 불가피한 사건으로 이어지고 있는 상황을 상상해 보라. 당신들 둘은 지금 거의 옷도 안 입고 있다.

다. 10대 부모는 대체로 성인이 된 후에 아이를 가진 부모들보다 더 가난하기도 하다. 그리고 가난한 가정에 태어난 아이들도, 부모가 아이를 몇 살에 가졌는지 상관없이, 학교를 졸업할 가능성이 비교적 더 낮은 편이다.

5 미국의 비영리단체로, 산아제한을 목적으로 설립되었으며 낙태합법화 운동을 진행하고 있다.

6 로버트 브루킹스가 설립한 미국의 연구소. 미국의 대표적인 정책싱크탱크 역할을 하고 있다.

당신이 애초에 거기까지 갈 거라고는 생각하지 않았다고 상상해 보라. 두 사람 중 누구도 콘돔을 준비하지 않았다. 그리고 이제 둘 중 한 사람이 이런 말을 하는 것이다. "하지 말자. 우리 아기의 학업 성취가 희생될 거야."

지하철 캠페인을 생각했던 누구도 청소년들이 어떻게 사고하는지 전혀 이해하지 못하고 있다. 10대들이 피임기구를 사용하지 않는 주된 이유는 그들이 임신을 함으로써 마주하게 될 파급효과를 몰라서 그러는 게 아니다. 그들은 성관계를 계획하지 않은 채로 자주 어울리게 되며, 그 결과 준비되지 않은 상태로 성적인 유희의 시간을 갖게 된다. 성적인 관계가 활발하게 있었던 거의 대부분의 사람들은 달리기 시작한 그 열차에서 뛰어내리는 것이 얼마나 어려운 일인지 알 것이다.

그러나 10대 임신에 반대하는 뉴욕의 지하철 캠페인은 청소년 행동을 바꾸려고 시도했던 여러 조악한 계획의 사례 중 하나일 뿐이다. 이와 유사한 많은 활동들이 잘못된 전제를 기반으로 하고 있다. 예를 들어, 10대들이 정서적으로 흥분된 상태에서도 그들의 행동이 낳을 결과를 인식할 수 있다든지(그렇지 않다.), 또는 그들이 모험을 감행하는 이유가 그들이 그 행동을 했을 때 일어날 일을 잘 몰라서 그런다든지(그들은 잘 알고 있다.) 등이다. 10대들이 계획되지 않은 이른 임신을 반대하는 지하철 포스터가 추상적인 수준에서는 설득력이 있다고 생각해도 그들이 이 정보를 가지고 열심히 고민해볼 가능성은 낮다. 청소년 두뇌 발달에 관한 연구가 이 연령대에 관한 우리의 이해 수준을 대폭 향상시켜 줬음에도 불구하고 어린 아이들을 대상으로 하는 많은 정책과 활동들은 이런 발견을 반영하지 못하고 있으며, 아직도 청소년기에 관한 오래되고 낡은 잘못된 관점에 사로잡혀 있다. 이로 인해 우리는 수백만 달러를 매년 실패할 만한 프로그램들에 쏟아 붓고 있다. 이 프로그램들의 실패는 청소년에 관한 연구에 친숙한 사람이라면 누구나 쉽게 예상할 만한 것이다.

우리는 이 연령대의 질병과 만성 질환의 예방과 치료 분야에서 상당한 진척을 만들어냈다. 그러나 이들의 위험하고 무모한 행동으로 인해 발생하는 고통과 죽음을 감소시키는 데는 그만한 성과가 없었다. 청소년의 위험한 활동 중 어떤 유형의 비율은 줄어들었다. 예를 들면 음주 운전, 피임 없는 성관계의 비율은 감소했다. 그러나 청소년 사이에 만연한 무모한 행동들의 빈도는 여전히 높은 수준으로 남아 있으며, 최근 몇 년 동안은 이 위험한 행동들이 좀처럼 감소하지 않은 것으로 나타났다. 흡연이나 음주 같이 청소년기부터 시작된 많은 종류의 건강하지 못한 행동은 성인기 행동의 위험 수준 또한 높이게 된다. 모험적인 운전이나 범죄 같은 청소년들의 어떤 위험 행동들은 우리 모두를 위험에 빠뜨릴 수 있기 때문에 어린 청소년들의 위험감수 성향을 줄이는 것은 우리 모두의 삶의 질을 상당히 높일 수 있다.

10년 동안 청소년의 위험 행동을 줄이기 위한 주된 접근 방식은 교육 프로그램을 통한 접근이었고, 대부분 학교에서 진행되었다. 이런 프로그램들의 효과에 대해 회의적일 수밖에 없는 이유가 있다. 거의 보편적으로 성교육을 실시하고 있음에도 불구하고 40%의 고등학생이 지난 번 성관계 당시 콘돔을 사용하지 않은 것으로 나타났다. 그리고 우리가 거의 모든 청소년들에게 음주나 약물남용 예방교육을 의무화하고 있지만, 거의 반 정도의 미국 청소년들이 담배를 시도한 적이 있으며, 거의 20%는 이미 주기적으로 담배를 피우는 흡연자가 되었다. 약 40%의 미국 고등학생들은 월마다 음주를 하는 것으로 나타났고, 거의 5분의 1 정도는 매월 폭음을 하고 있다. 매년 거의 25%의 청소년들이 음주 운전자의 차에 탑승하고 있다. 그리고 거의 25%가 매월 대마초를 피운다. 언론에서 보도된 비만의 확산 현황은 차치하더라도, 거의 보편적으로 보건 교육이 진행되고 있는 상황에서 아이들이 과체중의 위험을 모른다는 것은 말이 안 된다. 그럼에도 불구하고 거의 3분의 1의 미국 고등학생들이 과체중이나 비만이다. 어떤 종류의 위험 행동을 감소시키는 데는 진전을 보였으나 지난 몇 년간 콘돔 사용률, 비만율 또는 흡연 비율에는 변화가 없었으며, 자살과 대마초 사용 비율은 오히려 증가했다.

많은 종류의 약물 남용 비율의 장기적인 추세는 보건 교육이 그러한 행동을 예방하는 데 큰 효과가 있었는지 의문을 갖게 만든다. 청소년의 약물 남용 비율은 1975년부터 미국에서 주의 깊게 추적되고 있다. 40년 전에는 4분의 1 정도의 고등학교 학생들이 대마초를 피웠다. 지금의 고등학교 학생들도 거의 그 정도 수준이다. 20년 전에 약 3분의 1 정도의 고등학교 학생들이 음주를 했었다. 지금도 그렇다. 중학교 2학년 학생들이 20년 전과 비교하여 더 많이 불법적인 약물을 사용하고 있다는 것을 알면 놀랄 것이다. 확실히 우리가 지금까지 진행해 온 일들은 별로 효과적이지 않았던 것이다.

유일하게 우리가 상당한 그리고 꾸준한 진척을 만들어 가고 있는 부분은 10대 흡연비율의 감소이다. 그러나 대부분의 전문가들이 이것이 보건 교육과는 관련이 거의 없다는 데 동의하고 있다. 예전보다 더 적은 수의 10대들이 흡연을 하고 있는데, 그 주된 이유는 담배 값이 물가상승률의 두 배 이상 올랐기 때문이다. 1980년에는 담배 한 갑이 평균적으로 63센트였다. 오늘날의 평균 가격은 7달러이다. 이쯤 되면 담배 피우는 청소년의 수가 줄어든 이유는 더 설명이 필요 없을 것이다.

오랜 시간 동안 위험 행동의 변화를 추적해 온 상관 연구는 모든 종류의 해석 문제를 내포하고 있다. 그 중에서도 먼저 인간 행동의 추세가 나타나는 그 시간 동안 다른 많은 것들도 함께 변한다. 이에 따라 비효과적인 프로그램도 대상 행동이 감소할 만한 시기에 맞물리면 효과가 있는 것처럼 보인다. 예를 들어, 코카인 사용 비율의 감소는 약물남용 예방 교육과 상관이 없을 가능성이 있으며, 오히려 관련 법이 점차 강화되면서 기회가 더 차단된 것에 기인했을 수 있다. 반대로, 실제로 효과가 있는 프로그램은 우연히 감소해야 할 행동이 다른 이유로 증가세에 있는 때에 진행되는 바람에 효과가 없는 것처럼 보일 때도 있다. 만약 경제 불황기로 청소년들이 취업하기 힘든 시기에 비행예방 교육을 진행하게 되면 성공할 가능성이 훨씬 낮아진다. 그런데 그런 시기에는 그 교육이라도 없었다면 청소년 비행 문제가 더욱 악화되었을 것이다.

이런 이유로 통제된 실험의 결과를 확인하는 것이 중요하다. 이런 실험에서는 청소년들이 무작위적으로 행동 변화를 목적으로 하는 어떤 교육 프로그램에 편성되며, 이후에 프로그램 진행 결과를 통제 집단으로 편성된 다른 청소년들의 결과와 대조하게 된다. 이런 "무작위 시행(randomized trials)"은 프로그램의 효과성을 신뢰하도록 평가할 수 있는 근본적인 기준이 된다.

그런데 불행히도 이런 실험 평가들의 결과도 상관 연구만큼이나 절망적이다. 보건 교육에 관한 가장 체계적인 연구에 의하면, 심지어 최고의 프로그램도 청소년의 지식 수준을 변화시키는 데는 성공했지만, 그들의 행동 변화를 이끌어내는 데는 실패한 것으로 나타났다. 실제로 미국에서는 매년 청소년들에게 흡연, 음주, 약물남용, 무방비한 성관계 그리고 무모한 운전의 위험성을 교육하는 프로그램에 10억 달러가 고스란히 투입된다. 그 모든 프로그램은 놀랍게도 청소년들의 실제 행동 변화에 거의 효과가 없었던 것으로 나타났다. 많은 납세자들은 세금이 이런 효과도 없는 보건교육, 성교육 그리고 운전교육에 사용되고 있다는 것을 알게 되면 놀랄 것이고, 또 화를 낼 만하다. 또한 그들의 세금은 검증도, 연구도 되지 않은 약물남용 교육, 금욕 교육 그리고 운전자 훈련에도 사용되고 있다.

청소년 위험 행동에 관해 우리가 근본적인 원인을 알고 있는 상황에서, 아이들에게 여러 종류의 위험한 활동을 알려주기 위해 설계된 프로그램이 효과가 없을 것이라는 것은 예상이 가능하다. 프로그램들은 그들의 행동이 아닌 지식을 변화시키려고 한다. 정보를 알려주는 것만으로 위험한 행동을 자제하게 만드는 것은 어렵다. 모험을 추구하는 이들은 발달 단계상 쉽게 흥분하고, 자극이 주는 충동을 통제하기 어려운 시기에 있기 때문이다.

보건교육 프로그램을 설계하는 사람들은 마치 청소년에 대해 전혀 모를 뿐 아니라 그들의 10대 시절의 기억을 상실한 것 같다. 우리 중 대다수는 청소년으로서 바로 그러한 상황들을 겪었으며, 똑같이 철없는 선택을 했다. 그리고 우리가 이 시기를 돌아본다면 우리는 그렇게 많이 받았던 교육이 우리의 성관계가 되돌릴 수 없는 지점을 지났을 때 피임 없이 관계에 돌입하는 것을 막을 수 없었고, 우리가 그날 밤에 그렇게 취하지 않기로 약속해 놓고 결국 담배나 대마초 한 가치 나눠 피는 것을 막을 수 없었으며, 우리의 운전 실력을 시험해보는 것이나, 이미 취했는데도 맥주 한 잔을 더 하는 것도 막을 수 없었다는 사실을 다 알 것이다.

청소년의 전반적인 자기조절 능력을 향상시키는 것을 목적으로 하는 프로그램은 정보전달 교육보다 위험한 행동들을 줄이는 데 효력을 발휘할 가능성이 더 높다. 8장에서 소개 될 이런 프로그램들은 어떤 유형의 무모한 활동이 가질 수 있는 위험성에 대해 가르치는 것이 아니라, 청소년이 자기통제를 연습할 수 있는 포괄적인 기술들에 초점을 맞춘다.

우리는 청소년들이 위험한 행동을 하는 것을 감소시키기 위해 공공 보건 교육에 새로운 접근을 도입할 필요가 있다. 청소년들은 비슷한 또래끼리만 있을 때 보호가 필요하다. 특히 쉽게 각성되는 보상 체계와 아직 발달 중인 자기조절 체계 사이의 부조화로 취약해지는 시기에는 더 필요하다. 모험을 추구하는 것은 자연스럽고 타고나는 것이며, 진화론적으로 이해할 만한 청소년의 특성이다. 이것은 더 이상 우리가 사는 세계에서 특수하게 조정될 수 있는 부분이 아닐 수 있으며, 우리 유전자에 이미 깊게 내장되어 있는 부분이고, 우리가 이 특성 자체를 바꾸기 위해 할 수 있는 것은 많지 않다. 청소년기의 고조된 모험 추구는 정상적인 것이고, 어느 정도는 필연적인 것이다.

우리는 청소년의 사고 방식을 바꾸려고 노력하는 데 들이는 투자를 줄여야 한다. 대신에 그들이 스스로나 주변 사람을 해하는 선천적으로 미숙한 판단을 내릴 기회를 제한하는 데 집중해야 한다. 2차 성징 시기에 보상에 관한 민감도가 높아지는 걸 억제하기 위해 우리가 할 수 있거나 해야 하는 일은 거의 없다. 다만 그 발동을 지연시키기 위해 우리가 단계적으로 진행할 수 있는 일은 있다. 이것이 성공하면 보상 민감도의 상승과 자기통제의 성숙 사이에 시간이 더 짧아질 것이다. 다음 6장에서 설명되겠지만, 우리는 자기 통제의 성숙을 촉진할 수 있다. 그러나 이것을 대규모로 실시하려면 우리가 청소년을 양육하고 교육해 왔던 방식에 큰 변화가 필요하다. 이 책이 부모들과 교육자들이 이 접근법을 고려하도록 영감을 주길 바란다. 나는 이런 종류의 변화가 얼마나 널리 퍼지는지에 한계가 있다는 것을 알만큼 충분히 현실적이다. 그럼에도 불구하고 우리에게 대안이 있다는 것이다.

청소년들을 현재와 다른 어떤 존재로 바꾸려고 하지 말고(애초에 진화론과 내분비학을 상대해야 하는 불리한 싸움이다.), 우리는 그들이 모험을 추구하려는 자연스러운 성향이 발동되는 상황을 바꿔야 한다. 우리는 이미 이것을 실행하고 있다. 하지만 더 해야 한다. 그리고 우리는 더 잘해야 한다. 부모들은 그들의 청소년 자녀들을 더 일관되게 관찰하고 감독해야 한다. 그리고 그들이 집단으로 행동할 때 더 주의 깊게 봐야 한다. 지역 사회는 더 많은 그리고 더 좋은 방과 후 프로그램을 제공해야 한다. 더 좋은 프로그램이란 구조화되어 있고 성인의 감독이 있는 프로그램을 말한다. 담배의 가격을 올리거나 구매 가능한 최소연령을 높이는 전략, 미성년자에 관한 주류 판매를 단속하는 법을 더 강력하게 집행하는 것, 정신 건강이나 피임 관련 서비스에 관한 청소년들의 접근성을 높여주는 것 그리고 운전 가능한 연령을 높이는 것은 청소년들을 더 지혜롭고, 덜 충동적이고, 덜 근시안적으로 만들려는 시도보다 청소년들의 흡연, 약물남용, 임신, 교통사고로 인한 사망을 억제하는 데 더 효과적일 것이다.

어떤 것들은 발달하는 데 단지 시간이 좀 걸릴 뿐이며, 성숙한 판단 능력은 그 중 하나이다. 우리 아이들이 성숙해지는 동안 우리는 그들을 그들 자신으로부터 보호해야 한다. 방법은 위험한 활동들에 관한 그들의 접근을 제한하는 것과 그들의 자기조절 능력을 키워주는 것이다. 단기적으로 우리는 그들의 일상을 보호하는 것이며, 장기적으로 우리는 그들이 수십 년간 더 좋은 인생을 살 수 있게 도와주는 것이다.

제6장

자기조절의 중요성
(The Importance of Self-Regulation)

"마시멜로 테스트"는 심리학 역사에서 가장 중요한 연구 중 하나로 알려져 있다. 한 유치원생 아이가 평소 좋아하고 즐겨 먹는 마시멜로, 프레첼 또는 쿠키가 담긴 접시가 있는 식탁에 앉아 있다. 실험자는 아이에게 그가 그 방을 떠날 것이라고 하며 아이에게 선택 사항이 있음을 이야기해 준다. " 네가 원할 때마다 이 간식을 먹을 수 있어. 그러나 만일 내가 돌아올 때까지 기다리면 너는 두 배를 갖게 될 거야." 실험자가 나간다. 그리고 한 방향에서만 보이는 거울을 통해 어떤 일이 일어나는지 관찰한다. 심리학자들이 '만족지연'이라고 부르는 자기조절의 중요한 면을 이 실험에서 측정한다.

몇 명의 아이들은 즉시 간식을 먹는다. 약 3분의 1의 아이들은 실험자가 15분 후에 돌아올 때까지 기다릴 수 있다. 대부분은 그들이 할 수 있는 한 길게 기다릴 수 있다. 그러나 실험자가 돌아오기 전에 그 간식을 결국에는 먹는다.(유튜브에서 마시멜로 테스트를 검색하면 아이들이 유혹을 이기기 위해 사용한 여러 전략들을 볼 수 있다. 몇몇은 눈을 감고, 몇몇은 손 위에 앉고, 다른 아이들은 그것을 볼 수 없도록 다른 것으로 마시멜로를 가린다.) 실험자들은 마시멜로 테스트로 아이들을 15분을 기다린 '만족을 지연하는 아이'와 '만족을 지연하지 못하는 아이'로 분류한다.

최초의 마시멜로 연구는 50년 전에 수행되었다. 아이들이 성장하면서 모든 연령대에서 만족을 지연하는 아이와 그렇지 않은 아이와 커다란 차이점이 발견되었다. 만족을 지연하는 아이들은 자기조절 테스트에서 일관적으로 더 높은 성취를 보였다. 더 놀라운 것은 네 살 때 만족을 지연했던 사람들이 실험에서뿐만 아니라 실제 삶에서도 성공적이라는 것이다. 10대 시절에는 만족을 지연했던 아이들이 더 높은 수능점수를 얻고 더 훌륭한 대처능력을 보인다. 젊은 청년으로서 그들은 수년간의 학업을 마치고 스트레스에 더 잘 대처하며, 더 높은 자존감을 가졌다. 만족 지연에 어려움이 있었던 유치원생은 성인이 되었을 때 비만인 경우가 많았고, 마약 남용을 포함한 모든 종류의 발달상 행동 문제를 보였다. 마시멜로 테스트는 자라면서 그 사람들 안에 있는 어떤 특질을 측정하는 것으로 보인다.

2-3년 전에 연구자들은 최초의 마시멜로 테스트를 했던 사람들의 몇몇을 찾아 그들에게 새로운 자기조절 능력 테스트를 실시하는 동안 뇌를 촬영했다. 심지어 중년임에도, 4살일 때 만족을 지연했던

사람들은 자기조절에 중요한 뇌 부분이 효과적으로 작동하고 보상 유무에 따라 자극을 받는 부분이 덜 활성화되었다. 즉, 어릴 때 자기조절을 연습할 수 있었던 사람들은 성인이 되어서도 자신의 행동에 더 쉽게 브레이크를 걸 수 있고 엑셀레이터를 덜 밟을 수 있다.

마시멜로 테스트는 부자연스러워 보이지만, 사실은 우리가 항상 현실에서 사용해야만 하는 기술을 측정하는 것과 같다. 노후를 위해 돈을 저축하는 것과 오늘 돈을 소비하는 것, 시험 전날 친구와 나가 노는 것과 공부를 하기 위해 집에 머무르는 것, 오늘 돈을 쓰는 것과 은퇴를 위해 저축하는 것, 해변으로 놀러 가기 전 몸 관리를 위해 하던 다이어트를 디저트나 외식의 유혹에 굴복해 중단하는 것처럼, 삶은 끊임없이 우리에게 작지만 즉각적인 보상과 크지만 나중에 얻을 보상 사이에서 선택하게 한다. 우리 중 대부분은 어떤 순간 굴복하고 다른 순간에는 저항한다. 사람들은 보통 늘 하던 행동을 반복한다. 우리 중 일부는 만족을 지연하고 다른 사람들은 그렇지 않다.

지금 당장 혹은 나중?

(Now or Later?)

청소년과 성인에 대해 연구하는 우리 연구실에서 우리는 “지금 또는 나중”이라고 불리는 테스트를 이용했는데, 마시멜로 테스트보다 더 적절하였다. 우리는 사람들에게 두 가지 액수의 돈을 가상으로 선택할 수 있도록 설정하고 그들에게 더 빠른 날짜, 내일 받으면 좀 더 작은 200달러를 받을 수 있고, 더 나중인 일년 후에는 1,000달러를 받을 수 있다면 무엇을 선택할 건지 묻는다. 만일 참가자가 더 많은 액수를 골랐다면 우리는 다시 새로운 금액을 제시한다. 즉시적인 보상에 더 많은 액수인 600달러를 제시하고 어떤 일이 일어나는지 본다. 만일 새로운 제안이 수락된다면 우리는 다시 첫 번째 시도와 두 번째 시도의 중간인 400달러를 제안한다.

우리는 사람들이 즉각적이거나 지연된 지점을 선택하는 지점이 거의 같아질 때를 '무차별 지점(indifference point)'이라고 한다. 모든 사람은 이런 지점을 가진다. 무차별 지점은 능력보다는 선호도를 나타낸다. 마시멜로 테스트와 다르게 이 테스트는 실제 자기조절과 연관되어 있지 않다. 우리는 단순하게 사람들이 얼마나 그것을 빨리 얻고자 하는 욕구를 지연할 수 있는지를 측정한다.

우리 연구실에서는 가상의 돈을 사용하여 참가자를 테스트하지만, 많은 연구에서는 무차별 지점이 낮은 사람들이 이론적으로 선택을 해야 할 경우, 즉시적인 보상을 더 강하게 원하는 것으로 보고되었다. 돈에 연관된 실험이 아닌 경우에도 같았다. 만일 갈증이 나는 사람들에게 당장 마실 수 있는 오렌지 주스 두 방울과 10분 후에 충분히 마실 수 있는 주스 사이에서 선택을 하라고 하면, 어떤 사람들은 몇 방울을 선택하고 나머지 사람들은 기다린다.

이러한 종류의 과업에는 두 가지 재미있는 점이 있다. 편의상 "지연 할인(delay discounting)"이라고 칭한다. 많은 사람들이 그들이 기다려야 할 때, 보상을 평가 절하하거나 보상을 깎아 내리기 때문이다. 첫째, 사람들의 무차별 지점은 일반적으로 아동기와 성인기 사이에 증가한다. 평균적으로 아이들은 10대보다 더 즉각적인 보상에 반응하며, 10대는 성인보다 더 보상에 크게 반응한다.

특히 청소년기 초반에 즉각적인 보상에 관한 선호가 급격하게 감소한다. 그들이 스무 살이 될 때까지 청소년의 선호는 아이들의 선호와 비슷하다. 청소년이 16살 무렵이 되면 그들은 성인과 같은 외

양을 갖춘다. 청소년기 초기에는 즉각적인 보상에 관한 선호가 급격히 감소하고, 더 큰 보상을 위해 자잘한 욕구를 꼼짝 못하게 하는 중요한 변화가 일어난다. 이것은 뇌의 보상 발달에 대해 우리가 알고 있는 것과 유사하다. 청소년기 전반기에는 보상 중추가 쉽게 각성이 되지만, 성인으로 성숙해 가면서 덜 활성화된다.

물론 이 패턴은 평균적인 것을 나타낸다. 우리 모두는 유혹에 저항하는 성인의 능력이 유치원생만큼 강하다는 것을 안다. 만족을 지연하는 것이 가져오는 할인에 관한 연구로서 두 번째로 중요하다. "지금 또는 나중에" 검사에서 즉각적인 보상을 강하게 선호하는 사람들은 실제로 인생에서 여러 문제들을 만난다. 그들은 충동적인 도박, 비만, 물질 중독, 알코올 중독, 낮은 학업성취, 범죄 행동, 취약한 위생 문제를 많이 보고한다. 특별히 보상에 민감해서 나타난 결과인지는 확실하지 않다(음주가 단지 다른 사람들보다 더 그들을 더 기분 좋게 하는지), 특히나 더 충동적인지(그들이 술병을 보았을 때 스스로 멈출 수가 없는지), 또는 단순히 미래보다 현재에 더 관심이 있는지(그들은 내일의 숙취의 괴로움을 잘 다룰 수 있다고 생각한다.)는 확실하지 않다. 그러나 더 큰 보상을 기다리기 위해 당장의 보상을 거절하는 만족 지연을 못하거나 꺼려하는 것은 인생 전체로 봤을 때 거대하고 커다란 손실이다.

궁극적인 마시멜로 테스트

(The Ultimate Marshmallow Test)

내 친구의 10살 딸이 숙제를 하는 것이 재미가 없다고 불평했을 때, 그녀는 딸에게 돌아서서 물었다 " 왜 숙제를 해야 하는 것이라고 생각하게 되었어?"

좋든 싫든 모든 아이들이 삶에서 성공하기 위해 배울 필요가 있는 수업이다. 나중에 더 큰 보상을 얻기 위해서는 너 스스로 지금 당장 놀지 않도록 조절할 수 있어야 한다.

미국 부모들은 아이들이 학교에서 노는 건 아닌지 너무 많은 걱정을 한다. 시험에서 가장 높은 성적을 얻는 학생들은 전형적으로 학교를 덜 즐기는 것으로 보고한다. 그들의 학교가 그들에게 더 고된 공부를 요구하기 때문이다.

학교에서 성공하도록 하는 것은 만족을 지연시키는 아이들의 능력에 많은 부담을 준다. 대부분의 아이들은 매일 교실에 앉아 수업을 듣는 것이 나의 친구 열살 딸이 숙제를 하는 것 정도로만 재미가 있다고 말한다. 18살까지, 청소년들은 매년 일년에 300번, 13년 동안 4,000번 반복하게 된다. 대학은 4년, 5년 또는 점점 더 6년이 더 추가되고 이미 끝이 없는 느낌이다. 비즈니스 스쿨, 로스쿨, 대학원과 의대는 심지어 보상을 더 연기한다. 인턴십, 사무원 수습 또는 수습 보조원에 대해서는 말할 필요도 없다. 세상에는 지금 수많은 정규 교육이 있고, 좋은 것들은 기다릴 수 있는 사람에게 돌아간다.

가장 긴 10년 동안 마시멜로를 기다리며

(Waiting for Marshmallows During the Longest Decade)

원래 마시멜로 연구는 1960년대 후반에 행해졌다. 실험에 참여했던 4살 아이들은 1980년대에 성인이 되었다. 많은 사람들, 단지 가난한 사람들이 아니라 중산층의 사람들이 그들이 25살이 되기 전에 순조롭게 결혼하였다. 그리고 대학 졸업장이 없이 고등학교 졸업만으로도 급여가 좋은 직업을 찾는 것이 가능했다. 고등학교 졸업자와 대학 졸업자 사이의 임금 차이는 매년 상당히 커졌다. 고등학교 졸업자가 매년 1,400만원을 벌 때 대학졸업자는 그 당시 매년 평균 2,200만원을 벌었다. 그러나 학교에 열광하지 않았던 많은 사람들이 기꺼이 그 차이를 감수했기 때문에 그 차이는 한동안은 크게 변함이 없었다. 1980년대 초반, 학위와 관련한 급여의 차이는 더 커졌다. 다음 20년 동안 그 차이가 얼마나 더 커질지 상상하는 사람은 거의 없었다.

노동현장에서 성공은 항상 얼마나 오랫동안 학교생활을 해 왔는지와 관련이 되었다. 또한 사춘기가 길어지면서 이러한 현상은 더 강화되었다. 급여 수준이 높은 많은 사람들의 교육 수준이 올라감에 따라 대학 졸업 후에도 학교를 계속 다닐 돈이 없는 학생들은 고통스러워했다. 1980년대 초에 대학을 졸업한 성인은 대학과정을 마치지 못한 사람들보다 약 60% 이상 더 벌었다. 2000년까지 평균적인 대학 졸업자들은 고등학교 졸업자보다 거의 두 배 이상을 벌었다.

급여 관점에서 대학에 갔으나 학사 학위를 얻지 못하는 것은 현재로선 큰 시간 낭비이다. 2011년에 2년제 대학에 다니는 사람들은 대학 졸업장이 없는 이들에 비해 10%를 더 벌었다. 2012년에 2-3년제 대학을 졸업한 이들의 실업률은 고등학교 졸업자보다 낮았다. 즉, 다시 말해서 만일 당신이 고등학교만 졸업을 한 이들 이상으로 돈을 벌기 원한다면, 요즘은 대학에 가는 것뿐만 아니라 실제 학위를 받는 것이 필수적이다.

청소년기가 길어짐에 따라 인생의 마시멜로 테스트는 더 견고해졌다. 가난에 의해 추동된 보상 시스템의 활성은 점점 더 시기가 빨라진다. 그러나 성인이 되어 괜찮은 생활을 하기까지는 더 많은 시간이 걸린다.

21세기에 당신이 만일 만족을 지연하지 못한다면, 당신은 매우 힘든 시간을 보내야 할 것이다. 인생의 궁극적인 만족 지연 테스트에서는 자기조절을 잘하는 사람 또는 보상 시스템에 둔감한 사람이 더 성공할 것이다. 초기에 마시멜로 연구에서 두 개의 마시멜로를 약속한 연구자는 15분 동안 그곳을 떠나 있었다. 오늘날에는 마치 그 실험자가 15년 동안 자리를 비운 것과 비슷하다고 할 수 있다

안젤리카 이야기

(Angelica's Story)

우리의 노동력 문제를 해결하기 위한 논의는 종종 더 많은 사람들이 더 많은 교육을 받는 것에 초점을 맞춘다. 그러나 부분적으로는 학교에서 성공하는 것이 단지 학문적인 기술에만 의존하는 것이 아니기 때문에 달성하기는 어려워 보인다. 2012년 뉴욕 타임즈 첫 페이지 이야기가 이것을 완벽하게 설명한다. 텍사스 주 갤버스턴 출신의 경제적으로 취약한 세 명의 10대 소녀가 더 나은 삶을 위하여 대학 진학을 결심했고, 대학 생활 준비를 위해 주말과 여름 프로그램에도 등록할 정도로 열성적이었다. 그러나 결국 탈선하였다.

소녀들 중 한 명인 안젤리카는 미국 대학들 중 상위권에 속하고, 도움이 필요한 학생들에게 관대하고 경제적 지원을 제공하는 에모리 대학교에 입학하였다. 안젤리카는 대학 준비 프로그램을 마쳤고,

학교까지 가는 무료 승차권도 제공받았다. 그러나 고등학교를 졸업하고 4년 후, 그녀는 대학을 졸업하고 집으로 돌아왔다. 가구 상점의 사무원으로 일하고 있었고, 6,700만원의 빚이 있었다. 기사에 소개된 다른 소녀들도 똑같이 가난했다.

기사에 소개된 풍부하고 상세한 이야기는 로르샤흐의 잉크반점과 같이 모호하다. 리포터가 언급했듯이 사회적 지위와 교육적 성취 사이의 관계는 복잡하다. 이 소녀들의 성공에는 수많은 장애물이 있었다. 가정의 역기능, 자식으로서의 의무, 재정적 압박, 고등 교육을 경험한 친밀한 지인이 없어 조언을 받을 수 없었다는 것 등, 무엇이 원인이었는지 어디서부터 설명을 시작해야 할지 난감하다. 기자는 이 이야기를 "도움이 필요하거나 도움 받기를 거부하는 학생들을 낙제시키는 엘리트 학교"에 관한 이야기로 묘사했다. 그러나 나는 그것에 대해 완전히 다르게 생각한다. 소녀들의 이야기 속에서 그녀들은 적절하게 판단을 내리지 못하고 있다. 즉각적인 자극에 끌리고 만족을 지연할 줄 모르는 성향이 이러한 얼룩을 만들었다. 이것이 기사의 주제는 아니었지만, 나에게는 큰 인상을 주었다.

세부적으로 들여다보면 안젤리카는 에모리 대학교에서 전액 재정적 지원을 받을 수 있었다. 그러나 그녀는 대학에서 여러 번 제출하라고 요청했음에도 정해진 시간까지 서류를 작성하여 제출하는 데 실패했다. 그녀는 고등학교 시절 남자친구와 관계를 지속했는데, 그는 실업자인 데다 그녀의 신용카드 빚에 의존해 살고 있었다. 그녀는 학교를 다니는 중에 돈을 벌 필요가 있었다. 그러나 만일 그녀가 재정 지원 신청서를 제출했다면 일을 할 필요가 없었을 것이다. 자신의 상황이 우울하고 고통스러웠던 안젤리카는 파티에 가거나 일하는 시간을 늘렸고, 수업에 빠지게 되었다. 그녀의 성적이 곤두박질치는 건 불 보듯 뻔한 일이었다.

안젤리카와 그녀와 비슷한 처지에 있는 학생들에게 동정심을 느낄 만한 여러 이유가 있으며, 대부분은 그녀가 조절할 수 없는 것이었다. 그러나 그녀가 자신을 위한 최선의 행동을 할 수 있었다면, 그녀는 당장의 보상인 남자친구 때문에 산만해지지 않고, 또한 자신의 결정 여부에 따라 장기간 큰 영향을 미치는 사건들에 부주의하지 않았을 것이다. 내가 주목하는 것은 그녀가 경험했던 난관들에 대한 책임이 아니라, 우리가 가정 환경이 어려운 청소년들이 시달리는 진짜 어려움을 간과했다는 것이다. 수입이 적은 학생들을 위한 연방 프로그램 '업워드 바운드[1]'는 최근 평가에서 효과가 없는 것으로 판명되었는데, 여기에는 꽤 신빙성이 있다. 게다가 대학을 그만두는 대부분의 학생들이 재정적인 이유로 학업을 중단한다는 보편적인 믿음에 반하여, 재정적 원조와 학생 대부 프로그램의 효용성 조사 결과에 따르면, 재정 문제는 대학 수료에 아무런 영향을 주지 않는다.

---

1 미국 내 교육지원프로그램으로 저소득 가정 및 소외된 학교 출신 학생들이 대학에서 우수한 성적을 낼 수 있도록 학교 성적을 위한 개인지도 및 6주간이 여름프로그램 등을 제공한다.

미국은 교육 수준이 높은 노동자가 부족한 상황이다. 이런 문제를 해결하기 위해 대학 준비과정을 확대하고 재정적 지원을 늘리면 된다고 생각하는 사람들은 스스로를 속이고 있는 것이다. 그들은 더 많은 학생을 대학에 등록시키면 노동력 문제가 해결된다고 믿는다. 그렇게 더 많은 안젤리카를 만든다면 우리는 아무것도 이룰 수 없을 것이며, 많은 빚을 지고 허덕이는 사람만 늘릴 것이다.

안젤리카 사례는 사회적으로 취약한 계층을 위해 진입장벽을 낮추는 것이 잘못되었다는 것이 아니라, 스스로 자신에게 이로운 일을 선택할 소양을 키울 기회 없이 대학 입학만 확대한다면 성공으로 이어지기 어렵다는 것이다.

불행하게도 안젤리카의 이야기는 아주 흔하다. 오늘날 미국에서 2년제 전일제 대학에 입학한 학생의 3분의 1이, 4년제 대학에 입학한 약 5분의 1이 학업을 중단한다. 미국은 절대적으로 세계 어떤 나라보다 상대적으로 많은 예산을 고등 교육에 지출한다. 선진국 중에서 대학 입학률이 가장 높은 나라이지만, 대학 수료 비율은 최하위이다. 청소년이 대학에 가는 것이 문제가 아니다. 졸업까지 하게 해야 한다.

루시에게 부족했던 것

(What Lucy Lacked)

사회적으로 열악한 위치에 있는 사람들만 만족을 지연하지 못하는 것이 아니다. 얼마 전에 친한 친구 한 명과 점심을 같이 먹으면서 나는 내 연구실 지원자가 최고 수준으로 평가도, 장학금도 받지 못한다고 우는 소리를 했다.

나는 최근에 좌절되었던 목표에 대해 이야기하고 있었다. 입학시험 점수가 뛰어난 학생이었으나, 박사 과정 처음 3년 동안 실망스럽게도 아무런 결과를 얻지 못한 학생에 관한 것이었다. 루시(학생의 실제 이름은 아니다)와 나는 그녀의 관심 사항에 관한 이야기를 나누었다. 나는 그녀에게 그녀의 아이디어의 개발과 그것이 흥미로운 이유를 두 페이지 가량 설명하는 짧은 글을 써 달라고 요청했다. 나는 학위를 시작하는 학생들에게 최초의 아이디어를 적게 하는데, 그것이 그들의 생각을 명확하게 하는 데 도움이 된다는 것을 알았다. 비공식적으로 하는 운동을 유지하기 위해서 나는 사람들에게 그럴 듯한 말을 하는 것에 걱정하지 말고 그들이 심리학을 전혀 모르는 가족이나 친구에게 설명을 해야 하는 것처럼 그 생각을 묘사하라고 말한다.

루시의 패턴은 항상 동일했다. 그녀는 영감을 받은 채로 우리 모임을 떠났다. 그리고 그녀는 나와의 연락을 피하면서 몇 주 동안 사라졌다. 내가 그녀를 추적하고 무슨 일이 있었는지 물어보면 단지 어깨를 으쓱하며 소심하게 웃을 뿐이었다. 나는 또 다시 만날 약속을 정했고, 우리는 만날 것이었다. 그러나 같은 시나리오가 계속되었다. 이것은 3-4년 동안 반복되어 왔고, 나는 급기야 그녀에게 다른 경력을 권유하거나 적어도 지도 교수를 바꿀 것을 제안하게 되었다.

몇몇 교수들은 이 문제를 해결하기 위해 더 적극적으로 행동했을 것이나, 그것은 내가 하는 방식이 아니다. 우리 분야에서 성공은 자기 주도와 동기가 필요하다. 당신이 능력 있는 구성원이라면, 아무도 당신의 연구가 어떻게 진행되어가는지에 관해 간섭과 비난을 하지 않을 것이다. 만일 당신이 장학생이 되길 원하고 경쟁력 있는 기관에서 종신 재직을 하고 싶다면, 당신 자신에게 압력을 넣어야 한다. 나는 내 연구실의 학생들이 대학원 과정을 시작하자마자 이것에 익숙해지길 바란다. 내가 그들에게 스스로 자신의 일의 진행과정을 살피게 하는 것이 다른 누구에게 도움이 되는 것이 아니다. 나는 루시를 나의 학생으로 선택했던 최초의 결정을 돌아보게 되었고, 내가 무엇을 간과했는지 알게 되었다. 내가 수년 동안 지도했던 박사과정 학생의 30여 명의 명단을 재빠르게 훑어보았고, 성공적으로 해내는 학생들과 그렇지 못한 학생들을 분류해 보았다. 그것을 구분 짓는 요소는 확실히 대학원 입학을 결정했던 요소들, 대학원입학자격시험(GRE) 점수, 대학교 학부 평균 평점(GPA), 추천서, 연구 경험, 자기소개서, 간단한 면접 등이 아니었다. 이러한 시행착오를 거치면서, 이전의 학생들과 그들이 지원할 당시 그들이 제출한 자격증과 경력을 연결해 보게 되었다. 입학지원서의 질문들이 거의 미래의 성공을 예측하지 못한다는 것을 알고 충격을 받았다.

그날 오후에 초밥을 나눠 먹던 친구는 국제적으로 유명한 투자회사의 설립자였다. 시장에 관한 그의 생각이 주기적으로 월 스트리트 저널, 배런즈, 파이낸셜 타임즈와 다른 세계 경제의 톱에 속하는 잡지에 인용되었다. 말할 것도 없이 그의 회사가 새로운 분석가를 고용할 때, 그는 세계 최고 비지니스 스쿨의 졸업자 중에서도 최고를 뽑았다. 나는 그가 어떻게 사람을 채용하는지와 그가 그것에 능숙한지가 궁금했다.

나의 친구 회사는 투자에 엄격하고 정량적이며, 데이터에 기반한 접근으로 유명했다. 확실한 데이터를 조합하고, 일반적인 인상과 교육받은 직감 등에 의존하는 주택 투자와는 반대로 그의 분석가들은 엄청난 데이터에 의존한 정교한 통계적 모델을 만들었다. 그 회사의 투자 결정의 질은 전적으로 이러한 모델의 정확성에 의존했다.

내 친구의 데이터 기반 철학과 그가 예측하는 직업에 종사한다는 사실을 고려하여, 나는 그가 구직자 중 최고의 분석가가 될 만한 사람을 알아내는 데 특별할 것이라고 생각했다. 그러나 그는 자신이 사람을 골라내는 능력이 형편없다고 자백했다. 우리는 최악의 채용 경험에 관한 이야기를 나누었다. 그는 그의 회사에서 최고의 분석가가 된 사람들이 필연적으로 가장 똑똑한 사람이거나 또는 가장 일류의 재정 프로그램을 이수한 사람들이 아니라고 했다. 최고의 분석가들은 한동안 일을 한 후에도 전혀 눈에 띄지 않았다는 것이다. 그러나 그들은 분명하고 단순하게 열심히 일을 했다. 수백 개의 데이터에 기초하여 통계 모델을 만들었으나, 그들이 데이터를 찾을 때는 더 깊이 들어갔다. 그들은 더 많은 리포트와 전문가들의 인터뷰와 기업의 수행에 관한 더 많은 지표 정보를 수집했다. 대중적인 지혜와는 반대로 그들은 작은 것들에 땀을 흘렸다.

성공한 학생들이 모두 가졌던 것과 동일한 결과이며, 그것이 루시에게 없었던 것이다. 지능과는 아무런 관계가 없다. 과업에 집중하고, 그것이 완결될 때까지 주시하는 것이다. 끈기가 재능보다 훨씬 더 중요하다.

성공하기로 결심하기

(Determined to Succeed)

수십 년 전에 전문가들에게 무엇으로 학교에서 잘하는 젊은이와 그렇지 않은 사람들을 구별하게 하는지 물어보았다면, 지능이라고 대답했을 것이다. 학교에서 성공적인 학생들이 더 똑똑하다는 것은 당연하게 여겨졌다. 전문가들은 지능을 평가하는 가장 좋은 방법에 대해 논의했는데, 지능의 가장 중요한 면이 무엇인지, 다른 종류의 지능이나 배우는 스타일이 있는지, 다양한 지능검사가 효과가 있는지에 관한 것이었다. 그리고 기본이 되는 가정은 측정된 지능이 교실에서 잘 해내는지를 예언할 수 있다는 것이었다.

분명해 보였지만, 사회 과학자들이 보았던 증거는 부분적으로만 사실이었다. 아이큐 검사는 대학입학자격시험과 같은 표준화된 성취도 검사를 수행하는 방식과 높은 상관 관계가 있다. 이러한 시험의 경우 많은 항목이 유사하고, 단지 시험을 보는 데에 능숙한 사람들이 있기 때문이다. 학교 수행의 오직 25%만이 지능에 의해 설명이 된다. 나머지 75%는 다른 것에 의한다.

지적 능력 결과가 다른 능력을 예측하는 데는 성공적이지 않다. 아이큐 검사와 표준화된 성취도 검사의 수행으로 우리는 학생들의 석차를 예상하나, 그 상호관계는 아주 작다. 당신이 만일 1학년 학생이 학업적으로 성공할 건지 판단을 내려야 하는데, 표준화된 성취도 검사 결과에만 의존한다면 아마도 맞히는 것보다 틀리는 경우가 많을 것이다.

다른 학문적 범주에서도 이것은 사실로 확인된다. 미국 대학원 입학 자격시험과 경영대학원 입학시험과 같이 표준화된 성취도 검사의 점수는 등수와 관련되어 있으나 그 상호관계는 매우 작다. 그리고 당신이 1학년 때 등수 외에 다른 분야에서 성공하고 싶었다면, 이런 시험이 잘 수행되지 않았을 것이다. 또한 당신은 대학원에서 이미 공부 중이므로 당신의 수행은 시험을 치는 것과는 더 관련이 없다. 초등학교 시설 지능검사와 성공의 예언, 대학과 전문가 프로그램 같이 입학을 위해 실시되는 표준화된 성취도 검사는 현실 세계에서 누가 성공할지 약간만 예측할 뿐이다. 그 시험이 가치가 없는 것은 아니다. 단지 도움이 안될 뿐이다.

지능검사, 재능검사 또는 능력검사가 학교, 직장, 삶에서의 생활을 크게 예견하지 못하는 이유들 중 하나는 그 검사들이 결단력, 인내, 투지 등의 자질들을 측정하지 못하기 때문이다. 여기서 결단력이란 기꺼이 하는 것 이상으로 열심히 일하는 능력이다. 결단력 있는 사람들은 충분하게 목표에 집중하고 헌신하며, 심지어 상황이 좋지 않을 때에도 인내한다. 결단력은 성실성, 원기, 지속적인 헌신을 포함한다. 그것은 투자하는 시간과 즉각적인 보상을 받을 수 없음에도 노력하는 것, 한참 후까지 보상이 보이지 않거나 보상이 없어도 노력하는 것과 같이 만족을 지연할 수 있는 능력을 필요로 한다. 놀랍게도 결단력과 지능, 능력 또는 재능은 전혀 관련이 없다.

분명히 결단력만으로 성공을 보장할 수는 없다. 당신이 목공의 기본적인 기술이 없다면 아무리 인내해도 튼튼한 집을 지을 수 없다. 그러나 결단력 없는 재능 또한 성공을 이루어내지 못한다. 우리 모두는 재능이 있으나 단순히 열심히 노력할 수 없거나 하지 않은 사람들을 많이 안다. 과업을 완수하기 어려워하는 숙련된 목수는 튼튼한 집을 짓지 않거나 또는 적어도 거주가 어려운 집을 지을 것이다.

비인지적 기술

(Noncognitive Skills)

결단력은 교육 전문가가 "비인지적 기술"이라고 칭하는 부분이다. 현재 학생들의 성취에 관한 연구에서 이루어지는 혁신은 학문적인 능력보다는 이러한 학생들의 성취에 공헌하는 자질들에 중점을 두고 있다. 많은 전문가들이 현재 이러한 비인지적 요소가 실제 성공하는 아이들과 그렇지 아이들을 구별해 낼 수 있다고 믿는다.

나는 온 마음을 다하여 이 같은 연구에 동의한다. 그러나 내 생각에 "비인지적 기술"은 잘못된 호칭이다. 그 구별은 생각과 생각하지 않는 것이 아니다. 그것은 지적인 요소들과 동기적 요소 사이의 차이점이다.

두 단어의 유래는 이 같은 차이점을 확실하게 보여준다.

"지적인(Intellectual)"은 라틴어 "이해하다(understand)"에서 파생되었고,

"동기적(Motivational)이라는 것은 "움직이다(move)"라는 라틴어에서 파생되었다. 현재의 혁신은 아이들이 어떻게 사물을 이해하느냐 에서 어떻게 아이들이 이해한 것을 이용하게 할 것인지로 초점이 이동했다

나는 또한 "비인지적 기술"의 부분인 "기술"에도 반대한다. 결단력, 인내와 끈기는 자전거를 타는 것, 워드프로세서 프로그램 사용하기 또는 바이올린의 사 장조 음계를 연주하는 것과 같은 기술이 아니다. 기술은 획득되는 능력이지만 결단력, 인내, 끈기는 키워지는 능력이다.

기술과 능력 사이의 이러한 구분은 필수적이다. 지적인 능력과 성공을 위한 추진력은 완전히 다른 방법으로 터득된다.

분필 한 조각과 칠판만 있으면, 나는 당신에게 문장에서 품사를 도식화하거나 직사각형의 면적을 계산하게 할 수 있다. 나는 강의를 통하여 당신이 시민 전쟁의 원인 또는 초기 아메리카 문학에서 여성을 묘사하여 당신이 이것을 이해하도록 도울 수 있다. 당신은 책을 읽음으로써 주기율표에서 화학 기호를 배우거나 남아메리카의 강들에 대해서 알 수 있다. 그러나 아무리 강의를 듣거나 독서를 해도 당신이 비디오 게임을 할 수 있는 데도 책상에 앉아 문법 또는 지리 공부를 하도록 결단 내리거나 또는 봄방학에 룸메이트랑 자메이카에 놀러 가는 것 대신에 그룹 리포트를 위해 추가 자료를 수집하는 데 시간을 보내도록 결정하는 것을 도울 수는 없다.

거의 20년 전에 동료들과 나는 "교실 너머에서"로 불리는 책에서

고등학교의 성취에 관한 방대한 연구 결과를 기술했다. 우리가 제시한 모든 발견들 중에 학교에서의 수행에서 인종 간 차이점만큼 관심을 받는 것은 없었다. 9개의 다른 학교와 2만 명의 학생들을 조사했는데 아시안, 아메리칸 청소년이 일관적으로 다른 그룹보다 더 나은 성취를 보였다. 마찬가지로 수백 개의 다른 학교에서의 성공과 관련된 두 개의 인구 통계학적 변수에서도 부유하거나 부모가 둘 다 있는 아시아인은 성공을 더 예측할 수 있었다.

이 "미스터리"를 파헤쳤을 때 우리는 아시아 학생들의 믿음을 발견했는데, 그들은 꾸준히 노력하면 성과를 거둘 수 있다고 믿었다. 결과적으로 그들은 공부하는 데 두 배나 많은 시간을 투자했고, 학교를 덜 중단하였으며, 수업시간에 더 집중하고 숙제를 더 열심히 했다. 같은 이유로 내 친구 회사의 최고의 분석가들도 성공하였다. 그들은 더 열심히 일했다.

성공하고자 하는 결단력은 관습적인 교육을 통해 개발되지 않는다. 실제로 결단력을 발달시키는 것이 무엇인지 이해하는 것은 아이들과 청소년들이 학교, 직장과 삶에서 잘 해낼 수 있도록 돕는 데 중요하다.

왜 우리는 동기를 무시하는가?

(Why Do We Neglect Motivation?)

인내가 보상을 받는다는 생각은 새로운 발견이 아니다. 그것은 우리가 아이들에게 읽어주는 〈작은 엔진은 할 수 있다 The Little Engine That Could〉[2] 와 문학 전집 〈나는 갇힌 새가 노래하는 이유를 알고 있다 The Little Engine That Could〉[3]와 인기 있는 역경 영화 〈록키 Rocky〉[4]와 우리 문화에 관한 지식 〈밸리포지의 워싱턴 군대 Washington's troops at

---

2 1930년 플랫&멍크가 출판한 이후로 미국에서 널리 알려진 만화로 아이들에게 낙관주의와 노력의 가치를 알려준다.

3 미국의 작가이자 시인인 마야 안젤루의 자서전으로 열등감, 콤플렉스, 인종차별의 희생자라는 편견에서 품위 있는 젊은 여성으로 변모하는 이야기를 담고 있다.

4 실버스타 스탤론이 각본을 쓰고 주연을 맡은 미국의 스포츠 영화로, 교육을 받지 못한 노동계급의 이탈리아계 미국인이자 소규모 클럽 파이터가 세계 헤비급 챔피언십에 도전하는 이야기

Valley Forge〉에 자주 등장하는 주제이다. 우리는 확실히 동기가 성공에 매우 중요하다고 생각한다. 단지 자연적으로 발달하고 개발할 수 있는 것인지, 사람마다 다른지는 확실하지 않다. 하지만 끈기는 길러질 수 있고, 심리학자들은 끈기를 개발하는 방법을 알고 있다.

어떤 이유에서 이러한 지식은 대부분의 부모들과 교육 시스템에 널리 알려지지 않았다. 아이들에게 인내하는 능력을 개발시키도록 돕기 위한 것은 교육 커리큘럼에 있지 않다. 미국의 세계적인 대학의 중도 탈락의 비율은 보면 그러한 것이 확실하다.

동기부여가 얼마나 중요한가?

(How Much Does Motivation Matter?)

열심히 일하는 사람이 그렇지 않은 사람보다 성공하는 것은 놀랄 일이 아니다. 결단력이 지능이나 재능보다 실제 성공을 더 예측한다. 인내심에서 좋은 점수를 얻었으며, 지능에서 평균 이상인 청소년은 지능이 높으나 평균의 인내심을 가진 학생보다 더 성공할 확률이 크다.

한 예로, 얼마나 많은 돈을 버는지, 같은 직장에서의 성공도 능력보다 노력에 연관되어 있다. 많은 수수료를 받는 영업사원과 그렇지 못한 사원의 차이점은 인내심이다. 아무리 똑똑할지라도 거절을 직면하고서 계속해서 거리를 누비는 것을 꺼려하지 않을 수는 없다.

내 분야에서 과학 논문과 보조금 제안들이 80% 이상이 거절되었다. 논문을 발표하고 연구 자금을 지원받는 사람들은 뛰어난 사람이 아니라 거듭 수정하는 사람이다. 확실히 뛰어난 것이 해롭지는 않으나, 내 경험에는 그것은 인내보다는 덜 중요하다.

모든 직업에서 요구되는 능력은 종종 고용된 후에 필요하다. 그러나 인내심과 성실함 같은 능력은 반드시 성인이 되기 전에 길러져야 한다. 고용주는 일반적으로 특별한 기술을 가진 사람보다 열심히 일하는 사람을 선호한다. 우리는 10,000시간의 연습이 성공을 가져오는 데 놀라지 않는다. 단지 실력을 개발하는 데 도움이 되는 연습이 아니라 어떤 것에서 더 나아지려고 많은 시간 헌신하는 사람은 모든 일에서도 성공할 수 있다.

자기조절은 결단력의 핵심

(Self-Regulation Is at the Heart of Determination)

결단력은 성공을 위한 강한 동기, 자신감, 과제 완수에 관한 헌신, 어려운 일의 완수가 주는 가치에 대한 믿음과 현재보다는 미래의 일에 초점을 두는 것 등 많은 것을 요구한다. 그러나 그것의 핵심은 자기조절력이다. 자신의 감정, 생각과 행동들을 조절하는 능력은 특히 어려운 상황이나, 기분이 좋지 않을 때나, 지루할 때 초점을 유지하게 한다. 우리의 마음이 방황하는 것을 중지시키고, 우리가 다소 피곤할지라도 강제로 더 많은 것을 하게 하고 우리를 더 움직이게 한다. 자기조절은 결단력이 있고 성공한 사람과 불안정하고 산만하고 쉽게 낙담하는 사람들을 구분한다.

자기조절과 그것이 영향을 미치는 특성은 결단력과 같이 학교에서의 성취, 직장에서의 성공, 만족스러운 교우 관계와 연인과의 관계, 더 나은 신체적, 정신적 건강과 같은 다른 많은 성공을 예견하며, 여러 척도 중에 가장 강력한 영향을 미친다. 자기조절에서 높은 득점을 얻은 사람은 더 오랜 학교생활을 완수하고, 더 많은 돈을 벌고, 직업의 높은 자리까지 가고, 행복한 결혼생활을 유지한다. 또한 낮은 점수를 얻는 사람들은 법적인 문제를 일으키고, 법률에 문제가 생기고, 심장병, 비만, 우울증, 불안, 약물남용 등 의료와 정신적 문제로 고통 받는다.

자신의 감정을 제어할 수 있는 사람은 버럭 화내는 일이 적을 것이다. 그래서 그들은 다툼과 논쟁에 덜 빠지고, 정서적 붕괴에 빠지지 않고 잘 이겨내며, 쉽게 사람들과 어울리며 학교와 직장과 집에서도 질 높은 생활을 유지한다. 결국 그들은 더 좋은 성적을 얻고, 크게 승진하고, 가족들과 더 많이 웃을 수 있게 된다. 자기조절을 잘하는 것은 유혹에 덜 빠지게 하고, 그리하여 덜 과식하고, 마약을 하지 않고, 범죄를 저지르지 않게 하고, 과소비를 하지 않게 한다. 결과적으로 그들은 덜 범죄를 저지르고, 덜 체포되고, 경제적 어려움에 덜 빠진다. 산만함에 더 잘 저항하고, 주의를 집중하고, 그들이 할 수 없는 것에 덜 집착하게 한다. 이것은 그들이 더 생산적이고, 계획을 세우고 수행하게 한다.

10대 시절은 자기조절을 개발하는 데 중요한 시기이며, 실행에 옮기기도 한다. 중등 학교는 독립성, 주도권 및 자립심 등 더 많은 것을 요구하며, 학생들이 스스로 오랜 시간이 걸리는 과제, 학기 안에 완수해야 하는 팀 보고서와 같은 과제를 완수하기를 기대한다. 초등학교에서는 교사와 학부모는 종종 자기조절이 어려운 학생들을 중점을 두고 돕는다. 학생들이 나이가 들어감에 따라 이러한 지원은 사라지며 아이들은 더 독립적이 된다.

자기조절 연구에서 얻은 몇 가지 결과는 특히 다음과 관련이 있다. 첫째로, 자기조절이 지능과 사회 경제적 상태처럼 건강, 행복, 성공에 공헌한다는 것이고, 이것은 스스로 잘 확립되어 긍정적 인생의 결과를 예측하게 한다. 대부분의 사람들은 지능과 부가 주는 거대한 이점을 안다. 그러나 견고한 자기조절력의 이점을 아는 사람은 거의 없다.

청소년기는 자기조절을 개발하는 핵심적인 시기이다. 우리가 마시멜로 테스트에서 알게 된 바와 같이 어린 아이들은 자기조절의 수준이 다양하다. 그러나 이러한 능력을 관할하는 뇌 체계는 청소년기 동안에 높은 가소성을 보인다. 중요한 점은 청소년기 이후에는 더 이상 동일한 방식으로 가소성을 보이지 않는다는 것이다.

자기조절력 키우기

(The Cultivation of Self-Control)

능력을 측정하는 대부분의 표준화된 성취도 검사로 지능이 측정되어 왔다. 뇌과학자들은 지능검사를 구성하는 '수행 능력'을 관할하는 뇌 부분의 신경 건축의 형태가 매우 유전적이라고 설명한다. 약 6세부터 지능검사의 점수는 놀랍게도 안정적이다. 이것이 우리가 나이가 들수록 더 똑똑해질 수 없다는 것을 의미하지는 않으며, 1학년 때 상대적으로 똑똑한 학생들이 그들이 고등학생일 때도 영리할 확률이 높다. 게다가 지능은 아동기보다 청소년기 동안에 더 안정적이다.

지능은 신체적인 특질, 키와 같은 신체적 특징처럼 특정 유전자에 의해 발현되는 것이 아니나, 다른 심리적인 특성들보다는 더 강하게 유전자의 영향을 받는다. 생의 초기 시절에 극심한 박탈은 지적인 발달에 영향을 미칠 것이다. 그러나 아이들이 노출되는 환경의 전형적인 범위 내에서 작은 변화는 크게 중대하지 않다.

왜냐하면 우리는 삶의 초기에 마시멜로 테스트로 자기조절을 측정할 수 있었고, 또한 초기의 수준이 미래의 성공을 예측했기 때문에 자기조절 문제가 틀림없이 강하게 뇌의 유전적 회로와 관련이 있다는 결론에 이른다. 모든 심리적 특성과 마찬가지로 자기조절력은 상당히 유전적이지만, 유전자의 영향은 지능과 비교해 반 정도의 수준이다. 신경 수준에서 자기조절을 관할하는 뇌 부분의 발달 형태는 기본적인 지적 능력을 관할하는 구역보다 덜 유전적으로 결정된다.

평균적으로 어렸을 때 상대적으로 충동적인 아이들이 나이가 들어서도 충동적이다. 그러나 어린 시절과 나이가 들었을 때 충동성의 관계는 놀랍게도 그다지 크지 않다. 아동기의 지능이 청소년기의 지능을 예측하는 것보다 충동성의 경우, 아동기의 충동성 정도가 청소년기의 것을 예측하기 어렵다. 청소년기 동안 자기조절력의 변화는 환경에 더 많은 영향을 받기 때문이다.

영아기에 환경을 바꾸는 것이 지능을 포함한 아이의 발달의 여러 측면에 심오한 변화를 가져올 수 있다. 불행히도 지적으로 둔한 청소년을 자극적인 환경에 데려가는 것은 전혀, 어떠한 경우에도 그를 똑똑하게 변화시키지 않는다. 그러나 충동 조절에 취약한 청소년이 자기조절을 잘할 수 있도록 장려하는 환경에 가는 것은 정말로 큰 차이를 불러온다. 대부분의 충동적이고 공격적인 비행 청소년이 자기조절을 잘 개발시킬 수 있도록 도울 수 있다고 연구에서는 말한다. 지난 10년 전까지만 해도 특별한 유전적 취약성이 있을 것이라고 믿었고(우울증에 관한 경향), 스트레스와 같은 특정 환경에 노출되면 문제가 발생하도록 정해져 있다고 믿었다. 유전학에 관한 새로운 연구는 이런 믿음보다 더 복잡한 이야기를 들려준다.

우리가 물려받는 대부분의 중요한 경향들 중 한 가지는 얼마나 환경적 영향에 민감한지를 나타내는 가소성이다. 따라서 특정 문제에 관한 유전적 취약성으로 생각되어 왔던 것은 실제 긍정적이거나 부정적인 방식으로 작동할 수 있는 일반적인 가소성 경향일 수 있다. 만일 우리가 나쁜 환경 속에서 성장한다면 동일한 유전자가 우리를 우울하게 할 것이고, 만일 우리가 좋은 환경에서 성장한다면 같은 유전자가 심리적으로 우리를 강해지게 할 것이다.이렇듯 모든 목적을 가진 가소성 유전자가 여러 개 있다. 그들 중 많은 유전자가 청소년기 환경의 영향에 예민하여 자기조절에 영향을 미친다. 즉, 유전자가 자기조절에 영향을 미치더라도 이러한 유전자가 환경의 영향으로 도움이 될 수도, 손상될 수도 있다는 것이다. 자기조절에 가장 크게 공헌하는 환경은 가정이다.

제7장

차이를 만들고 싶은 부모에게
(How Parents Can Make a Difference)

세상에 첫발을 내딛는 영유아들은 자신을 통제하는 능력이 매우 취약하다. 그래서 부모들은 아기들이 자신을 잘 다스리도록 도와줘야 하는 것이다. 아이가 잠들기 전에 살살 흔들어 준다든지, 젖이나 분유를 먹다가 힘들어할 때 진정시켜준다든지, 아기들이 통제하기 어려울 정도로 너무 힘들어할 때 안아주는 것들 모두가 부모로서 아기를 위해 해줄 수 있는 일들이다.

아이가 자기조절 능력을 키우도록 돕는 것은 부모나 보호자가 외적으로 절제시켜 주는 것에서 시작해서 아이가 내적으로 스스로 통제하는 것으로 점차 바뀌도록 해주는 것이다. 이 전환 과정은 아주 점진적이라서 갓난아기 때 자기조절을 발달시키기 시작하는 순간부터 성인기 초반에 발달이 거의 끝나는 시점까지 하나의 선으로 연결시키는 게 쉽지 않다. 자기 생각, 감정 그리고 행동을 통제할 수 있는 젊은 청년은 누구나 예전에는 그 중 어느 것도 마음대로 조절할 수 없는 갓난아기였을 것이며, 그들 모두 부모가 그들의 행동 하나하나를 통제해 주어야만 했을 것이다.

이러한 통제 주체의 전환이 원활하게 이루어지기 위해서는 세 가지 요소가 필요하다. 첫째, 아이가 외적인 통제에서 자기관리로 넘어갈 수 있을 만큼 감정적으로 안정되어 있어야 한다. 둘째, 아이가 혼자서도 어떻게 행동해야 하는지 알 수 있을 정도로 충분한 지적 수준을 갖추고 있어야 한다. 셋째, 아이는 스스로의 행동에 따르는 책임을 깨닫고 그 책임을 짊어질 수 있을 정도로 충분한 자기 신념을 갖추고 있어야 한다. 즉, 적정한 수준의 자기조절 능력을 발달시키기 위해서는 아이가 안정되어 있어야 하고 영리해야 하며, 자신감을 가지고 있어야 한다. 오늘날의 심리학자들은 자기조절을 잘하는 아이들을 가진 부모들의 비결은 처음부터 저 세 가지 토대를 잘 갖춰두었기 때문이라는 것을 알고 있다. 이 부모들은 공통적으로 자립심을 키워가는 자녀를 위해 따뜻하게, 분명하게 그리고 든든하게 곁에서 지원해 준다. 만약 당신이 부모이고, 당신의 자녀가 영유아일 때 위의 세 가지 부분을 잘 갖춰준다면, 나중에 자녀의 청소년기에는 그들의 감정과 생각과 행동을 조절할 수 있는 능력을 키우기가 더욱 용이해질 것이다. 반면 만약 부모가 위의 세 가지를 충분히 제공하지 못했다고 해도 조금 어려울 수는 있겠지만, 청소년기에도 아직 그들의 안정감, 판단력 그리고 자신감을 높여주는 것이 가능하다.

여기 그래서 아이들의 자기조절 능력을 발달시키는 데 도움이 되는 과학적으로 증명된 방법들을 소개한다.

아이에게 다정할 것

(Be Warm)

따뜻한 부모는 다정하고 칭찬을 아끼지 않으며, 자녀들의 감정적인 요구에 대해 책임을 느낀다. 바로 이런 면이 자녀의 자기조절에 도움이 된다. 왜냐하면 아이들은 부모에게 사랑 받을 때, 세상이 안전하고 자애로운 곳이라고 느끼기 때문이다. 이러한 느낌은 그들로 하여금 부모가 없을 때도 곳곳에 넘치는 문제들을 걱정하지 않고 잘 살아갈 수 있게 해준다. 이것은 마치 안정적인 애정을 느낀 아기가 엄마 다리로부터 당당히 멀리 기어 다니며 주변 환경을 편한 마음으로 탐색할 수 있게 해주는 것이고, 유치원 선생님이 아이와 함께 등원하는 첫날 부모한테 안심하고 손을 흔들며 인사할 수 있게 해주는 것이며, 중학생이 되어 6년간 정들었던 학교를 떠나 새로운 학교로 나아갈 수 있게 해주는 것이다.

그런데 부모가 차갑고, 냉정하고, 기분에 따라 따뜻한 모습이 달라진다면 아이들은 불안함을 느끼게 된다. 이런 부모의 양육 방식은 아이를 강하게 키우기는커녕 아이가 실제로 내면은 약한데 겉으로만 센 척하게 만들 수 있다. 마치 얼린 초콜릿으로 토핑된 소프트 아이스크림 같은 상태가 되는 것이다. 코팅된 초콜릿이 한동안은 아이스크림의 형태를 잡아주겠지만, 이내 온도나 간단한 자극에도 초콜릿 껍질은 부서지고 아이스크림은 녹아 내릴 것이다. 따뜻하지 않은 부모를 가진 아이들은 밖에 나가서는 강한 모습을 보이지만, 타인을 신뢰하지 못하는 그들의 자신감은 약할 수밖에 없을 것이다.

부모가 하는 양육의 다른 면들이 그렇듯이, 좋은 부모가 그들의 다정함을 표현하는 방식도 가족마다 다르고, 아이들이 자라나는 과정에서 또 달라진다. 결국 자기조절을 발달시키는 핵심 요인은 부모가 어떻게 표현하는지가 아니라 아이들이 사랑 받는 것을 실제로 느낄 수 있는지에 달려있다. 부모의 따뜻함은 아이들을 혼자 있을 때 더 차분하게 해주는데, 이 차분함이 바로 자기조절 능력을 키우는 데 필수 요소이다.

다음은 아이들의 안정감을 키워줄 때 명심해야 하는 몇 가지 세부적인 사항들이다.

- 당신이 아이를 아무리 사랑해도 과하지 않다. 당신이 아이에게 매일 사랑한다고 말해도 당신 아이의 마음은 상하지 않는다. 당신의 아이는 부모가 계속 쓰다듬어 주고, 보살펴 주고, 받아 마땅한 칭

찬을 듣는다고 해서 마음이 상할 리가 없다. 그러니 행여라도 너무 잘해 주면 아이가 버릇이 나빠질 것 같다고 당신의 애정을 아껴둔 채 냉담하게 굴려고 하지 마라. 어떤 부모는 애정표현을 절제하는 것이 아이의 성격을 올바르게 하는 데 도움이 될 거라고 믿는다. 그러나 사실 아이들은 진정으로 사랑 받는다고 느낄 때만 자신감 저하나 애정결핍에 시달리지 않게 된다.

- 신체 접촉을 통해 애정을 전하라. 아이들은 부모가 신체적으로 애정을 풍부하게 표현해 주는 것을 필요로 한다. 이것은 꼭 아기들뿐 만 아니라 유년기부터 청소년기까지 해당된다. 부모들은 아이들이 심지어 스스로 원하는 것을 말할 수 있을 정도로 큰 다음에도 신체적 애정표현을 원한다는 것을 늘 깨닫지 못한다. 가끔 당신은 언제 어떻게 표현할지 뭔가 딱 맞아 떨어진 순간이 있어야 한다고 생각할 것이다. 그렇다고 크게 고민할 필요는 없다. 사실 당신의 표현이 아이에게 일상의 한 부분처럼 자연스럽게 느껴질 때, 아이의 마음을 아마 더 많이 채워줄 수 있을 것이다. 다시 말해서 큰 마음먹고 한 번 할 생각하지 말고 아이에게 어떻게 나의 애정을 자연스럽게 피부로 느껴지게 할 수 있는지 고민하라. 예를 들어, 딸 아이가 아침에 학교 가기 전에 가볍게 뽀뽀해 주고, 아이가 오후 집에 돌아오면 한 번 안아주고, 식탁에서 숙제하며 고개를 숙이고 열중하고 있을 때 어깨를 한 번씩 쓰다듬어 주고, 또는 밤에 아이를 침대로 보내면서 등을 만져 줄 수도 있을 것이다. 이 모든 은은하고

절제된 신체 접촉이 당신과 아이의 유대감을 강화시키고 단단하게 만들어 줄 것이다.

- 자녀의 감정적 요구를 이해하고 그에 응답하기 위해 노력하라. 이 말은 단순히 아이가 울 때 달래거나, 걱정할 때 안심시키라는 뜻이 아니다. 여기에는 아이의 기분을 잘 살피고, 아이의 감정 발달에 도움이 되는 방향으로 반응하는 것도 포함된다. 아이들의 감정적인 요구는 그들이 자라면서 변화한다. 영유아기 때는 아이가 마음이 상했을 때, 부모가 살살 달래면서 안정감과 믿음이 서서히 스며들게 해줘야 한다. 반면 유년기 초기에 부모는 아이가 성숙한 행동을 보일 때마다 칭찬하면서 그것을 더 강화하여 아이가 혼자서도 자기 마음을 다스릴 수 있고 더욱 성장했음을 느끼게 해줘야 한다. 또한 아이가 초등학생 때는 아이가 자기 능력에 대해 자신 없어 하는 경우가 종종 있기 때문에, 이때에 적절한 반응은 아이가 해낼 수 있을 거라는 상황을 조성해 줌으로써 유능감을 느끼게 해주는 것이다. 마지막으로 청소년기 아이가 행동할 때마다 부모가 호응해 주는 것은 중요한 결정의 기회가 계속 주어지는 느낌이기 때문에 사춘기 자녀가 자신의 능력을 독립적으로 발휘하는 것을 돕는다.
- 평안한 안식처를 제공하라. 아이들은 그들의 집을 긴장감과 압박에서 벗어날 수 있는 장소로 느낄 수 있어야 한다. 그러므로 당신의 집에서 아이가 스트레스, 불편한 논쟁 그리고 격앙된 감정에 노출

되는 것을 제한하여, 그들이 정말로 안심하고 마음속 문제로부터 벗어나 쉴 수 있는 분위기를 조성하라. 아이들은 여러 가지 이유로 이런 마음의 평화를 필요로 한다. 예를 들어, 학교에서 보낸 힘겨운 하루, 놀이터에서 생긴 불쾌한 경험, 친구들에게 당한 차가운 따돌림, 남자친구나 여자친구와의 말다툼 등이 있다. 비록 당신이 이런 문제들을 사라지게 해줄 수는 없지만, 평안한 안식처로서의 집은 그들이 한숨 돌리며 잠시 다른 생각을 할 수 있는 휴식을 줄 수 있을 것이다.

- 아이의 인생에 참여하라. 아이들의 정신 건강, 적응, 행복 그리고 웰빙의 가장 강력하고 가장 확실한 요인은 부모가 얼마나 아이의 삶에 얼마나 발을 들여놓고 있는지의 여부다. 부모가 학교 행사에 줄곧 참석하는 아이가 학교 생활도 더 잘한다. 부모가 평상시에 아이들과 일상적인 담소도 자주 나누며 마음을 편하게 해주는 경우에는 아이들이 감정적인 문제를 겪을 가능성도 낮아진다. 또한 부모가 아이들의 친구들을 알고 지내면, 그들의 아이들이 무모한 모험을 하거나 문제에 휘말릴 가능성이 낮아진다. 아이의 심리적 발달을 위해 당신의 집중적이고 지속적인 관여보다 중요한 것은 없는 것이다. 참여하는 부모가 되는 것은 시간도 많이 들고 손도 많이 가는 일이며, 그것 때문에 자신의 우선순위를 다시 생각해 보고 재조정해야 할 수도 있다. 그래서 그것은 종종 아이들이 필요로 하는 것을 위해 당신이 원하는 것을 희생해야 한다는 것을 의미

하기도 한다. 불필요한 회의를 불참하고, 원래는 몇 시간 이상 멀리 가야 하는 출장을 감당할 수 있을 정도로 간단히 조정해야 할 수도 있다. 그러나 이 모든 희생은 그만한 값어치가 있다. 왜냐하면 그렇게 함으로써 아이의 삶 전반에 걸쳐서 지속될 심리적 웰빙을 선물로 남기게 될 것이기 때문이다. 그리고 이것은 분명 아이의 자기조절 발달에 결정적인 요인이 될 것이다.

아이에게 단호할 것

(Be Firm)

단호함이란 부모가 아이 행동에 정해 주는 한계가 일관된 정도를 뜻한다. 단호한 부모는 아이들이 따라줬으면 하는 규칙을 분명하게 표현하며, 아이들에게 성숙하고 책임감 있게 행동해 줄 것을 요구한다. 이런 부모에게 양육된 아이들은 그들 부모가 그들에게 무엇을 기대하는지 알고, 그 기대에 맞지 않는 행동을 하면 어떤 결과가 나타나는지 이해한다. 반면 관대한 부모는 아이에게 기대하는 규칙이나 기준이 별로 없거나, 규칙이 있어도 일관성 없이 지킬 것을 대충 요구한다. 충분한 안내가 없으면 아이들은 뭐가 어떻게 돌아가는지 그냥 눈치껏 감지하거나, 뭐가 괜찮은 행동이고 뭐가 아닌 건지 알 수 없게 될 것이다.

어떤 부모들은 아이들이 통제와 압박을 느끼는 걸 원치 않기 때문에 단호해지는 것을 주저한다. 그들은 아이들 입장에서 매번 다른 사람이 이래라 저래라 하면 어떻게 느끼게 될지 생각하곤 한다. 그 결과, 어른 입장에서도 타인에 의한 제약을 느끼는 것이 기분이 나쁘기 때문에 아이들도 기분이 나쁠 거란 결론에 도달한다. 그러나 아이들은 어른이 아니다. 그들은 제약에 대해서 우리들과 다르게 반응한다. 규칙과 한계선이 제시된 구조화는 아이를 기분 나쁘게 하지 않는다. 오히려 반대로 이 구조화가 아이들을 안심시킬 것이다.

우리는 우리 자신을 통제하는 방법을 통제를 받으면서 배운다. 아이들도 그들의 부모나 그들 자신이 그들에게 제시하는 규칙을 따르면서 자기조절 능력을 키워나간다. 애초에 외부의 통제가 없다면 내적인 통제도 발달하지 않는 것이다. 만약 당신이 아이들이 어렸을 때 이를 닦아주지 않는다면, 아이는 나이를 먹어서도 어떻게 이를 닦는지 알 수 없게 될 것이다. 부모의 엄격함은 아이들이 궁극적으로 스스로를 관리하는 능력을 증진시킨다.

부모의 특정 규칙이나 기대는 아이들이 성숙해짐에 따라 자기조절 능력이 성장하면서 자연스럽게 변화된다. 부모의 역할은 그런 발달 징후에 주의를 기울이면서 규칙을 조정해 주는 것이다. 나이가 몇 살이든지 아이들은 제한선이 필요하다. 하지만 이 선은 점진적으로 느슨해져야 한다. 결국 아이들이 스스로 자기만의 선을 설정하게 되기 때문이다. 이것은 외부 통제가 자기 통제로 넘어가는 데 있어서 중요한 부분이다.

다음은 단호한 부모가 되는 법에 관한 몇 가지 조언이다.

- 당신의 기대를 명확하게 제시하라. 가끔 부모의 기대는 말로 전달되지 않았기 때문에 명확하지 않을 때가 있다. 당신은 어쩌면 아이가 젖은 수건을 침대 위에 두지 말아야 한다는 것을 안다고 생각하고 있을 것이다. 또는 아이가 저녁식사 시간보다 늦게 들어올 것 같으면 응당 전화를 해야 된다고 가정하고 있을 것이다. 또는 당신의 아이가 당신이 집 앞의 눈을 치우거나 잡초를 뽑고 있는 걸 보고 나와서 도와줄 것을 기대하고 있을지도 모른다. 그러나 그렇게 당신이 아이가 자연스럽게 떠올릴 거라 생각하는 그것들은 10대 아이들의 머릿속에는 아직 심어져 있지 않을지도 모른다. 그 아이가 어른만큼 다 큰 것 같아도 그게 그 아이가 어른처럼 생각할 수 있다는 뜻은 아니다. 부모의 기대는 종종 애매하게 설명되는 바람에 명확하지 않을 때가 있다. 당신의 만 12살 아이에게 당신이 아이가 방을 잘 치우길 바란다고 말하는 것만으로는 충분하지 않다. 그 아이는 그것을 책상정리를 잘하라는 말로 이해할 수도 있다. 그렇기 때문에 당신은 아이의 방을 치우라는 말과 함께 안 입은 옷은 옷장에 넣고, 입은 옷은 바구니에 둬야 하며, 옷장 속 먼지를 털어내고, 일주일에 한 번씩 방에 청소기를 돌려야 한다는 말을 해줘야 한다. 청소년기 자녀에게 당신이 원하는 바를 말할 때는 생략

없이 상세하고 구체적으로 말해야 한다. 만약 숫자를 넣어서 설명할 수 있으면 더 좋다. 예를 들어, 공연장에 가는 날에는 몇 시까지 들어와야 한다든지, 악기 연습은 몇 분이나 하길 바라는지와 같은 설명은 숫자가 있어 더 명확해진다. 마지막으로 당신의 기대가 확실히 전달되지 않는 건 그 기대가 당신에게도 확실하지 않아서일 수도 있다. 당신의 10대 자녀가 용돈을 벌 목적으로 아르바이트를 해도 되는지 물을 때, 당신은 학교 생활에 지장을 주지 않는다면 그래도 된다고 대답할지도 모른다. 문제는 지장을 주지 않는다는 게 무슨 뜻인지 당신이 생각하고 말을 했는지의 여부이다. 아이가 그냥 최선을 다하면 되는 건가? 모든 과목에서 성적을 최고등급으로 받으면 되는 건가? 반 친구들보다 잘하면 되는 건가? 작년보다 성적이 오르면 되는 건가? 이 모든 것은 각자 다 다른 상황이지만, 학교 생활을 "잘한다"는 것을 나타낼 수 있는 지표가 될 수 있다. 당신이 확실한 개념을 가지고 있지 않다면 당신의 아이도 마찬가지일 것이다.

- 당신의 규칙과 결정에 대해 설명하라. 아이들이 부모의 기대를 뒷받침하는 논리를 이해하게 되면, 혼자서 어떻게 행동하면 되는지 파악하는 것은 굉장히 쉬워진다. 만약 당신의 아이가 당신이 기대하는 바가 무엇인지 헷갈린다면, 애초에 기대를 갖는 것 자체가 의미가 없어진다. 아이에게 당신이 만든 규칙이나 당신이 표현한 기대에 대해 어떻게 생각하는지 묻는 것을 주저하지 마라. 아이의

의견을 요청하는 것만으로 당신이 아이의 관점을 얼마나 가치 있게 생각하고, 얼마나 당신이 아이의 시각에서 생각해 보려고 하는지 전해질 수 있다. 그리고 그것은 아이가 의사결정에 함께 참여하는 느낌을 줄 수 있다. 물론 당신이 부모 입장에서 중요하다고 믿는 것들에 대해 아이들이 그들만의 고유의 의견을 주장한다면 다소 불편하고 번거로울 수도 있다. 그러나 이런 건 언젠가 아이가 공정하지 못한 대우를 받는다고 느꼈을 때, 망설이지 않고 자기 주장을 펼 수 있게 될 날을 생각하면 소소한 투자라고 할 수 있다. 기억하라, 당신의 아이가 당신과의 관계에서 학습하게 되는 것들이 아이가 다른 사람들과 상호작용할 때 행동하는 방식에 영향을 주게 된다는 것을.

- 일관성을 유지하라. 아이의 자기조절을 약하게 만드는 가장 큰 요인은 일관되지 못한 양육 태도이다. 만약 당신의 규칙이 예상할 수 없을 정도로 날마다 들쑥날쑥하거나, 만약 당신이 아이들에게 규칙을 지킬 것을 가끔씩만 요구한다면, 당신의 아이의 비행은 아이가 아니라 당신의 실책이다. 아이에게 어떻게 행동하는 게 바른 건지 가르쳐주는 가장 쉬운 방법은 아이가 생각할 필요도 없게 좋은 행동을 습관으로 만들어 주는 것이다. 당신의 집에서 매일 하는 규칙적인 활동을 정하고 준수하는 것을 일상적인 일로 만들어라. 예를 들어, 당신의 가족이 되도록이면 정해진 시간에 함께 식사를 하는 것도 일관된 규칙이 될 수 있다. 반복되는 일들에 대해

서는 똑같은 순서와 방법으로 정례화하라. 가령 아이들이 옷을 입는 일, 등교나 하교를 하는 일, 잠자리에 들 준비를 하는 일 그리고 잠드는 일과 일어나는 일들을 매일 거의 비슷한 시간에 할 수 있게 만드는 것이다.

- 공정성을 지켜라. 합리적인 규칙을 정하라. 그 규칙은 아이 나이에 적합한 규칙이어야 하며, 아이가 커가면서 조정될 수 있을 만큼 융통성이 있어야 한다. 이렇게 당신의 아이를 위해 만든 규칙은 당신이 심사숙고한 끝에 나온 것이어야 한다. 그 규칙들은 그 나름의 논리와 그것이 내포하고 있는 목적이 있어야 한다. 당신이 아이가 성숙하게 행동하고, 책임감과 자신에 관한 신뢰를 드러내기 시작한 걸 발견한다면, 그때가 바로 기존의 규칙을 재검토하기 좋은 시기이다. 만약 기존 논리가 그때도 말이 된다면 그리고 그 규칙이 추구하는 목적이 정당하다면 규칙을 변경할 필요가 없을 것이다. 그러나 만약 당신의 배우자나 당신의 아이가 그 규칙이 더 이상 목적에 부합하지 않다고 지적한다면, 융통성 없게 같은 규칙을 고집할 이유가 없다. 예를 들어, 당신이 전에는 아이에게 숙제를 밖에 놀러 나가기 전에 다 끝내는 규칙을 가지고 있었는데, 이제는 아이가 스스로 자기 시간 관리를 잘하는 것을 알게 되었다면, 그때는 아이가 자기 전까지만 숙제를 다하면 되는 걸로 조정해 주면서 아이에게 직접 시간을 정하게 해볼 수 있다. 규칙의 변경이 필요할 때 변경하는 것은 당신의 아이에게 규칙이 당신의 권위가 아니라 논리

에 기반하여 정해졌다는 것을 확인시켜 줄 수 있다. 일관된다는 건 강직하다는 말과 동의어가 아니다. 좋은 부모는 논리적으로 앞뒤가 맞는 일관성을 보여주면서도 융통성을 가질 수 있어야 한다.

- 가혹한 처벌을 피하라. 모든 아이들에게는 간혹 처벌이 필요한 순간이 찾아온다. 그러나 그 처벌의 종류가 자기조절의 발달에 영향을 준다. 신체적 처벌을 하는 부모에게서 자란 아이는 심성이 고약하고 부모의 품위를 손상시키기 마련이다. 처벌할 때 부모가 심한 분노를 표출하는 걸 본 아이는 자기 행동이나 감정을 조절하는 능력을 발달시키는 데 어려움을 겪게 된다. 효과적인 처벌은 다음과 같은 다섯 가지 요소를 포함하고 있어야 한다. 첫째, 잘못된 행동을 구체적으로 알려줘야 한다. "우리 자정까지는 집에 들어오기로 약속했잖니, 그런데 나는 새벽 2시까지도 니가 들어오는 소리를 못 들었단다." 둘째, 잘못된 행동이 어떤 결과를 초래할지 설명해줘야 한다. "나는 니가 어디 있는지 걱정이 되면 잠이 들 수 없단다. 그런데 내가 충분한 수면을 취하기 위해서는 늦어도 자정에는 잠이 들어야 해." 셋째, 바람직하지 못한 행동에 대해 하나 이상의 대안을 제시해 준다. "귀가 시간은 앞으로도 밤 12시지만, 만약 니가 불가피한 사정으로 늦을 수밖에 없다면, 그 사정이 생기는 그 즉시 전화해서 설명해 주겠니?" 넷째, 처벌이 무엇이 될지 명확하게 설명해줘야 한다. "이번 일에 관한 벌로 다음 주 토요일 밤에는 외출을 허락할 수 없단다. 친구들은 만나도 좋지만 너는 우리 집에

있어야 해." 다섯째, 아이가 다음에는 더 잘하길 기대한다는 걸 설명해 줘야 한다. "너는 평소에 모든 면에서 잘해 왔어. 다음 번에는 밖에서 늦게 들어올 일이 생기면 전화하는 거 꼭 좀 기억해 주렴."

아이를 지지해 줄 것

(Be Supportive)

지지라는 건 부모가 아이가 자기관리 능력에 관한 성장 잠재력에 대해 얼마나 받아들이고 격려하는지를 나타낸다. 이것을 잘하는 부모는 심리학자들이 "비계설정(scaffolding)"이라 일컫는 기술을 잘 사용한다. 비계란 그 말 그대로 아이들이 그들 자신을 관리하는 능력을 발달시킬 때 그것을 든든하게 지지해 주는 것이다. 아이의 자기관리 능력의 구조가 튼튼해질수록 비계를 조금씩 해체할 수 있다.

비계설정은 아이에게 그들이 가졌던 것보다 조금 더 높은 책임감이나 자율성을 주는 과정을 수반한다. 이것은 그들이 성공했을 때 얻게 되는 혜택을 온전히 느낄 수 있을 만큼 충분해야 하지만, 실패했을 때 얻게 되는 끔찍한 결과에 고통 받지 않을 정도가 되어야 한다. 예를 들어, 한 번도 집에서 혼자 있어 본 적 없는 만 11살 아이를 부모가 잠깐 옆 집에 갔을 때, 1시간 동안 집에 혼자 있게 둬보는 경우가 이에 해당한다. 이것은 아이가 자기 감정(당황하지 않고 침착함을 유지하기), 사고(부모가 언제 돌아올지 걱정하지 않기) 그리고 행동(부모가 있다면 안 할 일을 시도하지 않기)을 조절하는 것을 연습하게 하는 좋은 방법이다.

처음 겪는 한 시간이 부모와 아이에게는 한없이 긴 시간처럼 느껴지겠지만, 막상 한 번 겪고 나면 부모와 아이 모두 아이가 스스로 이 자기 관리의 새로운 단계에 잘 적응할 거란 믿음을 가지게 될 수 있다. 그러나 만약 이런 새로운 기대가 너무 부담스러운 도전처럼 다가온다면(처음부터 혼자 집에서 네 시간을 보내다가 부모도 없이 잠들어야 한다든지), 그 실험에는 역효과가 생길 가능성이 있으며, 그것은 아이의 자신감을 약화시킬 수 있다.

나이가 많은 청소년에게 유사한 상황은 아마 최근에 면허를 딴 아이에게 운전을 해볼 수 있는 특별한 기회를 주는 순간일 것이다. 당신은 아이가 낮 시간에 혼자 스스로 운전을 해볼 수 있도록 허락한 후 몇 달 동안 지켜보다가 나중에는 밤에도 혼자 운전을 해보도록 허락하는 방식을 취할 수 있을 것이다. 다만 사고나 법규 위반으로부터 최소 6개월 동안은 자유로워지는 순간까지 친구들을 태우고 운전하는 것은 불허할 수 있다.

비계설정은 아이가 이미 제어할 수 있는 것과 아이가 곧 제어할 수 있게 되는 것 사이의 확실한 경계선을 찾는 과정이다. 신경생리학적으로는 이 비계설정으로 인해 자제력을 전담하는 두뇌 회로가 관여하며, 이 부분은 자기조절을 더 쉽게, 자동적으로 하도로 충분히 강화된다.

아래의 원칙들을 기억하는 것이 당신의 아이를 지원하는 데 큰 도움이 될 것이다.

- 당신의 아이가 성공할 수 있게 준비하라. 아이가 얼마나 성숙해졌는지 보여줄 수 있도록 요구와 규칙을 만들어라. 당신의 기대는 아이가 그때까지 보여준 성숙의 정도를 약간 넘어선 수준의 성숙도를 요하는 정도로, 그러면서도 아이의 능력 범위 내에서 정해져야 한다. 이렇게 하면 만약 당신의 아이가 성공했을 때, 아이는 자기 스스로 잘할 수 있다는 자신감을 가질 수 있게 될 것이다. 그렇다고 아이가 성공하지 못했을 때 실패했다고 느끼지는 않도록 하라. 대신에 가능하면 어떤 부분이 발전을 잘해 왔는지에 집중하고, 아이가 어떻게 다르게 할 수 있었는지 또는 얼마나 더 잘할 수 있었는지 스스로 깨닫는 걸 도와라.
- 당신의 아이의 성취를 칭찬하라. 특히 성과보다는 노력했던 부분을 강조하라. 아이를 칭찬하는 것은 그들의 기분을 좋게 할 뿐만 아니라 제대로 전달되면, 그들이 노력해서 목표를 달성하는 일의 가치를 깨닫게 할 수도 있다. "나는 너의 총명함을 좋아한단다."라고 말하는 것보다 "독후감 발표 너무 잘했어."라고 말하는 것이 낫다. 아이의 성취를 어떤 "자연스러운" 또는 선천적인 부분의 결과로 여기지 마라. 아이가 만들어낸 성취와 그 동안의 노력 간의

관계를 강조하라. 당신의 칭찬은 다른 데서 받아온 성적이나 평가가 아닌 성취의 질과 관련되어 있어야 한다. "나는 니가 받아쓰기를 만점 받은 게 정말 자랑스럽단다."라고 말하는 것보다는 "나는 네가 받아쓰기에서 단어들의 철자들을 잘 표기했다는 게 정말 자랑스럽단다."라고 말하는 게 훨씬 좋다.

- 너무 간섭하지 마라. 아이를 건강하고 행복하며 그리고 성공적으로 만드는 한 가지 요인은 스스로 숙달되었다고, 만족했다고 느끼는 것이다. 당연히 당신의 아이는 당신이 그 현장에 함께 한다는 걸 알아야 한다. 그러나 아이는 당신 없이도 스스로 대처하여야 상황이 너무나 많다는 것 또한 알아야 한다. 만약에 당신이 아이의 삶의 소소한 것까지 일일이 다 관여하고, 아이에게 뭔가를 스스로 할 기회조차 주지 않는다면, 아이는 자기 역량에 관한 자신감을 갖게 될 수 없을 것이다. 궁극적으로 당신의 아이가 자기조절 역량에 관한 강한 자신감을 얻게 되는 유일한 방법은 당신이 아이에게 스스로 도전하고 선택을 할 수 있는 자유를 주는 것이다. 심지어 그것이 아이에게 상처와 실망을 줄 가능성이 있다 해도 그래야 한다. 좋은 부모가 되려면 관여하는 것과 자율에 맡기는 것 사이에 균형을 찾아야 한다. 양쪽 극단의 상황에서는, 그러니까 부모가 아이를 완전히 방임하거나 모든 일에 개입하는 상황은 아이를 정신적으로 고통스럽게 한다. 그러나 어떤 상황에서도 당신은 아이를 보호하거나 도울 목적으로 관여함으로써 얻는 이득과 아이가 자

율적으로 행동해서 갖게 되는 개인적 성장의 기회를 거부하는 것의 비용 사이의 교환 가치를 따져봐야 한다. 당신의 만15세 아이가 성적이 안 좋아질까 봐 역사 숙제를 다시 해줘야 될 것만 같은 마음, 아이가 경기 출전시간에 만족하지 않는다고 농구팀 감독에게 전화해야 될 것 같은 마음에서 벗어나야 하는 것이다. 아이의 과제물을 한 번 읽어주고 어떻게 하면 개선할 수 있는지 조언을 해주거나, 아이가 감독에게 면담하러 가기 전에 대화를 가장 좋게 이끌 수 있도록 리허설 상대가 되어 주는 것은 괜찮다. 하지만 아이는 학교 생활을 어떻게 해야 하는지, 불공정한 처우를 받았을 때 어떻게 대응할 수 있는지 스스로 깨우칠 필요가 있다. 아무리 당신이 아이에게 최선을 다해 잘해 줄 목적으로 한 행동이라 해도 당신이 아이의 삶에 지나치게 발을 들여놓는다면, 그것은 아이의 발달을 억압하게 될 것이다.

- 아이가 점점 더 자기 삶을 더 잘 다스리게 되는 걸 느끼면서 서서히 통제를 풀어라. 자기조절의 발달은 부모나 다른 성인의 외부의 통제와 자기통제 사이의 점진적인 교환이 잘 이루어지는지에 달려 있다는 것을 기억하라. 아이가 성장하는 과정에서 당신이 어떤 기준이나 형식도 제시하지 않는 순간은 절대 없어야 한다. 그러나 아이가 나이를 먹어갈수록 아이가 더 큰 책임감을 보여줄 테니 그런 제한 사항들을 조금씩 풀어줘야 한다. 규칙을 변경하는 것은 빙판길을 달리는 것과 같다. 즉, 당신은 미끄러움 때문에 속도가 빨

라지는 것을 방지하기 위해 브레이크를 밟거나 갑자기 방향을 바꾸기도 할 것이다. 당신이 아이에게 제시했던 제한 사항을 풀 때마다 당신은 아이가 어떻게 반응하는지 잘 살펴야 한다. 만약 아이가 늘어난 자유를 책임을 가지고 잘 활용한다면 당신은 옳은 선택을 한 것이다. 아니면 당신은 원래 기준대로 돌려놔야 한다. 새로 설정한 더 자율적인 방식이 잘 작동한다면 당신이 만족할 수 있을 때까지 변경된, 전보다 느슨한 그들의 제한 사항을 그대로 두어라. 당신이 만 12세 아이의 숙제 시간을 감독하고 있는 상황을 연상해 보라. 당신은 한 번쯤 과제 성적이 나오기 전에 이 시간을 줄여준 다음에 아이가 어떻게 행동하는지를 보게 될 것이다. 만약 아이의 과제 성적이 좋은 수준으로 유지되면, 당신은 새로운 방식을 그 상태로 유지하면 되는 것이다.

- 아이 대신 결정해 주지 말고 의사결정 과정을 도와라. 가끔 당신에게 답이 확실해 보이는 선택이 당신의 청소년 자녀에게는 그렇지 않게 느껴질 수 있다. 아이가 그 선택지가 왜 다른 선택지들보다 나은지 이해할 수 있도록 도와주는 것은 부모가 올바른 선택을 대신 해주는 것보다 더 낫다. 중요한 선택을 할 때 아이를 위해 결정을 대신 해주지 말고, 선택을 위해 아이가 고려할 수 있는 요소들을 제시하라. 예를 들어, 만약 아이가 여름방학을 위해 몇 가지 아르바이트 자리 중 하나를 선택해야 한다면, 당신은 아이에게 월급은 결정을 위해 고려할 요소 중 하나일 뿐이라는 것과 약간 보수가

낮은 일이라도 아이가 배워보고 싶은 기술을 숙달시켜 주는 일이라면, 대학 지원을 위한 이력서에 적었을 때 더 주목 받을 수 있는 일이라면, 원래 흥미가 없지만 단지 돈을 많이 주기 때문에 끌리는 일보다는 충분히 가치가 있다는 걸 이해할 수 있게 도와줘야 한다.

- 보호해야 할 때는 보호하되, 할 수 있을 때는 자유를 보장하라. 아이의 능력을 발달시키기 위해서는 아이들은 실수로부터 학습을 할 필요가 있다. 그런데 많은 부모가 아이가 실수를 하게 그냥 놔두지 않는다. 왜냐하면 우리의 자연스러운 성향이 아이들을 상처, 실패 그리고 실망감으로부터 보호하는 것이기 때문이다. 당신의 아이가 참여하고자 하는 활동을 선택하는 것은 한가지 방향으로만 이루어진다. 당신 아이의 자율성을 극대화하여 그의 건강, 웰빙 그리고 미래가 위태로워지지 않게 하라. 스스로 그 활동들이 위험한지, 건강하지 않은 건지, 불법인 건지, 비윤리적인 건지 또는 열어놨어도 되는 문을 굳이 닫아버리는 건 아닌지(예를 들어, 아이가 상위권 대학에 지원하기 위해 들어야 하는 수업에 등록하는 걸 실패하는 일이 해당한다.) 스스로에게 질문하라. 만약 당신의 아이가 하고자 하는 일이 저 중 어디에도 해당하지 않는다면, 나는 허락하라고 제안한다. 물론 당신이 아이의 행동이 안 좋은 결과를 초래할 거라 믿는다면 허락하지 않아야 하겠지만, 그럴 때도 당신이 왜 그러한 결론을 내리게 되었는지 설명하여야 한다.

양육의 유형

(Styles of Parenting)

앞서 설명한 바와 같이 부모는 3가지 면에서 탁월한 부모가 될 수 있도록 최선을 다해야 한다. 그것은 바로 따뜻하고, 공정하고 그리고 지원하는 면이다. 이 중 하나 또는 두 가지만 잘해서 되는 것이 아니라 세 가지 모두를 신경 써야 한다. 훌륭한 부모의 이 세 가지 요소 중 어느 한 가지의 효과는 다른 두 가지와 함께 나타날 때 증폭된다. 구체적으로 모든 아이들이 부모의 따뜻함으로부터 좋은 영향을 받지만, 따뜻한 부모 슬하에서 자란 아이가 부모로부터 공정함과 감정적 지지까지 느끼게 된다면, 아이가 느끼는 따뜻함의 크기가 따뜻하고 공정하지만, 지나치게 방임하거나 통제가 심한 부모 밑에서 자란 아이보다 더 클 것이다.

따뜻함과 공정함의 관계가 특히 중요하다. 많은 부모들이 아이의 행동에 기준을 제시할 때, 자신들이 공정해야 하고 규칙을 일관되게 적용해야 한다는 것까지는 이해하고 있다. 그러나 연구 결과에 따르면, 규율이 효과적이기 위해서는 아이들은 그들의 부모가 자신을 사랑하고 보살피고 있다는 느낌을 받아야 한다고 알려졌다. 따뜻함이 없다면 아이는 단호한 공정성을 차갑고, 불공평하며, 가혹한 것으로만 느낄 것이다. 그리고 이런 느낌이 반항심, 저항 또는 무기력함을 유발하게 될 것이다.

이론적으로 우리는 세 가지 요소에 각기 다른 비중으로 둬서 다양한 양육 방식의 조합을 생각해 낼 수 있을 것 같지만, 실제로는 얼마 되지 않는다. 그동안 발표된 일련의 연구는 세 가지 양육 방식이 뚜렷하게 구분될 수 있다는 걸 발견했다.

첫 번째는 "독재적(autocratic)"이라 지칭되는 양육방식으로, 상대적으로 차갑고, 단호하고, 정신적으로 강하게 통제하는 부모를 가리킨다. 독재적인 부모는 아이에게 "그냥 해. 내가 그렇게 말했으니까."의 태도를 보인다. 그리고 그들은 권력과 통제력을 행사하는 방식으로 아이를 처벌하는데, 그건 종종 차갑고 가혹한 모습으로 나타난다. 독재적인 부모는 그들의 아이를 키우는 접근 방식이 엄격할 때가 많고, 타협이나 융통성보다는 일관된 훈육을 선호한다. 심지어 잘못하고 있다는 걸 알 때도 그렇다. 베스트셀러 〈타이거 마더(Battle

Hymn of the Tiger Mother)[1]〉에서 묘사된 모습에 의하면 "호랑이 양육(Tiger mothering)"은 독재적인 부모의 양육 형태이다. 연구결과들은 독재적인 양육 방식이 건강한 발달을 돕지 않는다는 걸 명확하게 보여주고 있으며, 나를 포함한 심리학자들은 호랑이 양육을 강력하게 비판한 바 있다. 정말 많은 연구들에서 아이들, 특히 아시아계 미국인 아이들[2]이 그들의 부모가 다정하고 더 지원해 주는 방식으로 양육할 때 더 좋은 정신 건강 상태를 가진다고 보고 하고 있다.

또 다른 흔한 양육 방식은 "허용적(permissive)" 양육 방식으로 호랑이 양육 방식과 반대되는 접근 방식이다. 허용적인 부모는 따뜻하고 지원해 주는 편이지만, 매우 관대하며 아이가 기분 내키는 대로 하게 놔두고 아이만의 방식대로 살도록 내버려둔다. 이런 부모들은 자유방임주의적인 태도를 취하면서, 일반적으로 기준선을 설정하거나 갈등 상황을 명확히 통제하는 것을 지양함으로써 아이의 행복을 지켜주려고 한다.

세 번째의 일반적 양육 방식은 민주적인 양육방식이며, 이 방식이 이상적인 방식으로 알려져 있다.이 방식은 따뜻함, 공정함 그리고 지원 면에서 모두 높은 수준을 추구하려고 한다. 그러나 허용적

---

1 해당 서적의 국문 번역서 제목은 타이거 마더지만, 원서 제목을 직영하면 호랑이 엄마의 승전보로, 해당 서적에서 저자는 자신이 엄격하게 자녀를 키워서 아이의 인생을 성공으로 이끌었다는 이야기를 담고 있다.

2 타이거 마더 저자의 가족은 아시아계 미국인 가족이다.

인 양육과 달리 민주적인 부모들은 아이 행동에 기준선을 설정하는 것, 아이가 명심해야 할 규칙을 유지하는 것을 주저하지 않는다. 그리고 이 방식과 똑같이 제한선이나 기준을 두는 독재적 양육 방식과 다르게 민주적 양육 방식에서는 처벌이 권력이 아닌 따뜻한 인간미에 기반하고 있다. 즉, 아이가 자율적으로 성장하는 느낌을 억제하지 않고 지지해 주는 방식인 것이다. 다시 말해서 민주적 양육 방식은 냉혹하지 않은 단호함, 억압 없는 엄격함인 것이다. 민주적인 부모들은 대체로 비계설정에 능하다.

양육에 관한 이러한 세 가지 다른 접근법은 아이를 위해 무엇이 최선인지에 대해 매우 다양한 가치와 신념을 반영한다. 독재적인 부모는 그들의 주된 책임이 아이의 충동을 통제하는 것이라고 본다. 그들은 권위에 관한 순종과 존중이 아이가 배워야 할 가장 중요한 부분이라고 믿는다. 일반적으로 그들은 아이를 다른 유형의 부모들만큼 사랑하지만, 그들의 모습은 거리감 있고 차갑게 보이곤 한다. 이것은 다른 사람이 볼 때나 아이가 볼 때나 마찬가지다. 이유인즉슨, 그들은 애정을 보여주는 것이 훈육의 효과를 약화시킨다고 믿기 때문이다.

허용적인 부모는 아이를 보살필 때 완전히 다른 관점으로 다가간다. 그들은 부모의 주된 책임이 아이가 필요로 하는 것과 요구 사항을 다 충족시켜 주면서 행복하게 해주는 것이라고 생각한다. 독재적인 부모와 다르게 허용적인 부모는 아이가 기본적으로 선하다고 믿으며, 부모는 자녀의 성향을 그대로 용인해 줘야 한다고 믿는다. 허용적인 부모는 아이를 통제하기 위해 가까이 있는 게 아니라 가능한 거리를 내어주고 관망하면서 아이의 성장을 촉진하고자 한다. 사실 이러한 부모들은 오히려 지나친 통제, 즉 아이의 자연스러운 창의성, 호기심 그리고 탐구심이 공공연하게 지나친 권위로 인해 억제되는 것을 경계한다. 물론 그들도 아이가 잘못된 선택을 할 수 있다는 것을 알고 있다. 그러나 그들은 그런 실수에서도 실수로 인해 생긴 안 좋은 일들보다 훨씬 더 가치 있는 것들을 배울 수 있을 거라고 믿는다.

독재적인 부모가 순종에 높은 가치를 둔다면, 허용적인 부모는 행복에 가치를 두며, 민주적인 부모는 자기주도성에 가치를 둔다. 민주적인 부모에게 최우선적인 문제는 아이가 순종적이거나 행복한지가 아니라 아이가 성숙한지, 즉 자기조절 능력의 수준이다. 민주적인 부모에게 가장 중요한 목표는 외부적인 관리가 내부적인 자기 관리로 자연스럽게 옮겨갈 수 있게 교육의 단계를 구성하는 것이다.

각각의 목표, 즉 순종, 행복 그리고 성숙은 공감할 만한 부분이며, 모든 부모는 사실상 이 세 가지를 각각 어느 정도는 바라게 된다. 문제는 부모가 이 중 어느 하나에 가치를 두고 있는지가 아니라 그들이 실제로 무엇을 강조하고 있는지의 여부다.

이 강조라는 부분이 자기조절의 발달에 있어서 큰 차이를 만든다.

민주적 양육의 힘

(The Power of Authoritative Parenting)

민주적 양육이 다른 유형의 양육보다 탁월한 방법이라는 생각은 이제 설득력 있는 근거와 함께 사회과학자들 사이에서 보편적으로 인정 받고 있다. 실제로 예외 없이, 모든 연구 결과가 민주적 양육을 하는 가정에서 자란 어린이들과 청소년들이 독재적인 부모나 허용적 부모 슬하에서 자란 어린이들과 청소년들보다 더 자립심과 자기 통제력이 높다고 보고하고 있다.

민주적 양육의 장점들은 아이의 연령, 성별, 출생순서 또는 인종과 관계없이 계속 발견되고 있다. 이러한 장점들은 전 세계 곳곳에서 진행된 연구에서 공통적으로 보고되고 있다. 가난한 집이든, 부유한 집이든 상관없이 또는 부모가 이혼이나 별거 중이든, 안정적인 결혼생활을 하든지 상관없이 공통된 결과를 보여주고 있다. 민주적 양육의 힘은 너무 강력해서 그 기본적인 원리는 부모가 아닌 사람에게도 들어맞는다. 예를 들면 교사, 코치 그리고 직장 상사에게도 적용될 수 있다. 민주적 양육의 접근법이 교실의 청소년들, 운동장 위의 청소년들, 일터에서 일하는 청소년들의 학업 성취, 운동선수의 탁월한 기량, 직장에서의 성공으로 이끌 수 있는 것이다.

민주적으로 교육받은 청소년들은 더 자신감이 있고, 더 침착하고, 더 단호하고, 더 자립심이 강하다. 이것은 결과적으로 그들을 주변 친구들의 압박에 덜 민감하게 하여 약물남용이나 음주에 빠져들 가능성을 낮추며, 무엇보다 심각한 범죄나 시험 중 부정행위, 무단 결석 같은 일탈 행위를 저지르지 않게 한다. 민주적인 가정에서 자란 청소년들은 자신의 감정을 다스리는 데도 능숙하기 때문에, 그들은 불안, 우울 그리고 불면증이나 폭식증 같은 심신 장애를 보일 가능성도 적다. 게다가 민주적인 부모에게서 자란 청소년들은 만족을 지연시키는 것도 잘하기 때문에, 그들은 학교 생활도 잘해내는 것으로 알려져 있으며 학업 성적, 학업에 관한 자세, 공부하는 시간 그리고 졸업까지 몇 년이 걸리는 지와 같은 지표들이 그것을 증명한다.

이와 대조적으로 독재적인 분위기의 가정에서 자란 10대들은 순종해야 한다는 압박을 받아왔다. 만약 모든 부모가 아이들이 비행을 저지르지 않는 상태만을 지키고 싶은 거라면, 독재적인 양육 방식이 그 목적에는 부합할 것이다. 독재적 가정에서 자란 10대들은 부모의 극단적인 엄격함을 경험해 왔기 때문에 약물도 남용하지 않고, 음주를 할 가능성도 적고, 다른 문제에 휘말릴 가능성도 적을 것이다. 그러나 측정하는 지표가 심리적인 삶의 질이 된다면, 독재적인 훈육과 관련된 부작용들이 나타난다. 독재적 가정에서 자란 10대들은 다른 아이들보다 자존감이 더 낮고, 사회 속에서 평안하지 않다. 그들은 자립심과 끈기가 약하기 때문에 장애물을 만나면 쉽게 포기한다. 만사가 잘 풀릴 때면, 그들은 원만하게 잘 지낸다. 그러나 반대로 만사가 힘들어지면, 독재적인 가정에서 자란 청소년들은 용기를 내지 못한다. 이처럼 독재적인 양육은 청소년들을 말 잘 듣는 아이로 만들겠지만, 자신감 있고 정신적으로 성숙한 아이가 되는 것을 가로막는다.

허용적인 가정에서 자란 청소년들은 어떤 면에서 독재적인 가정에서 자란 아이들의 정반대편에 있다고 볼 수 있다. 그들은 일반적으로 자기에 관한 믿음, 자신감 그리고 사회적인 평정심이 독재적인 가정에서 자란 청소년들보다 높은 편이다. 그러나 비행과 관련된 척도에서는 허용적인 방식으로 양육된 청소년들인 또래에 비해 더 나쁜 편이다. 그들의 약물 남용과 음주의 수준은 다른 청소년보다 높은 편이고, 그들의 학업 성적도 비교적 낮은 편이며, 마지막으로 성취 동기 또한 약한 편이다. 허용적인 가정에서 자란 10대들은 사교적인 상황에서 다른 아이들에 비해 더 편안해 하지만, 친구들의 영향에 더 민감한 면을 보인다. 대체로 가정에서 부모의 관용이 10대 아이들을 더욱 그들의 또래 친구들에게 맞추도록 만드는 반면, 그들의 부모 또는 교사 같은 다른 어른들의 뜻에는 더 저항하게 한다.

성숙한 자기조절 발달을 도우려면

(Helping Adolescents Develop Mature Self-Regulation)

전두엽의 발달이 유전자에 이미 프로그래밍되어 있는 것과 동시에 살면서 겪는 경험의 영향도 받는다는 것은 모든 청소년들이 왜 그들의 상위 인지 과정과 자기 조절과 관련된 능력을 향상시키게 되는지 설명을 제시한다(이들은 모두 전두엽 피질에 의해 통제된다.). 그리고 어째서 어떤 아이가 다른 아이보다 더 크게 향상시키는지에 대한 설명도 제시한다. 2차 성징이 아마 전두엽 피질에서 가소성의 장문을 열어주겠지만, 굳어지지 않은 두뇌가 어떤 모습으로 주조될지는 환경에 의해 좌우될 것이다. 충분히 운이 좋아서 다정하고, 엄격하면서도 감정적인 지지까지 아끼지 않는 부모에게서 양육된 청소년들은 상위 인지 능력과 자기조절 능력을 키워나갈 때 크나큰 혜택을 누릴 것이다. 이러한 능력들이 결국 그들의 학업 성적을 탁월하게 만들고, 더 많은 세월 동안 학위 공부를 하게 만들어 줄 것이며 중독, 비행, 비만 또는 계획되지 않은 임신으로부터 보호해 줄 것이다.

두뇌의 체계가 자기조절 능력을 태어날 때부터 성인기 초반까지 발달하도록 제어하기 때문에 부모에게는 아이가 자기통제력을 학습할 수 있도록 도울 수 있는 방대한 기회의 창문이 있다. 그런데 불행히도 똑같은 긴 시기 동안에 어떤 부모는 학습 과정을 저해할 수도 있다. 창문의 크기는 이 특정 두뇌 체계를 환경에 가장 민감한 부분 중 하나로 만든다. 긍정적인 발달을 촉진할 수 있는 기회가 반복적으로 찾아오지만, 발달을 저해할 가능성에도 마찬가지이다.

부모가 아이를 건강하고, 행복하고, 성공적으로 키우기 위해 가장 중요한 단 한 가지는 민주적인 양육을 실시하는 것이다. 이때 내가 부모들에게 할 수 있는 조언은 간단하다. 다정하고, 엄격하고, 지원해 주는 부모가 되어라.

다음 장에서 우리는 학교에서 같은 원리를 어떻게 적용하고, 청소년의 두뇌 가소성이 높아지는 순간의 기회를 어떻게 이롭게 활용할 것인지 살펴 볼 것이다.

제8장

고등학교의 재구성

(Reimagining High School)

30년이 넘도록 미국 학생들이 국제적인 성취도 비교에서 저조하다고 거듭 말해 왔다. 가장 충격적인 부분은 읽기와 수학, 과학의 기본 능력의 결여이다. 오늘날 학생들의 성취도가 악명 높은 블루리본위원회[1]에서 1983년에 위험에 처한 국가라고 경고했던 보고서에서 보다 더 나을 것이 없다.

매년 여러 번 다른 보고서에서도 너무나 익숙한 발견들을 확인되었다. 교육 전문가, 정치가, 권위자, 모든 성직자들은 문제의 진정한 원인에 대해 불충분한 선생님의 보수, 학생들 사이의 다양성 증가,

1 미국에 있는 블루리본위원회는 주어진 질문을 조사, 연구, 분석하기 위해 임명된 뛰어난 사람들의 그룹으로, 종종 논란거리가 되는 문제에 대해 보고하기 위해 정부기관이나 경영진에 의해 임명된다.

선생님 양성 프로그램을 졸업한 수준 낮은 졸업생들, 너무 적은 자금, 너무 많은 시험, 부모의 결손, 수입의 불균형 중 하나라고 말했다. 그리고 그 이슈는 겨우 하루 정도만 주목을 받았다.

얼마 지나지 않아 대통령이나 교육부장관이 확률적으로 거의 드문 출중한 성취를 이룬 한두 명의 학생이 있는 학교를 방문하여 상황을 전환시킬 확실한 계획을 발표한다. 1주일도 안 되어 위기는 기억 속으로 희미해진다. 다음의 실망스러운 보고서가 나올 때까지 언론은 최근의 표준화된 성취도 시험의 결과를 발표하거나 교육 영웅이 모두 위조된 자료였다고 발표한다.

이 모든 잡음 속에서 한 가지 매우 중요한 신호를 읽지 못한다. 이러한 문제들은 원래 미국 고등학교에 있었다. 모든 국제 평가에서 미국 초등학교 학생은 일반적으로 분포의 최상위를 기록하고, 미국 중학교 학생들은 평균 위쪽에 있다. 그러나 고등학교 학생은 주요한 경제 상대국과 비교하여 국제평균보다 훨씬 아래에 있고, 그들은 특히 수학과 과학에서 점수가 낮다.

우리의 열악한 모습이 측정 과정에서 기능 이상이 아니라는 것을 확실히 하는 것이 중요하다. 많은 다른 나라 학생들은 우리가 하는 직업 체험과 대학 준비 프로그램을 하지 않았고, 조사를 수행하는 기관에서는 모든 나라에서 모든 수준의 학생들을 포함하여 대표적인 샘플을 얻는 데 매우 주위를 기울였다. 우리 교사들이 교실에서 더 많은 다양성을 다루어야 해서 커리큘럼에 집중하기 어려운 이유로 뒤쳐진 것이 아니다. 일반적으로 다른 나라보다 미국의 고등학교 교실은 지적 수준이 훨씬 더 다양하다. 그러나 전반적으로 최상위와 최하위 수행 학생 사이의 격차는 다른 나라와 비교할 만하며, 이 다양성에 의해 그 수가 한쪽으로 쏠려 나타나지는 않는다. 그렇다면 우리 고등학교 아이들을 방해하는 것은 무엇일까?

한 가지 단서는 전 세계의 15살 학생들을 참여와 소속이라는 두 가지 척도로 비교한 연구에서 찾을 수 있다. 학생들 참여도의 측정은 얼마나 학교에 출석하는지, 정각에 도착하는지, 수업에 적극적인지에 기초했다. 소속감 척도는 학생들이 얼마나 자신의 학생 신분에 편안함을 느끼는지를 반영하는데, 학교 친구들에게 인기가 있고 학교에 친구가 있을 때이다. 우리는 학문적 참여 지표를 첫 번째 척도로, 두 번째로 사회적 참여를 생각했다.

학문적 참여의 측정에서 미국은 평균 점수를 기록했고 중국, 한국, 일본, 독일과 같은 우리의 경제적 상대국들보다 훨씬 낮은 점수를 얻었다. 이러한 나라들에서 학생들은 학교에 등교하고 수업에 다른 어떤 나라보다 열심히 참여한다.

사회적 참여의 척도에서 미국은 독일을 제외한 이들 경제 경쟁자 중 최고점수를 얻었다.

미국에서 고등학교는 사교를 위한 곳이다. 아이들을 위한 사교 클럽이며, 성가신 수업들이 그들에게 정말 중요한 활동들을 방해하는 곳이다. 가난한 중국인, 한국인, 일본인 학생들을 오직 공부만하고 학교에서 재미없게 지낸다고 불쌍히 여긴다. 그러나 공부 압력에 시달리는 중국, 한국, 일본 등 아시아 학생들과 독일 학생들의 10대 자살률보다 미국이 더 높다는 것을 알면 놀랄 것이다.

최고의 미국 학생들을 제외하고 미국 내 가장 유망한 대학을 가려 하는 우수반에 있는 학생들에게 고등학교는 지루하고 매력이 없다. 미국 어린이들의 하루 일과 중 기분을 조사한 연구는 학교에 머무는 동안 아이들이 가장 크게 느낀 감정이 지루함이라고 보고했는데, 특히 청소년기에 그렇다고 했다. 그리고 그들의 기분은 오후 3시 무렵과 주말에 가까워질수록 나아진다(미국 청소년의 삶에서 감정적으로 가장 기분이 바닥일 때는 수요일 아침이다.). 다수의 미국 고등학교 학생들은 학교 활동이 힘에 겨우며 단지 학문적 어려움이 있지 않을 정도만 노력하고 있다고 말한다. 미국 고등학생의 3분의 1은 그들이 학교에 전혀 흥미가 없으며 친구들과 장난을 치면서 하루를 보낸다고 보고하였다. 또한 이러한 조사들은 학교를 도중에 그만둔 약 20%의 학생은 포함하지 않아, 그들까지 포함시키면 훨씬 비율이 높아질 것이다.

이러한 결과를 단순히 청소년들은 대체로 모든 것을 지루해한다는 일반적인 사실 확인으로 여길 수 있다. 그러나 미국 고등학생은 다른 나라의 학생들보다 훨씬 더 지루해한다. 미국에서 공부해 온 교환학생과 해외에서 공부하는 미국인 학생들을 조사한 결과, 미국 고등학교에 참여했던 외국 학생들의 80% 이상이 모국의 학교가 더 매력 있다고 말했다. 50% 이상의 외국에서 공부 중인 미국인 고등학생들은 모국의 고등학교가 더 쉽다는 데 동의했다. 객관적으로 그들이 맞는 것으로 보인다. 미국 고등학생들은 세상의 나머지 지역에 있는 경쟁자들보다 학업에 시간을 거의 쓰지 않는다.

미국 내에서 성취도 변화는 우리 고등학교가 상대적으로 어린 학생들에게 얼마나 해로운지를 폭로한다. 미국 교육부에 의해 관리되는 세계 교육 진보평가위원회(The National Assessment of Educational Progress)는 매년 9살 초등학생, 13살 중학생, 17살 고등학생의 세 연령 그룹을 대상으로 정기적으로 시험을 실시한다.

지난 40년 동안 읽기 점수는 9세에서 6% 증가, 13세 그룹에서는 3%로 작지만 통계적으로 두 연령에서 상당한 개선을 보였다.

반대로 고등학생들은 전혀 진전이 없었다. 읽기와 수학 점수는 17세에서 아무런 변함이 없었다. 과학, 작문, 지리, 역사 등 고등학생의 과목별 시험 점수는 과거 20년 동안을 추적해 보았으나 변화가 없었다. 그리고 상대적인 기준보다는 다소 절대적으로 미국 고등학생들의 성취는 부끄러울 정도이다. 2012년 13세 학생의 15%, 9세 학생의 22%와 비교하면 17세 학생들의 6%가 읽기의 유창성에서 최상위 등급을 받았다. 수학에서도 17세 학생들의 7%, 13세 아이들의 34%, 9세 아이들의 47%가 최상위 등급을 받았다.

즉, 과거 40년 동안 커리큘럼, 시험, 교사, 교사 연수, 교사 급여와 수행기준 수십억 달러를 투자한 학교 개혁에도 불구하고 미국 고등학생의 학문 능력에는 어떤 개선도 보이지 않았다.

우리가 유일하게 시도해 왔으며, 우리 청소년들이 실패한 것이 단지 아동 낙오 방지법(No Child Left Behind, **NCLB**)[2]만이 아니며, 시도했던 하나하나가 모두 실패했다. 차터스쿨[3]이 일반 공공학교보다 더 나은 것이 아니다. "미국을 위해 가르쳐라(TFA)[4]" 프로그램 교사 또한 관습적인 교사보다 더 좋은 성과를 내지 못했다. 차이점을 설명하는 한 가지는 공립학교와 사립학교 학생들의 가족환경인데, 사립학교 학생들에게서 어떤 이점도 발견되지 않았으며, 바우처 제도[5] 또한 학생들의 결과 산출에 아무런 영향을 미치지 못했다. 애틀랜타에서 시카고, 필라델피아까지 학교 관리자와 교사들이 학생들의 수행 결과를 날조하다 적발된 것은 놀라운 일도 아니다. 지속적으로 결과를 가져오는 것은 오직 교육 전략뿐이다.

오히려, 17세의 테스트 결과가 더 어린 학생들보다는 나을 것이다. 초등학생이나 중학교 학생들은 거의 중도에 탈락하지 않으나 많은 17세 학생들은 전국 교육 성취 평가를 치르기 전에 탈락한다. 이렇게 탈락한 무리들은 더 이상 측정되지 않는다. 17세 아이들의 전

---

2 미국의 법률로서, 일반교육과정에서 낙오하는 학생이 없도록 미국의 각 주가 성취도 평가의 기준을 정하고, 이를 충족하지 못한 학교, 교사, 학생은 제재를 받도록 하는 법이다.

3 공립학교처럼 주 예산으로 운영되는 무료학교인데 보통 공립학교들보다 교과 과정이나 스케줄 재정 교사 채용 등 행정을 자유롭게 자립적으로 운영하는 학교

4 미국에서 가장 유망한 미래지도자를 모집, 개발하여 교육 형평성과 우수성을 증진시키고자 하는 비영리단체, 교사로 봉사할 전문 대학 졸업생을 모집하고 선발하여 저소득층을 위한 학교에서 일하게 한다.

5 학부모에게 일정액의 바우처를 지급해 이 돈으로 학교를 선택하게 하는 학교 선택 프로그램

국 교육 성취 평가점수는 9세나 13세 아이들의 점수보다 다소 나아졌다. 그러나 물론 그 반대도 사실이다.

이러한 낮은 성취는 당황스럽다. 고등학교가 초등학교보다 인종적으로 더 다양한 것도 아니다. 사실상 초등학교 연령의 아이들이 인종적으로 고등학생보다 다양하다. 또한 고등학교에 더 가난한 학생이 많은 것도 아니다. 중등학교의 거의 2배에 이르는 초등학교 학생들이 가정 수입에 따라 극빈층으로 분류된다.

고등학교 교사의 급여가 적기 때문이 아니다. 중등과 초등교사의 급여와 거의 동일하다. 고등학교 교사가 자질이 부족해서도 아니다. 중등과 초등학교 교사와 교육 수준과 경력도 비슷하다. 학생과 교사의 비율 또한 초등학교와 고등학교가 동일하다. 학생들이 교실에서 소비하는 시간도 마찬가지로 동일하다. 우리가 고등학교에 재정적으로 부족하게 지원하는 것 또한 아니다. 미국인을 위한 학교는 실제로 초등학생보다 고등학교에 학생당 조금 더 많은 돈을 소비하고 있다.

마찬가지로 고등학교가 국제적인 기준에 비해 직원이 부족하거나, 자금이 부족하거나, 충분히 활용되지 못해서가 아니다. 오직 스위스, 노르웨이, 룩셈부르크가 미국보다 1인당 고등학생에 더 많은 예산을 소비한다. 우리는 또한 동일한 양의 돈을 식사나 운송수단과 같은 보조적인 수단과 관련한 핵심 교육 활동에 소비한다. 미국 고등학교 교사는 급여를 덜 받지 않고, 그들의 급여는 대부분의 유럽, 아시아 나라들과 비교할 만하다. 미국의 수업 규모와 학생과 교사 비율은 다른 나라의 평균치 정도이다. 그리고 미국 고등학교 학생들은 다른 나라의 학생들보다 매년 실제로 교실에서 더 긴 시간을 보낸다.

미국 고등학교는 세계의 다른 고등학교와 미국 내 초등학교, 중등학교와의 비교하여 수행이 형편없는 그럴듯한 이유를 찾지 못했다. 몇몇 분석가들은 학교에서 보내는 해와 일수가 길어지는 것에 대해 논의해 왔다. 그러나 더 높은 성취를 내는 다른 나라의 고등학생들보다 이미 더 많은 시간을 학교에서 보내고 있어, 이것에 대해 논의하는 것도 적절하지 않다.

우리의 고등학교 교사들이 실력이 부족하거나 다른 나라의 교사들 보다 덜 훈련된 것은 아니며, 우리 고등학교 교사의 연수 프로그램 또한 초등학교 또는 중등학교 교사 프로그램보다 못하지 않은 것으로 보이며 사실상 그 반대가 사실이다. 전국 교사 자격협의회의 최근 보고서에 따르면, 초등학교 보다 중등학교, 중등학교보다 고등학교 교사 프로그램이 더 높은 점수를 받았다.

자기 통제력을 기르기 위해 학교를 활용하기

(Using School to Build Self-Control)

학교 개혁에 대한 대부분의 논의가 학교와 교사에 초점을 두고 있는 것은 놀랍지도 않다. 그들은 대체로 커리큘럼, 교육 방법, 교사의 보충을 요구한다. 미국 고등학교의 학업 저조의 근본적인 문제가 우리 학교에 있는 것이 아니다. 만일 부모가 그들의 아이들이 학교에서 선생님이 가르치는 것에 흥미를 유지할 수 있도록 키웠다면, 교사가 하는 것은 문제가 되지 않을 것이다. 교사가 어떻게 가르치는지, 그들이 무엇을 가르치는지 또는 그들이 급여를 얼마나 받는지, 누구인지는 중요하지 않다. 학업 성적의 문화, 교육자, 교육의 변화 없이는 차이를 만들지도 만들 수도 없을 것이다.

내가 처음 지적했을 때 이것 모두 사실이었으며, 그 후 20년이 지난 지금까지도 고등학교 성취는 계속 저조하여 더 분명한 사실이 되었다.

많은 아시아와 유럽으로부터 온 고등학생들이 미국 학생들을 뛰어넘는 것은 그들의 성취에 대한 문화가 우리와 매우 다르기 때문이다. 이러한 문화에서는 가정에서 높은 기대를 가지고 청소년의 성취를 위해 더 많이 지원을 한다. 더하여, 다른 나라들 특히 아시아에서는, 부모는 아이가 어릴 때부터 자기조절을 가르친다. 다른 문화에서 아이들이 성인으로 성숙할 때까지 그들은 미국인보다 훨씬 더 자기조절을 할 수 있게 된다.

최근 미국으로 이민 온 가정의 아이들이 유사한 인종의 아이들보다 학교에서 왜 더 잘 해내는지는 문화적 차이가 잘 설명한다. 그들은 미국에서 오래 살아가게 되는데, 이것을 "이민자 역설(immigrant paradox)이라고 부른다. 이민자 아이들이 미국에서 수 세대 동안 살아온 가족의 아이들과 동일한 학교에 출석한다. 그들은 동일한 선생님과 커리큘럼을 따른다.

그들 부모가 심지어 아이들이 학교에서 배우는 언어를 말할 수 없고, 가족들이 엄청난 장애물에 부딪치더라도 이민자 아동들이 뛰어난 성취를 해내는 것이 그들 선생님이 그들에게 특별히 더 많은 것을 준비해 주어서가 아니다. 아시아계 미국인 아이들은 특히 끔찍하기로 소문난 우리 학교에서 아무것도 해주지 않는 형편없는 선생님 밑에서 특별히 잘 해낸다. 그들 부모가 어떻게 양육했고, 아이들에게 무엇을 기대했는지와 관련이 있다.

4장에서 말했듯이, 우리는 국제적인 조사로 서로 다른 연령, 10세에서 30세까지 충동 조절을 테스트해 보았다. 열 살 때 자기조절은 중국 아이들이 미국 아이들보다 10% 정도 높아 큰 차이가 없었다. 이러한 차이는 매년 조금씩 커져, 14세 때는 중국인의 점수가 20%나 높아졌다. 그리고 18세에 그 점수는 45%, 20세에 중국인이 미국인보다 50% 이상 자기조절 점수가 높았다. 어릴 때 자기 조절의 차이가 성인에서도 유지되는 것으로 보였는데, 이것은 기질 차이가 아닌 문화에 따른 양육 방식의 결과로 보였다. 만일 이 모든 것이 사실이라면, 왜 우리는 초등학교 아이들의 성취를 향상시키기 위해 몰두했을까? 그 답은 학교에서 성공을 위해서 매우 기본적으로 보이는 비인지적 기술이 학생들이 나이가 들수록 중요해지기 때문이다. 학생들이 초등학교에서 중등, 고등학교까지 진학함에 따라 학업은 점점 더 도전적이고, 강한 자립심을 필요로 한다. 어른들은 학생들이 더 독립적으로 행동하길 기대하여 감독과 지원을 덜 하게 된다. 고등학교 과제는 완료하는 데 더 많은 시간이 걸리고, 시험 공부를 위해 더 오랜 시간 공부를 해야 한다. 학업은 더 어려워진다. 자기조절 능력과 만족을 지연할 줄 아는 것은 초등학교 때보다 고등학교 시기에 커다란 이점이 된다. 아이가 중학교에서 성공하기 위해서 많은 인내심이 필요하지는 않다. 즉, 비인지적 능력에 주의를 기울이지 않아도 초등학생을 개선시키기는 쉽다. 또한 초등학교에서는 거의 산만하지 않다. 더 정확하게 말하면, 초등학교 학생들은 학교에서 소문이나, 사회적 위치, 또래의 관심, 또 당연하지만 섹스에 영향을 덜 받는다. 우리가 보아온 대로 청소년기는 사회적 정보를 처리하는 뇌 체계가 쉽게 각성이 되는 시기이다. 그래서 특히 과도하게 또래 관계를 강조하는 미국 학교 환경에서 강한 책임감을 보인다. 또래의 존경이 특별히 더 중요한 시기에 다른 나라의 학생들은 대부분의 미국 고등학생들이 조롱하는 데 반하여 학업적 성취를 존중하는 또래 문화의 혜택을 받는다.

다시 생각하는 중등교육

(Rethinking Secondary Education)

매우 성공적이지는 않았지만, 학교가 책임지는 일반적인 학업능력뿐만 아니라 청소년의 건강한 심리적 기능의 발달에도 중점을 두는 중등교육에 관심이 증가하고 있다. 이러한 움직임의 기본적인 전제는 인생에서 성공이 학교에서 배운 전통적인 학업 능력의 숙달에 의해 부분적으로만 결정된다는 것이다. 내가 이전 장에서 설명한 바와 같이 성공은 끈기, 결단력, 자기조절력과 같은 자질에 영향을 받는다.

의도적으로 고등학교 커리큘럼이 심리적 건강을 개선시키려는 노력들에 열정적인 여러 이유가 있다. 우리가 사는 세상의 급격한 변화 속에서 학교는 미래에 필요한 특별한 기술을 예측하는 것이 불가능해졌다. 많은 전문가들은 학교가 좀 더 다양한 분야에서 가치를 가질만한 일반적인 경쟁력을 키우는 것에 동의한다. 이 기술들은 다른 사람들과 효과적으로 일하고, 장기간의 전략적인 계획을 수행하고 발전시키는 능력, 새로운 정보를 찾는 방법과 이용하는 능력, 유연하고 창의적으로 생각하는 능력, 물론 자기조절의 능력들이 포함된다. 대부분의 고용주는 그들이 새로운 직원을 고용할 때 이러한 자질이 가장 중요하다고 말한다.

이러한 자질은 항상 가치가 있었고, 중산층과 전문 직종에서도 마찬가지였다. 역사적으로 블루칼라 직업에서는 그 자질들은 덜 원해 왔고, 심지어 바람직하지 않았다. 좋은 직원은 그들 앞에 닥친 즉각적인 일에만 집중하고 순종적이어야 하며, 창의적이어서는 안 되는 것으로 기대되었다. 가장 성공적인 직원은 감독자에 의해 주어진 특정 지침을 따르고 실행할 수 있는 사람이었다. 공장 소유자에게 "상자 밖을 생각하는 근로자"는 가장 최악이었다.

이전 장에서 설명한 육아 방식, 권위적이고 독재적이며 관대한 것은 사회 경제적 배경이 다른 사람들 속에서 엄청나게 다르게 영향을 미친다. 이유를 예상하기는 쉽다. 독재적 접근을 선호하는 노동계급의 부모는 그들이 성인으로서 유용하다고 알게 된 특성을 자녀에게 강조한다. 아버지와 어머니가 직장에서 필요한 자질은 감독자의 말에 기울이고 질문 없이 지시에 따르는 것이며, 아이를 양육할 때에도 이러한 자질을 가르치려고 애를 쓴다. "내가 말한 대로 해."는 사장님 말을 따르는 것이 가장 중요한 부모가 단순하게 말하는 방식이다. 이러한 상황에서 노동자는 아이이다. 그리고 사장은 부모이다. 노동자 계급의 부모의 생각에는 권위자에게 순종하는 것을 배우는 것이 인생에서 성공을 이끈다.

반대로 중산층과 전문직 부모들은 보상을 추구하고, 자기 주도적이며 유연성이 요구되는 직업에서 일하는 경향이 있다. 이런 이유로 이들은 아이들을 주로 민주적인 방식으로 양육한다. 중산층 부모는 저녁식사 시간에 그들의 10대 아이들이 자신의 관점을 표현하도록 격려하고, 그 기대와 결과에 대해 토론하는데, 이는 가족 안에서 사무실에서 하는 회의에 참가하는 것과 비슷하다. 주어진 규칙의 장점에 대해 의문을 제기하는 청소년들이 그 질문 때문에 벌을 받지 않고 "스스로 생각한 것"에 대해 칭찬을 받는다. 그러나 노동계급에서는 동일한 행동이 무례한 것으로 여겨질 수 있다.

자동차 산업과 같은 블루칼라 직장은 쇠퇴하고 있으며, 이러한 직업에서 성공을 촉진하던 그 자질들도 같은 운명이 되었다. 지시를 따르는 것이 성공하는 기술이었던 보수가 좋은 직업들이 사라지고 있다. 그 직업들을 대체하는 직업들은 중산층 부모가 여러 세대 동안 강조해 온 자질을 필요로 한다. 과거에는 명령 하달식 독재적인 가정에서 자란 아이들이 시장성이 있는 비인지적 기술을 갖추고 있었다. 그들 중 최고는 독립적으로 생각하거나 창의적으로 생각하기보다는 감독자의 말을 듣고 지시를 따랐다. 오늘날 독재적인 부모에 의해 길러진 능력을 활용할 직업은 거의 없다.

민주적으로 아이를 양육하는 것이 가져오는 심리학적 결과는 고등 교육기관에서 성공에 또한 필요한 경쟁력이다. 특히 상대적으로 더 많은 특권을 가진 사람들을 수용하는 대학에서는 학생들이 주도권을 보여주기를 기대하고, 교수의 생각에 도전하고, 몇 개월 이상 완료해야 하는 프로젝트를 수행하기를 기대한다. 이러한 능력은 오늘날, 심지어 가까운 미래에 직장에서 성공하기 위해 필요한 바로 그 재능이다. 이러한 기회를 준비하지 못하고 학교에 출석하는 학생들은 졸업할 때 불리할 것이다. 커뮤니티 칼리지[6]에서 2년 프로그램을 완료하는 것으로 이러한 능력을 개발시키지 못한다면 아마도 더 이상 경제적, 직업적 장점이 되지 못할 것이다.

이것은 또한 대학 교육이 전적으로 온라인으로 구성될 것으로 예상되는 다음 세대를 대비시켜야 하는 이유이다. 컴퓨터 기반 과정은 정보 전달에 더 효과적일 수 있다. 그 기술들은 직업을 구하는 데 필요한 일부 기술을 얻는 데 도움이 될 것이나, 최고 자리에 가는 데 필요한 능력을 배양하는 데는 거의 도움이 되지 않을 것이다. 또한 어느 정도 다른 환경의 청소년들은 차등을 두어 온라인과 면대면 교육을 받게 될 것이다. 비용의 차이가 확실히 있을 것이므로 온라인 교육의 성장은 위축되지 않고 확대될 것이다. 부모의 경제 상황에 따른 아이 세대의 직업과 급여의 격차 또한 더 넓어 질 것이다.

미리 이야기해 둘 것은, 내가 전통적인 학습 목표를 버리거나 최

---

6 미국에서 대학교육 확충계획의 하나로, 지역사회의 필요에 부응하여 일반사회인에게 단기대학 정도의 교육을 제공하기 위하여 대학(대부분 주니어 칼리지)에 병설한 과정

소한 학교가 해야 하는 일이 특정한 기술을 가르치고 지식을 전수하는 것이라는 사실을 간과하고 이렇게 제안하는 것이 아니라는 것이다. 중학생 시절 동안 학생들이 습득해야 하는 많은 학문적 지식과 정보가 있다.

그러나 내 요점은 학교 생활에서 우리가 초점을 두고 개발해야 할 경쟁력 있는 능력의 목록들이다. 그 목록들은 비인지적 기술을 무시해 왔기 때문에 아직 완성되지 않았다. 사회 경제적으로 혜택을 받지 못하는 청소년들에게 끈기와 결단력과 같은 능력을 개발시키는 학교가 특히 필요하다.

이러한 능력들을 키우는 것은 높은 수준의 교육적 성공 또는 노동력에만 중요한 것이 아니다. 전통적인 교육에 이러한 보충은 우울증, 비만, 범죄와 물질 남용과 같은 문제를 예방하는 데 도움이 될 내부의 힘을 키워줄 것이다. 이러한 문제들은 부분적으로 자기조절의 결여에서 기인한다. 그래서 이러한 능력을 강화시킬 수 있는 활동은 무엇이나 장기적으로 도움이 될 것이다. 학교가 학문적 지식과 더불어 자기조절 능력을 키우도록 학생들을 도울 수 있다면, 단순히 발달로부터 오는 문제만 예방하는 것이 아니라 실질적으로 청소년의 신체적, 심리적 복지를 증진시킬 수 있을 것이다.

학교가 학생들의 비인지적 기술의 강화에 더 주의를 기울여야 한다는 의견이 힘을 더하고 있다. 다음 질문은 어떻게 우리가 그것을 할 수 있을지에 대한 것이다.

인성교육이 그 해답일까?

(Is Character Education the Answer?)

지난 몇 년 동안 인성 개발을 학교 커리큘럼에 통합할 필요성에 관한 인식과 다양한 노력이 있었고 많은 관심을 받아왔다. 아마도 가장 잘 알려진 노력은 '지식은 힘 프로그램(KIPP. Knowledge Is Power Program)[7]'이며 이 프로그램은 전국 150개 차터스쿨에서 시행되었다.

지식은 힘 프로그램은 저소득층 아동과 청소년을 대상으로 한다. 이것의 분명한 목표는 학문적 성공을 돕는 확인된 요소들(높은 기대, 부모의 관여, 교육에 소요되는 시간)과 7가지 인성을 강화시키는 새로운 요소들(열정, 근성, 자제력, 낙관주의, 호기심, 감사, 사회적 지능)과 조합하여 대학 등록을 증

---

7 초, 중, 고등학생을 교육하는 대학 준비 비영리네트워크로 공립 학교보다 학업 및 예산상의 유연성이 더 많아 고품질의 학업서비스를 제공하며, 교육적으로 열악한 지역 학생들이 대학과 인생에서 성공할 수 있도록 지원한다.

가시키는 것이다. 교실 내에서 토론을 격려하고 전통적인 학습 활동에 "인성 성장 카드" 등 인성에 관한 수업 내용을 조합함으로써 이러한 강점들을 키울 수 있다. 교사는 또한 좋은 인성을 모델링하고 칭찬을 하는 등 기존 방식과 다르게 교육한다.

KIPP가 인상적으로 이루어 온 오랜 기록이 있는데, 〈어떻게 아이들은 성공하는가(How children succeed)〉를 비롯한 베스트셀러 등이 언론의 관심을 받아왔다. KIPP를 도입한 학교의 학생들은 비슷하게 취약한 다른 학교의 학생들과 비교하여 고등학교를 더 많이 졸업하였고, 더 많이 대학을 등록하고 대학을 졸업했다. KIPP를 도입한 수많은 학교들은 학생들이 다양한 분야에서 기대보다 훨씬 많은 성과를 내는 것을 보아왔다.

그러나 KIPP 학교는 차터스쿨이기 때문에 이 방법을 선택한 부모의 아이들만 참여할 수가 있다. 통상적인 방법을 벗어나 그들의 아이들을 학업적으로 엄격한 프로그램에 등록시키는 부모들은 드물다. 그리하여 이 학교에서 학생들의 성공이 프로그램 자체와는 무관할 가능성을 배제할 수 없다. 아이들을 KIPP 프로그램에 등록한 가족들은 아이를 전통적인 학교에 보낸 부모들과는 다르며, 그들이 어디 학교 출신인지와 관계없이 KIPP 학생들은 성공한다. 이러한 부모들은 학업적 성취에 가치를 두고 학업 성공에 기여하기 위해 몇 번이고 아이들 교육에 관여한다.

이러한 부모의 성향을 염두에 둔 KIPP 중등학교 최근 평가는 독립적인 평가자에 의해 이루어졌는데, 특히 흥미롭다. 이 평가는 입학한 아이들 가족 집단과 비교하여 이루어졌으나, 지역의 KIPP 학교에 입학을 하는 것이 복권에 당첨된 것과 같은 것은 아니었다. 이 그룹의 아이들과 추첨에 의해 입학한 아이들 그룹과 비교해 보면, 단일한 요소가 무엇이든지 간에 아이를 KIPP 등록하는 것을 선택한 가족들은 특징이 있다.

이 조사는 표준화된 학업성취 시험뿐만 아니라 다양한 인성 강점을 평가하였다. 이러한 객관적인 평가에서 KIPP 학생들은 여러 주제에 걸쳐 수많은 성취도 측정에서 뛰어난 성적을 보여 이전의 조사결과와 일치했다. 또한 과제에도 더 많은 시간을 투자하였다. 이 차이점은 통계적으로 중요할 뿐만 아니라 실질적으로 큰 의미가 있다. 이것은 특종 기사 거리며 실제 그렇다.

그러나 이 조사에서 밝혀진 일부 정보는 그다지 많이 알려지지 않았다. KIPP 아이들은 인성 강점 측정에서 특별한 이점을 보이지 않았다. 그들은 더 노력하거나 더 오래 견디지 않았다. 그들은 학업적 신념이 높지 않았고, 학교에 그다지 충성하지 않았다. 그들은 비교 집단보다 자기 조절력에서도 뛰어나지 않았다. 사실상 그들은 화를 내고 부모에게 거짓말을 하거나, 말다툼을 벌이거나, 교사들을 힘들게 하는 등 “바람직하지 못한 행동”을 더할 것으로 보였다. 그들은 학교에서 더 곤경에 처할 것 같았다. 프로그램이 인성 발달에 집중함에도, KIPP 학생들은 일반학생 못지 않게 흡연을 하거나, 술을 마시고 취하거나, 법을 어기는 것을 덜할 것 같지 않았다. 또한 그 교육적 미래에 관한 그들의 희망이 더 높거나 야심적이지도 않았다. 다른 연구에 따르면 비교적 열악한 환경의 학생들보다는 훨씬 뛰어나지만 KIPP 졸업생 중 대학 졸업 비율은 실망스럽다. 거의 90%의 KIPP 학생이 대학에 등록했지만 3분의 1만 졸업을 했다. 이것은 프로그램 개발자가 바랐던 것의 반절에도 못 미친다.

이러한 결과가 필연적으로 학교가 자기조절력과 그 외 다른 비인지적 기술을 강화하는 데 역할을 못했다는 것은 아니다. 그들은 단순히 KIPP는 학문적 수행에는 효과적이었으나 아이들의 인성에는 별 영향이 없었다는 것을 나타낸다. 어떤 면에서 이러한 결과는 5장에서 언급한 건강 교육 프로그램을 연상시킨다. 학교에서 건강관련 사안 또는 인성 특징을 아이들에게 알려주는 것은 이러한 주제에 관한 지식을 증가시킬 것이다. 그러나 그것은 그들의 행동을 변화시키지는 않는다.

나는 KIPP가 보인 학문적 성공의 특징적인 영향을 축소하려고 하는 것이 아니다. 공평하게 말하면, 이것은 개발자의 1차 목표였다. KIPP 학교는 인구통계학적으로 어떤 개선이 어려워 보였던 지역에서 극적으로 학업성취를 개선하였다.

그러나 10대의 자기조절 발달은 비유, 슬로건, 영감을 주는 배너와 열정적인 선생님의 격려 이상의 어떤 것이 필요해 보인다.

신경과학에서 찾는 대안

(Looking to Neuroscience for an Alternative)

심리학자들이 말하는 "실행기능"은 고차원적인 인지기능을 개발하기 위한 연구에서 최근 언급되었으며, 과거 5년 동안 대부분의 연구가 수행되었다. 자기조절력을 개선시키기 위한 가장 좋은 방법에 관한 우리의 결론은 다소 일시적인 필요에 의해 달라진다는 것이다. 대부분의 새로운 영역에서처럼 이 분야의 발견들은 때때로 비판과 함께 과장되었다.

이 시점에서 어떠한 단일 접근 방식도 확실한 보장을 하지 않는다. 아주 소수의 프로그램이 믿을 만한 결론을 가져오기 위해 엄격한 실험실 테스트와 재실험을 수행해 왔다.

아동기와 청소년기에 자기조절력과 실행 작용의 다른 측면을 자극하도록 설계된 몇몇 프로그램은 고무적이다. 그러나 작동할 때는 잘 작동하지만, 그들이 성공하는 만큼 자주 실패하는 등, 통계적으로 신뢰할 수 없는 결과를 보여준다. 일부 사람들에게는 작동하지만 다른 사람에게는 작용하지 않거나, 한 연령에서는 작동하나 다른 연령에서는 그렇지 않거나, 몇몇 설정에서는 작동하나 다른 설정에서는 그렇지 않다. 때때로 이러한 다양한 결과의 이유가 알려졌지만, 그러나 일반적으로 그것들은 누군가의 추측이다. 많은 중요한 세부사항은 훈련의 성격뿐만 아니라 수행의 중요한 특징, 훈련이 얼마나 길어야 하는지, 세션은 몇 개로 나누어 해야 하는지 그리고 각 세션의 길이 등은 아직 밝혀지지 않았다. 어떻게 실행 기능 훈련에 고무적인 접근을 할 수 있는지와 가장 좋은 구조를 만드는 것은 마치 효과가 있는 새로운 항암제를 개발하는 것과 같다. 그러나 아직 얼마를 처방해야 하는지 또는 얼마나 자주 투약해야 하는지 아직 모른다. 수십 개, 아마도 수백 개에 달하는 프로그램이 뇌를 "강화"한다는 취지로 소비자에게 판매되고 있으나, 그것들의 효과를 알 수 있는 증거는 매우 드물다. 과학적인 기술에 근거하여 연구된 제품들은 매우 드물다. 이러한 종류의 훈련의 결과는 그것이 허황된 것이 아니라면 수개월 또는 수년 동안 연구되어야 한다. 이러한 종류의 연구들은 시간이 걸리고 비용이 든다. 그리고 부자가 되기 위해 서두르는 사람들은 일반적으로 시간과 돈을 많이 가지고 있지 않다. 나는 "뇌 훈련"이라고 검색 창에 입력했고, 뇌의 기능을 개선시킬 수 있다고 주장하는 수십 개의 결과를 찾았다. 텔레비전의 해설적 광고도 유사한 결과를 보여준다. 나는 이러한 프로그램이 효과가 없다고 확실히 말할 수는 없다. 그러나 나는 그 프로그램들이 엄격한 평가를 받지 않았다고 확신한다. 이런 프로그램을 다운받는 사람, 광고를 보는 사람들은 주의해야 한다.

지금까지 말한 것을 종합하여 우리는 자기조절력과 실행 능력의 다른 면을 강화시킬 몇 가지 방법을 식별할 수 있다.

연구되어 온 대부분의 개입은 상대적으로 효과가 크지 않다. 그러나 이러한 방법을 조합하여 청소년의 자기조절력을 증가시키는 것은 가능하다. 이러한 관점에서 우리는 단지 각기 다른 훈련이 두 배나 효과가 좋은지, 효과가 누적이 되는지, 시너지 효과가 있는지 영향을 알지 못한다.

우리가 낙관적이어야 한다고 믿는 이유는 최근의 몇 가지 연구에서 실행 기능을 강화하기 위해 만들어진 훈련들이 효과가 있음을 보여주었기 때문이다. 자기조절력에 변화를 예고하는 뇌의 부분에 해부학적 변화가 있었다. 훈련이 뇌 발달에 영향을 준다는 것은 새로운 발견이 아니다. 이미 언급한 바와 같이 특정한 기술을 가르치는 것은 결과적으로 뇌의 특정 부분에 변화를 가져온다. 런던 도시의 지리를 배우는 것이 공간 기억과 관련된 뇌 부분을 변화시키고, 피아노를 연습하는 것은 운동 협업을 관장하는 뇌 부분을 변화시킨다. 이러한 결과는 흥미롭지만 놀랍지는 않다. 참고 견디는 배움의 무엇이라도 어느 정도 종류의 신경을 변화시킨다.

변화의 목표로 삼았던 뇌의 부분과 특정한 기술이 실제적으로 목표가 된 부분을 넘어 다른 부분까지 그 효과를 발휘한다는 연구가 최근 발표되었다. 다양한 유형의 프로그램, 기억력을 증진시키기 위한 훈련, 주의력 강화, 마음 챙김과 논리력 발달은 뇌 영역 간의 연결 부분에 해부학적 변화를 가져온다. 뇌의 서로 다른 부분의 강한 연결이 실행력과 자기조절력을 증가시키기 때문이다. 어떤 종류의 훈련에 단련되는 것이 특별한 능력 이상의 광범위한 변화를 가져올 수 있다. 시력을 향상시키기 위한 프로그램이 당신이 더 잘 보게 할 뿐만 아니라 당신의 청취력까지 증진시킨다.

자기조절력을 향상시키기 위한 가장 기대해 볼만한 노력은 5가지로 나뉜다. 한 가지 이상의 실행력을 개선시키기 위한 운동, "마음 챙김"을 높이기 위한 연습, 유산소 운동, 집중력이 필요한 신체 요법, 자기조절력을 늘리기 위한 특별한 전략 또는 만족을 지연하는 능력 키우기 등이다.

내가 목록화한 모든 접근법이 청소년에게 테스트된 것은 아니지만, 이것을 염두에 두는 것은 중요하다. 많은 사람들이 아동 또는 성인에게만 테스트를 해왔다. 한 연령에서 발견한 것을 다른 연령으로 일반화해야 하는지 또는 더 특별하게 그 발견을 일반화해야 하는지, 해서는 안 되는지 모른다. 그러나 청소년의 뇌가 특별히 자기조절을 담당하는 부분에 가소성이 있으며, 이미 청소년에게 특별히 성공적인 것으로 증명된 훈련들이 있다.

실행 기능훈련

(Training Executive Functioning)

실행 기능을 자극하기 위한 가장 널리 연구된 유망한 방법은 "작업 기억" 훈련에 초점을 두고 있다. 작업 기억은 어떻게 우리가 마음에 있는 정보를 보유하고 그것을 이용하는가에 관한 것이다. 당신이 독서를 마치기까지 긴 문장의 첫 부분을 마음 속에 간직하는 것 또는 당신이 운전하면서 머릿속에 그 방향들을 기억하고, 당신이 찾는 그 건물들의 두드러진 특색들을 아는 것이다. 작업 기억은 아마도 실행 기능의 가장 중요한 구성 요소일 것이다. 그것은 미리 계획하는 것, 동시에 가능한 여러 가지 활동을 고려하는 것 또는 잠정적인 결정의 단기적, 장기적 결과를 비교하는 것에 필수적이다. 작업 기억은 또한 자기조절에 결정적인 역할을 하는데, 첫 번째 마시멜로를 움켜쥐는 것과 같은 특정 행위를 중단시키기 위해서는 기다린다면 두 개의 마시멜로를 얻을 수 있다는 전망을 인지하고 마음 속에 다른 목표를 인식하고 있어야 한다.

많은 작업기억 훈련이 있지만, 가장 잘 알려진 하나는 'N-back' 테스트라고 불리는데, 당신은 한 번에 하나씩 나타나는 글자를 보며 다음에 표시되는 문자가 n개 글자 전에 나타난 것과 동일한지 여부를 표시해야 한다. 당신이 다음에 본 글자가 이전의 n 글자가 나타난 글자와 동일한지 답해야 한다. 예를 들어, 3-back 작업에서 순서가 FJDUTD인 경우 U가 나타나면(뒤로 세 번째가 F이기 때문에) '아니오'라고 말하고, T가 나타나면(뒤로 세 번째 글자가 J) '아니오'라고 대답하지만, D가 나타나면(뒤로 세 번째 글자가 또 D이다) '예'라고 대답한다. 이 작업은 여기에 설명된 것처럼 쉽게 들릴 수 있지만, 실제로 수행하기는 매우 어렵다. 이 작업을 온라인으로 활용하는 다양한 무료 버전이 있다. 그리고 당신은 이것을 시도해 볼 수 있고 확인해 볼 수 있다.

이 작업을 연습하는 것은 작업 기억을 향상시킨다. 이 작업이 자기조절과 같은 다른 실행 기능에 영향을 미치는지는 심리학자 사이에서 논쟁거리이다. 몇몇은 그렇다라고 주장하고, 그들은 작업 기억 훈련이 마치 충동 조절처럼 기억에 의존하지 않는 작업의 수행을 증가시키는 것을 보아왔다고 말한다. 다른 사람들은 n-back 과업이 작업 기억력을 향상시키지만, 많이는 아니라고 말한다. 그들은 특정한 인지 능력을 훈련하는 것은 실행 기능의 다른 면에 영향을 주지는 않는다고 주장한다. 또한 훈련된 것과 향상되길 원하는 실제 기술 사이에 간격이 클수록 그 훈련의 효과가 덜하다고 말한다. 이러한 비판에 따르면, 어떤 사람에게 기타를 연주하는 법을 가르치는 것이 급격하게 기타를 치는 능력을 개선시키고, 또한 악기를 연주하는 기술들은 일부 겹치기 때문에 피아노를 연주하는 능력도 약간 나아지게 할 수 있다. 그러나 아마도 대수학을 하는 능력은 개선되지 않을 것이다.

다른 연구자들은 많은 뇌 영역이 종종 다양한 목적을 가진다고 지적했다. 만일 음악을 배우기 위해 중요한 영역이 또한 수학을 배우는 것과 마찬가지로 중요하다면, 악기를 연주하기 위한 능력을 키우는 것이 표면적으로 유사해 보이지 않을지라도 수학 실력에 도움이 될 수 있다. 전두엽은 생각의 다양한 면과 관련되어 있기 때문에 한 사람이 원하는 다른 능력들로 일반화되는 훈련이 타당할 수 있다. 유사하거나 광범위한 작업기억 훈련이 충동 조절과 같은 다른 능력으로 얼마나 전달될 수 있는지 여전히 연구 중이며, 과학자들은 그 결과를 고대하고 있다. 이 훈련이 단지 작업 기억만 증가시킨다 하더라도, 작업 기억에서의 발전이 독해와 수학 시험에서 수행을 강화하는 것으로 보여져 궁극적으로 가치가 있다.

마음 챙김 명상

(Mindfulness Meditation)

마음 챙김을 연습하는 것으로 또한 자기조절을 강화할 수 있다. 마음 챙김은 아무런 판단 없이 자신의 주의를 현재의 순간에 집중하는 것을 말하며, 현재의 감각에 진정한 관심을 가지고 그 경험에 대하여 생각하거나 해석을 시도하지 않는 것이다. 이러한 활동의 가장 일반적인 것은 마음 챙김 명상이다. 명상에 대해서는 핸드폰 어플리케이션부터 전문가가 운영하는 강의부터 워크숍까지 다양한 지침이 있다.

눈을 뜨고 의자에 조용히 앉아 한동안 당신의 호흡에 집중하는 것으로 마음 챙김을 맛볼 수 있다. 콧구멍을 통한 공기의 흐름에 관한 감각에 집중하고, 흉부의 움직임과 당신의 몸에 들어왔다 나가는 공기의 소리에 집중하라. 당신은 마음이 이러한 초점에서 방황하기 시작하는 것을 알아챌 때 다시 당신의 호흡에 집중하라. 산만한 생각을 하면서 머무르지 않게 하라. 명상은 처음에는 어렵지만, 연습을 통해 당신의 호흡에 집중할 수 있는 시간을 늘려갈 수 있다. 성공적인 명상은 우리가 우리의 호흡과 관심을 조절하게 하여 우리의 생각과 감정과 행동을 조절하는 능력을 강화시킨다.

마음 챙김 명상은 스트레스를 완화하고 특히 불안, 트라우마, 중독과 연관된 많은 심리적 장애를 경감시킨다. 또한 심리적 문제가 없는 사람들에게서도 자기조절을 증가시킨다는 것도 밝혀졌다. 명상의 장점 중 하나는 이러한 특정한 결과를 넘어서 자기조절을 강화시킨다는 것이다. 또한 마음 챙김 명상은 스트레스를 완화하고, 또한 잠을 잘 자게 하고, 심혈관의 건강과 면역시스템을 개선한다

유산소운동

(Aerobic Exercise)

비록 관련 자료가 제한적이지만, 또 다른 더 적극적인 활동인 유산소 운동 또한 자기조절력에 도움이 된다. 유산소 운동은 일반적으로 혈류량을 증가시켜 뇌의 건강을 증진시키고, 그래서 모든 연령대에서 다양한 인지 기능에 긍정적인 영향을 미친다.

주로 나이든 성인을 대상으로 기억력을 개선시키는 것에 초점을 둔 연구에서 작업 기억에 미치는 운동의 영향이 밝혀졌다.

몇몇 연구는 청소년의 실행 능력에 미치는 운동 효과를 보고한다. 러닝머신에서 빠르게 뛰기와 같이 짧은 시간 동안 강렬한 활동은 청소년의 실행 기능에 일시적으로 긍정적 효과를 줄 수 있다. 그러나 이러한 효과가 지속되는지는 아직 충분히 연구되지 않았다. 몇 주 또는 몇 달 동안 여러 번 하는 지속적인 운동 또한 실행 기능에 긍정적인 영향을 준다. 또한 팀 스포츠와 같은 전략적인 유산소 운동은 그 자체가 신체적인 운동이면서 도전적인 생각까지 요구하기 때문인 것으로 더 긍정적인 것으로 보인다. 이러한 사항을 고려해볼 때, 학교가 후원하는 운동 조직에 참여하는 것이 자기조절력과 창의력의 발달에 도움이 되는 것은 놀랄 일이 아니다. 그러나 우리는 긍정적인 효과가 운동 때문인지, 인지적 요구 덕인지 혹은 두 가지의 조합 때문인지 확실하게 말할 수 없다.

마음 챙김 신체활동

(Mindful Physical Activity)

도전적인 신체활동과 마음 챙김을 연합하는 활동, 요가 또는 무술 태권도와 같은 활동은 자기조절력을 개발에 도움이 된다. 현재까지 청소년의 인지적 능력이나 뇌 발달에 영향을 미치는 활동에 관하여 잘 수행된 연구는 없었으나 몇몇 고무적인 발견이 있다. 유산소 운동과 조합하는 것은 이러한 활동이 단독적으로 자기조절력을 향상시키지는 않지만, 운동과 마음 챙김과 자기 수양을 조합하면 이러한 활동들을 잘 수행할 수 있다.

자기조절 기술과 전략 가르치기

(Teaching Self-Regulation Skills and Strategies)

마지막으로 특별한 자기조절 전략과 기술(화를 참는 방법 배우기)이 일반적으로 청소년들의 자기조절 능력을 증진시킬 수 있다. 몇몇 학교는 현재 커리큘럼에 사회적 정서적 학습을 추가하였다. 사회적, 정서적 학습은 청소년에게 그들의 감정을 조절하는 법과 스트레스를 관리하는 법, 행동하기 전에 다른 사람의 감정을 고려하는 법을 가르친다. 이러한 프로그램 중 다수가 처음에 공격성이나 비행과 같은 문제 행동을 감소시킬 의도였다. 그것들은 또한 이러한 문제들로 괴로워하는 10대에서 자기조절력을 증진시키는 것으로 보였다.

사회적, 정서적 학습에 관심 있는 학교들을 위한 다른 프로그램들이 아주 많이 있다. 그들 중 많은 프로그램이 초등학교 및 중학교, 일부는 고등학생을 대상으로 한다. 최근 효과가 있었던 학교에서 270,000명의 학생들이 참여했던 사회적, 정서적 학습 프로그램에 관한 후기에서 200개 이상의 다른 평가 데이터를 취합하여 검토한 결과, 효과가 있는 학생과 그렇지 않은 학생을 구별하는 4가지 특성을 발견했다. 이러한 특징들은 SAFE로 간추려 말한다.

첫째, 효과적인 프로그램에는 순차적인 활동(sequenced)이 포함된다. 그들은 초보적인 것에서 더 진보된 기술로 정한 순서를 따른다. 두 번째, 효과적인 프로그램이 활성화된다(active). 이러한 프로그램에서 학생들은 단지 정보를 수동적으로 수용하는 것이 아니다. 그들은 활발하게 그 기술을 연습할 기회를 누린다. 세 번째, 가장 효과적인 프로그램은 사회적 정서적 학습에 초점(focus)을 두고 있으며, 이것을 추가 부분이나 부가적인 내용으로 다루지 않는다. 학교에서 특히 학업 능력 시험에 몰두하는 학생들에게 짧은 과정으로 주어지는 경우 정규 커리큘럼에 통합될 때 특히 중요하다. 마지막으로 가장 최고의 프로그램은 명백하다(explicit). 그들은 한가지 특별한 사회적, 정서적 기술을 키우는 것을 목표로 하고, 그것을 개발하는 데 집중한다.

다른 개입에서는 청소년에게 상상하는 방법과 장기간에 걸친 목표를 더 효과적으로 계획하는 것을 가르쳐 왔다. 우리 중 대부분은 한 예로 매일 운동하는 것을 결심한 적이 있다. 그리고 한동안은 그것에 매달렸다. 우리가 장애물을 만났을 때에만 마차에서 떨어졌다. 예기치 않은 응급 사태를 만났을 때처럼 우리는 체육관에 가는 것을 멈추고 새로운 일과를 그만두었다. 연구자들은 만일 우리가 이러한 잠재적인 방해물을 미리 상상한다면, 그리고 그것들을 다룰 계획을 미리 준비한다면, 우리의 결정을 유지할 수 있을 것이라고 말한다.

한 가지 접근은 10대가 그들이 목표를 구상하고, 그것을 달성했을 때의 긍정적 결과를 상상하도록 격려하는 것, 잠재적인 장애물과 그것을 극복하기 위한 전략을 생각하는 것, 그리고 나서 이 전략을 이행하기 위한 구두나 서면 약속을 하는 것이 필요하다고 말한다. 성가신 이름에도 불구하고 정신적 이행대조(Mental Contrasting with Implementation Intentions. MCII)[8]는 효과가 있다. 학생들은 학기 동안 긍정적인 학습 목표를 묘사하는 것(수학에서 더 나은 등급 받기)과 그것을 달성하는 것으로부터 오는 최고의 결과를 상상하는 것을(나의 부모는 나의 용돈을 올려줄 것이다.) 요청 받을 수 있다. 그리고 나서 그들은 잠재적인 장애물(문제들은 매우 어려울 것이다.)과 그것을 극복할 계획을 세운다(만일 어떤 것을 이해할 수 없다면, 나는 수업 후에 남을 것이고 선생님께 도움을 요청할 것이다.).

최근의 연구에서, 단순히 학습목표와 그것을 달성한 결과에 대해 긍정적으로 생각하도록 하고, 그들이 장애물을 만났을 때 전략을 구상하지 않는 학생들보다 정신적 이행대조(MCII)를 배우거나 이용하도록 한 학생들은 그들의 성적, 출석률에서 더 큰 향상을 보였

8 목표 달성을 향상시키는 자기 규제 전략

다. 다음 번에 당신이 다이어트를 결심하기 전에 체중을 줄이기를 결심한다면 체중을 줄이는 것의 가장 좋은 결과에 대해 상상하라. 그리고 나서 그것을 방해하는 것이 무엇인지 생각하라. 그리고 만일 이것을 이행하는 동안 당신이 할 계획들을 구성하라. 당신은 성공할 가능성이 더 크다.

중요한 점은 자기조절 전략을 훈련하고, 이러한 프로그램을 위의 예처럼 활용하면 효과가 있고 특정한 방해물을 넘어선다는 것이다. 즉, 청소년에게 그들의 감정을 조절하거나 장기적 목표를 시각화하도록 하는 법을 보여주는 것은 그들의 자기조절 능력을 일반적으로 향상시킨다. 아이들을 돕는 것은 방해물이 학업적 성취에 영향을 줄 수 없도록, 그들이 감정을 조절하여 성적에 개선을 가져올 수 있도록 하는 것이다. 자기조절의 기술은 감정을 조절하도록 돕고, 또한 학업과 과제를 수행하는 데도 도움이 된다.

지속되는 비계 자극

(Sustained, Scaffolded Stimulation)

이러한 종류의 연습과는 별도로 성공에는 세가지 주요한 원칙이 필요하다. 첫째로, 훈련은 반드시 자극을 주는 것이어야 한다. 이미 지루한 학교 일과에 단조로운 한 가지를 더하는 것은 더 학생들을 이탈시킬 것이다. 자극을 주기 위해서는 그 활동이 반드시 까다롭고 도전적이어야 한다. 내가 그 활동이 유쾌할 필요가 있다고 말하지 않았다는 것을 주목하라. 어떤 학생들은 열심히 하도록 떠밀리는 것을 좋아할 것이다. 다른 학생들은 뒷걸음질칠 것이다. 그들이 도전을 받는 한 그들은 그 활동의 혜택을 계속 누릴 것이다.

둘째로, 그 훈련은 비계를 필요로 한다. 내가 의미하는 것은 그 활동이 반드시 까다로워야 한다는 것이다. 그러나 너무 까다로우면 그 활동들이 청소년들의 현재의 능력을 압도할 것이다. 효과적인 양육은, 한 가지 효과적인 학교 기반의 개입이 도전적이되 학생을 좌절시키거나 의욕을 꺾지 않을 정도로 조정되어야 한다. 학생이 한 가지 특별한 과업에 일단 능숙해지면 난이도가 다소 증가되어야 한다. 그래서 한 예로, 10대는 3-back을 진입하기 전에 2-back을 완수해야 한다. 유사하게도 결코 명상을 기대할 수 없는 10대에게 30분 동안 명상을 기대하는 것은 현실적이지 않다. 단 1분처럼 더 합리적인 기간을 정해 시작하라. 그리고 나서 선행 단계가 완료된 후 점차 시간을 늘려라.

마지막으로 그 활동은 의도적인 연습을 통하여 지속되어야 한다. 더 나아지기 위해서 시간을 투자하는 것 말고는 다른 대체물이 없다. 의도적으로 연습하는 것은 단순한 반복이 아니다. 그것은 수행을 개선하기 위하여 천천히, 방법을 가진, 의도적으로 이루어지는 구조적인 반복이다. 예를 들어, n-back 테스트는 작업 기억을 강화시켜 머릿속에 일련의 글자들을 담아둔다. 여러 가지 같은 길이의 일련의 글자를 이 글자수가 숙달될 때까지 반복하는 것이 연습이다(그리고 글자의 길이를 이전 단계가 성공할 때까지 늘이지 않는다). 그리고 만일 가능하다면 한 글자를 늘린다. 학교는 또한 하루에 다른 학급과의 활동과 조합하는 것으로 연습을 북돋울 수 있다. 작업 기억 훈련은 글자를 암기하는 것과 관련될 필요는 없다. 당신은 암기하는 데 유용해 보이는 외국어 알파벳이나 화학 기호 또는 물품의 리스트를 이용할 수 있다. 청소년은 또한 집에서 컴퓨터 기반의 다양한 유형을 연습할 수 있다.

청소년이 자기조절의 기술을 잘 개발하기 위한 필요성을 알고 있고 또한 유산소 운동, 팀 운동, 요가, 무용과 명상이 자기 조절에 좋다는 증거가 있지만, 불운하게도 학교는 운동이 사치이며, 지적 발달과 학습 발달에 실제 도움이 되지 않는다는 가정 하에 체육 수업의 예산을 삭감해 왔다.

우리는 이것이 단순한 사실이 아니라는 것을 안다. 체육 활동은 단지 오락 이상의 것이다. 그리고 보수적인 교육과 체육 교육의 차이는 거짓 이분법이다. 운동, 요가와 명상은 신체적인 건강뿐 아니라 지적, 정신적 건강을 돕는다. 거의 모든 내 친구와 동료는 단순히 기분이 좋아지기 때문이 아니라 그들이 생각하는 것에 또한 도움이 되기 때문에 이러한 활동의 한 가지 이상을 조합하여 매일 하고 있다. 우리 학교들도 모든 아이들이 하교 후 또는 주말에 이러한 활동을 추구할 기호와 자원을 가지고 있는 게 아니기 때문에 체육 수업을 확대해야 한다. 내가 확실하게 말해 온 것처럼 학생들은 학교에서 더 많은 시간을 보내지만, 대부분의 개발도상국 청소년보다 성취를 덜하고 있다. 만일 학교가 매일 한 시간 신체 활동에 투자한다면 우리 아이들과 청소년은 신체적으로 건강해질 뿐만 아니라 그들의 더 자기조절을 잘할 것이다, 그리고 이것은 학업과 성취를 촉진할 것이다.

이 장에서는 학교에서, 이전 장에서는 가족에서, 나는 부모와 교육이 자기조절의 기술을 향상시켜 청소년을 더 효과적으로 가르치는 방법을 논의해 왔다. 이 기술은 모든 청소년에게 중요하다. 그러나 특별히 저소득 가정 출신의 취약한 청소년에게 더 필요하다. 게다가 우리는 청소년 시기의 연장이 가난한 가정의 청소년을 가장 힘들게 하는 것을 보게 될 것이다. 왜 이것이 그러하며, 왜 그것은 모든 사람에게 심각한 문제인지(단지 가난한 사람이 아니라) 그리고 우리가 이것에 대하여 할 수 있는 것은 무엇인지에 관한 모든 질문의 답을 다음 장에서 다룰 것이다.

제9장

성공과 실패
(Winners and Losers)

가진 자와 못 가진 자 사이의 간극은 1980년경부터 꾸준히 성장해 온 미국에서 계속 커져 가고 있다. 비단 미국뿐만이 아니라 현재의 산업화된 세계에서는 거의 모든 나라에서 그 격차가 커지고 있다.

소득의 불평등이 심해지고 있다는 것은 잘 알려진 사실이다. 그런데 청소년기가 길어진 것도 소득의 불평등이 심화된 현상의 원인이라는 것은 많이 알려져 있지 않다.

청소년기의 연장과 빈부 격차 심화의 관계는 뚜렷하지 않다. 그러나 이것은 부자가 더 부유해지고, 빈자가 더 가난해지는 뻔한 이야기에 새로운 관점이 될 것이다. 이 관점에서의 결정적인 차이는 "부유하다"는 것이 물질적인 것만을 말하는 것이 아니라 심리적인 것과 신경생리적인 것도 포함한다는 것이다. 능력도 있고 필요한 지원도 받기 때문에 성인기로의 전환을 연기할 수 있는 사람들은 상위 두뇌 체계가 아직 발달하고 있는 두뇌성형 기간이 길어지는 것의 수혜를 받게 된다. 청소년기를 길게 만드는 것은 그것이 종종 잘못 묘사되는 것처럼, 미숙함의 결과나 미숙함의 원인이 아니라 이미 얻은 혜택의 결과물이거나 나중에 얻을 혜택의 요인이 된다. 즉, 청소년기의 장기화는 재산이지 부채가 아니다.

3장에서 논의한 바와 같이 어른이 되기를 미루며 20대를 보내는 사람들은 비웃음이나 폄하의 대상의 되어서는 안 된다. 이 사람들이 청소년기를 연장하기로 결정하고 이 기간을 장기화하는 것이 두뇌 발달을 촉진시키게 되면, 개개인이 그렇게 결정해서 각각의 두뇌가 더욱 발달되기 때문에 사회는 피해보다는 수혜를 받게 되는 것이다. 어른이 되는 걸 늦추는 것이 더욱 능력 있는 노동자들을 양산하고 있다. 노동자들의 인지적인 능력과 자기조절 같은 비인지적 능력 모두가 더욱 발달한 상태가 된다. 그리고 이것은 우리 모두에게 혜택으로 다가온다.

신경생리학적 성숙으로 가는 길이 하나의 요트 경기[1]라면, 우리는 모두 어떤 사람들은 더 앞선 출발선에서 더 좋은 돛을 달고, 바람을 뒤에서 받으며 잔잔한 물 위에서 시작한다는 사실에 동감할

1 (역자 주) 원문은 a boat race지만, 돛과 바람을 이용한다는 맥락상 요트 경기로 해석된다.

것이다. 청소년기의 성숙이라는 이 경기가 사상 최대로 길어졌기 때문에, 그러한 혜택들은 그 수혜자들에게 전보다 더 큰 이점을 가져다 줄 것이다. 그리고 다른 모두를 뒤처지게 만들 것이다.

불리함을 안고 시작하는 청소년기

(Entering Adolescence at a Disadvantage)

풍요로운 자들이 누리는 신경생리학적 혜택은 이미 청소년기가 오기 전부터 시작된다. 가난한 집의 아이들은 더 좋은 환경을 가진 또래 친구들보다 인지적인 결핍을 가지게 될 가능성이 높다. 빈곤한 가정에서 성장하는 어린 아이들은 일관되게 지능이나 상위 인지기능을 측정하는 검사에서 낮은 점수를 획득한다. 이러한 사회경제적인 차이는 우리 인생에 굉장히 이른 단계에서 나타나는데, 이미 만 2살 정도면 그 차이가 뚜렷하게 드러난다. 경제적으로 불리한 환경에서 태어나는 것은 여러 다양한 성과지표에 장기적으로 영향을 미친다. 비단 학업성취도만이 아니라 정신과 신체 건강, 반사회적인 행동, 약물 남용 그리고 당연히 소득에도 영향을 준다.

많은 요인이 각기 다른 사회경제적 계층에서 자란 아이들의 지능 차이에 영향을 준다. 가장 중요한 요인 중 하나는 사실 좀처럼 인식하지 못하는 부분인데, 바로 유전이다. 이것은 지능, 특히 실행 기능[2]의 높은 유전율을 고려하면 틀림없는 사실이다. 또한 해부학에서 충분히 증명된 두뇌 구조에 관한 강력한 유전의 영향 그리고 사회과학자들이 "동질혼(assorative mating)"이라고 일컫는 현상, 즉 만나서 같이 아이를 갖는 사람들이 서로 사회경제적 지위나 지능 같은 어떤 유사한 특징을 공유하고 있는 현상도 아이 지능에 관한 유전의 영향을 뒷받침하고 있다.

유전자는 확실히 사회경제적 지위에 따라 나타나는 지능의 차이에 영향을 미친다. 그러나 환경적인 영향 요인이 사실상 빈곤한 가정에서 자란 아이들의 상대적인 지적 결핍을 설명하는데 있어서 더 중요할 것이다. 이러한 환경적인 요인은 가정 안팎에서 겪었던 폭력, 가난으로 인한 만성적인 정신적 고통과 같은 극단적인 두 가지의 트라우마를 말한다. 스트레스는 상위 인지능력과 자기조절에 핵심적인 전두엽 피질에 유해한 영향을 준다. 좋은 소식이 있다면, 환경 요인이 두뇌의 이 부분이 발달하는데 강력한 역할을 하기 때문에 특정 계층 아이들에게 집중하는 개입 과정이 계층 간 불평등을 줄이는 데 기여할 수 있다는 것이다. 우리는 이 계층을 가진 자와 못 가

2 (역자 주) Executive functions, 관리 기능 또는 집행 기능으로 번역되기도 하며, 판단, 계획, 의사결정 등의 인지 과정과 관련된 능력이다.

진 자로 단순화시킬 수 있다.

우리가 지켜본 바와 같이 자기조절 기능을 관장하는 두뇌 체계는 발달 가능한 상태로 오래 남아 있다. 그렇기 때문에 주변 환경이 주는 모욕에 굉장히 민감하며, 특히 가난으로 인해 받는 지속적인 스트레스에 매우 예민하다. 놀랄 것 없이 사회경제적인 차이는 특히 전두엽 피질에 의해 주관되는 행동들에서 주로 보고 되고 있다. 대표적인 예가 자기통제력이다. 어린 시절, 전두엽에 심각한 영향을 주는 스트레스에 노출이 되었다 하더라도, 이 경험들의 파급효과들은 청소년기가 될 때까지 확연하게 드러나지 않을 수 있다. 그런데 문제는 이 전두엽이 청소년기 정신 건강과 학업 성취에 핵심적인 역할을 한다는 것이다. 청소년기에는 유년 시절보다 빈곤함이 자기 조절 실패에 미치는 영향을 파악하기가 더 쉽다. 이 시기가 사람들이 자기통제를 실천할 거라고 기대하는 시기이기 때문에 우리는 이때 아이들에게서 자기조절 문제가 가끔만 나타난다면, 아이들이 정상적이란 걸 알 수 있다.

뇌 영상은 사회경제적 차이가 뇌의 실행 기능에 어떻게 영향을 미치는지 뇌 해부학적 이미지로 보여준다. 최근 발표된 연구들은 아이들의 전두엽 영역의 구조적인 차이가 부모의 교육 수준과 연관되어 있다고 보고했다. 어린 나이에 받는 스트레스 때문에 가장 저해되는 두뇌 발달의 측면은 전두엽 피질과 대뇌 변연계를 연결하는 회로들이다. 어린 나이에 이 회로들에 교란이 생기면 나중에 감각 추구를 억제하고 감정을 통제하는 능력이 손상될 수 있다. 따라서 빈곤한 배경을 가진 사람들이 약물 남용, 범죄 그리고 공격성 같은 충동 억제에 관련된 모든 문제를 경험할 가능성이 높은 것은 놀랄 일이 아니다.

물론 우리는 경제적으로 불리한 상황이 아이들의 지적 발달에 지장을 준다는 것을 오래 전부터 알고 있었다. 미국은 그런 불리한 아이들을 위해 헤드 스타트(Head Start)[3]와 같은 프로그램을 50년 이상 추진해왔다. 이 프로그램은 불우한 아이들의 단계에 맞는 인지 발달을 촉진하고, 학교 생활에 대한 준비 수준을 높이는 것을 목적으로 설계되었다. 그러나 이러한 대책의 성과는 굉장히 실망스러웠다. 분명하게도 그 프로그램들은 빈부 격차를 줄이는 데는 아무런 효과가 없었고, 오히려 헤드 스타트 프로그램이 시작된 1965년보다 빈부 격차는 훨씬 더 커졌다. 1960년대 후반까지만 해도 사상 최저 수준이었던 미국의 소득 불평등은 오늘날 사상 최고 수준이 되었다. 어쩌면 헤드 스타트와 같은 프로그램이 소득 불평등과 같은 근본적인 문제까지 효과적으로 개선할 수 있을 거라는 생각은 지나친 기대였는지도 모른다. 그런데 이 어린 아이들을 위한 지원 프로그램은 학업 성취도의 차이도 개선하지 못했다. 이러한 프로그램들에

---

3 1965년 미국 연방정부에서 빈곤한 아동들을 위해 개입하고자 만든 프로그램. 저소득층의 자녀에게 초등학교 입학 전 의료혜택, 그리고 사회복지 및 영양 면에서의 혜택을 제공한다.

수십억 달러가 투입되었음에도 불구하고, 부유층과 빈곤층 아이들의 학업 성적 격차는 50년 전에 비해 더 커졌다.

지난 몇 년 간 발달 신경과학의 진보는 어린 아이들의 교육에 어떻게 개입해야 할지 접근 방법을 변화시켰다. 우선 주된 관심이 학업 성취도에서 자기조절로 옮겨가기 시작했다. 이런 새로운 방식의 개입이 얼마나 잘 작동할지는 아직 아무도 모른다. 만약 성공한다면, 자기조절에 집중한 이 방식은 학교 생활 준비 수준을 향상시킬 뿐만 아니라, 실업률을 줄이고, 학업 유지율을 높이며, 아동 비만과 10대 임신을 줄이고, 범죄율을 줄일 수도 있다. 왜냐하면 이 모든 문제들은 어떤 방식으로든 자기조절의 부족과 관련되어 있기 때문이다. 상기한 문제들의 궁극적인 원인에 대해서는 갑론을박이 있을 수 있을 것이다. 유전, 빈곤, 차별 경험, 부실한 사회화 등을 지적할 수도 있겠지만, 결국 그런 문제들의 직접적인 원인은 바로 쾌락을 지연시키는 능력의 부족일 것이다.

자기통제력과 범죄

(Self-control and crime)

로버트는 자제력이 심하게 안 좋았다[4].

나는 그를 내가 주도적으로 참여했던 한 연구에서 공동 참여자로 만나게 된 후, 몇 년 동안 알고 지내왔다. 그 연구는 10대부터 20대 초중반의 나이에 중범죄를 저지른 1,350명의 청소년들을 추적 조사한 연구였다. 중범죄란 예를 들면, 무장강도나 가중폭행과 같은 범죄들이다.우리는 필라델피아와 피닉스, 두 도시를 선택하여 그곳에서 연구를 진행했다. 왜냐하면 그 지역들에서 우리의 대규모 연구에 맞는 대상 참가자들을 충분히 모집할 수 있을 거라 기대했기 때문이다. 게다가 이 지역들에서는 가해자들의 인종도 다양하게 확보할

4 등장인물의 이름은 가명이며, 그의 삶의 세부 서술은 일부 각색되었다.

수 있다. 대부분의 필라델피아 소년 중범죄자들은 흑인이며, 피닉스의 경우는 라틴 계열이나 백인이 대부분이었다. 우리는 젊은 여성들도 연구에 가급적 최대한 참가시키려고 노력했지만, 확보된 표본에는 압도적으로 남성이 많았다. 애초에 범죄의 빈도 면에서 남녀 가해자가 균등하게 분포하지 않는다는 것과 어떤 중범죄들은 특히 젊은 남성들이 행한다는 것을 고려하면 특이한 사항은 아니었다.

대부분의 비행청소년들은 범죄를 지속적으로 반복하는 성인 범죄자가 되지 않는다. 사람들은 나이가 들면서 범죄에서 손을 떼는 편이다. 이는 사람들이 20대에 더욱 성숙해지면서 줄어드는 다른 종류의 무모하고 위험한 행동들과 같은 경향인 것이다. 쾌감을 추구하는 일에 관한 흥미를 잃고, 자기 조절을 더 잘하게 되면서 과거 비행을 일삼던 대부분의 청소년들은 그들의 인생을 바꾸기 시작한다. 어떤 비행 청소년들은 10대 후반에 같은 비행을 반복하기도 하지만, 그런 아이들도 그 시기를 지나면 대부분 비행을 지속하지 않는다.

우리는 범죄를 저지르는 것을 중단하는 청소년들과 그러지 않는 청소년들의 차이를 알고 싶었다. 무엇이 이 일부 소년범죄자들이 친구들은 모두 그만둔 뒤에도 계속 같은 실수를 반복하게 만드는 것일까? 이 질문의 답을 찾는 것이 우리들이 범죄를 예방하고 재범률을 줄이는 데 더 효과적인 프로그램을 설계하는 데 도움을 줄 것이다.

우리 연구의 강점 중 하나는 우리가 그들의 심리적 발달을 가까이서 추적할 수 있을 만큼 충분히 자주 인터뷰했으며, 그들 인생의 주요 사건들에 대해서 빈번하게 기록을 입수해 왔다는 것이다. 매번 우리가 그들과 대화를 나눌 때마다, 그들은 "인생달력(life calendar)"을 작성했다. 이 인생달력은 지난 평가 시간 이후 매월 일어난 일을 기록하게 하는 것이며, 그들의 집이나 학교 또는 일하는 장소 등에서 어떤 일이 있었는지 체계적으로 진술하게 하는 것이었다. 그 다음에 우리는 이 정보를 이용해 그 기간 동안의 그들 삶의 그림을 구성하는데 활용하였다. 매번 인터뷰마다 인생달력을 작성하는 것 외에도 참가자들은 일련의 표준화된 심리검사에 응답했고, 이 검사에는 보상 추구 성향이나 자기통제력을 측정하는 부분이 포함되었다.

참가자들은 처음 연구 참가자로서 등록했을 때, 훈련된 면접자와 4시간 동안 1대1 면담을 진행했다. 그들은 장시간 동안 성격 및 지능 검사를 완료했고, 그들 일상의 여러 측면에 대해 질문하는 다수의 설문지에도 응답했다. 우리는 그들의 가족, 친구 그리고 이웃에 대해 질문했고, 그들의 학교나 일터의 경험에 대해서도 질문했다. 연구를 시작하고 처음 3년 동안에는 청소년들이 6개월에 한 번씩 참석했고, 그 이후로는 1년에 한 번씩 참석했다. 그 결과 우리는 이 청소년들에 대해 매우 잘 알게 되었다.

연구가 시작되었을 때, 즉각적인 보상에 관한 관심과 자기통제 실행 불능 면에서 대부분의 참가자들의 수치는 극도로 높았다. 그들의 범죄 기록에 비추어 볼 때 아마도 이 결과가 놀랍지는 않을 것이다. 이 두 가지 현상의 조합은 안 좋은 징후이며, 우리의 표본에서 빈번하게 관찰된 것처럼 두 가지 변수가 극단적인 수준까지 가게 되면(즉, 보상을 극단적으로 추구하는데, 자기통제는 불가한 상태가 되면) 절대적으로 치명적인 상황이 된다. 다행히도 그들이 나이를 먹으면서 대부분의 참가자들은 즉각적인 보상 추구 행동을 줄이고, 충동도 더 잘 다스리게 되었다. 그들은 범죄를 저지르는 일도 중단했다. 참가자 중 10% 정도만이 만성적인 성인 범죄자가 되었다. 청소년 비행에 대해 조사한 다른 연구들도 비슷한 수치를 보고하고 있다.

로버트는 피닉스의 참가자로, 우리 연구 참가자 중 범죄를 지속적으로 저지르는 10%의 소수 미성년 가해자 집단 중 한 명이었다. 그는 감옥을 들락날락하고, 치료 프로그램들을 전전하며 보호관찰 처분도 수시로 받았다. 사회체제가 로버트에게 또는 로버트를 위해 한 일들 중 어떤 것도 그의 범죄행위에 변화를 주지 못했다. 그의 심리학적 프로필을 살펴보는 것이 원인을 파악하는 데 도움이 될 것 같았다.

우리 연구에 참가했던 대부분의 다른 청소년들과 달리, 로버트의 충동 조절 점수는 그가 나이를 먹는다고 해서 상승하지 않았다. 오히려 만 24살이 되었을 때, 그의 점수는 만 17살일 때보다도 더 낮게 나왔다. 거의 모든 참가자들이 20대가 되면 전보다 덜 충동적이 되었기 때문에, 이는 주목할 만한 현상이었다. 로버트의 인생달력과 범죄 기록은 그가 자기 통제를 실행하는 능력이 현저하게 부족했다는 것을 잘 반영하고 있었다. 우리가 그를 처음 만났을 때, 그는 가중 폭행을 저지르고 감옥에 보내진 상태였다. 그 후에 그는 그 감옥에서 18개월을 지냈다. 석방된 후, 로버트는 패스트푸드점에서 일을 구했지만, 그 생활은 몇 달도 채 가지 못 했다. 일을 그만두고 고등학교에 다시 들어갔지만, 학교에는 고작 4개월만 나갔다. 학교를 자퇴한 그는 건물을 청소하는 일을 구했지만, 결국 마약 거래 혐의로 다시 체포되었으며, 재차 수감생활을 해야 했다. 만 19살이 되었을 때, 그는 이미 두 명의 다른 여자친구 사이에서 생긴 세 아이의 아버지가 되어 있었다.

다시 석방된 후, 로버트는 한동안 실직 상태였고 학교도 다니지 않았다. 그러다가 주방에서 설거지하는 일을 구했다. 그는 여기서 3개월간 일하다가 또 다시 체포되었다. 이번엔 강도였다. 연구에 참여한 처음 4년간, 로버트는 4가지 다른 직업에 종사했고, 3번의 수감생활을 경험했다.

이런 경향은 그 후 3년 동안 지속되었다. 연구에 참가하는 7년 동안 로버트는 5번이나 수감되었다.

네 가지 규칙

(The Four Rules)

사회과학은 우리에게 제대로 된 삶을 살아가기 위해서 지켜야 할 4가지 기본적인 규칙이 있다고 가르쳐주고 있다. 첫째, 최소한 고등학교를 졸업할 때까지는 학교에 남아 있어라. 물론 졸업이 된다면 더 오래 남아 있을 필요는 없다. 둘째, 결혼하기 전에는 아이를 갖지 마라. 셋째, 법을 어기지 마라. 넷째, 학교에 다니지 않는다면 나태해지지 않기 위해서 무엇이든 하고, 직장에 다닌다면 다른 직장을 구할 때까지는 그만두지 말 것이며, 직업이 없는 상태라면 본인이 할 수 있는 어떤 일이라도 찾아서 하라.

이 중 어느 하나를 어기는 것이 반드시 재앙으로 이어지는 것은 아니다. 세상에는 분명 고등학교를 자퇴하는 사람도, 미혼 상태의 부모도, 범법자들도, 가난하지 않은 백수도 분명 존재한다. 그러나 통계가 시사하는 바는, 만약 당신이 이 규칙에 맞게 살 경우, 당신은 거의 확실히 성공한 삶에 성큼 다가갈 것이다. 연구 결과에 의하면, 이 규칙들을 지킨 사람들은 거의 다 가난한 삶을 살지 않게 되었다.

로버트는 만 22살이 되기 전에 이 모든 규칙을 어겼다. 우리의 연구가 마무리 되었을 때, 그는 애리조나 주에서 강도죄로 인해 장기 복역하고 있었다. 적어도 내가 알던 순간까지 그는 감옥에 있었다.

4가지 규칙은 두 가지 중요한 요소를 공유한다. 첫째, 이 모든 선택은 만족을 지연시키는 것과 관련되어 있다. 학교를 계속 다니기 위해서는 강한 자기통제력과 졸업과 같은 장기적인 목표를 성취하기 위해 종종 지겹게 느껴지는 시련을 견뎌내는 능력이 필요하다. 피임 없는 성관계를 자제하기 위해서는 장기적인 이득(필요한 자원의 확보 없이 아이를 키우지 않아도 되는 것, 또는 부모가 되는 부담 없이 학업을 지속할 수 있는 것)을 위해 즉각적으로 얻게 될 작은 보상(살과 살이 닿는 삽입을 통해 자연스럽게 느껴지는 쾌감)에 관한 기대감을 제쳐둘 수 있어야 한다. 법을 어기는 것, 특히 청소년기에 범법을 저지르는 것은 주로 현금, 훔친 물건 또는 마약 같이 즉각적인 보상을 기대하며 저지른 충동적인 행동이다. 무직인데도 직장에 들어가는 것을 거부하는 것은 그 직장이 충분히 좋지 않기 때문이다. 다음 자리가 정해지지 않았는데 직장을 그만두는 것도 당장 눈앞에 보이는 즉각적인 보상(예를 들면, 대부분 주로 자유 시간)에 가치를 두기 때문이다. 이러한 선택은 당연히 자라온 환경에 영향을 받는다. 그러나 만약 당신이 4가지 규칙을 지키는 사람들의 표본과 동일한 환경에서 자랐음에도 불구하고 규칙을 지키지 않는 사람들의 표본을 조사해 보면, 마치 로버트의 사례처럼 규칙을 어기는 사람들은 보상 민감성 척도에 관한 점수가 높고 자기통제력 척도에 관한 점수가 낮은 것을 확인할 수 있을 것이다. 사실 우리가 소년 범죄자들이 일반적인 패턴을 따라가고 법을 준수하는 성인이 될 수 있을지, 아니면 범죄자의 길을 계속 가게 될지 예측하려는 시도에서 우리가 살펴본 모든 요인들 중에서, 성숙한 자기통제력 발달의 실패 여부만이 지속적인 범죄에 관한 유일하게 그리고 일관되게 나타난 심리적 예측변수였다.

우리 연구의 참가자들이 처음 만났을 때 이미 청소년이었기 때문에, 우리는 그들의 어린 시절에 관한 구체적인 자료를 가지고 있지 않았다. 그래서 나는 로버트의 충동에 관한 만성적인 요인이 무엇이었는지 확실히 말할 수는 없다. 그러나 사람이 태어날 때부터 추적했던 다른 연구들에서 보고된 바에 따르면, 만성적인 범죄의 선행요인 또한 모두 충분한 자기조절 능력 발달의 실패 여부와 관련되어 있다. 예를 들어 출산 합병증, 스트레스 요인이나 트라우마 경험, 가난, 부모의 냉혹한 양육 그리고 이른 음주나 약물남용 등이 있다. 이 각각의 요인들은 정상적인 전두엽 발달을 저해하는 것으로 밝혀졌다. 나의 가설은 만약 우리가 로버트의 과거를 살펴볼 수 있다면, 우리는 이 중 몇 가지 요인이 개입되었음을 발견할 수 있을 거라는 것이다.

4가지 규칙에서 공통적으로 나타나는 또 다른 특성은 이 모든 일들이 바로 청소년기에 가장 흔하게 일어나는 선택이라는 것이다. 청소년기 이전에 이러한 4가지 결정들을 내리는 경우는 드문 편이다. 20대 후반과 30대 초반의 사람들도 이러한 선택에 직면하지만, 일반적으로 그들은 이미 그 문제들을 현명하게 고민할 수 있는 인생 경험과 인지 능력들을 갖추고 있다.

재무설계사들이 사람들이 그들의 재산을 어떻게 관리할지 도와주는 것처럼, 그런 인생의 중요한 결정들을 위해 도움을 주는 상담소 사무실에 방문한 상황을 상상해 보자. 접수처에서 접수를 하면 거기서 두 명의 상담사들이 시간이 난다고 말할 것이다. 한 명은 만 17살이고, 다른 한 명은 만 30살이다. 이제 당신은 청소년들이 어떻게 사고하는지 알고 있는 상황에서, 당신이 만약 다음의 중대한 결정 중 하나에 관한 상담을 해야 한다면? 상기한 대로 학교를 계속 다닐지, 아니면 그만둘지, 아이를 가질지 말지와 같은 결정이다. 이때 과연 어떤 상담원이 더 지혜로울지 의심의 여지가 있을까? 아마 우리 중 극소수만이 17세의 상담원에게 상담 받는 것을 선택할 것이다. 지금도 많은 만 17세 아이들이 그런 중대한 결정들을 혼자서 내리고 있다. 아이러니하게도 이렇게 우리 인생에서 가장 중요하고, 인생을 완전히 바꿀 수도 있고, 심사숙고가 필요한 결정의 순간은 하필이면 우리가 좋은 판단을 하기 위한 능력이 충분히 발달되지 않았을 때 찾아온다.

강제된 순환

(The Coercive Cycle)

7장에서 설명했듯이, 아이들은 그들의 부모가 다음과 같이 행동할 때 자기통제력을 발달시킬 가능성이 높다. 우선 부모가 아이를 잘 돌봐 주고 아이에게 다정할 때, 특히 그런 면들을 겉으로 표현하고, 진득하게 전달하고, 아이의 발달 단계에 맞게, 일관되게 아이의 행동에 대한 기대를 강조하면 아이의 자기 조절력의 발달이 더 용이해지는 것이다. 부모가 만약 반대만 일삼고, 냉담하고, 변덕스럽고, 독재적이고, 통제가 심하거나 지나치게 관대하면 아이들은 성숙한 자기조절 능력을 발달시킬 가능성이 낮다. 부모가 아이를 훈육하는 방식도 중요하다. 처벌을 가할 때, 신체적 처벌을 사용하거나 감정을 강하게 드러내는 부모들은 침착하고 온화하게 처벌하는 부모들보다 아이의 자기 조절력을 발달시키기 어려울 것이다.

자기 조절에 눈 뜬 아이를 길러내는 데는 많은 시간이 필요하다. "아빠(엄마)가 말했으니까 그냥 해." 또는 "니가 하고 싶은 대로 해."라고 말하는 건 "이게 아빠(엄마)가 OO가 했으면 하는 일이고, 왜 했으면 하는지 이유를 설명해줄게."라고 말하는 것보다 훨씬 쉽고 빠르다. 심지어 가장 인내심이 강한 부모들도 그들이 피곤하거나, 다른 데 정신이 팔려있거나, 스트레스를 받을 때는 종종 이런 지나치게 독재적이거나 지나치게 방임적인 지름길을 택한다.

불행히도 가난한 부모들은 그들 아이들의 자기조절 능력을 위해 투자할 수 있는 시간이 부유한 부모들보다 더 적다. 그들의 근무 시간이 일정하지 않기 때문이거나, 한 부모 가정인 경우에는 한 쪽의 부모가 없기 때문에 자녀양육 책임의 더 큰 부분을 혼자 짊어져야 하기 때문이다. 이러한 이유로 그리고 우리가 곧 보게 될 수많은 이유로 인해 저소득층 부모는 아이들이 성숙하게 자기조절력을 발달시키기 어려운 방식으로 그들의 아이들을 양육하게 된다. 그들은 비교적 더 변덕스럽고 일관성이 낮기 때문에, 과도한 통제에서 과도한 방임으로 수시로 방침이 바뀐다. 그들은 일반적으로 덜 다정하고 덜 온화하다. 물론 이것이 모든 저소득층에 해당되는 것은 아니며, 중산층 부모가 모두 절제, 친절 그리고 이해심으로 양육하는 것도 사실이 아니다. 그러나 이런 일반적인 빈곤층과 부유층 부모의 차이가 수백 건의 연구에서 발견되고 있다.

사회경제적 지위에 따른 양육 방식의 차이가 발생하는 데는 많은 이유가 있다. 가난한 부모가 아이들을 키우는 환경은 상대적으로 스트레스 수준도 더 높고 부담도 더 크다. 그들이 사는 공동체 사회는 더욱 혼란스럽고 위험하며 그리고 예측할 수 없다. 이런 환경은 부모를 더 통제적이며, 덜 관대하게 만든다. 그럴수록 그들은 더욱 자기들만의 방식으로 양육을 할 가능성이 높다. 이때 자기들만의 방식은 흔히 그들을 허용적인 부모로 만드는 방식이다. 그들은 지쳐 있을 때, 그들이 양육으로부터 벗어나 휴식할 수 있게 해줄 수 있는 충분한 자원이 없다. 이것은 아이들이 요구가 많을 때 단호한 부모가 되는 것을 힘들게 만든다. 그리고 그들 자신들도 비슷한 환경에서 성장했을 가능성이 높기 때문에, 그들 또한 좋은 자기통제력을 갖췄을 가능성이 낮다. 좋은 부모가 되기 위해 필수적인 자기통제력을 갖추지 못한 것이다.

낮은 사회경제적 지위가 침착하고 온화해지기 어려운 또 다른 이유는, 다른 어떤 부모들과 마찬가지로 그들의 행동이 아이들이 무엇을 하는지에 따라 영향을 받기 때문이다. 자기조절 능력이 약한 아이들은 더욱 충동적이고 반항적이다. 충동적이고 반항적인 아이와 소통하는 것은 부모들 자신 또한 그렇게 행동하게 만든다. 왜냐하면 그들의 아이가 버럭 화를 잘 내기 때문이다. 이 "강제된 순환(coercive cycle)"은 가혹하고 일관되지 않은 양육이 아이들의 문제 행동을 일으키고, 이 문제 행동이 다시 더욱 가혹하고 일관되지 않은 양육을 불러일으키는 방식으로 작동한다. 이러한 순환은 부모가 스트레스를 잘 받는 가정에서 발생할 가능성이 더 높다.

이론적으로 이런 가족의 불리함은 학교 생활같이 집 밖에서 얻는 자기조절을 형성하는 데 도움이 되는 경험들을 통해 상쇄될 수 있다. 그러나 이러한 경험들조차 빈곤한 사회공동체에서 운영되는 학교에서는 제공되고 있을 가능성이 매우 낮다. 이런 학교들은 현대 사회에서 성공하기 위한 기본적인 지식을 가르치는 데만 조악한 것이 아니라 자기통제력을 발달시킬 기회를 제공하는 데도 열악하다. 결과적으로 집에서 자기조절을 훈련받지 못하기 때문에 집 밖에서 그런 훈련을 가장 필요로 하는 아이들이 집 밖에서도 훈련될 가능성이 지극히 낮은 것이다.

사회의 일부에서 부모 양육이 다른 곳보다 열악하게 이루어지고 있다고 표현하는 것은 항상 정치적으로 위험하긴 하다. 궁극적으로 양육을 어떻게 할 것인지 선택하는 것은 물론 개인의 목표, 취향 그리고 선호에 달린 것이다. 그러나 자기조절에 가치를 두는 사회에서는 어떤 부모도 목표, 취향 그리고 선호를 단순히 그들의 아이들이 누릴 최고의 쾌락에 두고 양육하지 않을 것이다.

빈곤과 사춘기

(Poverty and Puberty)

실행 기능과 자기조절에서 나타나는 사회경제적 집단 간 차이를 조사한 대부분의 연구는 실제로 상당히 다른 사회경제적 환경에서 자란 아이의 학업 성취도의 불균형이 시사하는 바에 집중하고 있다. 그러나 성취도 차이뿐 아니라 아마도 저소득층 아이들이 청소년기까지 안고 가는 더욱 엄청난 또 다른 불리함이 있다. 바로 그들은 좀 더 운이 좋았던 또래 친구들에 비해 신체적 사춘기로 인해 발생되는 도전적인 경험에 대처할 준비가 덜 되어 있다는 것이다.

신체적 사춘기의 연령이 평균적으로 낮아지고 있다는 것은 오늘날의 아이들이 직면해야 할 도전을 전보다 더 어릴 때 마주해야 하며, 이 시기에 그들은 감정과 행동을 다스리는 데 더 서툰 상태라는 것을 의미한다. 기억하라, 신체적 사춘기는 대뇌 변연계의 각성을 촉진하지만, 그렇다고 전두엽 피질의 발달을 가속화시켜 주지는 않는다. 즉, 어린 나이에 신체적 사춘기를 지낸다는 것은 사춘기가 전 세대에 비해 더욱 도전적인 시간이 된다는 뜻이다. 이는 사회적 환경과 상관없이 모두에게 마찬가지로 적용된다. 그러나 그들의 자기통제력이 어릴 때 더욱 취약하기 때문에 가난한 아이들은 그들이 신체적 사춘기를 일찍 시작한다는 사실로 피해를 입을 가능성이 더 높다.

게다가 우리가 3장에서 확인한 바와 같이, 가난한 아이들은 신체적 사춘기도 다른 아이들보다 더 일찍 시작한다. 흔히 빈곤함이 아이들의 성장과 발달을 늦추는 것이 부족한 영양과 낮은 건강 수준과 관련된 이유 때문만이라고 생각할 것이다. 과거에는 그랬지만 현대 사회에서는 사실이 아니다. 상대적으로 더 가난한 아이들이 신체적 사춘기를 더 늦게 시작하는 것은, 개발도상국에서는 오늘날에도 아직 나타나는 패턴이다. 그러나 사회가 한 번 개발도상국에서 선진국으로 진입하면, 사회경제적 지위와 신체적 사춘기 시작 시기 사이의 관계는 급변한다.

선진국에서는 이른 2차 성징의 원인이 빈곤층 아이들에게서 더 뚜렷하게 나타난다. 기억하라. 비교적 최근의 2차 성징의 연령을 낮추고 있는 주요 원인은(이는 19세기와 20세기 초반에 있었던 사춘기 연령의 급격한 감소와는 또 다른 현상이다.) 아동 비만의 증가, 조산아들의 더 높아진 생존율, 인공 조명에 더 많이 노출되고 있는 아이들, 아버지의 부재 비율이 높아지고 있는 것 그리고 내분비계 교란물질에 더 많이 노출되고 있는 것이다.

이러한 각 요인들이 사춘기 시기가 빨라지는 것에 개별적으로 기여하는 부분은 크지 않음에도 불구하고 이들의 누적된 영향은 가난한 아이들에게는 굉장히 크게 작용한다. 왜냐하면 이 모든 요인들이 빈곤층 가정에서 더 흔하게 발생하기 때문이다. 예를 들어, 미국과 같이 비교적 부유한 나라들 내에서는 비만이 저소득층에서 더욱 만연한 현상이다. 구체적으로 약 20%의 빈곤층 아이들이 비만인 데 반해, 집안 형편이 더 나은 아이들 중에서는 "단지" 12% 만이 비만일 뿐이다. 조산은 부유한 엄마들보다 빈곤한 엄마들에게 50% 가량 더 많이 발생한다. 스크린 기반(screen-based) 오락에 아이들이 노출된 것은 이미 보편적인 현상이지만, 이마저도 저소득층의 가정에서 더욱 흔하게 나타나고 있다. 가난한 가정의 청소년들은 TV나 비디오게임을 하는 데 상대적으로 더 많은 시간을 소비할 뿐만 아니라 그런 오락들을 자기 전 침대에서도 할 가능성이 높다. 이것은 더 가난한 집 아이들일수록 잠자리에 드는 시간도 더 늦는 편이고, 매일 밤 잠도 더 적게 자는 편이기 때문에 특히 문제가 된다. 그것은 그들이 더 많은 조명에 노출된다는 것을 의미하기 때문이다. 아버지의 부재 또한 빈곤한 사회공동체의 주된 문제이다. 편모 가정에서 자란 아이들 중 70%가 빈곤해지거나 저소득층이 된다. 우리가 흔히 접할 수 있는 내분비 교란물질인 비스페놀A(Bisphenol A, BPA)에 노출되는 것도 신체적 사춘기를 앞당기는데, 이 물질에 노출되는 양도 가난한 가정에서 두드러지게 높게 나타난다. 게다가 호르몬 교란 물질을 포함한 머리 손질 제품의 사용률은 가난한 흑인 여자 아이들 사이에 특히 높은 수준이다.

빈곤한 아이들의 식단과 건강 관리는 중산층 아이들보다 분명 더 열악할 것이다. 그러나 그것이 2차 성징을 앞당기는 요인들, 비만, 조산, 조명 노출 정도, 아버지 부재 그리고 내분비 교란 물질의 영향력을 상쇄할 정도는 아니다.

보호가 필요한 시간

(Protection During a Tenuous Time)

자기통제력이 성숙해지는 과정은 천천히 점진적으로 이루어지기 때문에 청소년기는 길게 진행될 수밖에 없다. 게다가 이제는 그 기간이 더 길어졌고, 특히 가난한 이들에게는 더욱 더 길어졌다. 충분히 성숙해지는 데 걸리는 시간이 길어서, 성숙해지는 과정에 있는 자기통제 능력은 쉽게 방해에 직면하기도 한다. 그만큼 이 시기 동안에 성숙해지고 있는 자기통제력은 취약할 수밖에 없는 것이다. 그래서 최적의 조건이 충족될 때는 그 능력이 발휘되지만, 조건이 충족되지 않을 시에는 역할을 하지 못한다.

이 취약한 시기에 자기통제력을 발휘하지 못하는 상황에 처하는 그들을 보호하는 최고의 방법은 부모들이 주로 시행하는 외적인 통제일 것이다. 많은 연구 결과에서, 부모와 밀접한 관계를 가지고 꾸준히 관리감독을 받는 청소년들은 또래들에 비해 문제 행동에 연루될 가능성이 현저히 낮다는 것이 확인되었다. 이것은 이른 2차 성징과 관련된 모든 문제에 적용된다. 부모의 보조적인 통제 덕분에 청소년 비행, 약물남용 그리고 조숙한 성적인 활동과 같은 문제에 연루되지 않는다는 것이다. 민주적 양육 방식은 자녀의 모든 연령 단계에서 신체적 사춘기와 관련된 위험 요소를 줄인다. 심지어 아이가 2차 성징을 유달리 일찍 시작한 경우에도 위험 요소들을 줄여준다.

과연 좋은 양육 방식이 이른 신체 발달의 영향을 어떻게 완화시켜 주는 걸까? 한 가지 생각해 볼 수 있는 것은 나이가 조금 많은 친구들과 어울리게 되는 것이 이른 2차 성징으로부터 비롯된 쾌락 추구 성향을 실제로 문제 행동으로 발현시켜 주는 상황이다. 가령 호르몬 분비로 인해 각성된 청소년은 성행위를 시도해 보고 싶은 마음이 생기지만, 그 환상을 실현시킬 파트너를 찾아야 한다. 만약 이 청소년의 부모가 가까이서 아이의 소재를 관리 감독한다면, 그 일은 결국 실현되기 어려울 것이다. 같은 원리가 음주나 마약 또는 그보다 사소한 비행 시도에 관한 위험에도 똑같이 적용된다. 이른 신체적 사춘기는 많은 유형의 행동 문제를 야기하는 위험 요인이지만, 신체가 조숙해진 아이가 부모와 밀접한 관계를 맺고 적절한 관리를 받는다면, 평범한 나이에 사춘기를 맞은 또래 친구들보다도 큰 위험에 처하지 않게 될 것이다.

간단히 말해서, 문제 상황을 스스로 관리해야 하는 청소년들이 그들을 위해 관리해 줄 부모가 있기에 혜택을 받는 것이다. 부모의 관리 도구 상자 속의 주된 도구는 엄격함, 다정함 그리고 감독 행위와 같은 것들이다. 엄격한 부모는 규칙과 행동 지침을 만들고 시행한다. 이 규칙과 지침은 청소년 아이가 어떻게, 어디서, 누구와 시간을 보낼지에 관한 내용이 있어야 한다. 다정함은 청소년으로 하여금 그와 같은 규칙과 지침을 준수하게 격려해 주는 역할을 한다. 왜냐하면 그들이 그런 다정한 부모를 기쁘게 해주고 싶기 때문이다. 감독 행위는 반항심을 다스리기 위해 추가된 보호 장치가 될 것이다. 그럼에도 불구하고 저소득층 부모는 그들의 아이가 청소년일 때 성공적인 "관리" 전략을 활용할 가능성이 낮다. 그들에게 내재된 스트레스, 가난 그리고 혼돈은 엄격하고, 다정하고, 경계하는 부모가 되는 것을 더욱 어렵게 한다. 또한 부모와 그들의 어린 자녀들의 부족한 자기조절 능력에 영향을 줬던 가족 간의 공통된 유전적 요인은 부모와 그들의 10대 아이들에게 동일하게 작용하게 된다. 즉, 앞서 설명했듯이 빈곤한 가정에서는 아이도 자기조절을 발달시키는 것을 어려워하지만, 그 아이에게 유전적 영향을 준 부모도 자기조절 능력이 열악할 가능성이 높다는 것이다.

가난한 가정에서 자란 청소년, 자신을 다스리기 위해 더 많은 도움이 필요한 이들은 그들의 부모로부터 이 도움을 받을 가능성이 낮다. 게다가 그들은 부모가 도와주지 못할 때 관리감독을 해주는 사회적 기관의 도움을 받을 가능성도 낮다. 많은 연구 결과들을 통해 확인된 사실이 있다. 방과 후에 관리감독을 받지 못한 청소년들은 다양한 유형의 문제에 직면할 가능성이 더욱 높다는 것이다. 가난한 가정에서 자란 10대 아이들은 방과 후의 시간을 규율과 감독이 없는 환경에서 보내게 될 가능성이 높으며 그리고 그런 시간을 많은 가족들이 사회적으로 고립되어 있는 이웃집에서 보낼 가능성이 높다. 이웃집에 관심을 두고 살펴보는 어른들이 주변에 없으면, 반사회적인 또래 친구 집단이 그 이웃집에 모여서 10대들을 비행으로 이끌 가능성이 높다.

반면에 중산층에서 자란 청소년들은 구조가 갖춰진 방과 후 활동을 할 가능성이 높다. 예를 들면, 운동부이나 연극부 활동, 아니면 방과 후에 할 만한 아르바이트를 할 수도 있다. 두 가지 모두 정해진 규율이 있으며, 최소한 학교의 후원을 받는 과외활동이라면 성인의 감독 아래 있을 것이다. 그리고 만약 그런 기회가 없다면 부유한 부모는 개인교습, 동호회, 아니면 다른 활동들에 비용을 지불하고 등록시켜 줄 수 있으며, 그런 활동들도 부모가 할 수 없을 때 아이에게 성인의 관리감독을 제공할 수 있다.

핵심은 부유한 가정에서 자란 아이들은 심리적인 이점을 가지고 청소년기에 돌입한다는 것이며, 자기통제 역량을 더 쌓을 수 있는 기회도 그들에게 더욱 풍부하다는 것이다. 그들은 시작부터 더 강한 자기조절 능력을 가지고 중학교에 진학하며, 부모가 그런 능력을 더 키워줄 수 있는 가정에서 보살핌을 받는다. 그들은 자기조절 능력을 더 발달시킬 수 있게 해주는 부모와 학교를 가지고 있을 가능성이 높은 것이다. 그래서 일단 고등학교를 졸업하면, 부유한 청소년들은 심리적 자산과 학업을 지속할 수 있는 재정적 자원을 보유하고 있을 가능성이 높다. 또한 대학에서 고등교육을 받는 것 자체가 전두엽 발달에 도움이 되기 때문에, 발달된 자기조절 능력으로 시작한 대학 생활이 다시금 자기조절을 더 발달시켜 주는 것이다. 반면에 가난한 가정에서 자란 아이들은 신기한 일들과 흥미진진한 일들에 관한 기회도 없는 환경으로 향해 갈 가능성이 높다. 가난한 아이들이 그들이 어릴 때, 그리고 그들의 뇌가 아직도 잠재력으로 충만할 때 환경이 주는 자극을 경험할 가능성이 낮다는 사실은 대단히 많은 주목을 받아왔다. 이러한 기회의 박탈이 청소년기까지 계속되어 두뇌의 가능성을 돌보지 못해 왔다는 사실은 이들이 지금보다 더 큰 관심을 받아 마땅한 이유가 될 것이다.

강한 자기통제력이 주는 이점은 대학에 입학한다고 없어지지 않는다. 강한 자기통제 역량을 갖추고 대학에 입학한 청소년은 제 때 졸업할 가능성이 높다. 반면 그런 역량이 없는 채로 입학한 청소년은 그럴 가능성이 상대적으로 낮다. 그래도 대학에 진학하는 청소년들은 안 하거나 못 하는 청소년들보다 마음이 약해졌을 때 구원해줄 가족이 있을 가능성이 더 높다. 그 가족들은 졸업까지 4년이 아니라 5년, 5년이 아니라 6년이 걸린다고 해도 지원해줄 수 있을 것이다. 또는 그들은 잃은 학점을 회복하기 위해 여름 계절 학기를 신청해서 수강할 수도 있을 것이다. 삶의 모든 장면과 마찬가지로, 대학에서도 부유함이 보호막이 되어준다.

자본의 형성

(Capital Formation)

청소년기는 모든 이에게 길어졌다. 하지만 어떤 부분이 길어졌는지는 각 계층별로 다르다. 빈곤층 사이에서는 신체적 사춘기의 시작이 빨라지고 있는 반면에, 부유층 사이에서는 성인기로의 전환이 지연되고 있다. 부유한 가정의 아이들은 학교에 더 오래 남으려 하고, 결혼을 늦추고, 부모가 되는 것도 미루고 있다. 이 사실이 극도로 중요한 이유는 이른 신체적 사춘기가 자기통제력 발달에 미치는 영향은 부정적인 반면, 성인기의 지연이 자기통제력 발달에 미치는 영향은 긍정적이기 때문이다. 따라서 길어진 청소년기를 바라보는 일반적인 경향은 그렇게 길어지는 것이 부유층에게는 빈곤층보다 이롭다는 것이다.

성인기로의 전환을 지연시키는 것이 어떻게 불균형한 양상으로 가진 자에게는 혜택을 주고, 못 가진 자에게는 피해를 주는지 온전히 이해하기 위해서 우리는 "자본의 형태"가 다르다는 것과 그 차이가 학교, 일터 그리고 인생에서의 성공에 어떤 영향을 주는지 고려해 봐야 한다.

재정적인 자본과 더불어, 비교적 더 부유한 가정에서 자란 청소년일수록 인적 자본(학교와 일터에서 성공하기 위해 필요한 기술이나 능력), 문화적 자본(문화적 지식, 대화나 의복에 관한 예절 그리고 상류 사회 계층에 속해 있다는 걸 보여주는 행동 양식) 그리고 사회적 자본(자신을 실질적으로 도와줄 수 있는 사람들과의 관계)을 축적할 가능성이 높다. 이런 것들을 자본이라 표현하는 것에 의문을 표한다면, 사회과학에서는 이미 경제적 부, 높은 교육 수준, 세련된 교양 수준 그리고 넓은 대인관계를 인생의 성공을 더 용이하게 하는 자원으로 본다는 것을 밝혀둔다.

부유한 집에서 자란 사람들은 다른 이점, 그것도 점점 중요성이 부각되는 이점을 하나 더 가지고 있는데, 바로 "심리적 자본"이다. 이 용어는 비인지적인 역량들을 총칭하는 말로, 보통 성공의 요인에 포함되는 인적 자본의 범주에 있는 역량들처럼 최근 성공을 위한 결정적인 요인들로 인식되고 있다. 사회적 지능, 활력, 열정 그리고 당연히 자기조절이 심리적 자본에 해당한다.(내가 이전의 장들에서 지적했듯이, 할 수 있음에도 불구하고) 우리는 학교에서 의도적으로 이러한 역량들을 육성하지는 않는다. 그러나 타인과 능숙하게 교류할 수 있다는 것, 주변을 밝게 하는 것, 사람들이 자신에 대해 호감을 느끼게 하는 것 그리고 자기통제를 실천하는 것은 지능이나 재능만큼이나 중요하다. 그만큼이 아니라면 오히려 더욱 중요하다고 해야 할 것이다.

심리적 자본의 다양한 측면이 삶의 질에 각각 다른 방식으로 영향을 주지만, 아마 자기조절이야말로 학교와 직장에서의 성공을 위한 가장 결정적인 요인일 것이다. 특히 쾌락을 지연시키는 능력이 중요한 곳에서는 더욱 결정적인 요인이 될 것이다. 수많은 사람들이 쾌활하지 않아도, 외향적이지 않아도 또는 명랑하지 않아도 성공에 이르곤 한다. 그러나 단호함, 근면함 그리고 인내심 없이 성공하는 사람은 드물다.

나는 성공을 위해 필수적인 또 다른 유형의 자본이 아직 있을 거라고 믿는다. 뭐라 칭해야 할지는 모르겠지만, 일단 "신경생리학적인 자본"이라고 하자. 이것은 적절한 자극을 주는 환경에서 길어진 두뇌 성형 기간을 보내면서 축적되는 이점이다. 부유층은 이른 시기에 신경생리학적 자본의 이점을 갖는다. 왜냐하면 그들은 영유아기, 두뇌 성형이 처음으로 활발해지는 이 기간에 환경의 자극에 노출되기 때문이다. 그런데 그들은 길어진 사춘기 속에서도 신경생리학적 자본을 축적한다. 성인기로의 전환이 지연되면서 두뇌 가소성의 창문이 더 긴 시간 동안 열린 채로 유지되기 때문이다. 이 시기 동안 아직 성인이 되기 전의 청소년들은 그 자신들을 뇌 기능을 향상시킬 수 있는 다양한 경험에 노출시킬 수 있다. 부유한 이들은 이 시기 동안 자극적인 환경에 접근할 수 있는 비용을 지불할 만큼 자원도 가지고 있다.

우리가 알아본 것처럼 전두엽 체계들은 성장의 발판을 세워주는 자극을 통해 더욱 강해진다. 구체적으로 우리가 익숙한 수준보다 약간 더 높은 수준으로 이 전두엽 체계들을 사용하게 만드는 도전 과제들이 그런 자극에 해당한다. 그것은 바로 부유층 가정의 자녀들이 다니는 대학에서 받을 수 있는 종류의 도전 과제들인 것이다. 학교에 더 오래 남아 있는 것의 이점은 그 안에서 쌓는 경험을 통해 얻게 되는 기술, 학위나 자격증, 인맥 그리고 능력에 국한되지 않는다. 그런 인적, 문화적, 사회적 그리고 심리적인 자본들의 이점들도 상당히 많은 것이 사실이다. 그러나 신경생리학적 자본을 형성할 수 있는 기회에서 오는 이점 또한 강력하다.

성인기의 지연이 주는 특혜와 약속

(The Privilege and Promise of a Delayed Adulthood)

이전 장에서 설명한 것처럼 많은 사람들이 성인기로의 전환을 지연하는 것이 청소년들의 심리적 발달에 안 좋을 수 있다는 우려를 표해 왔다. 나와 동료들은 성인기의 지연이 청소년의 정신건강에 부정적인 영향을 줄 수도 있는지 살펴보았다. 우리는 3장에서 소개되었던 미래 모니터링 조사(the Monitoring the Future, MTF)의 자료를 연구에 활용했다. 기억을 돕기 위해 설명하면, 1976년 이후 매년 미시간 대학의 연구자들은 10대 후반부터 20대까지를 대표할 수 있는 표본을 대상으로 설문조사를 진행해 오고 있다. 청소년들의 다양한 코호트들(여기서는 각각 다른 시대에 고등학교에 재학 중인 집단)이 장기간에 걸쳐 추적되었으며, 고등학교를 졸업할 때부터 만 30세가 될 때까지 2년에 한 번씩 설문조사에 응답하였다.

설문조사는 심리적 기능, 태도 그리고 가치관에 관한 여러 항목에 대해 질문한다. 그런데 그들은 응답자의 응답 당시 삶의 환경에 대해서도 질문한다. 예를 들어, 학교에 진학했는지, 아니면 취직을 했는지, 누구랑 같이 사는지 그리고 생활비는 어떻게 충당하는지 등이 있다. 이에 기반하여 그들이 학업을 마치거나, 결혼을 하거나, 아이를 가질 때처럼 어떤 중요한 단계를 거쳐갈 때 나이가 몇 살이었는지 확인할 수 있다.

MTF 조사 결과는 오늘날 청소년들이 그들의 공식적인 학업을 마치고 정규직 직장을 구하고, 그들의 부모로부터 경제적 독립을 이루고, 결혼을 하고, 부모가 되는 데 걸리는 시간이 길어졌다는 것을 증명해 주고 있다. 고등학교 졸업 시기별 코호트에 따라 위와 같은 인생의 전환기 면에서 상당한 차이를 보이긴 하지만, 응답자들이 그들의 삶의 질에 관한 질문에 답한 내용을 보면, 세대를 넘어 그들이 20대일 때 그들의 삶이 어땠는지에 관한 답변이 매우 유사한 것으로 보고되었다. 실제로 그들의 부모 세대와 비교할 때, 오늘날의 청소년들은 더 행복하거나, 덜 행복한 상태가 아니며, 그들 삶의 환경에 대해서 더 만족하지도, 덜 만족하지도 않고, 인생이 더 즐거운 것도, 덜 즐거운 것도 아닌 상태인 것으로 나타났다.

오늘날 젊은이들이 청소년기에서 "빠져나오지 못하는" 상황으로 인해 생긴 심각한 우려를 생각하면 상기한 조사 결과는 놀라운 것이다. 그동안 유력 언론지의 면면을 장식했던 기사들은 데이터와 맞지 않는 것이다. 근심도 걱정도 없는 젊은이들의 초상도, 제 멋대로 사는 신세대도 모두 다 틀린 말이었다[5]. 오늘날의 청년들은 더 이상 그들 부모가 그 나이였을 때와 비교하여 자기만족을 더 추구하고 자신에게만 몰두하는 존재가 아니다. 간단히 말해서 오늘날의 젊은이들과 그들의 부모가 그들 나이였을 때의 심리적인 유사성은 차이점보다 훨씬 더 두드러진다. MTF 자료에서 비슷한 범위의 데이터를 조사한 다른 연구 결과 역시 우리와 같은 결론을 내렸다. 불행히도 흥미 면에서는 오늘날의 청년들이 그들의 부모 세대와 거의 비슷하다고 기사를 내는 것은 진부할 것이다. 차라리 그들을 "요즘 아이들"이라고 칭하면서 비판적인 기사를 내는 것이 더 시선을 사로잡는 헤드라인이 될 것이다(그들의 부모 시대에도 그랬던 것처럼).

우리의 연구에서, 우리는 행복과 만족의 수준은 인생의 중요한 단계를 몇 살에 완료하는지와 크게 상관이 없는 것을 발견했다. 직장에 들어가고, 결혼을 하고, 학위를 마치는 일들을 비교적 더 고령에 한다고 해서, 그런 전환점을 그들보다 낮은 연령에 거친 사람들보다 평균적으로 덜 행복한 것은 아니라는 것이다. 오히려 응답자 중 그러한 전환점을 지연시킨 사람들은 자기 삶에 더욱 만족하고 있

---

5 오늘날의 청년들이 예전 세대보다 자아도취적이라는 주장이 여론을 호도하고 있다. 이런 결론을 내리게 만든 한 연구에서는 청년들이 자기애성 성격 장애 척도에서 만 65세 이상의 응답자들보다 점수가 높다고 보고 했지만, 30대, 40대, 50대, 그리고 60대 초반도 같은 경향을 나타냈다. 그리고 청년들은 그 연령 집단들과는 큰 차이를 보이지 않았다.

었다. 이것은 특히 출산의 경우에서 두드러졌다. 즉, 아이를 갖는 나이가 늦을수록 더 높은 행복 수준과 삶의 만족도 수준을 보고했다는 것이다. 하지만 행복과 삶의 만족도를 측정하는 변수들과 성인의 다양한 역할을 시작하는 연령 사이의 상관관계 강도는 지극히 작은 수준이라는 것을 밝혀둔다.

20대 초반이 두뇌 성형이 지속되는 시간이라는 증거가 속속들이 제시되고 있는 상황에서, 그리고 이런 잠재적인 이점이 우리가 지능적으로 도전적인 자극을 주는 것을 멈추는 순간부터 사라지기 시작한다는 그럴 듯한 가능성을 고려할 때, 성인기가 일반적으로 수반하는 정해진 틀 위의 삶으로 넘어가는 것을 늦추는 결정은 좋은 선택이 될 수 있다. 최소한 이 아이 어른 같은 시기의 유연한 정신 상태를 지혜롭게 활용할 수 있는 사람들에는 확실히 그렇다. 학교에 더 길게 남아 있으면서 결혼을 나중으로 좀 미루고, 특정 직업인이나 부모로서 정착하는 것을 좀 늦추게 되어, 이렇게 성인이 되는 것을 지연시킬 수 있는 사람들은 학교에서 더 오래 공부해서 얻는 혜택만 가지는 것이 아니라 두뇌 성형 기간의 이점 또한 더 길게 누릴 수 있다. 이 두뇌 성형 기간의 혜택은 참신하고 흥미진진한 환경에서 경험을 쌓아갈 때 지속된다. 더 길어진 청소년기는 그들의 인적 자본만 축적시켜 주는 것이 아니라 그들의 심리적 그리고 신경생리학적 자본 또한 축적시켜 주는 것이다.

청소년들이 어른이 되는 과정이 얼마나 길어질지 걱정하고, 그들이 더 빨리 어른이 될 수 있게 격려해 주지 마라. 그보다 우리는 20대를 지내고 있는 모든 청소년들이(즉, 부유층만이 아닌 모든 이들) 지연된 성인기 전환으로 인한 혜택을 받을 수 있게 도울 방법, 그리고 젊은 청년들이 그들의 시간을 두뇌 발달을 더욱 촉진하는 방식으로 활용할 수 있게 더 많이 지원해 줄 방안에 관심을 쏟아야 한다. 단지 대학을 들어가기 더 용이한 곳으로 만들어 주는 것만이 아니라 수습생이나 인턴사원이 될 기회 그리고 아메리코(AmeriCorps)[6]와 같은 프로그램을 통해 자원봉사활동에 참여할 기회도 늘려줄 수 있을 것이다. 이것은 가진 자와 가지지 못한 자들 사이의 격차를 줄이기 위한 기나긴 과정이 될 것이다. 더 많은 청소년들이 대학에 갈 수 있게 해주는 것은 원론적으로 훌륭한 일이지만, 그것만으로는 충분하지 않다. 결국 불평등을 줄이기 위해서 우리는 이른 개입과정을 통해 자기조절의 발달을 촉진하는 일에 힘써야 한다. 개입과정이란 우선 부모들에게 민주적 양육 방식으로 자녀의 자기통제력을 키워주는 방법을 알려주고, 가정에서 할 수 없거나 스스로 실천하지 못하는 부분은 학교가 도와주도록 하는 것이다.

우리는 또한 어떻게 사회가 청소년들을 대하는지 주의 깊게 볼 필요가 있다. 우리의 보호가 가장 필요한 아이들은 그런 보호를 받

---

6 (역자 주) 1993년 빌 클린턴 대통령이 출범시킨 미국 내 3,000개 이상의 사회봉사단체를 통합하는 네트워크, 자원봉사자로 일하면 생활비를 지원, 세금공제, 학자금 융자 빛 탕감 등의 혜택을 받을 수 있다.

지 못하고 있을 가능성이 높다. 다음 장에서 밝혀지겠지만, 청소년들에 관한 우리의 처방 중 많은 것들이 과학이 청소년기에 대해서 우리에게 가르쳐 주는 것과 부합되지 않는다. 그에 관한 가장 확실한 증거가 바로 법을 어긴 청소년에 관한 우리의 처우 방식이다.

제10장

청소년기의 뇌, 법정에 서다

(Brains on Trial)

봉투에 적힌 반송 주소는 개인이 아니라 미시간주 교도소의 이름과 식별 번호였다. 노란 법원 용지에 손글씨로 쓴 편지는 깔끔하게 접어져 있었다. 편지에는 35년의 폭력, 후회, 반성, 속죄의 이야기가 열거되어 있었다.

조셉 머호니는 나에게 연락하여 15살 이후로 지내온 감옥에서 석방될 수 있도록 도움을 요청해 왔다. 그는 이제 50세가 된다. 가석방의 기회가 없다면 그는 인생의 나머지를 해리슨 교정시설에서 보내야 한다.

나는 조셉이 지난 8년 동안 매달 보내온 편지를 받았다. 그의 이야기는 대부분의 다른 사람들과 유사했다. 그는 편의점을 강탈한 4명의 소년 중 한 명이었다. 그중 가장 어렸던 조셉은 범죄 계획에 대해 발언권이 거의 없었다.

소년들은 집 주위에서 맥주를 마시고 취기가 올라 앉아있었다. 그들 중 한 명 17살이었던 하킴이 제롬 윌리엄스 노인이 주인인 동네 코너 식료품점에 가는 것에 대해 이야기 중이었다. 하킴은 적어도 12번 이상 그의 여자친구의 아파트를 오가는 길에 그곳에 들렀었다. 그는 그 가게의 하루 일과를 잘 알고 있었고, 그 노인은 아주 쉬운 표적이 될 것 같았다.

하킴은 그의 계획을 설명했다. 한 시간 정도면 가게 주인은 카운터 뒤에 혼자 남을 것이다. 모든 일이 너무 순식간에 일어날 것이다. 누구의 얼굴도 기억되지 않을 것이다. 그날은 추웠고 비가 오고 있었다. 그들은 스웨터셔츠의 모자를 눌러썼다. 가게에 손님이 남지 않을 때까지 그들은 밖에서 기다렸다가 무리 지어 들어가 현금을 요구했다. 60세 노인은 그들의 말을 따르는 것 외에는 다른 선택을 할 수 없었다. 그들은 수가 많았고 노인은 쉽게 제압될 것 같았다. 그들은 현금을 가지고 뒷문으로 나와 골목으로 뛰어갔다. 경찰이 대응하는 데 적어도 10분이 걸릴 것이며, 디트로이트 편의점으로 출동하는 것은 뒤로 미루어질 것이었다. 경찰이 도착할 때쯤이면 그 아이들은 멀리 사라질 것이었다. 그들은 돈을 나누어 가졌으나 각각 가져갈 수 있는 돈은 100달러 정도로 얼마 되지 않았다. 그러나 기회를 지나치기는 너무나 어려웠다.

하킴은 그의 형인 이사야가 다른 동네에서 비슷한 강도 일을 여러 번 했지만 결코 잡힌 적이 없다고 확언했다. 더 좋은 것은 아무도 다치지 않았다는 것이었다.

하킴과 다른 두 명만 가게에 들어갈 예정이었다. 조셉이 가장 어려서 망을 보게 될 것이었다. 그들 나머지가 매장 안에 있는 동안 다른 고객이 매장에 접근할 경우, 그 사람에게 말을 걸어 가게에 들어가는 것을 제지시키는 것이 그의 역할이었다. "내가 어떻게 하면 되지?" 그는 맡은 역할에 안도함과 동시에 모욕감을 느끼며 조셉는 물었다.

조셉보다 머리가 하나 정도 키가 큰 하킴은 조셉의 어깨에 그의 손을 올렸다. 그리고 그를 다치게 할 만큼 강하지는 않으나 어린 소년이 충분히 그를 더 나이가 많고 강하다고 상기시킬 만큼 단단하게 어깨를 움켜쥐었다. "꼬마야, 너는 단지 너의 엄마가 너에게 우유와 빵을 구해 오라고 했다고 말해. 그리고 너무 급히 나와서 엄마가 준 돈을 두고 나왔다고 해. 상황을 설명해. 아무것도 없이 집에 갈 수는 없다고 말해. 너의 남동생과 여동생이 배고파 한다고, 아마 그는 약간의 동정심이 있을 거야. 그와 문 사이에 서 있어. 너는 그를 1분 정도만 붙잡고 있으면 돼." 하킴은 조셉이 그가 말한 대로 할 것을 알았다. 조셉는 4명 중에 가장 어렸을 뿐만 아니라 그는 천성적으로 추종자였다.

그러나 상황은 계획된 대로 진행되지 않았다. 가게 주인이 하킴에게 금고를 여는 것을 거절했을 때 하킴은 난처했고, 패닉 상태가 되었다. 그는 친구 중 어느 누구에게도 허리띠 안쪽에 32구경 권총이 있다고 말하지 않았다. 하킴은 그 총을 꺼냈고, 점원은 그것을 움켜쥐었다. 그리고 총이 발사되었다. 총이 바닥에 떨어졌고 미끄러졌다. 소년은 총에 맞은 사람이 있는지 확인하지 않은 채 돌아서서 그 가게의 정문을 나와 할 수 있는 한 최대한 빨리 달렸다.

조셉은 총소리를 들었으나 너무 무서워 움직일 수 없었다. 그러나 그의 친구들이 가게 밖으로 흩어지는 것을 보고 그도 그들 뒤를 따라갔다. 아무도 가게 주인의 아내가 가게 뒤쪽 방에 있는 걸 몰랐고, 벽의 작은 틈새로 모든 것을 지켜보고 있다는 걸 몰랐다. 레노라 윌리엄스의 설명과 소년들이 거리를 달리는 것을 보았던 몇몇 사람의 증언으로 경찰이 그들을 추적하고 체포하는 것은 어렵지 않았다. 하킴의 지문이 총에 온통 남아 있었다.

제롬 윌리엄스는 며칠 후에 병원에서 사망했다.

미시간 주에서는 중범죄로 사람이 죽으면, 그 살인은 일급 살인으로 다루웠다. 그리고 주정부의 "중범죄 살인"법에 따라 14세 이상의 공동 범죄자는 누가 실제 살인을 했는지 관계없이 똑같이 책임을 진다. 조셉은 제롬 윌리엄스가 총에 맞을 때 가게에 없었고, 심지어 하킴이 무기를 가지고 있는지도 몰랐지만, 유죄판결을 받고 가석방이 없는 종신형을 선고 받았다.

누구도 중범죄자인 살인범에게 관대하지 않았다. 주 검사는 조셉이 아무도 쏘지 않았다는 것을 알았다. 또한 그가 겨우 15살이라는 것도 알았다. 또한 조셉이 처음으로 일으킨 범죄라는 것도 알았다. 그는 조셉이 인생의 나머지를 감옥에서 보내야 한다고 생각하지 않았다. 그러나 주의회는 조셉에게 수갑을 채웠다. 조셉이 총격 사건에 연루된 것이 분명해지자, 그에게 종신형이 내려졌다.

조셉의 편지는 청소년에 부과된 의무종신형은 위헌이라는(2012년 밀러 대 앨라배마 사건) 미국 대법원의 판결 이후 두세 달 후에 내게 도착했다. 조셉은 밀러 결정[1]을 소급하여 새로운 형을 구하고 있었다. 그의 변호사는 청소년 중에 누구든지 종신형을 선고 받은 사람은 재선고 청문회를 할 권리가 있다고 주장하였다. 현재 위헌인 형벌은 더 짧은 형벌로 대체될 수 있다고 하였다. 조셉은 내가 그의 변호사를 도와 이미 충분한 형벌을 받았다는 것을 입증해 주길 바랐다. 그는 판단을 제대로 내릴 수 없었던 15살에 강도 살인 사건에 연루되어 이미 35년을 감옥에서 보냈다. 조셉은 감옥도서관에서 내가 쓴 연구조사를 읽었다. 그는 과학이 그의 편에 있다고 믿었다. 그는 편지에서 15살 이후로 어떻게 성장해 왔는지 설명했다. 틀림없이 가석방위원회는 그것을 볼 것이다. 위원회는 그가 과거에 설령 위험했다 하더라도 더 이상 위험하지 않다고 결론 내릴 것이다. 또한 교도소 기록에도 어떤 징계 기록이 없다는 것을 알게 될 것이다.

---

1 미국 대법원에서 가석방 가능성이 없는 강제 종신형이 청소년 범죄자에게 위헌이라고 판결한 사건

내가 보기에는 조셉은 분명히 지역사회의 큰 도움이 될 것 같았다. 그는 해리슨에 있는 동안 모범수였으며, 검정고시를 통과했고, 지역 단과대학[2]에서 운영하는 수감자를 위한 2년제 학사 학위를 마쳤다. 조셉이 스무 살이 되었을 때, 그는 자기 개발에 집중하며 시간을 보내기로 결심했다. 이렇게 공부한 기술들을 밖에서 활용할 수 있는지에 대해서는 신경을 쓰지 않았다. 그가 이룬 것은 놀랍다. 35년 동안 수감되었던 그는 자동차 수리, 배관, 조경관리, 목공, 전기 유지보수, 냉동기 수리와 컴퓨터 활용기술 기본과 고급에 관한 자격증을 취득했다. 그는 가까운 대학의 학생들이 주도한 시 쓰기 워크숍에 여러 번 참석했다. 조셉은 교도관들과 동료 수감자에게서 매우 존경 받았고, 해리슨 행정부의 수감자 대표로 두 번이나 선출되었다. 그가 서른 살이 되었을 때 가석방이 가능한 어린 수감자를 위한 프로그램을 시작하였다. 그는 그들이 감옥 밖의 삶에 적응하는 것과 더 빨리 가석방이 될 수 있는 후보자가 될 수 있도록 돕기를 원했다. 조셉 자신은 석방이 안될 수도 있지만, 그들의 입장이 되어 그들의 자유를 고대했다.

수년 동안 나는 조셉의 사례와 같은 편지를 수백 통을 받아왔다. 10대 중반에 저질렀던 심각한 범죄로 수감된 30-40대 남성들이 보

---

2 미국에서 커뮤니티 칼리지(한때 일반적으로 단기 대학이라고 함)는 주로 2년제 공립 고등교육 기관입니다. 많은 커뮤니티 칼리지에서는 보충 교육, 검정고시, 고등학교 졸업장, 기술 학위 및 수료증, 제한된 수의 4년제 학위도 제공한다.

통 편지를 보내왔다. 자신의 과실을 인정하지 않고 주변 환경의 피해자로 위장하려는 사람들은 거의 없었다. 대부분의 경우, 아동기와 초기 사춘기 시기에 끔찍했던 정신적 외상을 묘사한다. 가난과 폭력으로 가득 차 있을 뿐만 아니라 지속적으로 폭력과 모욕, 마약에 중독된 형제와 부모들 사이에 있었다. 그들은 감옥을 교대로 오갔다. 수감자들은 자신이 10대였을 때 했던 바보스럽고 무모한 행동에 상당한 후회를 하고 있으며, 자신이 야기한 일이 얼마나 해로운지를 잘 알고 있었다. 그들 중 거의 모두는 감옥에서 잘 행동해 오고 있었으며, 상담과 교육과 직업훈련을 잘 활용하고 있었다. 일부는 종교를 개종하기도 한다. 조셉과 같은 많은 사람들이 어린 수감자를 돕고 상습적 비행을 막기 위한 프로그램에 참여한다.

그들의 편지는 대체로 지적이고 사려 깊으며, 과학과 법적 판례 정보에 놀라울 정도로 박식하다. 그들은 모두 나에게 두 번째 기회를 위한 도움을 요청한다. 그들은 나와 나의 동료들의 연구에 고마워한다. 그들 자신의 경험으로 사람이 변화할 수 있다는 것을 알려줬고, 10대 시기에 저질렀던 일로 영원히 주홍글씨를 새기는 것은 잘못되었다는 이 연구에 고마워한다. 그들은 청소년 뇌 발달에 관한 기사를 요청하고 국선변호사에게 그것을 보여준다. 나는 그들 모두에게 대답을 하며 유용할 것이라고 생각되는 정보와 자료를 보내준다. 내가 아는 한 이들 수감자 중 아무도 감옥에서 풀려나지 않았다.

모든 부모가 알고 있듯이

(As Any Parent Knows)

조셉 머호니는 18살 이전에 저질렀던 범죄로 종신형을 선고 받고 현재 미국 감옥에 수감된 2,500명이 넘는 수감자 중 한 명이다. 밀러 대법원 판결은 청소년 살인범에 관한 종신형을 완전히 금지하지는 않았지만, 법원은 이러한 형벌이 더 이상 사례별로 판단되지 않고 자동적으로 행해지지 않도록 정했다.

새 법에 따라 살인으로 유죄 판결을 받은 일부 청소년은 여전히 가석방 가능성이 없는 종신형에 처해진다. 그러나 그들 모두가 그런 것은 아니다. 대부분은 의심할 바 없이 긴 형량을 받는다. 그러나 일정 시간이 지난 후 그들은 가석방이 가능하다. 선고 시에 판사와 배심원은 범죄자의 이전 범죄 기록과 심리적 성숙도, 범죄 시의 환경을 고려할 것으로 보인다. 밀러 대법원 판결 이후, 조셉과 같은 15

살, 분명하게도 강력한 또래의 압력으로 명령에 따르게 된 경우에는 덜 가혹한 형벌을 받거나 짧은 형량, 가석방 가능성을 부여받게 된다. 아마도 가벼운 경고 이상을 받을 것이나 영원히 갇혀 지내지는 않을 것이다.

밀러가 일련의 대법원 사건에서 청소년 발달에 관한 과학자들의 새로운 의견에 도움을 청했던 세 번째 사례였다. 밀러의 결정은 2010년 그레이엄 대 플로리다(Graham v. Florida) 사건[3]보다 먼저 일어났다. 대법원이 살인 이외의 범죄를 저지른 청소년에 종신형을 금지시켰다. 그레이엄이 2005년에 로퍼 대 시몬스(Roper v. Simmons) 사건[4]에서 청소년의 사형제를 폐지하는 역사적인 판결로 발전해 왔다. 미국 법원 역사상 청소년과 관련된 가장 중요한 사건들로 간주된다.

모든 세 가지 사건에서 나는 법정에 과학적 증거를 수집하여 제시하는 몇 명의 전문가 중 한 명이었다. 우리는 청소년이 본질적으로 성인보다 덜 성숙하므로 그들의 범죄에 관한 책임을 덜어 주고, 가석방 없는 종신형과 같은 형벌을 덜 받아야 한다고 조언하였다. 우리는 청소년 뇌의 미성숙함, 쉽게 가열되는 엔진과 여전히 발달 중인 뇌의 자기조절 시스템 때문에 청소년이 어른보다 또래에 의해

---

3 청소년 범죄자가 살인이 아닌 범죄에 대해 가석방 없이 종신형을 선고 받을 수 없다는 미국 대법원의 판결

4 미국 대법원이 18세 미만에 저지른 범죄에 대해 사형을 부과하는 것은 위헌이라고 판결한 획기적인 판결. 이 판결로 법원이 16세 이상의 범죄자에 대한 사형 집행을 지지한 Stanford 대 Kentucky[2]를 기각하고 25개 주에서 법령을 뒤집었다.

쉽게 충동적이 되는 점을 설명하였다. 이것이 사실이라면 우리는 그들이 자신의 행동에 덜 책임지게 해야 한다고 지적했다.

미국 형법에 의하여 동일한 범죄를 저지른 개인이라 하더라도 그들의 행동으로 인한 책임의 정도가 다를 수 있다. 범죄자 과실은 범죄 상황과 범죄자 인지 특성에 따라 경감될 수 있다. 이전에 폭력과 살인 전과가 없는 사람이 충동적으로 또는 강압을 받아 살인의 죄를 저질렀을 수 있다. 그들은 공들여 살인을 계획하고 자발적으로 살인을 수행하여 장기간 체포되었던 사람보다는 덜 처벌 받을 것이다.

청소년이 미성숙하다는 사실은 그들이 통제력이 없다는 것이다. 뇌의 불완전한 성숙이 우리 논리의 핵심 부분이다. 세상에는 책임감 없는 수많은 성인들이 있으며, 그들이 범죄를 저지른 때에 그들이 무책임하다는 사실은 문제가 되지 않는다. 법은 어떤 경우 범죄에 관한 책임을 줄여줘야 하는지 알고 있다. 그러나 만일 범죄자의 행동이 분명하게 정신지체나 정신병 또는 빈약한 판단력의 결과가 아니라면 처벌을 축소할 수 있는 사항이 아니다. 우리는 청소년들이 특정 연령이 되면 사회구성원으로서 어떻게 행동해야 하는지 배우게 될 것이라고 기대한다. 우리는 사회적인 규칙에 따라 해서는 안되는 행동 또는 할 수 없는 행동을 하는 성인에 대해서는 거의 참지 않는다.

청소년은 전형적인 것과는 다른 방식으로 미성숙하다. 그러나 충동적인 청소년은 거의 확실하게 자기조절을 할 줄 아는 성인으로 성장한다. 여전히 충동적인 10대처럼 행동하는 사람은 그가 서른 살이 될지라도 계속해서 그런 방식으로 행동할 것이다.

우리 법은 청소년이 어른과 다르다는 것을 인정하며, 그들이 미성숙하기 때문에 그들에게 허용하지 않는 것들이 많다. 우리는 21세가 되지 않은 청소년이 술을 사는 것을 허용하지 않는다. 그것은 그들이 술을 충분히 다룰 수 있다고 여기지 않게 때문이다. 운전을 위한 최소 연령, 학교를 중퇴하는 것과 부모 허락 없이 결혼하지 못하는 것과 같은 논리이다. 그러나 우리는 청소년들이 심각한 범죄를 저지를 때마다 이러한 논리를 잊어버린다. 중대한 범죄를 저지르고, 그 범죄가 얼마나 끔찍하던지 간에 청소년의 뇌는 성장 중이며, 어른의 뇌와 다르다.

청소년의 판단력이 미성숙하여 우리가 그들이 법을 어겼을 때 다르게 대해야만 한다는 것이 아니다. 청소년기 뇌 가소성이 사회에 잘 적응하고 활동하는 재활을 촉진한다면, 그들에게 종신형을 선고하는 것이 충동적이고 감수성이 풍부한 청소년이 자신의 충동을 잘 조절하고, 또래 압력에 맞설 수 있는 성인으로 성장할 기회를 법원이 고려하지 않는 것이 될 수 있다. 물론 다른 사람을 고의로 죽인 청소년은 처벌 받아야 한다. 아무도 달리 주장하지 않는다. 그러나 그 청소년이 시간이 지나 성숙했다는 것을 보여줄 아무런 기회 없이 남은 생애 동안 투옥되어야 하는 것일까? 그 청소년이 조셉 머호니처럼 사회에 큰 공헌을 할 사려 깊고 책임감 있는 성인으로 성장했다고 가정해 보라.

몇몇 사람들은 심각한 범죄를 저지르는 청소년을 같은 범죄를 저지른 성인과 다르게 대하는 것이 이치에 맞지 않다고 말한다. 그들이 지적하는 것과 같이 청소년은 확실히 옳고 그름을 분별한다. 왜 우리는 그들을 풀어줘야 하는 것일까? 어떻게 특정한 형량이 청소년에 적용될 때에만 가혹하고, 동일한 범죄를 저지른 성인에게는 가혹하지 않다는 것인가?

우리가 범죄에 관한 처벌을 하기 위해서 범죄뿐만 아니라 범죄자를 살펴봐야 하기 때문이다. 청소년의 미성숙이 유죄가 아니라는 의미는 아니지만 덜 유죄임을 의미한다.

극단적인 예로, 누군가가 고가도로에서 돌을 던졌는데, 그 돌이 자동차 앞 유리를 깨뜨려서 운전자가 통제력을 잃고 충돌하여 심각한 부상을 입었다고 가정해 보자. 이제 처벌을 받아야 하는 그 사람의 나이를 생각해 보라. 우리 중 극소수의 사람만이 8살과 28살 행위자가 동일하게 이 행동에 책임을 지어야 하며, 그 범죄의 결과가 동일하게 심각하므로 8살 아이도 성인과 똑같이 처벌받는 것이 옳다고 할 것이다. 그러한 행위를 저지른 젊은 성인에게 가혹한 형벌이 전적으로 적절할 수 있지만, 어린아이에게 적용할 때는 동일한 처벌은 과도할 수 있다. 법을 어기는 청소년들을 성인처럼 다루어야 한다고 주장하는 사람들도 만일 범죄자가 초등학교 2학년이라면 성인 범죄에 관한 성인의 연령이 범위가 정확히 언제부터인지 고민하게 된다.

대부분의 사람들은 어떤 연령 이하의 사람들에게 성인 범죄자의 기준을 적용해선 안 된다는 데 동의한다. 어디에 경계선을 그어야 할지 의견 일치를 보기는 어렵다. 8살과 28살 사이에 차이점은 분명하다. 15살과 28살의 차이점은 그렇지 않다. 그러나 과학은 이러한 두 연령 사이에서 일어나는 거대한 발달을 보여준다.

대법원은 청소년 사형과 가석방 없는 종신형과 관련한 사건들에서 이러한 결론에 도달했다. "모든 부모가 알고 있듯이(any parent knows)"의 저자, 앤서니 케네디 판사는 로퍼에 관한 법원의 다수 의견, 즉 청소년 사형제 사례와 청소년이 성인보다 미성숙한 것에 관한 것을 썼다. 그는 청소년들이 충동적이고 근시안적이며 또래의 압력에 매우 민감하고 그들의 성격은 여전히 발전하고 있다고 지적했다. 청소년들을 가장 나쁜 것 중에 나쁜 것을 위해 준비한 형벌의 후보자로 삼아서, 그들에게 완전하게 자신의 범죄를 책임지게 하고 다시는 구제할 수 없는 형을 집행해서는 안 된다. 법원은 청소년 사형이 그들의 미성숙에 비추어 부당하게 가혹하며, 그것은 그리하여 '잔인하고 비정상적인' 처벌을 금지한 헌법의 8번째 수정본을 어기는 것이라고 판결을 내렸다.

케네디 판사는 모든 부모가 알고 있는 것에만 의존하지 않아도 되는 이점이 있었다. 현재까지 이러한 사건들이 법원에 접수되었을 때마다 청소년이 더 충동적일 뿐만 아니라 동료 압력에 취약하고, 어른보다 미숙하다는 증거들이 쌓여왔다. 또한 과학자들은 이러한 차이점들을 설명할 수 있는 신경생물학적 근거 다수를 발견했다. 신경과학이 10대에 관한 상식적인 관찰들을 뒷받침하고 있다. "모든 부모가 알고 있는 것"과 청소년이 타고나길 성인보다 책임감이 덜하다는 기본적인 논쟁은 변함이 없으며, 심리학적 연구결과와 일치하며 더 설득력이 커지고 있다. 뇌과학 덕분에 우리는 청소년의 신체적, 심리학적 미성숙을 묘사할 수 있게 되었다. 추상적인 증거보다는 구체적인 뇌과학의 증거가 특별히 사람들을 설득한다. 뇌 스캔은 천 마디 말보다 설득력이 있다.

미국 대 오마르 카드르

(The United States versus Omar Khadr)

40년 동안 내가 청소년 발달을 연구하면서 받았던 가장 이상한 질문은 어떤 사람이 급조해서 폭탄 장치(improvised explosive device, IED)를 만들려고 할 때에도 공식적으로 '생각 체계'라는 것을 작동할 필요가 있느냐는 것이다.

피아제[5]의 아동 발달 이론에 따르면, 공식적인 '형식적 조작 사고 formal operational thinking' 작동은 인지발달의 가장 높은 수준이며, 아무리 빨라도 청소년기 초기까지 그 단계까지는 도달하지 못한다. 아동기와 초기 사춘기 동안 뇌 발달 정도에 따라 추상적인 추

5 피아제는 아동의 인지발달이 인지 구조의 질적인 변화과정이라고 이야기 했으며, 인지 발달과정은 감각운동기, 전조작기, 구체적 조작기, 형식적 조작기를 거친다고 하였다.

론이 가능하며, 15-16세까지 완전히 성숙되지 않는다.

관타나모 만에서 개최된 사전 조사 기간 동안에 나는 이러한 특별한 질문을 받았다. 나는 미군에 의해 체포될 당시 15살이었던 억류자 오마르 카드르[6]와 관련된 사건의 전문 증인으로 그곳에 있었다. 그는 알 카에다 공작원의 조수로서 동아프가니스탄에서 급조 폭발물을 만들고, 수류탄을 던져 미국 병사들을 죽였다. 카드르 변호인 팀에 속해 있던 나는 법정에서 15살 연령은 발달상 미성숙하므로 법에 의한 특별한 고려를 보장받아야 하지만, 그는 체포 후에 심문 동안 이러한 고려를 받지 못했다는 것과 그가 혐의 때문에 그를 기소한 사람들에게 받아들여지지 않을 것이라고 느낀 것에 대해 논의할 계획이었다.

관타나모 만에서 나에게 질문을 했던 사람은 해병대 소령 제프 그로해링[7]이었다. 미국 정부를 위해 카드르를 기소한 변호사였다. 그와 군대 심리학자가 나를 인터뷰했고, 재판이 열리기로 되어 있는 법원 맞은 편에 있는 변호사 사무실 복도를 따라 내려간 작은 방에서였다. 그로해링은 카드르가 폭탄을 만드는 능력이 있다는 것이 그가 성인만큼 인지적으로 성숙한 것이라는 증거를 찾고 있었다. 그를 성인으로 대우하고, 심문 중에 그의 반응이 성인의 반응과 다르지

---

6 캐나다 시민으로 15세에 미국 관타나모 만에 구금, 살인혐의를 인정했으나 나중에 강압에 의한 자백이라고 주장, 항소했고, 캐나다 정부를 고소하였다.

7 미국 해병대의 변호사이자 장교

않았다고 주장하였다.

그가 했던 일 때문에 그는 내가 카드르가 성인 수준의 논리적 능력을 갖추었고, 더 중요하게는 전두엽이 완전하게 발달해 있었다고 말해 주길 원했다. 2009년 1월까지 내가 물러날 때까지 성숙한 전두엽은 성인기를 정의하는 특징이 되었다. 그때까지 청소년의 뇌는 '뉴요커' 만화에 등장했고, 뉴스위크나 타임의 표지에 등장했다. 나는 카드르의 행동을 이해하기 위해 최근 청소년 뇌의 연구가 암시하는 바에 대해 반복적으로 질문을 받았다.

피아제가 추상적인 논리가 폭탄을 만드는 데 필요한지 여부에 관한 어떤 연구도 수행하지 않았기 때문에, 검사의 질문에 답하기 위해 아동기와 청소년기 인지 발달에 관한 광범위한 문헌에서 추론해야 한다고 설명했다. 내 생각에는 일반적인 초등학교 학생들도 급조 폭탄제조를 할 정도의 지적인 능력이 될 것 같다고 대답했다. 즉, 하나의 컬러 와이어를 연결하기 위해 지침을 따르는 것과 일련의 부품을 그림 또는 모형을 보고 연결하는 것은 추상적인 추론을 필요로 하지 않는다. 심지어 어린 아이들도 박스에 있는 설명서를 보고 레고나 조립식 장난감을 짜 맞출 수 있다고 지적하였다.

오마르 카드르의 경우는 여러 가지 이유로 세계의 관심을 받았다. 그는 아프가니스탄 바그람 공군기지에 위치한 구류센터에서 2002년 8월에서 10월 사이 반복해서 심문을 받았다. 그는 체포된 곳에서 몇 년 동안 잡혀 있다가 관타나모로 이송되었다. 그는 관타나모에 구류되었던 사람 중 가장 어렸다. 그리고 미국에 의해 전범으로 분류된 첫 번째 미성년자 군인이었다. 그는 중요한 지적 자원으로 이용될 수 있다고 생각되어 오랫동안 감옥에 있었다. 그의 아버지는 카드르가 체포되기 2-3년 전에 오사마 빈 라덴의 측근에 의해 살해당했으며, 오마르 그 자신도 종종 알 카에다 지도자를 만났었다.

카드르 사건의 두 가지 문제에 대해 검토해 달라는 요청을 받았다. 하나는 그의 형사상 과실 정도에 관한 것이다. 비록 그가 급조 폭탄의 제조와 장착에 참여했다는 것이 증명된다 하여도 성인의 감독 아래, 또한 참여하도록 독려했을 범죄행위에 15살 소년은 전적인 책임을 지지 않는다. 같은 이유로 대법원은 중범죄를 저지른 청소년 사형제를 폐지하고 가석방 없는 종신형도 엄격하게 제한하였다. 내가 보기에는 처벌을 완화하거나 줄일 수 있는 합리적인 사례로 보였다.

이 논리를 테러리스트의 경우로 확장하여 보면 이상해 보이겠지만, 청소년은 청소년일 뿐이다. 그가 선생님을 놀리거나, 무장 강도 행각을 벌이거나, 폭탄을 만든다 하여도, 아무리 "성인과 같은" 범죄라 할지라도 미리 생각하는 것과 충동을 조절하는 뇌 체계가 여전히 발달 중이라는 사실은 변하지 않는다. 청소년이 살인과 같은 심각한 범죄로 고소되었을 때 이러한 것을 놓치기 쉽다. 청소년이 미국의 적이라고 공언하는 테러 조직을 위해 일하고 있을 때에 이것은 무시되었을 것이라고 거의 장담할 수 있다.

나는 카드르가 폭탄을 조립하고 장착하는 비디오 테이프를 보았고, 그가 했던 이런 테러리스트 행동이 유죄라고 확신했다. 그러나 적절한 형벌을 결정할 때는 유죄인 것뿐만 아니라 그가 그의 행동에 전적으로 책임이 있는지 또한 중요하다. 카드르는 미국이 그와 그의 가족과 그들을 좋아하는 누군가를 죽이려 하는 사악한 적이라고 반복적으로 말하는 사람들 사이에서 전 생애를 보냈다. 탈레반에 대해서 들어온 미국 어린이가 반대 상황에 있다고 생각해 보라.

카드르는 그의 아버지에 의해 보내져 그의 행동을 면밀히 감독하는 사람들과 무리를 지어 살게 되었다. 이러한 상황에서 15세 소년이 자신이 받은 명령을 따르는 것 외에 다른 것을 상상할 수 없었으며, 그리고 주변 사람들이 생각하는 세계와 다른 세계관을 발달시키는 것은 불가능했다. 내 생각에는 청소년기 미성숙함 때문에 조셉 마호니가 그날 밤 식료품점 강도 사건을 통제할 수 없었고, 4장에서 저스틴 스위들러가 경멸적인 웹사이트 '석스 선생님'을 만들어 유포시켰고, 마찬가지로 오마르 카드르의 폭탄을 조립하고 장착했다. 청소년기 뇌 발달에 따른 이러한 미성숙함은 청소년의 책임을 축소시켰다.

내가 준비한 두 번째 문제는 오마르 카드르의 자백의 신뢰성에 관한 것이다. 그를 반대하는 정부 대다수에게 제공된 그의 자백은 여러 심문에 의해 여러 번에 걸쳐 이루어졌다. 카다르는 나중에 수류탄을 던져 미국 군인들을 죽였다고 자백한 것이 사실은 그의 심문관이 그를 해치는 것을 멈추기 위한 것이었다고 말했다. 그는 던지지 않았다고 주장했다. 그의 나이와 그의 심문 환경을 고려해 볼 때, 나는 카다르 진술의 신뢰성에 대해 생각해 볼 이유가 있다고 생각했다. 나도 무엇이 사실인지는 몰랐다. 그러나 그에 관한 심문들이 아마도 믿을 수 없는 정보를 만들어낸 것이 아닌지 걱정이 되었다. 청소년들의 발달상 미성숙 때문에 거짓 자백을 하는 경향이 크다는 상당한 증거가 있다. 나는 관타나모 만 심문보고서를 읽는 데 많은 시간을 보냈다. 나는 카드르를 두 번 만났다. 그때 그는 20대 초반이었다. 나는 전문가로서 그를 만날 필요를 느끼지 않았다. 나의 증언은 15살 청소년이 어떻게 생각하고 행동하는지에 초점을 맞출 것이었다. 그는 두 번의 만남에서 개인적으로 그의 변호사와 함께 일하는 모든 전문가를 만나고 싶다고 요청했다.

나는 대부분 독방에 감금되어 있었고, 매일 믿을 수 없을 정도로 가혹한 대우를 받았을 그가 삭막한 감옥에서 지난 7년을 보내온 것 치고는 너무나 평범해서 충격을 받았다. 카드르는 매우 친절하고 부드럽고 똑똑한 젊은 사람으로 영어를 포함한 여러 언어를 유창하게 말할 줄 알았다. 그는 캐나다에서 유년기를 보냈다. 그는 전혀 험악하지 않았다. 그는 전혀 알 카에다 테러리스트로 보이지 않았다.

우리 사무실에서 델타캠프까지 가는 차 안에서 나는 카드르를 만났다. 이전에 그를 방문한 적이 있어 카드르를 아는 정신과 의사이자 임상심리학자 한 명이 나를 안내했고, 그가 좋아하는 음식을 사기 위해 식료품점에 들렀다. 그들을 내가 가까이에서 기다리는 동안 그를 먼저 만났다. 내가 작고 완전히 하얀 그의 방에 들어갔을 때, 나를 그의 손님이라고 말하면서 그는 동료들이 가져다 준 간식들을 먹으라고 내놓았다. 나는 그의 맞은편 테이블에 앉았다. 그의 발목은 감방 바닥에 고정된 족쇄로 묶여져 있었다. 하루 24시간 동안 반짝이는 형광등이 윙윙거렸다.

그것은 내가 경험한 가장 초현실적인 경험 중 하나였다.

카드르는 나의 일과 나의 가족에 대해 많은 질문을 했다. 그는 내가 교수라는 말을 듣고 내가 무엇을 가르쳤는지 물었다. 나는 그가 만일 석방된다면 대학에 다니고, 이어 의학대학원에 가고 싶어 한다는 것을 알았다. 그는 우리가 연구한 청소년 의사 결정 연구에 대해 관심을 보였다. 내가 그와 비슷한 나이 또래의 아들이 있다는 것을 알고 그에 대해서도 알고 싶어 했다. 우리는 심지어 필라델피아 이글스에 대해서도 이야기했는데, 그 시즌에 연장전을 누가 이끌어냈고, 누가 애리조나 카디널즈에 패하는 중에 있었는지 이야기했다. 카드르는 미국 풋볼에 대해 거의 몰랐지만, 그는 나와 나의 아들이 이글스 게임을 "함께" 서로 다른 도시에서 전화나 메시지로 연결되어 보고 이야기를 나눈다는 사실에 흥분했다.

수류탄을 던졌다는 카드르의 자백이 강압에 의한 것인지는 군사재판이 진행되기 전에 해결되어야 했다. 그들은 그에 관한 소송에서 정부가 한 필수적인 역할 때문에 그 진술이 허용가능한지를 결정해야 했다. 만일 그 진술들이 인정되지 않는다면 그가 그 수류탄을 던졌다는 것을 증명하는 것은 어려울 것이다. 그 폭발 당시 목격자도 생존자도 없기 때문이다.

이 질문에 관한 예비청문회는 정부측 증언으로 시작되었다. 정부측 증인들은 카드르가 강요 없이 자발적으로 자백했다고 증언했다. 그의 심문관들은 모두 그를 고문한 사실을 부인했다. 내가 아는 한 그를 대한 방식이 고문 수준에 이르렀는지 여부는 문제가 되지 않았다. 나는 고문이 없는 상황에서도 포로로 잡혀있는 15살의 청소년은 거짓 자백에 매우 취약하다는 것을 증언할 준비가 되어 있었다. 청소년들이 훨씬 더 호의적인 상황에서 거짓 자백을 하는 사례가 수십 건이 있었다. 물론 카드르와 그의 심문자들만이 심문 과정 중 무슨 일이 있었는지 알 것이다. 그러나 최소한 카드르는 겁에 질려 있었고, 중상을 입은 상태였다. 그런 상황의 15세 청소년이 심문관들에게 그들이 듣고 싶어 하는 이야기를 할 가능성은 충분히 있어 보인다.

밝혀진 바와 같이 나는 입장을 취할 필요가 없었다. 청문회는 정부가 완전하게 주장을 제시할 만큼 길지 않았고, 변호인단도 더욱 그러했다. 청문회가 시작된 다음 날 버락 오바마의 취임식이 있었고, 취임 직후 그는 모든 관타나모 재판을 정지시켰다. 카드르의 사건은 최종적으로 그 다음 해로 넘어갔다. 그는 전쟁범죄, 음모, 스파이, 테러리즘에 관한 물질적 지원 제공에 관한 유죄를 인정했다. 2012년, 협정 이행으로 그는 수용소에서 석방되었고, 캐나다의 감옥으로 이송되었다. 그는 추가로 7년을 더 살게 될 것이었다.

거짓자백

(False Confessions)

1989년 센트럴 파크 조깅 사건을 비롯한 여러 주요 사건에서 청소년들의 허위 자백 경향이 중요한 문제로 떠올랐다. 공원에서 운동하고 있는 28살 여자를 폭행하고 강간한 사건에서 5명의 청소년들이 억울하게 유죄판결을 받았다. 소년들의 유죄판결을 이끈 가장 중요한 증거는 5명의 용의자 중 4명의 자백이었다. 이 자백은 나중에 사실이 아닌 것으로 밝혀졌고, 소년들의 변호사에 따르면 강압적인 것이었다. 실제로 범행을 저지른 사람의 신원은 12년 후에 드러났고, DNA 증거로 확인되었다. 유죄 판결은 2002년에 기각되었지만, 그 무렵에 5명 모두 감옥에서 지내야 했다. 이들이 뉴욕 시를 상대로 낸 소송은 아직 해결되지 않았다.

많은 사람들이 왜 그가 저지르지 않은 범죄를 자백하는지 이해할 수 없다고 하지만, 이런 일은 우리가 생각하는 것 이상으로 더 자주 일어난다. 미국에서는 심문관이 용의자를 심문할 때 속임수를 사용하는 것이 허용되고 있으며, 이러한 전략의 잦은 이용이 그들이 하지 않았던 일을 인정하는 비율을 증가시키는 것으로 보인다. 청소년들은 특히 이러한 기술들에 취약하고, 성인보다 지식이 부족할 뿐만 아니라 그 방법들 또한 그들의 인지적 미숙함을 이용하기 때문이기도 하다

가장 흔한 트릭 중 하나는 "축소"하는 것으로, 심문관은 그 행동들의 정도를 낮추어 이야기 하는 것이다(결국 당신은 친구들이 하라는 대로 한 것뿐이죠.). 용의자가 범죄 내용을 최대한 절제하여 자백을 하면 더 친절한 대우를 받을 수 있고, 구금에서 더 빨리 석방될 수 있다고 믿게 만든다(나에게 협조해 주면, 가능한 빨리 여기서 나가 집에 돌아가서 부모님을 볼 수 있을 거야.). 청소년들은 특히 나이가 어린 사람일수록 즉각적인 보상에 끌리고, 행동의 결과에 대해 덜 생각하기 때문에 성인보다 이러한 종류의 책략에 더 긍정적으로 반응할 가능성이 있다.

심지어 청소년의 자백이 거짓이 아니더라도, 자신이 한 말이 법정에서 자신에게 불리할 수 있다는 사실을 청소년이 완전히 알지 못하는 상태로 자백을 하기 때문에 종종 문제가 된다. 원칙적으로 심문자가 청소년에게 미란다 원칙("당신은 묵비권을 행사할 수 있다." 등등)을 필히 읽어주는 것은 청소년이 거짓자백이나 경솔한 자백을 하는 것을 방지할 수 있다. 그러나 연구에서는 15세 이하 청소년들이 정확하게 미

란다 원칙이 의미하는 바를 이해하지 못한다고 말한다. 나는 아주 똑똑한 12살 소년에게 경찰관이 누군가에게 그가 침묵할 권리가 있다고 말할 때 그것을 이해했는지 물었다(그는 내게 그가 법과 질서의 수많은 일화에서 사람들이 자신의 권리를 읽는 것을 보아왔다고 말했다.). 아이는 잠시 생각하더니 대답했다. "경찰이 질문을 할 때까지 아무것도 말하지 말라는 뜻이다."

선 긋기

(Drawing the Line)

거짓 자백에 관한 청소년의 감수성 조사는 그들의 형사 책임뿐만 아니라 우리가 법적인 성년의 나이에 대해서도 더 큰 논의를 해야 할 부분임을 알려준다. 모든 사회는 책임을 지고 성인의 특권을 부여 받을 수 있는 충분한 나이에 대해서 결정을 고민해야 한다. 과거에는 사회에서 그들이 신체적으로 성숙했거나 성인기의 특별한 역할에 진입한 것에 기초하여 예를 들면, 재산을 소유하는 것과 같은 것으로 청소년과 성인을 구분하는 선을 그을 때가 있었으나 오늘날에는 세상의 대부분의 지역에서 사라졌다. 현대 사회에서 그러한 구분은 일반적으로 연대순에 따른다. 대부분의 나라들에서 얼마나 그들이 또래와 비교해 성숙했는지와 관계없이 18세를 모든 법적인 목적에 이용한다.

'한 연령이 모든 목적에 부합한다'는 성인기의 정의는 효율적이며 차별적 편견의 대상은 아니다. 심리적 성숙도를 각 개인에 기초하여 판단하는 것은 번거로울 뿐 아니라 편견에 노출될 확률이 더 크다. 이것은 청소년 사형제 금지와 가석방 없는 종신형 금지에 반대했던 대법원 내 보수적인 구성원들이 말했던 이유이다. 반대하는 판사는 대부분 청소년은 성인보다 덜 성숙하지만, 확실히 일부는 성인만큼 유능하다는 것을 지적했다. 18세 이하 모든 청소년에 사형이나 가석방 없는 종신형을 금지하는 것 대신에 판사와 배심원이 각 개인에 기반하여 왜 이러한 결정을 내리지 않느냐고 물었다. 그것은 마치 성인인 것처럼 생각하고 행동하는 청소년을 그들이 마치 성인인 것처럼 처벌하는 것을 허용하는 것과 같다.

이론적으로 이것은 의미가 있다. 그러나 실제로는 잠재적인 문제들로 가득하다. 청소년의 성숙도 판단은 오류가 많고 편견에 영향을 받을 것이다. 한 예로, 연구에 따르면 심지어 흑인이 재판을 할 때에도 흑인 청소년은 동일한 범죄를 저지른 백인 청소년보다 더 성인과 비슷하다고 판단한다. 덧붙여 한 청소년이 더 성숙하게 보이도록 하거나 더 어려 보이게 할 수 있다(어른스러운 옷을 입거나 아이처럼 옷을 입어서). 청소년의 외모와 행동, 얼굴 표정 또는 동작이 정말로 그들의 성숙도의 지표가 되는지에 관한 관점이 사람들에게 무의식적으로 영향을 줄 수 있다.

연대기 연령만으로 누가 성인인지 아닌지 결정하는 것은 합리적인 예외를 허용하지 않는다. 예를 들어, 성숙한 16살에게 특별히 투표를 허용하거나, 예외적으로 무책임한 22살에게 알코올을 사는 것을 금지하는 것이다. 그러나 대안은 실용적이지 않다. 설령 공정하고 정확하게 한 사람의 심리적 성숙도를 측정할 수 있을지라도, 그렇게 하는 것은 엄청나게 부담스럽다(만일 존재한다면). 술을 사거나 19금 영화를 보기 위해서 성숙도 테스트를 통과하는 것이 어떨지 상상해 보라.

법적인 성인 연령을 정의하기 위해 단일한 연대기 연령을 사용하는 것은 다른 문제들이 있다. 동일한 연령도 다른 종류의 결정에는 적당하지 않을 수 있다. 미국에서는 대부분의 다른 나라들과 달리, 각 사안에 기초하여 어떤 연령이 충분히 성숙한 연령인지 결정하여 이 문제를 해결한다. 미국에서는 대다수가 18세로 추정하고, 대부분의 다른 나라에서도 그렇다. 우리는 이 지침으로 준수하기보다는 자주 벗어나게 된다. 예를 들어 생각해 보라. 우리는 독립적인 의학적 결정, 운전, 다양한 유형의 고용, 학교 중퇴, 부모 동의 없는 결혼, 성인 보호자 없이 19금 영화보기, 투표, 군복무, 계약체결, 담배 사기와 술 구입을 결정할 때 다른 연령들을 이용한다. 그 연령은 일반적으로 15세에서 21세 정도 이며, 거기에서 벗어나는 경우도 있지만, 어떤 사람이 성인으로 보여지려 시도할 때와 같은(대부분의 주에서 이 연령은 14세이다. 그러나 몇몇 주에서는 살인 협의를 받는 아이는 몇 살이건 성인으로 인식 될 수 있다.), 또는 차를 미성년자 보험료 지불 없이 빌릴 수 있는 나이는 자동차 렌트 회사에 따라서는 25살 정도로 많을 수 있다.

비록 이러한 사안별 접근이 원칙적으로 합리적이지만, 적용하는 방식에 따라 문제가 될 수 있다. 우리가 특정한 권리와 책임에 특정한 나이를 관련 짓기 위해 과학에 의존하지 않기 때문에 결국 엄청나게 일관성이 없는 법이 된다. 여기에 예가 있다. 법적인 문제가 있는 청소년을 대신하여 변호하는 국가 조직을 총괄하는 내 친구가 성인 감옥의 관리자로부터 담배를 구입할 수 있는 나이보다 어리지만 담배를 피우고 싶어 하는 청소년 수감자를 어떻게 다루어야 하는지에 대하여 조언을 구하는 전화를 받은 적이 있다. 다시 말해서 이 사람을 성인으로 기소하고 처벌하는 것은 괜찮으나, 그가 성인 감옥에서 성인에 해당하는 형량을 살고 있는 동안에도 성인의 특권을 누리게 하는 것은 불법이다. 어떻게 우리는 담배를 사거나 맥주를 살 수 있는 연령이 안 된 청소년에게 성인 감옥에서 형량을 살도록 선고하는 것을 합리화할 수 있을까? 정답은 청소년과 성인을 구별하는 정책이 잡다한 이유로 만들어졌기 때문이다. 과학은 많은 고려 사항 중 하나일 뿐이다.

우리나라에서 최소 운전 연령으로 16세를 정한 이유가 바로 그 예이다. 차를 운전하는 이상으로 위험한 활동은 거의 없다. 우리가 청소년의 판단력이 성숙하게 발달되기 전에 청소년에게 하라고 할 수 있는 모든 것 중에서 운전은 가장 마지막 것이다.

자동차가 처음 나왔을 때, 아무런 연령 제한도 없었다. 어떤 종류의 운전 면허도 없었다. 교통 안전이 하나의 중요한 사안이 되자, 미국은 운전자에게 면허를 받게 하고, 운전을 위한 최소 연령을 오늘날 대부분 국가처럼 정하고 있는18세로 정했다.

1920년과 1930년에 미국의 많은 주들이 운전 연령을 18세에서 16세로 낮추었는데, 사람들이 갑자기 16살이 그들이 생각했던 것보다 더 성숙하다는 것을 발견해서 그런 것은 아니었다. 도시지역에서 운전 연령을 16, 17세로 낮추는 것은 그들이 차 또는 트럭 운전이 필요한 직업을 구할 수 있게 하기 위해서였다. 시골 지역에서는 10대가 농기구를 수송하기 위하여 도로에서 운전하는 것을 허용했다. 심지어 더 어린 아이들에게도 가족 농장 내에서 모터 달린 기구를 운전하는 것은 이미 허용되었다. 그러나 이러한 허용은 길거리에서 운전으로 확대되지는 않았다. 최근 몇 년 동안 청소년 운전 사망률이 증가해 온 것과 관련하여, 많은 주에서는 "졸업 운전 면허"라고 불리는 제도를 채택했다. 이 제도는 16살이 운전을 하게 하는 대신에 차에 동승객이 없어야 하고, 특정 시간 이후 운전하지 않을 것으로 한정한다.

음주에 관한 법은 청소년 발달 과학과 마찬가지로 동떨어져 있다. 금주법이 끝난 후, 최소 음주 연령이 미국 대다수의 주에서 21세로 정해졌다. 1970년 초반 이들 주들 몇몇에서 18세, 19세, 20세로 연령을 낮추었다. 투표하는 연령이 최근에 18세로 낮아졌는데, 많은 정치인이 주장했기 때문이다. 가장 크게 주장했던 에드워드 케네디는 18세를 베트남에 파병했으나 그들에게 선거를 금지했던 것은 공정하지 않다고 주장했다. 몇몇 주에서는 이러한 논리를 음주 연령을 군대 징병과 선거 연령과 가깝게 하여 확장했다. 일부 정치인들은 군복무를 하게 하면서 음주할 권리는 부인하는 것 또한 불공정하다고 느꼈다.

음주 연령을 하향하는 안이 나온 후에 고속도로 사망률이 증가했다. 옹호하는 단체들은 다시 음주 연령을 21세로 되돌리기 위해 주 정부를 설득하기 시작했다. 어떤 주들에서는 동의했으나 그렇지 않은 주들도 있어, 미성년자는 술을 구입하기 위해 주 경계를 가로질러 운전하기 시작했다. 더 나빠졌다. 술을 마시고 운전해서 집에 돌아온다. 1984년에 연방 정부는 고속도로에서 속도 감소 의무화를 통과시켰다.

오늘날 미국은 18살이 될 때까지 술을 마시는 것이 허용되지 않는 3개국 중 하나이다(다른 나라는 아이슬란드와 일본이며, 음주 최소 연령을 20세로 정하고 있다). 그러나 중요한 점은 청소년 발달에 대한 발견이 음주 최저 연령 변화에서 전혀 고려되지 않았다는 것이다. 오늘날 청소년이 18세에 술을 사는 것이 허용되던 때보다 덜 성숙하거나 더 성숙하지는 않아 보인다.

낙태 결정을 내릴 수 있는 청소년의 권리

(Adolescents' Right to Make Decisions About Abortion)

대법원이 청소년 사형제를 폐지한 후에 성년이 되는 특정 연령이 다양한 법적 사안에 적용되어야 하는지가 논쟁거리가 되었다. 이와 같은 법원의 결정은 미국 심리학협회가 제출한 간략한 법정 조언에 크게 의존하였다. 심리학자들이 언급한 청소년기 뇌와 행동 과학이 그들이 발달상 미성숙하다는 증거가 되었고, 덕분에 청소년은 비난에서 자유롭게 되었다

이러한 논쟁에 확고한 과학적 근거가 있지만, 미성년자가 부모에게 알리지 않고서 낙태를 할 수 있는지에 대해서는 모순된 태도를 보인다. 이 사건과 관련하여 법원에 제출한 요약문에서 심리학자들은 청소년이 성인과 비교 가능한 의사 결정을 내릴 능력을 가지고 있는지에 대해 논쟁했다. 젊은 여성이 그들의 부모에게 임신을 끝내

기 전에 알려야 할 아무런 이유가 없는 것으로 보였다.

미국심리학협회는 두 가지 방법을 시도한 것으로 보였다. 청소년 사형제에 반대하면서, 협회는 과학에 기반하여 청소년이 성인만큼 성숙하지 못하다고 말했다. 그러나 청소년이 부모에게 말하지 않고 낙태를 결정할 권리에 관한 논쟁에서 협회는 과학적으로는 그들이 충분히 성숙했다고 말했다. 어떤 관찰자에게는 이러한 발달상 미성숙 논쟁이 자유주의 심리학자가 그들의 정치적 목표를 이루기 위해 만든 하나의 편리한 제작물로 보일 수 있다.

청소년의 사형을 폐지하고 2년이 채 안 되어서 대법원은 청소년의 낙태 결정에 부모가 관여한 새로운 사건에 대해서 들었다. 청소년이 이러한 결정을 그들 스스로 내리는 것을 반대하는 사람들은 청소년 사형제 폐지와 관련된 그들의 미성숙한 특성만 움켜쥐었다. 그들은 이 특성들로 부모가 관여해야 하는 필요성을 지지하는 편에 섰다. 그들은 만일 청소년에게 사형제를 시행하기에 미성숙하다면, 그들은 낙태 결정을 하기에도 역시 미성숙하다고 말한다.

이 논쟁은 우리가 청소년과 성인 사이에 경계를 정해야 하는 모든 법적인 사안에서 한 가지 연령만을 사용하는 문제점을 지적한다. 간단히 말해서 심리적으로 성숙하는 단일한 연령이라는 것은 없다. 뇌의 다른 영역들이 다른 시간표로 발달한다.

그리고 다른 능력들이 각기 다른 나이에 성인 수준의 성숙에 도달한다. 18살 또는 더 나이가 들었다고 해서 우리가 확실하게 충동을 조절하고, 또래의 압력을 견뎌내고, 매력적인 보상을 기대하고, 위험을 무릅쓰고 싶은 유혹에 저항할 수 있는 것은 아니다. 그러나 시간이나 타인에 의해 압박 받지 않는 등 좋은 상황에서는 15세, 16세 청소년은 감정적으로 지나치게 흥분하지 않으며 어른만큼 충분히 합리적일 수 있다.

이것이 사형제가 가능하거나 부모 동의 없이 낙태할 수 있는 권리를 가진 특정 연령을 제안하는 것이 위선적이지 않은 이유이다. 각각의 상황을 둘러싼 환경들이 다르다. 청소년들이 범죄를 저지르는 결정은, 만일 그것을 '결정'이라고 부른다면 조셉 머호니가 종신형을 선고 받았던 편의점 강도 사건과 같이 일반적으로 경솔하고, 종종 또래들과 함께 있을 때 발생한다. 그러나 임신을 끝내기로 한 그들의 결정이 성급하지 않은 방식으로 내려질 수 있고 성인과 상의할 수도 있다. 사실은 낙태가 성급하게 결정되지 않도록 돕기 위해서는 3분의 2의 주에서 누구나 낙태를 원하면, 나이에 관계없이 수술 전에 낙태가 가져 올 수 있는 건강과 임신의 위험에 관한 정보와 시술에 관한 상담을 받도록 한다. 25개의 주에서는 상담 후 최소한 24시간 의무적으로 기다린 후 의학적 시술을 실시한다. 임신한 10대 중 성급하게 또는 성인의 조언 없이 임신을 끝내길 결정하는 경우는 거의 없다. 그것은 거의 불가능하다.

범죄와 관련된 경우는 다르다. 청소년의 범죄는 대부분 충동적이고 계획적이지 않은 경우가 많으며, 일반적으로 또래와 같이 범행을 저지른다. 감정이 자주 좋은 판단을 방해한다. 결과적으로 각각 상황에서 '성숙한' 행동이라고 정의되는 것과 완전히 다르다. 또래의 영향에 저항하고 자신의 충동을 살펴보는 것은 낙태 결정을 하는 것보다 범죄 결정을 하는 경우에 더 중요하다. 부분적으로 사회구조가 낙태 결정 시에 성인과 상의하여 성급한 결정을 피하도록 격려한다.

지금까지 청소년기의 뇌 발달 연구가 범죄 관련 법에 미치는 광범위한 영향을 알아보았다. 청소년에 사형을 금지하는 대법원 판결과 가석방 없는 종신형을 제한하는 것에 더하여 몇몇 주에서는 법을 개정하거나, 주의 법률이 청소년을 성인처럼 재판할 수 있는지에 대해 다시 고려하고 있다. 충동 조절을 담당하는 뇌 시스템이 느리게 성숙한다는 연구 결과를 보고, 어떤 주에서는 청소년이 성인 범죄에서 기소되는 연령을 상향해 왔다. 그리고 다른 주에서는 어린 청소년을 성인 법정에 보내기 전에 그들이 재판을 받을 수 있는 능력이 있는지 평가하는 것을 의무화했다. 다른 주에서는 심문을 받는 청소년과 부모나 변호사가 함께 참석하거나, 심문 과정을 녹화하여 지나치게 강압적인 기술이 사용되지 않았는지 나중에 다시 검토할 수 있게 하는 등 추가적인 보호 조치가 의무화되었다.

청소년기와 성인기 사이의 경계에 대해 다시 생각해 보기

(Rethinking the Boundary Between Adolescence and Adulthood)

우리는 아직 청소년 뇌 발달 연구 결과가 형법 이외의 다른 분야까지도 영향을 미칠지 알지 못한다. 일반적으로 과학이 법정에 등장하면, 청소년 뇌 발달 연구가 이미 다른 논리를 지지해 온 법과 변화를 정당화하는 데 이용된다. 무엇보다 법적인 운전 최소 연령을 16세로 유지하는 것은 타당한 과학적 논리가 없다. 이 연령이 너무 낮다는 증거는 충분히 많다. 그러나 18세로 운전 가능 연령을 올리는 것은 인기가 없었다. 종종 가장 격렬한 반대자는 자신의 10대의 운전 기사가 되는 것이 귀찮은 부모였다.

청소년기 뇌 발달 연구는 청소년과 성인 사이를 분명하게 법적 구분하여 모든 목적에 사용될 만한 연대기적 나이를 제시하지 않는다. 일반적으로 말하면, 과학은 15세와 22세 사이에 다양한 종류의 성숙에 도달함을 보여준다. 청소년의 판단력은 서두르지 않고 결정을 내릴 수 있고, 다른 사람의 조언을 받을 수 있다면 16세의 연령에도 심리학자가 '냉정한 인식'이라고 부르는 성숙한 판단을 내릴 수 있을 것이다. 그에 반하여 청소년의 판단력은 감정이 자극되거나, 시간 압박이 있거나, 또래의 잠재적인 압력이 있을 때에는 심리학자가 '뜨거운 인식'이라고 부르는 상태가 되어, 그들이 21세만큼 나이가 들거나 18세 이상이어도 성인처럼 성숙하지는 않을 것이다.

만일 발달 과학이 법적인 성인기 연령을 수립하는 데 중요한 고려 사항이라면, 합리적인 시작점은 조절력을 두 가지로 구별하는 것이 되어야 한다. '냉정한 인식'과 '뜨거운 인식'과 관련한 조절력이 그것이다. 냉정한 인식은 투표와 의료 절차(낙태)와 같이 정보에 근거한 동의가 필요한 사안 또는 과학적 연구의 대상이 되는 것과 법정에서 재판을 받을 수 있는 권한과 관련이 있다. 이 모든 상황에서, 부모나 정신과 의사, 변호사의 조언을 구할 수 있으며, 결정을 하기 전에 시간을 끌 수 있다. 시간과 또래 압력이 일반적으로 문제가 되지 않는다. 적절하게 기다리고 성인과 논의할 기회가 있다면 임신한 16살이 낙태를 할 수 없거나, 부모 개입 없이 피임하거나, 또는 16살이 투표를 못할 이유가 없다. 오스트리아, 아르헨티나, 브라질, 에콰도르, 니카라과에서는 16살이 투표를 할 수 있다.

나는 모든 목적을 위해 법적인 성인 연령을 16세로 바꾸는 것을 추천하지 않는다. 그러나 '뜨거운 인식' 상태일 때의 운전, 음주, 법적인 책임에는 더 늦은 연령이 합리적이다. 이러한 상황은 청소년의 판단력에는 최악 중의 최악인 상황이다. 그들은 신중하게 장기적 이득을 고려하기보다는 즉각적인 보상의 유혹과 싸우며 격한 감정과 자극에 대항한다. 이러한 상황에서 청소년은 성인보다 더 충동적이며, 더 위험하고 더 근시안적이다. 그렇게 때문에 나는 운전의 최소 연령을 18살로 올려야 한다고 믿는다. 성인 범죄 책임의 최소 연령도 18살이 적당하고, 미성년자에게 알코올과 담배를 살 수 없게 하는 것과 합법적인 곳에서 마리화나도 구입할 수 없게 해야 한다.

음주 연령이 21세에서 18세로 낮아지는 것은 어려우며 지속적으로 문제 제기가 된다. 나는 청소년이 술을 구매하는 것을 21세까지 금지하면서, 그러나 18세(부모 동의가 있으면 17세)에 군에 가는 것을 허용하여 전쟁의 위험을 직면하도록 하는 것에 전혀 동의하지 않는다. 분명히 음주는 10대에게 맡기기에 너무나 위험해 보이며, 전투가 사람들에게 위험해도 이 연령의 청소년들은 심지어 전쟁을 즐기기까지 한다. 왜 그런지는 미스터리가 아니다. 군대는 10대 후반 청소년이 입대하지 않으면 인원을 채우는 데 어려움을 겪을 것이다. 17세, 19세 사이의 남자들은 전체 민간인 남자의 3 %이다. 그러나 군에서는 6%에 해당한다. 여성의 경우도 동일하다. 17세에서 19세 사이의 여성이 전체 민간인 인구의 4%가 안 된다. 그러나 군에서는 거의 8%에 해당한다. 남자 해군에 있는 남자 10대는 13%에 이른다. 여자는 16%에 이른다.

공정성 문제와는 별개로 법적인 최소 음주 연령의 양면에는 경험적인 증거가 있다. 한편, 21세로 최소 음주 연령을 설정하는 하는 경우, 증거는 생각하는 만큼 선명하고 확실하지는 않지만, 청소년 운전자 중 자동차 사망사고를 감소시킨다. 1984년에 음주 연령을 21세로 상향했을 때, 운전자 사망사고가 감소한 이유를 해석한 자료의 한 가지 문제점은 자동차 사망 사고 감소가 자동차 안전과 음주 운전의 위험성에 관한 인식 증가의 결과로 이미 연령 상향을 시키기 전부터 일어났다는 것이 간과된 것이다. 음주 연령을 높이는 것이 이러한 추세에 얼마나 도움이 되었는지는 확실하지 않다. 음주가 모든 연령의 자동차 사망사고에서 큰 부분을 차지하고 있다는 사실을 고려해 볼 때(특히 21세와 30세), 음주 연령을 올리는 것이 고속도로 사망사고를 줄일 것으로 보인다. 그러나 21세를 술을 구매할 수 있는 최소 연령으로 하는 것에 마법과 같은 것은 없다. 이전에 언급한 것처럼 미국은 선진국 중에서 최소 음주 연령이 가장 높다. 음주 연령이 가장 큰 문제이며, 적어도 고속도로 안전과 관련하여 고려해 보아야 한다. 실제로 모든 유럽 나라에서 운전 연령과 음주 연령을 모두 18세로 정하고 있으나 미국보다 자동차 사고비율은 상당히 낮다. 만일 우리가 정말로 청소년 건강을 개선하는 데 관심이 있다면, 운전 연령을 상향하는 것은 우리가 할 수 있는 가장 중요한 정책 변화가 될 것이다. 과학적인 정보로 이루어진 논의는 최소 운전과 음주 연령 모두 18세가 적당하다고 말한다. 이것이 대부분의 국가에서 하는 방식이다. 대부분의 국가는 미국보다 자동차 사고로 인한 사망자가 훨씬 적다.

나는 과학적 증거를 정책 입안에 활용하는 것에 대해 어떤 망상도 품지 않는다. 그러나 정책입안자와 변호사 그룹은 술 취한 사람들이 가로등을 이용하는 방식으로 설명하기 위해서가 아니라 근거로 과학을 이용한다. 만일 정치적 의지가 없다면 아무리 많은 과학도 설득력이 없다.

결론(Conclusion)

청소년기에 뇌 가소성이 높아진다는 발견이 이 시기에 관한 우리의 생각을 혁신적으로 바꿔 놓았다. 또한 여러 면에서 생의 초기 2–3년과 비교할 만하다. 전통적으로 우리는 청소년기는 어쩔 수 없이 곤란을 겪어야 하는 시기로 생각해 왔다. 이 시기는 청소년에게는 위험한 시간, 가족들에게는 걱정스러운 시간, 교사들에게는 분통이 터지는 시간이었다. 청소년과 부모 그리고 교육자들에게 할 수 있는 최고의 조언은 피할 수 없는 함정과 위험을 피하도록 돕는 것이었다. 이런 관점은 청소년기를 고통을 겪어야 하는 투쟁의 시간으로, 그들은 돌봐야 하는 성인에게는 인내의 시간으로 바라보게 하였다.

청소년 발달에 관한 우리 노력의 대부분은 건강한 성장보다는 예방과 문제 대응이라는 것은 놀랍지도 않다. 태어나서 3세까지는 우리는 이른 개입과 교육으로 긍정적인 성장과 발달에 중점을 둔다. 그러나 청소년기 동안에는 거의 대부분 문제를 예방하는 데 몰두한다. 우리는 청소년들에게 그들이 무엇을 해야 하는지, 할 수 있는지에 대해 안내하기보다는 해서는 안 되는 것을 말하며 시간을 보낸다.

1장에서 이야기했듯이, 청소년기에 관한 현재 우리의 대응 방식은 과거 30년 동안 미국 고등학생의 성취를 개선시키는 데 아무런 효과가 없었다. 치열한 노력에도 세계적인 성취도 순위에서 최하위이며, 10대와 청년에서 높은 수준의 정신 건강 문제와 불행감을 폭로한다. 또한 위험하고 건강하지 못한 행동에 관한 교육에 막대한 예산을 투입함에도 불구하고 청소년 비만, 폭음, 폭력, 안전하지 않은 성관계가 계속하여 만연하고 있다.

우리가 청년들이 성장하는 것을 도와야 하는 때이지만, 현재 접근 방식은 그들의 생존을 돕는 것에 맞춰져 있다. 청소년기 동안의 성장은 무엇보다 강한 자기조절의 힘을 키우는 데 있다. 수많은 연구가 그들의 감정과 생각과 행동 조절에 능숙한 사람들이 학교와 일에서 성공한다는 것을 보여준다. 또한 그들은 다양한 심리학적 어려움, 우울증, 불안, 섭식 장애에 덜 취약하고 약물사용, 범죄, 부주의한 운전과 무방비하게 섹스를 할 가능성이 더 적다. 우리가 어린이와 청소년이 자기조절을 연습하고 개발할 수 있도록 돕는다면, 나라 전체에 상당한 건강과 복지를 증진시킬 수 있을 것이다.

청소년기가 과거보다 더 오랫동안 지속됨에 따라 이러한 목표는 더 중요하고 더 시급하다. 청소년기가 더 길어지고, 점점 더 어린 연령에 사춘기가 시작되며 청년들이 성인기 역할 진입이 늦어지는 것은 3가지 심각한 결과를 초래할 수 있다.

첫째, 청소년기가 길어질수록 자기조절력이 과거보다 더 중요하다. 사람들은 성인으로서 독립이 늦어지는 만큼 더 길게 만족을 지연할 수 있어야 한다. 예를 들어, 결혼할 때까지 성관계를 기다리는 것은 어렵지만 불가능하지는 않다. 사춘기의 시작과 끝까지 그러한 긴 기간을 견디는 것이다. 이 예시는 또한 성인기의 첫 맛과 충동을 충족시킬 기회 사이에 엄청나게 길어진 시간을 잘 표현한 예시이다. 지적했듯이, 사춘기는 성충동뿐만 아니라 모든 종류의 흥분을 불러일으킨다. 과거보다 훨씬 빨라졌다는 것은 "엔진"이 점화하는 순간과 "브레이크"가 제대로 작동할 때까지 시간이 길어졌다는 뜻이다. 그리하여 청소년기는 과거보다 훨씬 위험한 기간이 되었다.

둘째, 청소년기가 더 일찍 시작되고 더 오래 지속되면서 부유층이 소외 계층보다 누릴 수 있는 이점이 증가되었다. 부유한 계층은 자기조절을 연습하기 위해 신경 생물학적, 심리적, 가족적 그리고 제도적 자원을 누릴 확률이 높다. 중산층에서 성장한 청소년들은 강한 자기조절력을 가지고 시작하고, 성장을 증진하는 방식으로 양육될 것이다. 또한 성장을 촉진할 교육이나 과외 경험을 쉽게 접할 수 있다. 그리고 삶의 끔찍한 경험으로부터 그들을 보호해 줄 만한 사람들이 있다. 이러한 이점들이 없는 청소년들은 직업에서 성공을 위한 추가적인 학교생활을 할 기회가 적을 뿐 아니라, 또한 그들은 이른 나이에 성인의 역할을 맡아 그들의 청소년기가 짧아질 것이다. 이것은 또한 재정적으로뿐만 아니라 신경생물학적, 심리학적으로 그들에게 해를 가한다. 이러한 청소년들을 비판하기보다는 대신에 어떻게 이러한 기회를 심리적으로, 사회경제적으로 운이 좋지 않은 사람과 공유할 수 있을지 생각해야 한다.

마지막으로 청소년기 시작과 끝 사이의 긴 시간은 환경에 특별히 예민한 뇌가 위험과 기회의 창을 오래 열고 있다는 것을 의미한다. 청소년기를 상징하는 뇌 가소성 증가는 자기조절력을 키우는 뇌 체계가 이 시기에 특히 가단성이 있어 더 좋은 기회가 된다는 것이다. 부모로서, 교육자로서, 청소년의 복지를 생각하는 성인으로서 우리가 직면하는 도전은 청소년들에게 새로운 경험과 뇌 발달을 자극하는 책임감을 제공하고, 자기조절이 미성숙한 시기에 그들의 건강을 위협하는 물질 중독의 위험 등을 제한하여 어떻게 이 기회에서 이점을 취하게 하느냐이다.

몇 가지 권장사항(Some Recommendations)

청소년기에 관해 새롭게 이해하면서 우리는 그들을 양육하고, 교육하고 대우하는 것에 중요한 변화를 불러왔다. 이러한 지식에 기초하여 나는 부모, 교육자, 고용주와 정책입안자를 위하여 다음의 사항들을 권고한다.

부모들을 위한 팁

자녀가 일찍 사춘기를 시작할 가능성을 줄여라. 일찍 사춘기가 시작되면 소년, 소녀 모두에게서 물질 남용과 범죄, 소녀의 경우 우울증과 섭식 장애의 확률이 증가한다. 이른 사춘기는 또한 암 발생 가능성을 증가시킨다.(남성에게도 비슷한 영향이 있는지는 밝혀지지 않음.) 1세기 전에 사춘기 연령의 감소는 주로 건강과 영양의 개선으로 나타났다. 그러나 오늘날에는 비만, 파괴적인 화학물질에 의한 내분비 교란과 인공 광선이 주 원인이다.

비만의 발병을 줄이기 위해 부모는 아이들이 설탕과 지방을 덜 섭취하고 신선한 과일과 채소를 더 많이 먹도록 주의를 기울여야 한다. 또한 최소한 매일 한 시간 이상은 유산소 운동을 하도록 해야 한다. 아이들이 빛에 노출되는 시간을 줄이기 위해 부모는 합리적인 수면시간을 정하고 실행해야 한다.(미취학 아동은 매일 11-12시간의 수면이 필요하며, 초등학생은 10시간이 필요하다.) 또한 아이들이 TV나 핸드폰처럼 스크린을 보며 노는 시간을 제한해야 한다. 그것은 빛에 관한 노출뿐만 아니라 수면의 질까지 파괴한다.

내분비에 해로운 영향을 미치는 물질에 관한 정보가 증가하고 있다. 환경 규제기관이 역할을 충분히 할 경우에 그 물질들은 감소할 것으로 보인다. 그 동안 부모는 자녀가 농약이나 일반적으로 호르몬의 발달을 방해하는 것으로 알려진 화학물질을 함유한 플라스틱

에의 노출을 최소화해야 한다. 이러한 화학물질은 불행하게도 흔히 볼 수 있다. 그러나 특별한 관심을 가지고 제품의 라벨을 살피면 강한 냄새를 풍기는 부드러운 비닐 제품[1](BPA를 포함한 것으로 알려진 물질), 프탈레이트[2]를 포함한 물질(화장품뿐만 아니라 부드러운 플라스틱제품에서 발견된다.) 또는 파라벤[3](보존료의 한 종류로 화장품과 샴푸, 자외선 차단제에서 발견된다.)을 포함한 물건에 노출을 피할 수 있다.

아동기 비만과 스크린타임과 해로운 화학물질에의 노출을 감소시키는 것이 사춘기를 늦추는 것 이상의 이점을 가져올 것이다. 비만은 심혈관 질환을 포함한 수많은 질병의 위험 요인이다. 아이들이 TV와 컴퓨터 스크린 앞에서 보내는 시간이 늘어날수록 수면 시간이 줄어들 것이다. 이것은 학교에서 성취를 감소시키고, 심리적 질병 발생을 증가시키고, 사고로 인한 상해를 증가시킨다. 인공의 화학물

---

1 플라스틱 병, 플라스틱 식품 용기, 치과 재료, 금속 식품과 유아용 캔의 내부 벽면에서 흔히 발견된다. 오늘날 종이가 주로 인쇄 목적으로 점토를 함유한 BPA로 코팅되어 있기 때문에 식료품점과 식당에서 흔히 사용되는 영수증 용지에서도 BPA가 노출될 수 있다. 잘 알려진 내분비 교란물질로, 많은 연구에서 낮은 수치에 노출된 실험동물이 당뇨병, 유방암, 전립선암, 정자수 감소, 생식 문제, 이른 성숙기, 비만, 신경학적 문제의 정도를 심화시키는 것으로 밝혀짐

2 플라스틱을 부드럽게 만드는 데 쓰이는 화학첨가물로 환경호르몬(내분비계 신경물질) 중 하나이다. DEHP, DBP 등 총 6가지 종류로 나뉘며 유럽연합(EU)에서는 DEHP·DBP·BBP 등 프탈레이트 3종의 독성과 유해성을 입증해 2005년부터 생산과 수입을 금지

3 화장품, 식품, 의약품 및 기타 가정용품에 보존제로 널리 사용되는 물질입니다. 파라벤은 제품 내 박테리아, 곰팡이 및 진균이 생기지 못하도록 보존제 역할을 하는데 만약 그 역할을 제대로 하지 못한다면, 제품이 손상될 수도 있고, 소비자에게 실질적인 피해를 줄 수도 있다.

질은 우리의 생물학적 기능을 변형시키며 특히 암과 같은 다양한 질병과 연관되어 있다.

민주적으로 양육하라.

사춘기의 이른 개시가 과거보다 부모가 아이의 자기조절력 개발을 도와야 하는 필요성을 부각시키고 있다. 부모가 민주적인 육아를 연습함으로써 아동기와 청소년기 자녀의 학교에서의 성취와 청소년기 동안 위험하고 부주의한 행동, 음주와 알코올 중독, 흡연, 불법적인 약, 법과 관련한 문제, 어린 나이에 성관계를 맺거나 무방비한 성관계에 연루되는 것을 줄일 수 있다. 또한 우울증과 불안과 섭식장애와 같은 정신적 문제도 줄일 수 있다.

민주적인 양육은 부모가 세 가지 일을 자주, 가능한 일관되게, 따뜻하게, 단호하게 그리고 지지적으로 하여야 한다. 부모는 자녀와의 관계에서 최대한 따뜻하게 대하며, 스킨십으로 더 많은 애정을 표현하고, 아이들이 칭찬받을 만한 행동을 했을 때 더 적극적으로 칭찬하고, 더 능동적으로 자녀의 삶에 개입해야 한다. 또한 자녀의 정서적 요구에 반응적이고 더 세심한 관심을 기울여야 한다. 아이들의 정서적 욕구가 나이가 들어가면서 변화하며, 아이가 성숙해 가면서 무엇을 기대하는지에 맞게 아이의 정서를 읽어주는 것이 도움이 된다. 단지 함께 즐거운 시간을 보내는 것도 중요하다. 모든 상호관계가 인생의 교훈을 담을 필요는 없다.

부모는 명확하게 표현하고 자녀의 행동에 관한 기대를 설명할 수 있다. 일관되고 유연한 방식으로 규칙을 정하고, 버릇없는 행동에는 그에 따르는 결과를 부과해야 한다. 그러나 부모는 신체적 처벌을 사용하거나 함부로 말을 해서는 안 된다. 자기조절이 어려운 부모는 신체적으로나 언어적으로 심하게 질책하게 되는데, 이럴 경우 전문가에게 도움을 받아야 한다. 주의를 기울이지 않으면 부모의 형편없는 자기조절력이 아이에게 대물림 된다.

부모는 여러 가지 방법으로 자녀가 자기조절 능력을 개발할 수 있도록 도와야 한다. 자녀가 도전적으로 배우고 성공에 이르는 기회를 잡을 수 있도록 7장에서 설명한 비계 기술을 사용하는 것도 좋다. 어떤 방식으로든 자녀의 삶에 세세하게 관여하는 것은 자녀가 스스로 결정을 내리거나 자기조절을 연습할 기회를 빼앗아서 좋지 않다. 자녀의 성취를 칭찬할 때 결과보다 자녀가 들인 노력에 집중하라. 아이의 노력에 초점을 맞추는 것은 아이는 결단력과 열심히 노력하는 것이 성공을 위한 중요한 요인이라는 메시지를 주는 것이다.

자기조절에 도움이 될 것 같은 활동을 독려하라.

아이들의 자기조절력은 의도적인 연습을 통해 개발된다. 자기조절을 연습하다 보면 더 자기조절을 잘하게 된다는 것을 기억하라. 요가와 태권도, 태극권과 같이 규율이 있는 신체 활동은 자녀의 마음 챙김 명상에 도움이 되는 활동이다. 명상에 도움이 되는 자료는

책과 앱을 통해 이용이 가능하다. 이러한 앱들은 일반적으로 명상 기술을 설명하고 안내한다. 명상은 또한 요가, 태권도, 태극권처럼 워크숍과 교실 수업을 통해 배울 수 있다. 비디오를 통해서도 배울 수 있다.

조직화된 스포츠에서 코치가 선수들의 신체적 건강과 정신적 건강을 잘 이해하고 돌볼 때에 자기조절과 근성, 팀의 한 구성원으로서의 능력을 개발하는데 도움이 된다. 심지어 조직화된 스포츠에 매력을 느끼지 못하는 청소년들도 충분한 유산소 운동과 휴식, 적절한 수면을 할 수 있게 되어 중요하다. 이러한 모든 요인들이 성인, 어린이, 10대의 심리적, 신체적 건강에 기여한다.

자녀의 판단력을 손상시키는 정서적, 사회적 환경을 알아야 한다.

많은 청소년들이 그들이 스트레스를 받지 않고 피로하지 않은 최적의 상태에서는, 그리고 다른 10대들과 함께 있지 않을 때에는 탁월한 판단력을 보이고 능숙하게 자기조절을 한다. 이러한 상황들을 주시하고 어떤 상황이 발생할 때 추가적으로 지원하고 감독하라. 또래들과 함께 있을 때 감독 받지 않고, 조직화되어 있지 않다면, 종종 위험한 행동과 부주의한 행동의 지침서가 될 수 있다. 부모가 자녀가 이러한 상황에 놓일 만한 시간을 제한할수록 자녀는 더 안전할 것이다. 당신이 거주하는 주에서 졸업 운전면허증이 방금 면허를 받은 운전자가 다른 10대들과 함께 동승해 운전하는 것을 금지한다면, 자녀가 규정을 준수하는지 확인하고 그렇지 않다면 운전할 수 있는 특권을 취소해라. 당신 주에 그러한 법이 없다면, 당신은 가족 내 규칙으로서 이것을 강제할 수 있다. 청소년이 운전하는 차에 여러 명의 10대가 같이 타 있는 것은 음주 운전만큼 위험하다.

자녀가 스트레스에 노출되는 것을 피해라.

명상이나 요가를 통해서 자기조절을 훈련하는 것이 자제력을 키우며 심리학자가 '조절장애'라고 칭하는 것의 원인이 되는 스트레스를 물리치는 데 도움이 될 것이다. 가정을 최대한 부드럽고 차분하게 유지하는 것이 자녀의 조절 장애를 최소화하는 데 도움이 된다. 이것은 자녀들과의 관계에서도, 부부 사이에서도 논쟁을 최소화로 유지하는 것을 의미한다. 아이들은 친절하고 적절한 스킨십으로 사랑을 받고 편안한 가정에서 성장하면서 여러 혜택들을 받는다. 반대로 갈등이 많고, 긴장하고, 예측할 수 없는 환경에서 성장한 아이들은 피해를 입는다.

직장에서의 스트레스가 집의 분위기에 영향을 미치지 않도록 주의하여라. 쉴 새 없는 전자통신으로 직장과 가정의 경계가 없어져서 이를 지키는 것이 훨씬 더 어려워졌다는 것을 안다. 그러나 직장에서 받은 압력과 스트레스를 집에 가져오면, 당신 자신뿐만 아니라 가족 모두에게 정신적으로 악영향을 줄 수 있다. 당신은 직장으로부터 피난처가 필요하다고 느끼지 않을 수 있다.(당신은 단지 자신에게 농담을 하는 것이다.) 건강한 가정 환경은 스트레스로 가득 차 있거나 마감 기한에 임박한 직장처럼 긴장감이 느껴지는 곳이 아니라 휴식을 취하고 즐거울 수 있는 안정되고 유쾌한 공간이다.

아이들 자신의 활동에서 발생하는 압력들에도 동일한 원칙을 적용하라. 그들 또한 방과 후와 주말에 긴장을 풀고 특별한 어떤 것도 하지 않는 시간이 필요하다. 까다로운 학교에 다니는 청소년들은 특히 하루 종일 쉴 필요가 있다.

당신의 20살 아이가 성장하는 데 너무 오래 걸리지 않을까 걱정하지 말아라.

아이가 성장하는 데 그렇게 오래 걸리지 않는다. 길어진 청소년기가 꼭 나쁜 것은 아니다. 최소한의 적절한 상황에서는 더 이로울 수도 있다. 청소년기에 오래 머무를수록 새로운 경험이 자극하는 세상에 몰두하게 되고, 긍정적인 경험으로 더 오랫동안 뇌에 좋은 영향을 줄 수 있다.

당신과 자녀에게 이 시기가 성장을 위한 기회의 시간이며, 기회라는 것을 기억하는 것이 중요하다. 그러나 이것은 보장이 아니다. 성장은 얼마나 잘, 새로운 활동이 자신의 필요와 재능에 잘 맞춰져 있는지에 달려있다. 많은 대학이 자극의 주요 원천이 될 것이다. 하지만 모든 청소년들이 고등학교 졸업 후 바로 고등교육을 받고 싶어

하는 것은 아니다. 그들은 군을 지원하거나, '아메리코어(AmeriCorps)[4]'와 같은 도전적인 봉사 기회를 가질 수 있다. 이러한 활동들은 패스트푸드점 카운터 뒤에서 일하는 것처럼 자극적이지 않아 최초의 직업으로 선호할만하다.

교육자와 고용주를 위한 팁

중등학교가 무엇을 성취할 수 있는지 다시 그려보라.

자기조절을 포함한 비인지적 기술의 발달에 관심이 증가하는 것은 환영할만하다. 학교는 교과과정에 지금 당장 비인지적 기술 개발 활동을 포함시켜야 한다. 이러한 활동에는 컴퓨터 기반 훈련으로 실행 기능, 명상, 유산소 운동, 집중력을 요구하는 구조화된 신체활동, 명시적으로 자기조절을 교습하도록 만들어진 과정들이 포함된다. 학교 예산이 축소되는 시기에 더 많은 프로그램을 교과 과정에 추가하기를 요청하는 것이 우호적으로 받아들여지지 않을 것이고, 어쩌면 과도하다고 조롱받을 수도 있다. 이러한 저항에 대하여 우리가 청소년에게 더 인내하고, 그들이 시간을 더 유용하게 쓸 수 있도록

---

4 자원봉사를 통해 삶을 개선하고 지역 사회를 강화하는 미국 정부의 독립기관으로 5백만명 이상의 미국인들이 서비스에 참여하고 있다.

생각할 충분한 여지를 줌에도 불구하고 중등학교의 성취가 계속해서 그저 그렇게 평범하다는 사실을 말할 수밖에 없다. 매일 한 시간씩 각 학교마다 체육 수업에 전념한다면 학생들이 자기조절을 연습하는 데 효과가 있을 것이다. 체육 수업은 학생들의 시험 점수를 추가 수업 없이 향상시킬 것이다.

중등교과과정에 사회적, 정서적 학습(SEL)을 통합하여라.

8장에서 언급했듯이 사회적, 정서적 학습(SEL)을 특히 초등학교 중학교 교과과정에 통합하여 실시했을 때에 자기조절력 개발에 많은 기여를 했다. 사회적, 정서적 학습(SEL)은 순서가 정해져 있고, 활동적이며, 집중하고, 명확하다. 이 프로그램을 학교에 도입하는 데 관심이 있는 분들은 웹 사이트(the Collaborative for Academic, Social, and Emotional Learning(CASEL)를 참조하길 바란다. 사회적, 정서적 학습(SEL)를 평가하는 비영리단체, 미국 교육부의 "무엇이 클리어링하우스를 움직이는가(What Works Clearinghouse)"는 이 프로그램이 성공을 거둔 학교의 목록을 보유하고 있다.

더 까다로운 고등학교가 되어야 한다.

비인지적 기술을 학교에 도입하기 위해 다양한 활동을 통합하는 것은 독려해야 할 만한 일이다. 하지만 우리는 미국 학생들이 해야 하는 것보다 훨씬 학문적 숙달을 이루지 못하고 졸업하고 있다는 사실을 무시하고 있다. 최근 읽고 쓰는 능력과 성인 수학과 기술의 능숙도에 관한 보고서는 국제적으로 미국인의 수준이 더 나빠졌음을 보여준다. 30년간의 집중적인 학교 개혁의 결과이다. 1970년대 고등학교를 졸업한 55세와 65세 사이의 성인들의 평균은 세계 표준 이상이었다. 1980년 졸업한 45세와 55세는 이러한 비교에서 중간 정도이었다. 그러나 1990년대 졸업한 45세보다 어른 성인들은 세계 표준 보다 아래에 있었다.

이러한 실망스러운 추세에는 많인 요인들이 있을 것으로 보인다. 그러나 한 가지 중요한 원인은 미국 고등학교가 세계 다른 선진국에 비해 상당히 덜 까다롭다는 것이다. 미국 10대들은 학교를 지루하고 도전할 만한 것이 없는 곳으로 묘사한다. 너무 많은 교육이 암기에 치중한다. 국내 최고 대학을 목표로 하거나, 심화과정을 등록한 일부 예외적인 학생들을 제외하고는 청소년들은 거의 그들의 현재 능력을 넘어서려고 하지 않는다. 그들은 자기조절과 뇌의 고차원적인 인지능력을 개발하는 데 필요한 어떤 자극도 얻지 못한다. 이것은 신경 과학이 뇌 가소성이 큰 청소년기에 새롭고 도전적인 교육의 중요성을 말하고 있어 더 안타깝다. 학생들을 테스트할 필요성과 학교 운영을 감독하는 것 사이에 거짓 이분법이 있어 왔다. 또한, 학교가 비판적인 사고를 개발시키는 것에 대한 필요성을 검토해야 한다. 우리는 이 모든 것을 할 수 있고 해야 한다.

교실 기반의 건강 교육에 시간과 돈을 덜 써라.

모든 사람들은 우리가 부주의한 운전과 무방비한 성관계의 위험한 행동으로부터 청소년을 보호해야 한다는 것에 동의할 것이다. 그러나 우리는 노력은 계속해서 미비한 결과로 나타났다. 청소년기의 학교 교육으로 위험 부담이 크게 줄어들지 않았고 관습적인 예방조치에 지나지 않았기 때문이다. 학교와 단체는 매년 엄청난 돈을 효과가 없는 것으로 판명되거나 엄격하게 평가조차 되지 않은 건강 교육 과정에 소비한다. 학생들에게 정보와 사실을 전달하기 위해서는 몇 가지 지침이 필요하다. 자기조절을 증진시키기 위한 공동의 노력은 기존 교육보다 물질 남용과 무방비한 성관계, 부주의한 운전을 감소시킬 것이다,

민주적인 부모가 되어 양육하여라.

학교와 관련단체는 부모가 집에서 어떻게 더 효과적 아이를 양육할 수 있는지 교육할 수 있다. 학교 관련 단체에 기초한 부모 교육과정, 효과적인 양육에 관한 건강관리 전문가의 상담, 학교에서 기금을 보조하는 부모를 위한 의료기관 서비스가 좋은 방법이 될 것이다. 민주적인 양육을 연습하지 못한 부모의 아이들은 확실히 학교와 직장에서 불리하다.

청소년 자녀들이 대학 입시를 준비할 때, 대학생활에 필요한 학업적인 측면뿐 만이 아니라 심리적인 측면까지 준비시켜라.

인지발달을 촉진하는 것은 가진 자와 가지지 못한 자 사이의 격차를 줄이는데 필수적이다. 단순히 대학에서 공부할 기회를 확대하는 것으로 달성할 수 없다. 그러나 만일 고등학교 졸업자가 대학을 마치기에 필요한 경제적, 학문적 자원뿐만 아니라 자기조절의 힘이 없다면 모든 학생을 대학에 등록하라고 독려하는 것은 재난에 가까운 결과를 가져올 것이다. 높은 대학 중퇴 비율은 고등학생이 대학에 요구하는 자기조절력을 얼마나 갖추는 데 실패했는지를 보여준다. 우리는 대학 준비 과정이 학문적 기술과 자기조절을 도울 수 있는 활동들을 포함하도록 다시 생각해야 한다. 2-3년 정도 대학생활을 하는 것이 고등학교를 졸업하는 것보다 더 이상 직업적, 재정적 이점을 제공하지 않는다. 대학에 입학하는 사람들의 수가 늘어나고 있으나 학위를 받은 수는 그렇지 않아 갚을 수 없는 빚을 지고 있는 사람만 늘어나고 있다.

10대와 젊은 성인을 고용한 경우, 청소년기 뇌와 행동 발달에 관한 최근의 연구에 대해서 알고 있어야 한다.

고용주에게 가장 중요한 새로운 뉴스는 청소년들이 또래와 함께 있을 때 즉각적인 보상으로 재빠르게 돌아서며, 잘못된 결정으로 인한 잠재적인 손실에는 덜 주위를 기울인다는 것이다. 그들은 더 근시안적이며, 더 충동 조절을 못하며, 더 무모한 결정을 내린다. 청소년 고용인을 과학적으로 관리하고 더 주의를 기울이는 것이 그들의 직업 경험을 강화시킬 것이고, 고용주의 수익을 개선시킬 것이다.

정치가를 위한 팁

청소년을 대상으로 하는 공공 보건 정책을 다시 생각해 보라. 많은 청소년의 위험한 행동들은 신경생물학적 미성숙이 원인이다. 공중 보건이 시도하는 변화는 10대와 젊은 성인의 기본적인 본성을 바꾸려고 하기보다는 부주의하고 위험한 행동을 하는 것을 감소시키려는 것에 있다. 위험한 행동을 감소시키는 효과적이고 맥락적 접근 사례들이 많이 있다. 졸업 운전면허증은 현격하게 10대의 자동차 사고를 감소시켰다. 담배를 살 수 있는 최소 연령을 21세로 변경할 수 있으면, 고등학교 또래 그룹의 흡연을 줄이는 데 도움이 될 것이다. 미성년자에게 술을 파는 것과 법적으로 강하게 금지하는 것뿐만 아니라 대리 구매해주는 성인을 처벌하는 것은 10대 음주 비율을 낮출 것이다. 학교 기반 클리닉을 통해 콘돔을 사용할 수 있게 하는 것은 10대 성관계를 비율을 늘리지 않으면서 무방비 성관계의 비율을 낮출 것이다. 청소년에게 광범위한 방과 후 활동을 제공하는 것은 잘 알려진 비행의 원인이기도 한 감독 받지 않고 구조화되지 못한 시간들을 제한할 것이다.

범죄를 저지른 청소년을 성인이 아닌 청소년으로 다루어야 한다.

현장에서 이것은 18세 이하 청소년을 위한 법정을 유지하고, 처벌보다는 재활에 목적을 두고 청소년에 형량을 부과하며, 청소년을 성인과 동등하게 다루는 것에 대하여 엄격하게 제한하는 것을 의미한다. 청소년을 성인으로 보고 처벌하는 것은 매우 드물게 행해져야 하며 초범자, 비폭력 범죄자, 15세 미만의 범죄자에게는 금지되어야 한다.

과학적인 조사로 청소년과 성인 사이의 연령 경계를 더 고려해 보아야 한다.

많은 법률적 경계가 청소년이 어떻게 생각하는지에 대해 우리가 알고 있는 상식과 맞지 않다. 만16세가 되면 알고 있는 정보에 입각해 결정을 내리며 성인과 비슷한 결정을 내린다. 그리하여 16세 정도 청소년은 투표가 허용되고, 부모의 동의 없이 의료서비스를 받기 위하여 정보에 입각한 동의를 할 수 있도록 해야 한다(낙태나 피임서비스 포함). 부모의 동의 없이 연구에 참여하고, 성인으로서 동일한 대중매체를 구입할 수 있도록 허용되어야 한다. 한편, 청소년은 성인보다 충동을 조절하는 데 능숙하지 못하며, 청소년들은 그들이 감정적으로 흥분하거나 또래들과 함께 있을 때 판단을 잘 내릴 수 있도록 연습해야 한다. 이 같은 이유로 우리는 운전 연령을 18세로 상향했고, 술을, 합법적인 곳에서는 마리화나를 구매하는 최소 연령도 집행했다.

최종적인 생각(Some Final Thoughts)

나는 미국 청소년이 복지에 대해 우려를 제기한 첫 번째 사람은 아니다. 그러나 나는 우리가 나눌 필요가 있는 대화는 과거 30년 동안 해온 것과 달라야 한다고 믿는다.

첫째, 대화는 관련된 당사자 그룹에만 국한될 수가 없다. 어떤 단일 그룹도 청소년이 가진 문제들의 단일한 원인이 아니며, 해결책도 제공할 수 없기 때문에 부모, 교육자, 정치가, 사업가, 공중보건 전문가와 청소년을 양육하는 데 도움을 주는 성인들 모두 관여할 필요가 있다. 또한 이러한 문제의 책임을 꼭 집어 누군가에게 돌리는 것도 유용하지 않다. 우리 청소년들이 보여주는 문제는 일반적으로 작지만 특정적인 여러 사람의 기여와 잡다한 사건들로 결정된다. 실질적으로 각각의 원인을 골라내는 것이 불가능 하다.

둘째, 대화로서 개별적인 문제가 아닌 상호 관련된 모든 사안들을 다루어야 한다. 청소년기에 흔히 볼 수 있는 다른 문제들, 비만,

무모한 운전, 대학 중퇴, 약물 남용, 의도하지 않은 임신, 괴롭힘 및 자살 사고는 모두 동일한 원인으로 유래하며, 우리가 공통점으로 인식하지 못했던 실패가 개선을 방해하여 왔다.

많은 동일한 요인들이 일부 청소년이 폭음을 하게 하고, 무방비로 성관계를 하게 하며, 범죄를 저지르게 하고, 학교에서 실패하게 한다. 불행히도 이러한 문제에 관한 연구 자금이 상호 관련되어 있거나 같은 원인을 연구하기 위해 적절하게 제공되지 못하고 있다.

셋째, 논의는 예방 방법뿐만 아니라 어떻게 긍정적인 성장을 도울 수 있는지에 초점을 맞추어야 한다. 문제를 예방하는 것은 물론 중요하다. 그러나 우리 중 대부분은 청소년이 단순히 생존하는 것 이상을 원한다. 10대와 젊은 성인은 단순히 질병에 걸리지 않는 것이 아니라 건강하고 생동감이 있어야 한다.

단순히 우울하지 않은 것이 아니라 낙관적이고 활기 넘쳐야 하고, 단순히 법을 준수하는 것이 아니라 윤리적이어야 하며, 단순히 실패를 피하기 위해 필요한 일을 하는 것보다 학업적으로 직업적으로 성공을 열망해야 한다. 또한 목표에 집중하고 희망적이어야 한다. 단순히 현상유지에 만족하지 않고 건강한 성장을 최적화해야 한다. 그러나 대부분의 부모와 실무자를 위해 쓰여진 책들은 문제를 예방하거나 치료하는 것을 목표로 한다.

마지막으로 대화는 청소년기에 관한 새로운 개념에 기초해야 한다. 현재의 청소년기는 더 길고 발달 단계로서 더 중요하다. 이러한 사실에 최근 20년 동안 명백해진 청소년기 뇌 발달에 관한 통찰도 적용되어야 한다. 0에서 3세까지 영유아기뿐만 아니라 이 연령에 국가적인 관심을 기울여야 한다.

뇌 가소성이 증가된 시기에 우리의 경험들은 지속적인 효과를 가져올 것이다. 우리는 생의 첫 3년만큼 이 시기의 중요함을 알아야 한다.

뇌는 결코 다시 청소년기만큼 다시 가소성을 회복할 수 없다. 우리는 청소년들을 더 행복하고, 건강하고, 더 성공적으로 만들 수 있는 이 두 번째 시기를 낭비할 여유가 없다. 청소년기는 변화를 만들 마지막이자 최고의 기회이다.

위기와 기회 사이

뇌과학에서 찾은 청소년기의 비밀

초판인쇄 2022년 6월 03일
초판발행 2022년 6월 10일

지은이 로렌스 스타인버그
옮긴이 김영민, 손덕화
발행인 조현수
펴낸곳 도서출판 프로방스
기획 조용재
마케팅 최관호
교열 · 교정 권수현
디자인 문화마중

주소 경기도 고양시 일산동구 백석2동 1301-2
넥스빌오피스텔 704호
전화 031-925-5366~7
팩스 031-925-5368
이메일 provence70@naver.com
등록번호 제2016-000126호
등록 2016년 06월 23일

정가 19,800원
ISBN 979-11-6480-211-1 (03810)